忘川

WANG CHUAN

下

沧月 作品

有一条河叫忘川
喝了川水就忘了一切
忘了一切也忘了自己
有一条河叫记川
喝了川水就记起一切
喝一口来自那忘川的水
再喝一口来自那记川的水
忘了一切又记起一切

北京联合出版公司
Beijing United Publishing Co.,Ltd.

图书在版编目（CIP）数据

忘川. 下 / 沧月著. — 北京：北京联合出版公司，
2014.11

ISBN 978-7-5502-3803-9

Ⅰ. ①忘… Ⅱ. ①沧… Ⅲ. ①长篇小说－中国－当代
Ⅳ. ①I247.5

中国版本图书馆CIP数据核字（2014）第232630号

忘川. 下

作　　者：沧　月
选题策划：北京磨铁图书有限公司
责任编辑：陈　昊　王　巍
封面设计：80零・小贾
排版制作：刘珍珍

北京联合出版公司出版
（北京市西城区德外大街83号楼9层　100088）
廊坊市兰新雅彩印有限公司　新华书店经销
字数322千字　700毫米×980毫米　1/16　印张17.5
2014年11月第1版　2014年11月第1次印刷
ISBN 978-7-5502-3803-9
定价：32.80元

目录

CONTENTS

目录

CONTENTS

第一章 如莲开谢

苏微摇了摇头："错。天地虽有大美，但最美的，却无过于人心——只是欲得人心，便要用己心去换取。像您这样固守着本心的苦修者，又怎能体会呢？"

灵均一时沉默，许久才淡淡回答："每个人都只能在一条路上行走，若要上窥天道，必然要错过天地间无数风景——就如苏姑娘要留在滇南，必然要错过那片江湖一样。又岂能两全？"

月宫高处入行云，冷月挂于檐上，似是一伸手便可摘下一般。

白石砌筑的房间里帘幕低垂，即便是白天也不见丝毫光线透入。黑暗里无数灯盏燃烧，映照在房中的水池上，仿佛银河璀璨。房间里没有一个侍女，没有一句人声，连风都仿佛不再流动。

这里便是广寒殿，拜月教主明河隐居了三十年的地方。

几十年来，这里一直是月宫的最高禁地，除了祭司之外谁也不被允许靠近。而自从孤光祭司远游之后，灵均便代替了师父的职责，每日早晚前来请安。

室内，一个女子披着孔雀金长袍，赤足静静坐在水池旁，探身看着水面，长达一丈的长发垂入水中，白如霜雪，仿佛水藻一样蔓延，扩散至整个水池。

“教主。”直到四更的漏声过，门外才传来一个声音，“灵均前来向您问安。”

或许是因为接待了听雪楼的客人，他比平日来得迟了很多，然而，水池旁的女子似乎根本没有在意，还是自顾自地低下头，静静凝视着水里的倒影。她的侧颊上有一弯金粉勾勒出的新月，美丽如妖魔，当凝神注视时，眸子居然是淡淡的紫色。

那是月魂，身为拜月教主的标记。

如今不过春暮，然而这个暗室的水中居然开满了奇异的金色和紫色莲花，一朵一朵，璀璨夺目，映照得室内一片斑斓。

更奇特的是：那些花，竟然是从她的发梢开出来的！

拜月教主抬起手腕，用纤细的手指掐断了其中一朵开得最好的莲花，小心翼翼地放在了岸边——那里，已经用荷叶为衣、莲花为首、莲藕为肢体，摆成了一个人的形状。

她微微吐了一口气，眼神凝聚。

“教主。”外面的人还跪着，再度低声道，“今日有听雪楼使者前来……”

明河教主依旧充耳不闻，只是审视着眼前摆成的人形，伸出左手，悬于上方。忽然间手指一错，捏了一个诀，开始喃喃念动咒语——随着如水一样吐出的密咒，她的左手指尖忽然间奇异地渗出血珠来，一滴一滴，如同殷红的葡萄一样坠落，滴入地上摆着的人形之上。血从莲藕的断口内渗入，顺着藕孔，仿佛沿着血脉一样地蜿蜒。

只是一个瞬间，那洁白的莲藕便仿如注入了血色！

密咒被不断吐出，明河教主忽然手指一扬，低低一声："起！"

仿佛被无形的引线牵动，地上那个莲做的人形忽然间就站了起来！

隔着帷幕，似乎也明白室内正在进行极其可怕的术法，帘外的人屏住了呼吸，面具后的眼睛里露出了敬畏的神色——莲池化生，这是怎样高深的一种禁忌术法！几乎是可以逆转阴阳、赋予无情之物以生命。

教主独自幽闭了三十年，竟然已经达到了可以赋予万物生死的境界。

然而，室内那个莲做的人形只是随着拜月教主的指令站起走了几步，忽然间就如脱线的木偶，一动不动地站在了莲花池旁。

"去！"拜月教主蹙眉，伸出指尖一点开满了金色莲花的水池，示意人形下水。

然而，那个吸饱了血而获得灵气的人形根本没有听见，在水边停了一下，似乎被什么吸引了，忽然间转过身，便朝着贴了符咒的门外疾冲而去，直奔那个在帘外静候的人！

拜月教主一惊，厉声遥指："住！"

人形似被无形的绳索拉紧，在触及房门的瞬间站住——因为刹得太剧烈，它的四肢甚至出现了移位，扭曲得非常可怖。然而，莲藕做成的手脚还在不停颤抖，似乎在拼死挣扎，要超出施术者的控制，冲到门外的月光下去。

血一滴滴地从洁白的藕孔里倒流出来，殷红可怖。

门外的人猜到里面发生了什么，不由得倒吸了一口冷气，微微动了动手指，似乎下意识地想要对抗，却又硬生生地忍住了。

"归位！"拜月教主坐在水池旁，低声喝令。

那个人形被无形引线扯动，猛然震了一下，不情不愿地转过身来，往水池的方向走了几步——然而，越走脚步越是缓慢，忽然间发出一声不似人声的尖叫，伸出双臂，竟然是向着施术者疾冲过来！

"教主小心！"外面的灵均失声喊道。

就在那一瞬间，室内忽然有一阵风掠过，有人在暗中蓦然出手，只听"唰"的一声，那个人形在刹那就忽然被定住。

有十二支的花梗迎面飞来，齐齐钉入了它的身体，正好没入人体对应的十二死穴之上，深入三寸，几乎对穿而过——仿佛被巨大的力量由内而外摧毁，那些莲藕在一瞬间碎裂了，鲜血和雪白的碎屑四溅开来，转瞬化为齑粉！

那样的身手，当今天下武林几乎是仅见。

那个幽灵般闪现、一击粉碎邪魔的人是从室内最深处的黑暗里忽然现身的，迅速又再度回到了黑暗里，默默地对着明河教主竖起一根手指，似乎是示意她不要出声，不要对外面的人暴露自己的存在。

而拜月教主也无暇顾及他，只是看着那个人形。

当人形被消灭的刹那，发梢那些金色莲花纷纷凋谢，空荡荡的水池上再无芳华。仿佛所有的精神气在一瞬消耗殆尽，拜月教主踉跄了一步，匍匐在水池旁，脸色苍白，雪白的长发蜿蜒入水，仿佛凝固了一池霜雪。

满池的莲花，瞬间凋谢。

“还是……还是不行吗？”她微微动了动嘴唇，吐出了一声叹息，垂下头，看着水池底下——那张苍白的少年的脸还在那里，与之对应的那具无头躯体也还静默地沉睡着。这一颅一躯，却显然不是属于同一个人。

已经三十年了啊……迦若。

我想要把你从九冥黄泉之中召回来，让你回到这个阳世和我重聚，哪怕是借用青岚的头颅——可是，为何我尽心竭力那么多年，却从未有一刻可以靠近阴阳生死的界限？

静候了七七四十九日，结果还是又召出了一个魔物？室外，灵均在心里叹了口气。昔年迦若祭司以身饲魔，永闭地底，已是再难重生——明河教主多年来执念不灭，试图将其复活，只会白白地招来邪祟而已。

所以，让她一直待在这密室里，或许也是最好的选择吧？

“外面的……是灵均吗？”密室内传来明河教主的声音，虚弱无比，“孤光呢？我很久不见他了，如今可好？为何每日来朝觐的都是你？难道他还没有远游归来？”

“家师……”灵均微微迟疑了一下，随即平静地回答，“家师的确外出未归，不知去向。最近一次写信前来也是在两个月之前了，说是在辛罗国。他说他在追查不死药的下落，一旦找到便会返回。”

“自从弱水死去之后，孤光也变得奇奇怪怪起来了啊……”黑暗里的明河教主长长叹息了一声，眼里露出了淡淡的悲悯，“好了，你走吧。别烦我。”

“是。”灵均躬身告退。

室内寂无人声，唯有莲花凋落。

离开广寒殿后，灵均独自来到了高台上，看到了已经静候在那里的胧月。

天色已经微明，她站在寒露中等他，看向他的眼神有些奇怪。他面具后的双眸掠过一丝不悦——胧月跟着自己已经很多年了，但每次她露出这样的神色，都令他觉得不舒服。

“大人昨晚辛苦了。”她轻声道。

他冷冷颔首，没有向她多说半句话，只是问：“事情都处理得怎样？”

“禀大人，右使已经顺利完成了任务。”她垂下头去，轻声禀告，“听雪楼来的一行十三人，从石玉开始，无一漏网。”

“蜜丹意真是个好孩子。”他轻轻击节，吐出下一个命令，“那就给他们都种下蛊虫，明日放归中原——还有，再让左使立刻替我联络风雨组织的人。”

“大人真的要动用风雨的力量？”胧月止不住地惊讶，“那是一群嗜血的鬼啊！认钱不认人，一旦沾上了……”

“住口！”灵均的声音蓦然冷了下来，她只觉得呼吸一窒——灵均手里的玉笛已经点在了她顶心的百会穴上，只要再稍微用力，她的头便会如同烟花一样爆开来。

“什么时候轮得到你来问我了？”面具后的声音冰冷如霜雪，带着深深的不悦，“既然苏微拒绝回洛阳，后面的计划自然要随之调整——我心里有数，你何必多嘴？”

“是……”她不敢再多说一个字，匍匐在地上，微微战栗，心中却有一道裂痕慢慢延展开来，瞬间痛极——那么多年了，她为这个人出生入死，做尽了一切，然而在他心里，她又算是什么呢？是连问一句为什么都不可以的踩踏在脚下的奴婢吗？

甚至，她连蜜丹意都不如！

灵均放开了她，冷冷地问：“洛阳那边，一切都安排好了吗？”

胧月匍匐着，回答：“是。一切都如大人计划。各方的人手已经陆续就位，赵总管也始终在和我们保持联系，给我们传递消息、帮助设局——估计石玉一行三日后便可抵达洛阳，我们的人会紧随其后。”

“那就好……盯紧赵冰洁。”灵均沉吟，“这个女人，我总是觉得不放心。”

“如果大人觉得不放心，那么，在计划完成之后将她铲除就可以了。”胧月低声道，“反正在大计完成后，她也没有用处了。难道大人还想把她留在身边吗？”

“你的话太多了，胧月。”灵均冷冷打断了她。

“是！”女子噤口，匍匐在地，半晌，又迟疑地道，“不过……今日蜜丹意从圣湖边上回去后，苏姑娘在她的衣袖上发现了血迹。虽然她以玩耍时摔倒作为借口搪塞了过去，但我怕……”

“什么？”面具后的眼神一变，“她起疑心了吗？”

“倒是没有，大人神机妙算，苏姑娘断然不会怀疑蜜丹意有什么问题。”胧月低声，“不过右护法毕竟年纪小，做事也太不小心了——如果她跟随苏姑娘去了腾冲后还是如此，恐怕会给大人带来麻烦。不如让奴婢……”

黑暗里，灵均用笛子轻轻敲击着掌心，面具后的眼神变幻不定。

“知道了，我会好好教训她的。”最终他只是漠然地回答，将笛子斜过来，轻轻抵起了她的下颌，望着她的双眼，冷笑了一声，“不过，是不是所有靠近我的女子，无论老少，你都想除之而后快呢？”

胧月一震，一种战栗从心中滚过，说不出话来。

“好好克制你的执念吧，胧月。”灵均拂袖站起，冷冷的，“做好你的本分，不要让贪欲之火焚烧了你的头脑和眼睛——否则，对我来说，你就毫无用处了。”

他拂袖站起，衣角拂过女子惨白的脸颊，就这样在黑夜里悄然离开。

胧月抬起头，看着他隐没在夜色里的背影，又转过头看了看在月光下渐渐消失的圣湖之水，眼神变幻着，到最后，竟然显露出了从未有过的决绝来。

原来，对自己的心意，大人一直洞若观火。那么多年了，所有卑微的奢求也不过是一场梦。到最后，自己居然连蜜丹意这样一个小丫头都不如！他要她克制执念？可是，如果不是这种执念，她又怎能追随他走到如今？

如果没有她，他又怎能走到如今！

第二日，听雪楼来的一行人便离开了月宫。他们奔赴千里，本来是奉命来带血薇的主人返回洛阳的，然而却只能空手而回。

苏微本来想要去送行，然而不料一觉睡到了日上三竿。

醒来时，她觉得全身微微地酸痛，瞬间想起了昨夜的一夕欢爱，不由得脸颊一热。然而转过脸庞，枕上空空荡荡，原重楼却已经不在身边。她有些诧异，却同时也松了一口气，迅速整理好衣物，拢好了头发起了身。

幸亏他不在，否则，她真不知道怎么应付他的油嘴滑舌。

走出房间时，日头已经升到了天穹正中，她知道自己是赶不上给石玉一行送别了，只能站在月宫的高台上，往灵鹫山下看去。她看到石玉带领的那一队人马在山腰的道路上疾驰，如箭一般离开，头也不回，唯有听雪楼的旗号在风里猎猎作响。

她凝望着那一行人，忍不住轻轻叹了口气。

“苏姑娘莫非还是舍不下听雪楼？”一旁有人问，却是灵均。

“当然。”她没有回头，只是看着那一队越行越远的人，仿佛是看着自己渐行渐远的过去，语气有些低落，“我为听雪楼血战了十年……这些人，都是我并肩作战过的生死兄弟，一朝真的要从此陌路，谈何容易？”

“人非草木，孰能无情？”灵均点了点头，面具后的眼睛看不清情绪，“其实，苏姑娘不妨多考虑一段时间，如果真的割舍不下，那便返回洛阳去好了——名剑无主，血薇尘封，也未免可惜。”

苏微摇了摇头：“我是绝不会再回去了。”

她转过头看着他，摊开了双手——掌心空空荡荡，什么都没有。

“你看，我已经把血薇还给听雪楼了！如今的我只是我自己，和那把剑、那个江湖再也没有丝毫关系。”她逆着光站着，阳光从十指中穿过，如同明亮的剑。她握紧了手指，把阳光握在手心里，轻声立誓，“从此后，苏微便再也不存在了。我是迦陵频伽，再也不会握剑，再也不会杀人了……这才是我选择要过的生活！”

灵均看着逆光而立的女子，颔首道：“那，恭喜苏姑娘得偿所愿。”

她第一次在他向来无喜无怒的语气里听出了赞许之意，忍不住也笑了一笑：“这些天来，承蒙拜月教照顾，我和重楼都还没有好好谢过——这回叨扰的时间有些久了，如今和听雪楼的人做了个了断，我们也该告辞了。”

灵均微微一怔，问：“苏姑娘打算去哪里？”

“腾冲。”苏微想也不想地回答，“重楼的老家。”

“哦，腾冲啊……”灵均不置可否，只道，“那儿是翡翠之乡，富庶安宁，应该适合苏姑娘和原大师安家立业——不知原大师受伤的手恢复后，技艺是否能回到从前？”

“没事，不劳费心。”苏微不愿和外人多说这个话题，只是道，“两个人两双手，无论在哪里，总有办法活下去的。”

灵均点了点头，道：“若有什么需要的地方，随时说一声。”

她笑了起来，由衷地道：“多谢了。”

这些日子以来，她一直觉得这个戴着面具的人神神秘秘，敌我莫辨，因此也深怀着戒心。直到这一刻，放下了刀剑和江湖，心里才有些释然——是的，从她坠入险境到现在，这一路上，只有两个人一直是帮着她的：一个是重楼，而另一个就是他。

在听雪楼都鞭长莫及、任她自生自灭的时候，是眼前的人几度出手救了自己。为何到了现在，自己还要怀疑他的用心呢？如果他有啥不良用心，自己早就死无葬身之地了。

“苏姑娘无须客气。”灵均回礼，白袍在晨风里无声拂动，宛如世外仙人，“腾冲也算是拜月教的属地，自然有义务照顾你们。”

“灵均大人，你有喜欢的人吗？”她看着眼前这个人，忍不住问了一个突兀的问题，“拜月教的祭司，应该并没有被禁止婚娶吧？”

他似乎微微怔了一下：“为什么这么问？”

“因为……”苏微沉吟着，也觉得自己有些多事，讪讪的，有些不好意思，“我……觉得胧月她似乎很仰慕您的样子，有些替她……”

面具后的眼睛瞬间一变，似有薄冰凝结。

“她对你说了些什么？”灵均的语气也冷了下来，甚至带了一丝戒备和怒意。苏微自然也觉察出了他的不悦，连忙道：“也没什么……她对我提起，说当年是你救了她的命，她希望一辈子都能够侍奉您。”

她说得含蓄，在心里早已后悔自己的多事。

“如果她再这么多嘴，那我真要后悔救了她的命了。”灵均却冷冷打断了她，“何况虽然没有什么禁忌，但这么多年来，拜月教历任祭司也从没有娶妻的传统。”

苏微蹙眉：“可是，孤光祭司不是娶了弱水吗？”

“是，我师父破了例，可结局也不过如此。”灵均冷冷道，“前车之鉴。”

“前车之鉴？”她不由得有些愕然——听雪楼和拜月教相去千里，彼此之间除了偶尔有使者往来，甚少有其他交流。她只听说孤光祭司在三年前妻子去世之后性情大变，说是要去寻求长生之法，将教中事务交给了弟子灵均，从此远游，却并不明白其中内情。

灵均不等苏微问下去，道：“我教历代祭司修习秘术，灵力高深，说是接近天人也不为过，若不被更强者所杀，生命将数以百年计，永无衰老，一如年华最盛时的模样——”

说到这里，他顿了顿，道：“然而，弱水师母是个普通女子，虽然修习中原道家术法，但和我们拜月教一脉却有着天渊之别——所以，当三十年过去，大限到来，师母衰老病重，我师父便不得不面临生离死别。那种痛苦，非言语所能及。”

那是他第一次提及自己的师父和师母，语气却是凝重的。

“原来如此……”苏微不由得黯然，喃喃，“所以，在她死后，孤光祭司才会远游天地，去三山碧落？”

“是啊……连拜月教都这样扔下不管。”灵均叹了口气，然而显然不愿在这个话题上多说，止住了话头，问，“你猜我救胧月的时候她几岁，我又是几岁？”

苏微略微怔了一下，一时间无法回答。

这么多天了，她从未看到灵均在面具后的那张脸，因此也无法猜测他的年龄。然而从语音、身姿和步态来看，他应该是一个二十左右的年轻男子，可有时候话语沧桑，却又不能将这个目下执掌拜月教的实权人物和弱冠之年联系起来。

灵均似乎微微笑了一下，回答了她的迷惑：“我是在九年前救了胧月的。那时候，她只有十五岁，而我已经二十七。”

苏微不由得脱口“啊”了一声：那么说来，他岂不是已经接近四十？可为何从语音、身形和气质看起来，却完全如同一个刚弱冠的年轻人？

“是啊……我已经很老了，只是时光在我身上停住了而已。”灵均摇了摇头，语气虚幻莫测，忽然伸出了一只手，展开——那一瞬，她竟然看到有一朵白色的花从他的掌心里凭空开了出来！

那朵用幻力凝成的花是纯白色的，顶端有一抹淡淡的紫，透出柔和的微光，花瓣晶莹剔透，柔静多姿，迎风微微颤动，美丽不可方物，宛非这个世间所有。

“真美，是不是？”灵均微微叹息，忽然收拢手指——只是一个瞬间，那朵花便泛黄枯萎，败落凋零，残破如絮，再不复片刻前的光彩。

她知道那是幻觉，却依旧觉得不可思议。

“你看到了吗？在我眼里，她们的这一生，也不过是这样。”灵均默然叹息，语气如同枯井，波澜不惊，“十年了，人世岁月匆匆，胧月从一个小孩长成了妙龄女子，而我，却还是和她相遇时候的模样。再过十年，等蜜丹意长大，胧月老去，我还会是如今的模样……直到胧月八十高龄，我依旧还会停留在年轻时的模样——很可怕的事情，不是吗？”

她听着他波澜不惊的叙述，不由得微微吸了一口气。

光阴流转，韶华易逝，任凭红颜在眼前盛开又凋谢，始终未曾改变的，唯有这一袭白袍，以及白袍下那颗入定寂静的修行者之心——那是勘破所有色相、与天地合为一体的心，不生不灭，不垢不净，永无挂碍。

那一刻，她仿佛觉得自己似乎略微明白了面前的这个人的想法。

“身为祭司，我们的生命漫长，和凡夫俗子无法相比……”灵均放开了空空的掌心，语声也有些虚无缥缈，“以有情而殉无情，以有涯而随无涯，怠矣。”

“可惜。”苏微无话可说，许久只是叹了口气，“天地间最美好的东西，您却无缘得见。”

那句话让躲藏在面具后的人竟是微微一震，灵均看着她，眼神似乎有所变化，语气却依旧平静：“我俯仰于天地，所追寻的便是永恒之大美，谈何无缘？”

苏微摇了摇头：“错。天地虽有大美，但最美的，却无过于人心——只是欲得人心，便要用己心去换取。像您这样固守着本心的苦修者，又怎能体会呢？”

灵均一时沉默，许久才淡淡回答：“每个人都只能在一条路上行走，若要上窥天道，必然要错过天地间无数风景——就如苏姑娘要留在滇南，必然要错过那片江湖一样。又岂能两全？”

他的话语平静而锐利，苏微心中一震，竟也是无话可答。

灵均看着她，眼神若有深意：“苏姑娘和原大师这样的神仙眷侣，自然亦是令人称羡。但人生漫长，各有所取，哪一条路上的风景更好，非是行路人不得而知——人的一生不过短短几十年，大家好好走完各自的路便是，又何必强求对方认同呢？”

她最后只是轻轻叹了口气，躬身：“大人说的是，是我见识浅薄了。”

“苏姑娘客气了。”灵均回礼，目送她离开。

她走得轻盈无声，在滇南的苍翠之中如同一只小小的蝶。或许是已经决定要离开那片江湖，她的脚步都比平日轻快许多，晨曦从她的发丝和双臂之间透射过来，美丽而耀眼，几乎不容直视。

然而，面具后的那双眼睛凝视着她的背影，却流露出了极其复杂的光芒。

苏微回到药室的时候，原重楼还没有回来。

她不由得有些纳闷，心下有些不安。坐在廊下，护花铃在风里轻轻击响，催起昨晚的事情。她用指尖轻轻抚摩着颈侧，那里的领口之下，还留着一处淡淡的吻痕，恍如一梦。

很久很久以前，在黄河边风陵渡的夜里，少女时的她也曾在艰苦的武学训练之后、沉沉入梦之前，幻想过自己的未来：会遇到谁？会爱上谁？会在什么地方相遇，会在什么地方分离？会有什么样的开始，又有什么样的结束……

少女时的她，曾经以师父作为最完美的影子去幻想过未来的意中人；而十年前那个月夜，当那个白衣贵公子凌波而来的时候，她也原本以为自己找到了一生的答案。

可怎么也没有想到，她最终的所托，却是这样一个人。

不会武功、手无缚鸡之力，风流放诞、尖酸刻薄。有时候能逗得人开心大笑，更多的时候却是恨不得一巴掌令他闭嘴——那样的家伙，自己是看上了他什么？又是为什么，昨晚竟然会鬼迷心窍地委身于他呢？

明明自己可以随手一掌把他打出去的，却竟然无法推开。

她茫然地想着，轻抚着颈侧的吻痕，脸上有微微的热辣，心中不知道是什么滋味，甚至连原重楼何时回来都没有察觉。

“哎呀，你起来了？想我了吗？”原重楼回来的时候已是下午，和平日经常皱着眉头尖酸刻薄的表情截然相反，嘴角竟是情不自禁地含了一丝笑，满脸喜色。

“早上你……”她本来想责问他去了哪儿，然而不知为何，刚说出几个字，想起昨晚的事情，脸颊便是一热。他却没有注意到她神色的微妙变化，兴冲冲地道：“早上胧月来找我，说我们不日便要离开灵鹫山，因此为我们准备了一份礼物……”

“什么礼物？”她有些没好气，“能让你这么开心？”

“当然啦！你不知道……”原重楼却是难掩兴奋，想说什么，却卖了个关子，“先不告诉你，到时候你就知道了！真是一份厚礼！”

苏微没有心思和他纠缠这个问题，着恼于他昨夜对自己做了那样的事情，今天却居然没事人一样满口说着其他，不由得沉下脸来。

“怎么啦？”他心思乖觉，立刻发现了她的不悦，贴着她身侧坐下，涎着脸揽过了她的腰，“是谁惹得我的迦陵频伽不高兴了？”

他的手一触及她的腰，她就颤了一下，瞬间一把推开。

“别这样见外嘛，你都已经是我的人了。”原重楼嬉皮笑脸地凑过来，在她耳边轻声道，忽地想起了什么，脱口，“哦，昨晚你还是第一次对吧？现在是不是还有点疼？唉，我已经尽量很温柔的……”

他说话的声音低而魅惑，有热气一口口吹出来，贴着她的耳畔。苏微忽然心下大恼，瞬间反手抽了他一个耳光，怒视着这个油嘴滑舌的人，满脸已经飞红。原重楼温香软玉满怀，正准备上下其手，冷不丁挨了一巴掌，不由得愣了一下。抬头看着她愤怒的眼神，连忙脱口道：“别生气！我……我一定会负责的！”

“谁要你负责了？！”她更加怒了，指着他的脑门，“不许再说了，给我闭嘴！”

“是是是……”他连忙道，“那请你对我负责任！好不好？”

她没想到他会说出这种话来，一时语塞，脸色更加绯红，只是恨恨看了他一眼，啐了一口：“没脸没皮的！”

“唉，这时候，哪里还能顾得上脸啊！”看到她怒气稍解，他连忙打蛇随棍上，“我为了你连命都不要了，脸皮算什么？你要对我负责任，不能白白把我睡了一晚上就甩了。”

他的声音低而魅惑，听得苏微面红耳赤，竟是忘了推开他的手。原重楼将她揽在怀里，看了又看，眼角眉梢全是笑意，忽地俯下身亲了她一口：“真可爱，脸红成这样。”

她侧过头去，哼了一声，低声：“谁……谁像你这么不要脸啊。”

“你不就是喜欢我的不要脸吗？”他在耳边轻声地笑，“我又不会武功，若不是靠着‘不要脸’这一长处，哪里能追得上这样厉害的女侠？”

“哈哈……”苏微被逗得忍不住笑了起来。

两个人在药室内你侬我侬，轻声笑语，忽然听到外面廊下的风铃一连串地响了起来，苏微连忙推开他，整理了一下衣襟：“有人来了！”

声音未落，帘子外出现了一个绰约的影子，却是胧月，她显然看到了他们两个尴尬的样子，只是低垂着眼睛，站在帘子外轻声道：“苏姑娘，原大师，灵均大人让我来问问两位打算什么时候启程。”

“大……大概三天后吧。”苏微脸上犹自发热，涩声回答。

胧月微笑：“好，这样奴婢也可以准备一下。”

苏微吸了口气，将原重楼推到了一边，声音平静了下来，道：“多谢你们费心，其实不用准备什么，有两匹马做脚力也就够了。”

“那怎么行？”胧月盈盈地笑，“姑娘是听雪楼的贵客，难得来月宫一趟。灵均大人特意吩咐了，要属下好好地准备，送姑娘一程。”

当胧月离开后，他们两个人面面相觑，没有了片刻前的心情。苏微沉默了一会儿，叹了口气，低声道：“你说，那个灵均，到底是什么样的人呢？”她抬起头，看着灵鹫山上的白云，“有时候，我觉得他内心似乎很不快乐……有时候又觉得他是个没有感情的苦行僧侣。你说，这个人是不是有点古怪？”

原重楼不知道如何搭话，只能苦笑：“我怎么知道你们这些江湖人的事情？”

“别再说我是江湖人！”她顿时有些不快，“我已经退出江湖了！”

“好好好，我知道了。”这些日子相处下来，他已经很清楚她的脾气了，知道在什么时候应该立刻投降，否则会有什么后果，“管他是什么样的人呢。我的伤差不多全好了，我们马上就可以离开这里了，也不知道以后还能不能再碰到。”

“说不定还能碰到的。”她看着天上离合聚散的白云，心里却有一种奇特的预感，沉吟了一下，道，“拜月教在两广滇南势力大，我们去了腾冲，也是在人家的地盘上。”

原重楼没有立即说话，沉默了一下才道：“也是。”

“怎么？”她转头看着他，有些诧异。

她原本靠在他的肩膀上，一转头就看到了他的侧脸——这些日子的休养生息，令他苍白消瘦的脸颊饱满了一些，有了血色，竟有几分丰神俊秀起来。

她竟然看得略微有一瞬的失神。

“我在想，迦陵频伽，你是非常有本事的女子，所结交的也都是这些超凡脱俗的高人。如今……如今却要跟着我去腾冲过平庸的日子？真的觉得有点像是在做梦……”他苦笑了一声，“就像牛郎遇到了织女，耍了个赖偷了她的衣服，然后就讨了个仙女老婆回来——回想起来，真是觉得有点不可思议。这世上，哪有那么好的事情呢？”

他用调侃的语气说着，说得委婉，却依旧难以掩饰言语间的低落——织女最后还是回到了天庭，一道银河，天人永隔。这个故事的结局她当然知道。

她心里一沉，呵斥：“别乱用比喻！我不会走的。”

“嘿嘿，就算你想走也不行，我可是死活都缠上你了！”原重楼却忽地笑了起来，出其不意地俯身亲了她一下，眼眸微微闪亮，看定了她，“我已经是你的人了，你要负责——你只能跟牛郎回腾冲，去放一辈子的牛了！”

在听雪楼人一行离开的三日后，她和原重楼也离开了月宫。

走的时候，正是黎明破晓。整个月宫还在沉睡之中，静悄悄的一片，干涸见底的圣湖上笼罩着一片淡淡的薄雾。不知道为什么，在眼角瞥过的刹那间，竟然会令人感觉到薄雾之中隐隐约约站着一个人形。

苏微忍不住驻足看了片刻，直到听见背后传来的声音。

从她到来直至离开，身为拜月教主的明河竟然从未出现过。率人来送行的是灵均，脸上还是戴着面具，说的话并不多，但语气却极客气，馈赠的礼物非常丰盛，装了满满一个马车车厢，从丝绢布匹到金银首饰，足以让他们在腾冲衣食无忧地生活上十年——看来，胧月果然是好好地准备了送客的厚礼。

然而，苏微却客气而坚决地谢绝，不肯接受分毫。

“我们两人有手有脚，到了腾冲自会安家立业。”她的语气不卑不亢，却毫无商量余地。灵均似是笑了笑，也没有多说什么，只是轻轻击掌，命下属牵上来了两匹骏马，道：“这两匹马是从莫冈山谷里带回来的，原本就是你们的坐骑，总可以带走吧。”

苏微不能推辞，便点了点头。原重楼上前一步，将两匹马牵住。灵均看了看他们两人，又道：“另外，我已经派人去腾冲，对外说你们是拜月教的贵客，冒犯两位就如同冒犯了我教——从此后不要说那些宵小，即便是尹家，也不敢来打扰你们的清净了。”

尹家。这个名字让苏微心里略微一动，却随即释然，再也没有以前那种芥蒂。她看了一眼原重楼，他却只是在那儿摩挲着马头，压根对这两个字没有什么反应。

灵均沉吟了一下，继续道：“至于追杀姑娘的那些人……”

“这个就不劳大人费心了。”苏微知道他要说什么，断然道，“如今我的武功已经恢复了十成，无论他们是谁，我也未必就怕了。”

“我知道苏姑娘剑技卓绝天下，但原大师毕竟是个不会武功的普通人，一定不能掉以轻心。”灵均慎重叮嘱，“我会多派一些人去腾冲把守驿道，凡是出现了不对劲的外来客人，都拦截下来处理掉——若有什么需要，苏姑娘也可以传信给我，在下一定会马上派人前去。”

“多谢大人了。”这样的盛情有些出乎意料，她微微有些愕然。

灵均微笑：“能遇到血薇的主人，也是在下的荣幸。”

“不，我已经不是血薇的主人了。”她却纠正了他。

“是，人怎能因剑而名。”灵均点头，语气有些喜怒莫测，淡淡道，“从此后，苏姑娘便再也不属于江湖。恭喜。”

一边说着，他一边亲自将他们送出了宫门，一直送了几里路，直到山下的山门。

“不必送了。”眼见界碑在望，她站住身，回首行了一礼——那个戴着面具的代祭司也微微躬身，在界碑旁的拱门之下回礼：“那好，就送苏姑娘到这里吧。”

一语毕，两人各自转身。

不知道为什么，在看着碧空下那袭一尘不染的白袍时，她心中猛然一震，竟然隐隐有一种奇怪的感觉——是的，这一次相遇，从头到尾，她都无缘得见这个人的真面目。是否这一辈子，她都看不到他面具后的模样了？

一念及此，她忍不住驻足，回头看了他一眼。然而，仿佛知道她心里想的是什么，那个人居然也站住身，回身笑了笑："苏姑娘还有什么吩咐？"

她被逮了个正着，顿时有些尴尬。

旁边的原重楼看着这一幕，表情也略微有些奇怪起来。

"我想,迦陵频伽……她只是很想看看大人的样子吧。"他忽然开口,拉了她一把,"好了，不要叨扰灵均大人了，我们也该走了。"

"是吗？"灵均却在山门下站住了身，若有所思地笑了笑，"既然都要告别了，那么，在下就让苏姑娘完成这最后一个愿望吧！"

一语未毕，他忽然抬起手，摘下了一直戴着的面具。

"啊？"苏微忍不住一惊，脱口低呼了一声。在微曦之中，她看到了他隐藏在精美木雕面具下的真容——那是一张完全陌生的脸，可一瞬间，她居然有一种奇特的恍惚，总觉得这张脸似是梦境里见过。

灵均摘下面具，对着她微微笑了一笑。

"现在，除了我师父，你是这个世间第二个看过我相貌的人了。是否心安？"他轻声微笑，重新将面具戴上脸庞，颔首告别，"血薇的主人，你自由了，去到那个你想要去的世界吧……不要回头，不要再去看这个江湖的腥风血雨。"

"只有这样，你才能得到长久的安宁。"

他转身拂袖，凌空掠去，消失在月宫的穹门下。

苏微牵着马，怔怔地看着他的背影，等回过神来，发现日光已经升起很高，而原重楼正靠在马背上，一动也不动。刚刚那一瞬的出神，居然是过去了不下一个时辰那么长的时间？！

"重楼？"她连忙扶起他，失声道，"你没事吧？"

"没……没事。"原重楼被她摇醒了，有些迷迷糊糊地回答着，"刚才不知道为什么忽然觉得很困……太奇怪了……居然就在马背上睡着了？"

苏微探了探他的额头，这才松了一口气。

是的，在刚才摘下面具的那一瞬间，灵均应该是展开了一个结界，将在场所有人都控制在其中，只让她一个人看到了自己的真容——没有见他动手结印，一切却已经悄然展开，连她都没有反应过来，无声无息就中了招！

幸亏他并没有对重楼下手，也没有攻击自己。然而这样神出鬼没的出手，却令天下剑术第一的她都心生冷意——如果和他对决，在无所提防的前提下，自己又有几分胜算？万一他真的起了异心，要对听雪楼下手……

刚想到这里，她忍不住摇了摇头，苦笑一声：是的，都已经是说过要退出江湖的人了，为何还记挂着这些你争我夺？就算这个灵均再厉害，可停云和赵总管，哪一个又是好对付的了？有他们两人坐镇楼中，也没有谁能撼动听雪楼吧？

“我们走吧。”她翻身上马，对原重楼道，“回腾冲去！”

他们两个人一先一后，策马从山上冲了下去。然而刚奔到山脚下，忽然眼前一花，竟是有个人影从路边草丛里蹿了出来。

苏微骑术高超，瞬间整个人俯身下压，牢牢控住了缰绳，将疾驰的奔马硬生生勒住。骏马惊嘶着人立而起，才堪堪避过那个忽然闯出来的人。

“蜜丹意？！”后面传来了原重楼的惊呼，“你怎么会在这里？”

那个小女孩躲在草丛里，差点撞上骏马，也被吓得一个趔趄坐在了地上，然而一看到原重楼，却立刻眉开眼笑起来，反手抓住了他的袖子。

“蜜丹意。”苏微也翻身下马，看了这个孩子一眼，“你太胡闹了。”

她语气有些不悦，脸色也颇为严厉，然而蜜丹意却嘟起了嘴，忽然哇的一声哭了起来：“坏人……居然，居然想扔下我走掉！坏人！”

她抱住了原重楼的脖子，哭得眼泪鼻涕一脸，死死不肯放开手。

“乖，你留在这里，拜月教里的叔叔阿姨会好好照顾你的。”原重楼柔声劝告，试图把那一双小手掰开，把她放下地，“我们要去很远的地方，要走好几百里路呢。而且去的地方也不是你的故乡。”

“多远……多远都不能扔掉我！”蜜丹意哭得更凶了，“我不要留在这里……我要跟你们去！我不喜欢这里的人……我喜欢你！”

原重楼没有办法，叹了口气，有些心软，抬起眼看了下苏微。苏微也正站在一边看着他们，眉梢微微挑起。

“怎么办？”他有些犹豫，“要不，带她一起走？”

“你养得起两个人吗？”她看着蜜丹意，心里已经软了，转头对他道，“好了，快把这个哭哭啼啼的小家伙抱上去，我们今天可要跑上一百五十里才能赶到下一个落脚的村子呢。”

“好！”原重楼大喜，连忙将蜜丹意抱到了马背上。

两人策马，沿着山路飞驰，奔向腾冲。

这一路风景如画，美不胜收。苏微不由得看得心旷神怡。

几个月前她路过此处时，不是自己重病垂危，便是担心着原重楼，一路行色匆匆，压根没有心思欣赏沿路美景。此刻两人并辔而归，心满意足，这些风景才一时间都鲜活了起来，历历到了眼前，一路行来，如痴如醉。

“能在这样的景色里活到死，也是几世修来的福气。”她在水边策马而行，脱口而出，“总比在江湖里打打杀杀，不知哪一日死在别人刀剑之下强得多了。”

“呸呸，什么死死活活的。”原重楼却皱眉，“你已经不是江湖人了好不好？”

苏微回过头看着他，哧地一笑，朗声道：“是！你说得对，我已经不是江湖人了，再也不提这些打打杀杀的事情啦！”

“那是。”他策马追了上来，抬手揽住她的腰，笑，“你是我的人了。”

“别。”她急忙一躲，抬手推开他，“蜜丹意在呢！”

“哎哟。”他被她一推几乎闪了腰，失声痛呼出来。蜜丹意笑眯眯地看着他，吐了吐舌头，伸出小手在脸上比了一下：“羞羞！”

苏微看着眼前的一切，在骏马上微微而笑，耳边的绮罗玉盈翠欲滴。

是的，当一切都风平浪静、云开雾散之后，她并没有选择回到中原，回到听雪楼，回到那个人的身边——她选择了留在这里，斩断一切血腥的过去，寻找属于自己的将来。全新的生活就要开始了，一切看起来是如此的宁静美好，宛如这苗疆的葱茏绿意，到处都欣欣向荣，充满了希望。

然而，没有人看到，在月宫之门缓缓关闭的瞬间，门后却浮出了一双充满了冷意的眼睛，正在凝视着疾驰的马车，嘴角缓缓扬起，仿佛发出了一个无声的诅咒。

“洛阳那边，应该已经都安排好了吧？”

“三日之后，世上，再无听雪楼！”

第二章 生死之劫

在他们成年后，他还是第一次这样拥抱她，她只觉得极痛却极欢喜。

多年来心底隐藏的隔阂和猜忌，曾经如刺一样横亘在他们中间。而如今，终于一朝冰消雪释。他终于伸出手拥抱了她，再不顾及是否会被那些暗刺所伤。

那一瞬，她觉得即便就在此刻死去，也是无悔无憾。

当血薇主人离开月宫、返回腾冲的时候，洛阳方面却接到了她即将和石玉一起归来的消息，全楼上下都欣喜鼓舞，准备用一场盛大的洗尘宴来迎接她的归来。

操办这个洗尘宴的是赵总管，而萧停云对此也很重视，一再吩咐要邀请楼里的所有人前去，甚至建议将场地设置在洛水旁的渡口上，以便于苏微一回来就能看到所有人。赵总管一向办事利落，很快就一一将这些落到了实处。

自从苏微离开，听雪楼内部一直处于微妙的胶着之中，楼主对此事的暧昧态度令人猜测，楼里的气氛压抑而沉默，直到今天听到这个消息，所有人才松了一口气。

是的，血薇的主人就要回来了，楼中的平衡局面也将恢复。

然而，却无人知道一场暗涌已经悄然而至，危机四伏。

“楼主，马车已经准备好了。”白楼里，萧停云放下了手里的文卷，听到外面的下属低声禀告，“从南方归来的一行人舟车劳顿，已经如期抵达洛阳，将在傍晚靠岸，登上洛水渡头。赵总管已经备好了车马，请楼主前去，不要错过了时间。”

“好，我就来。”萧停云淡淡地应答，眼睛却不离手中的文卷。然而，等下属退去，他放下书，轻抚着袖中的夕影刀，眼神却是慢慢变得锋利无比，宛如即将饮血的刀锋。

终于是到了这一日吗？

他抚刀默默静坐，许久才仿佛下了什么决心，站起身走下白楼。初夏的院子里满目苍翠，生机勃勃，然而不知为何，他缓步行来，却觉得心在一分一分地冷下去。

他最终独自走上了神兵阁。

抬头凝望着上面供奉的那把绯色之剑，听雪楼主无声叹了口气：血薇归来之日，便是痛下决断之时。一切，莫非都是前缘注定？

他抬起双手，将那把剑从神位上取下，轻轻说了一句什么。绯色的光芒映照着他的眉睫，令贵公子冠玉般的脸庞染上了一丝凌厉妖异。

走下神兵阁，听雪楼的大门外果然已有马车备着，然而却不是平日乘坐的那一辆，而是换上了一驾新的，金装玉饰，在日光下显得光彩夺目。

“楼主，请上车。”属下在一旁躬身。

“哦？冰洁倒是费心，竟然将这些车马都装饰一新。”萧停云停下来看了看，唇角浮起一丝不易觉察的笑意，“今日是喜庆之日，阿微大难归来，也该乘新车返回——居然连这些小事都打点得妥当，难得。”

“赵总管在前头等您呢。”那个下属跟了他许多年，言辞也颇为随意，笑道，“楼里大家都已经去了洛水边，楼主不快些赶去，只怕要来不及。”

“是吗？”萧停云却笑了一笑，忽然从车上返身，“算了，我还是和冰洁坐一辆车吧。”

“楼主？”下属怔了一下。

“我这一路还有些话要和赵总管讲。”他声色不动，只是淡淡挥了挥手，遣开两人，“你们驾着这个车，先行去洛水那边等我吧。”

“是！”左右不敢多问，便驾着空空的马车从听雪楼大门疾驰而出。

此刻，赵冰洁坐在朱雀大道侧门的另一辆马车上，默默地听着那辆马车从东门出去的蹄声，不出声地叹了口气，放下帘子，吩咐驾车的人：“走吧。”

然而，马车刚启动，她却骤然发现车里无声无息多了一个人。

“谁？”她失声低呼，然而一只手却伸过来，阻止了她的举动，低声：“是我。”

那样熟悉的语调，令她忽然间脸色苍白。

“你……你怎么会在这里？！”赵冰洁下意识地抬起手，似乎想离开他远一些，然而萧停云不让她有这个机会，瞬间扣住了她的手腕，内力透入之处，她顿时半身酸麻，只能被搀扶着，无力地在马车里坐下。

“我不想一个人坐车。我想和你说一会儿话。”萧停云在她身侧坐下，转头淡淡地笑，“为什么你要坐我平日坐的这辆马车呢，冰洁？——你似乎很惊讶我会忽然出现在这里？”

她很快镇定了下来，将手拢在袖子里，侧脸向暗壁，拒绝回答。

他望着郊外的景色，半晌问：“苏微回来了，你高兴吗？”

“自然高兴。”赵冰洁淡淡回答，眼眸里却没有表情，“要知道，有了血薇的听雪楼，才算是真正的听雪楼。”

“是吗？”萧停云不出声地笑了一笑，抬起头，望着帘外的日光，语气忽然变得哀伤，“原来你也相信血薇夕影人中龙凤的传说啊……是不是因为这样，你才几次三番地想要置苏微于死地呢？”

“什么？”她脸色瞬间苍白，手微微一动，却转瞬被他死死扣住。

“不要动，冰洁。”萧停云闪电般动手，刹那扣住了她双手的脉门，用的竟然是雪谷门下最上乘的武功，不容她有丝毫的反抗！他看着她，压低的声音里带着从未听过的寒意：“我知道你袖里有刀——你最好不要轻举妄动，否则我就真的只有杀了你了。”

她手指微微颤抖，咬住了嘴唇。

“你……”她似乎想问为什么，却终究还是没有问。

“我都知道了。”萧停云看着她，慢慢地一字一字说，每一个音节都拖得如同钝刀割过脊髓，“从五年前开始，就什么都知道了。”

她震了一下，却还是没有说一句话，只是低头向着暗壁，一动不动。

“呵……冰洁，你是什么时候开始真正动杀机的？那一次，你让苏微去追杀梅家的二当家梅景瀚，却故意没有给确切的情报，导致她低估了对手差点丧命——你是故意的吧？”萧停云的声音平静无波，却仿佛深潭一样见不到底，冒着寒意，“或者，是从苏微第一次出现在楼里开始，你就想要把她除掉！对不对？”

赵冰洁咬紧了嘴角没有回答，苍白的脸上甚至没有表情。

“苏微武功虽高，成长的环境却简单封闭，心智单纯。而你却不一样——你从十四岁开始，就已经是一个见惯生死、深藏不露的人了。”萧停云注视着她，一字一句，长长叹息，“日夜与仇人为伴，竟能丝毫不露声色，实在令我敬佩。”

他最后一句话说得平静而锋利，一分分刺入她心里。

赵冰洁的脸色终于动了一动，苍白而尖尖的下颌一扬，似乎要说什么，却又忍了下去。

“为什么不说话，冰洁？为什么不否认？为什么不辩解？”萧停云心平气静地说到了这里，看到对方还是这样死寂的表情，语气却忽然微微激动起来，“说啊！哪怕说一句都行！”

“我没有什么好说的。”终于，她开口了，却闭上了眼睛。

“为什么没有好说的？说说你的身世，说说你的来历！”萧停云却愤怒起来，压低了声音，语气却依旧微微战栗，“你的父母都是梅家门下的死士，在你小时候，他们不惜双双以性命做赌注演了一场戏，把你送进了听雪楼当卧底——我父母未曾料到一个小盲女有这样惨厉的心机，竟然真的收留了你，视如己出。而我的师父池小苔，明明知道你真正的身份，却居然在临死之前将朝露之刀传给了你！”

他一口气说到这里，吐了吐气，低声道：“这些，我在五年前就查出来了，却一直隐忍不发。从那时候开始，我就在留心你的一举一动。可是……”

他握紧了她的手，厉声：“可是你在这几年里，除了针对阿微，却从来没有做过一丝一毫对听雪楼不利的事情！为什么？”

她猛然一颤，睁开眼睛看了他一眼，却没有表情。

“你在这几年里，逐步替我除去了梅家在内的七大反叛力量。十年前洛水旁，更是设下机关，一举将天道盟主力击溃！你做的每一件事，我都看在眼里。”萧停云紧盯着她，低声，“这些年来，我一直在盯着你的一举一动。冰洁，如果你有异心，我便会立刻杀了你！可是你的所作所为却让我大惑不解——你……到底想做什么呢？”

赵冰洁微笑了一下，却不回答。

“直到苏微来到听雪楼之前，你从未做过一件不利于楼里的事情。”萧停云低声说着，眉间神色复杂，“所以，我也一直对你按兵不动——我多么希望我猜错了，冰洁。你不是来卧底的，而是真的是站在我这一边。或许有一天，你会主动告诉我你的苦衷。”

“而当你说出来的那一刻，我就会立刻原谅你做的一切。”

他的声音到了最后有一丝颤抖，那是痛苦的尾音。就像是有一把刀插入血肉之中已久，却忽然被血淋淋抽出时，那种难以压抑的痛苦。

她在他的语声里微微颤抖了一下，却垂下了眼睛，一语不发。

“我一直是这么以为的。如今才发现那只是自欺欺人的臆想罢了。”萧停云的语气从痛苦转为愤怒，凌厉而决断，再无丝毫不舍，“你，根本就是想要我死！想要听雪楼灭亡！”

马车在疾驰，竹帘摇摇晃晃，光影在女子苍白的脸上明灭。

“这次苏微被人下毒，被迫离开洛阳，其实也是你一手策划的吧？你让我将四护法调往苗疆，还在我的马车上动了手脚，是不是？”萧停云微微冷笑起来，“我真的很好奇——这一次，你们到底安排了什么计划呢？天道盟，如今还剩下多少实力？”

赵冰洁没有说话，只是静默地合上了眼睛。

她的眼眸漆黑，里面没有一丝光，黯淡如死。

“十几年了，我一直在等你开口，冰洁。”萧停云语气低缓下去，叹息，“直到前天，我还一直问你是否有话要跟我说。可是你说没有——哪怕是现在，我原本可以直接命人杀了你，但我还是想最后和你谈一次。”

他默默松开了扣着她手腕的手，望着她：“可是，你没有回头。”

“怎么回头？”终于，她轻声开口了，“已经是末路，回头也无处可去。”

萧停云猛然一震，抬头看着她。

“真的是你？”虽然已经猜疑了十几年，但此刻听到她亲口承认，他却还是不敢相信，眼里有难以掩饰的哀伤，颓然喃喃，“做下这一切的……真的是你？”

她看着他，默默颔首，心里却忽然一痛。

这时，马车已经到了洛阳东门外，郊外绿树成荫，鸟声如织。

“不错，我是天道盟的奸细，是多年的卧底。”赵冰洁忽然笑了一笑，微微扬起了眉毛，“既然你已经识破了——不如今日就做一个了断吧！”

在她说出那句话的时候，萧停云已经有了及时的警惕，然而就在那个瞬间，他听到林中传来一声奇特的鸟啼，然后整个马车就仿佛失控一样，在林中狂奔起来！

“韩松！孙立！”他厉声喊，呼唤驾车的楼中子弟。

外面已经没有人答应他。

有埋伏！萧停云来不及多想，一刀劈开了车厢，便是纵身而上——掠出的时候，他一眼看到原本自己乘坐的那辆马车跑在前头，已经快要平安到达渡口。飞掠而出的时候，他听到了一种诡异的嘶嘶声，仿佛是有一条巨蛇盘在马车下吞吐着芯子。

这车里……被放了火药？那一刹那，他明白了过来，足尖在马车顶上一点，便是竭尽全力向旁边的树上跃去。

然而，人到半空，仿佛忽然想起了什么，他蓦地一顿，强行止住了去势，手在车顶一搭，折返过来，探手入内一把拉住了车里的女子，厉声道：“快出来！”

赵冰洁坐在马车里，面无表情地看着他：“何必？”

低语未毕，她忽然间一反手，一把就扣住了他的手腕：“下来！”

他瞬间一惊，全身冷汗涌出——她，竟是要拉他同归于尽？

火药引线燃烧的声音还在耳畔继续，在这千钧一发之际，他来不及多想，内力到处，一把将她的手震开，夕影刀便是如匹练般划了出去——然而，出乎意料，那个盲眼的女人却只是坐在那里，根本没有拔刀。

夕影刀毫无阻拦地划出了一道弧线，没入她的肩头，斩断锁骨斜劈而下。若不是他一惊之下及时收刀，便已经将她斩为两段！

萧停云停在车顶，震惊地看着她，手腕微微发抖——她……她在做什么？苦心经营多年，做了这一切布局，到了最后居然不求成功只求成仁，就这样甘心被他所杀？

生死一发之际，她，到底要做什么！

“下来！”然而，在他震惊收刀的那一瞬，她却低喝，随即用另一只未曾受伤的手拉紧了他的手腕。只是微微迟疑了一刹那，他便被她拉入马车，反手飞速关上车门。

就在那个瞬间，外面忽然有风雨声呼啸而来！

“伏下！”赵冰洁低喝，一手将他推倒——马车的厢壁在那一瞬间忽然变得千疮百孔，无数暗器利箭从两侧的林中飞射出来，同一时间攒射向这一辆马车！那是暴风骤雨一样的袭击，并非人力能及，而是从一早就安好的弩机里发射而出！

如果刚才不是她当机立断地将他重新拉入车里，只怕掠出马车的他尚未落到地上，在半空便会被密不透风的这一轮袭击刺杀！

萧停云倒抽了一口气，只觉得心惊。

暗器如雨，他屏住呼吸，伏在车底板上一动不动。赵冰洁也是默默地伏在他身侧，肩上的血急速涌出，染透她和他的衣襟，滚烫如火。

短短一刹那，火药的引线还在燃烧，嘶嘶如毒蛇吐芯。

“右后轮旁红色标记处！”赵冰洁忽然低声道，“快！”

他来不及多想，就地一滚，迅速地接近车厢后部，手中夕影刀反插而入，在右后轮旁三尺的地板上直插至没柄——就在那一瞬间，他感觉到刀锋斩断了什么东西，耳边那如毒蛇一样的声音戛然而止。

引信被截断。

在这种生死一发的时候，她居然没有骗他！

萧停云松了一口气，眼神复杂地看了赵冰洁一眼，手上却是片刻不停。手指如风一样弹出，飞速敲在那些插满了车厢壁的暗器末端——那些暗器忽然齐齐反弹，以比来势更快的速度呼啸而去，瞬间没入了道路两侧的林中！

有短促的惨呼声响起，转瞬消失。

马车还在继续飞驰，袭击也继续如暴风骤雨般而至。很快的，柚木打造的车厢便无法支持，轰然四分五裂——与此同时，萧停云听到了马的长嘶声。拉车的四匹骏马也已经被埋伏的暗器射杀，发出临死前的惨呼。

这马车，已经再也没法乘坐了。

“走！”他低声道，回到了赵冰洁身边，伸手入她肋下一把将她扶起，在马车四壁轰然倒塌的瞬间向上掠起。他提了一口气，凌空转折，刀光如水，一圈淡碧色的光华在身侧漫开来，仿佛织起了一个虚无的光之帷帐，将他和赵冰洁都护在其中。

一刀过，他落到了其中一匹尚未受致命伤的马上，疾驰。

此刻洛水渡口已经在不到一里之外，可以看到先行到来的听雪楼子弟已经围上了当先跑到的那一辆马车，看到里面空空如也时都变了脸色。萧停云策马奔去，发出了一声呼啸，向着远方示警。

“楼主！”下属们惊呼着前来奔援。

道路两旁的那些暗杀者仿佛知道时机已过，悄无声息地一齐瞬间停止了攻击。受伤的骏马一阵狂奔后终于脱力，前腿一屈，将马背上的人甩了出去。萧停云搀扶着赵冰洁掠下马背，大声叫人过来包扎伤口。

然而，就在那一刻，他感觉到一双冰凉的手悄悄按在了他左肋的死穴上。

他霍然一惊，低下头，正对上赵冰洁不动声色的眼睛。

她的眼睛比平日更黑更深了，几乎看不到底，日光在她的瞳孔里居然反射不出任何光泽——那一瞬间，萧停云有些恍惚：不知道她的眼睛如今到底是真的盲了，还是比任何人更亮？就如他一直以来都看不透她的内心。

他在千钧一发之际选择了出手救她，然而，她却反过来趁机对他下手？

她在猝不及防之时出了手，无声无息地直接按在他的要害之处。隔着薄薄的衣衫，他甚至能感觉到那把朝露之刀的冷冷锋锐，几乎要割破肌肤刺入血脉。在这样近的距离内，就算他有把握在一瞬间杀她于刀下，自己也必然会被她临死前的一击刺穿心脉。

然而，她只是将手按在他肋下，却并没有进一步的举动。

他低下头看她，忽然听到她垂下头，极轻极快地说了一句什么。

萧停云吃了一惊，脸上神色微微改变。

“楼主！你没事吧？”那一刻，楼里的弟子们已经赶到了，围上来纷纷惊问。

“路上遇到伏击，韩松和孙立已经死了，幸亏赵总管没有事。”萧停云不动声色地开口，吩咐众人，“此刻那些人定然还在附近，大家需要小心——文舟，你即刻带人和楼里驻守的人马联系，要小心这一路上的埋伏。”

“是！”左右领命。

“赵总管受了惊吓，我先扶她进去休息。”萧停云扶着赵冰洁吩咐左右，“好好看着渡口。如果有船过来，即刻通知我——我亲自出去迎接苏姑娘。”

“是！”

显然先前到来的楼中子弟清过场，酒馆里空无一人，只有那个老掌柜和店小二还躲在一角，敬畏地看着这一对男女从外面缓步而入，战战兢兢。

萧停云一路上殷勤搀扶着赵冰洁，左臂揽着她的腰，始终不曾松开手，显得亲密非常。他们两人在一个靠窗的位置上坐下。然而就算坐下了，两人依然贴得极紧，似是难分难舍。

“咦？”店小二不由得嘀咕了一声，“这个公子哥儿倒是风流，这两人是黏一块儿了吗？”

“嘘，少多嘴！不要命啦？”掌柜连忙低声叱喝，“快去！”

店小二撇了撇嘴，忙不迭地拿托盘送了两盏茶出去。一边走一边将肩膀上的毛巾甩下来，拧了个手巾把子准备抹桌子。

这一边，萧停云只是静静地看着身侧的女子，揽着她的腰，嘴角浮起一丝奇特的笑意，重瞳幽深，令人看不到底。然而赵冰洁只是用没有光泽的黑色眸子看着前方空空的桌子，冰冷的手没有离开过他的左肋。

——只要她一动，袖中的朝露就能刺穿他的脏腑。

——同样的，只要她一动手，他也能在瞬间震断她的颈椎。

这是一个极度危险而微妙的时刻，就仿佛两柄出鞘的刀，刃口对着刃口在静静对峙，在无声之中充满了张力。

然而，就在这样千钧一发之时，一个人却不知好歹地闯入了他们之间——

“两位客官，要点什么？”店小二堆着一脸笑走了过来，展开毛巾把子，准备将他们面前的破旧方桌擦上一遍，“要不要照老样子，来一壶冷香酿？”

萧停云默默点了点头，没有说话。旁边的赵冰洁表情冷肃如石雕。

“好嘞！”店小二殷勤地将桌子擦了一遍，重新把毛巾甩上肩头，扬声对里面喊道，“一壶冷香酿。”

谁也不曾想到，变局就在那一刹那发动。

在店小二那一声拖长的尾音之中，赵冰洁的手忽然动了！

朝露之刀在那一瞬间从她袖中划出，如同一滴朝露冷冷掠过，锐利的刀锋刺破了身边之人的肌肤——这一刀的速度快得惊人，不知道在暗地里练习过几百几千次。

刀光一闪而没，仿佛叶上朝露，瞬间消失。

血从刀锋上如瀑布般流下，染红了女子握刀的手，让那只苍白纤细的手变得狰狞如厉鬼。赵冰洁还是坐在那里，手里的刀却已经刺入了面前之人的胸口。

“你……”被猝不及防一刀刺穿的人惊骇地睁大了眼睛，喘息。

她的刀，刺入的是那个店小二的胸口！

不知道这是不是她第一次杀人，赵冰洁脸色苍白，只是沉默着用力一转手，锋利的刀锋将面前人的内脏瞬间搅碎，然后狠狠地拔出！

血如同箭一样喷上了她的衣裙。刀一抽出，酒馆的店小二踉跄着扑倒在方桌上，手指痉挛着，几度仿佛想要用力扳开什么。那一刻，赵冰洁的第二刀挥出，咔嚓一声，竟然将他整个右手齐腕斩断！

断手在桌面上伶仃滚动，手里的毛巾把子散开了，露出了冰冷的金属：里面是一筒机簧已经打开的暗器。

那是天下第一的暗器：暴雨梨花针。

一旦扣下机簧，三千六百支密如牛毛的针将织成一道网，在周围一丈之内，任凭再厉害的绝顶高手也无法逃过！

在赵冰洁拔刀的那一瞬，萧停云同时闪电般地飞身掠起，然而却不是为了躲避朝露之刀，也没有攻向赵冰洁——只是一按桌子，折身飞掠，在赵冰洁解决了店小二的同时，出其不意地逼近了酒馆的掌柜。

一道清光横泻，对手还来不及动手，夕影刀便停在了咽喉上！

仿佛是心有灵犀，他们两个人在那一瞬间同时拔刀，各自攻向不同的对手，配合得天衣无缝——兔起鹘落，只是刹那，酒馆中胜负立分，精确利落得令人惊叹！

“没想到，你的眼睛居然已经看得见了？”萧停云转头看着她，语气带着说不出的复杂感慨，“是从什么时候开始的事？还是你一直只是假装失明？就如你一直假装投靠听雪楼一样？”

她拔刀而起，眼神亮如闪电。听到他的话，只是眉梢微微一动，并无回答。

“这是唐门暗器，你从哪里拿到的？”萧停云转过头去，将刀压在了掌柜的脖子上，眼神冷酷，低沉地问，“莫非，唐门也是天道盟中七大家之一？”

同伴已经横死，然而那个掌柜的却眼也不眨一下，冷然不动。他只是直直地看着赵冰洁，眼里露出愤怒和不可思议的光芒，似乎完全没想到会是这个状况——是的，这个女人明明是自己人，却居然在最关键的时候反戈一击！

那个掌柜的刚刚扣住了算盘，还不等发动机关便被制住，若不是被扣住了腕脉要穴，半身瘫痪无法用力，他便要咬舌自尽。萧停云挑开他的外衫检查，看到了内衬里面不显眼的地方有一个金色的纹章，眉梢忽地跳了一跳。

“不，你们不是天道盟的人！是风雨的金衣杀手？”他的声音冰冷，“原来的那位掌柜和店小二呢？是被你们杀了？谁雇的你们？”

掌柜的哼了一声，一句话也不答，只是暗自用力，想把手里的算盘握起来。

他的手指略微一动，萧停云便立刻发现，低喝一声，出手如电，咔嚓两声拗断了他左右手臂的关节。赵冰洁冲过来，小心地将他手里握着的算盘拿下来，平稳地放到桌上——每一颗算盘珠子里都填满了火药，做成了霹雳子。只要往地上一扔便会迅速爆炸。

这样重重设伏。大概他们早就安排好了，就算听雪楼主侥幸可以逃脱道上的伏击，来到酒馆里，也要将他和所有人的性命一并取去吧？

看这些火药的分量，一旦爆炸，只怕方圆十丈之内无人可以幸存。

——今天这个杀局，竟然是抱了同归于尽的决心！

看到最后的砝码也已经被识破，那个掌柜虽然刀刃压喉，却毫无畏惧，冷然道：“要杀就杀，啰唆什么！别以为从我嘴里能问出什么！”

“我自然是不抱这种期望的。”萧停云放下火药，微叹了一声，“风雨中的金衣杀手，一击千金，不中必死——自从秋护玉创建后，风雨能立足黑道数十年而不倒，组织里的当然都是一等一的人物。”

他的称许令对方眼里的寒芒略微一缓，冷哼了一声。

“今天的伏击，除了你们两个，应该还有别人吧？”萧停云低声，“风雨杀人，从来一环扣一环，绝无只两波行刺未成便结束的事儿。只要你告诉我，后面还有哪些人埋伏在哪里，我就会放你走。”

那个掌柜的没有说话，甚至连脸上的表情都丝毫不动。

“没有时间和你们再耗下去了。阿微就要返回了，我必须在她回来之前把这里的烂摊子收拾完。”萧停云皱了皱眉头，手腕往里一压，瞬间割断了对方的咽喉，“没关系，杀了你，我一个一个解决后面的就是！”

“啊！”就在被杀的那一刻，那个杀手拼尽了全身的力气，冲开了左右手被封的穴道，忽然朝着萧停云撞了过来。刀锋刺穿了他的咽喉，一蓬血飞溅而出，阻挡了萧停云的视线。就在那一刻，他听到赵冰洁在身后呼叫：“小心！”

他只听到背后一声呼啸，有什么东西疾驰而来。而就在千钧一发之际，赵冰洁飞身扑过，一把将他撞开，身体前探，一刀擦着自己的鼻尖反掠而上。只听“叮”的一声响，一枚一寸长、蓝莹莹的小针被朝露之刀截断！

断了的飞针继续飞出，转折了方向，噗的一声钉穿了萧停云的衣角。就在一瞬间，白衣迅速泛黄，赫然蚀出了一个洞！

萧停云吃了一惊，迅速挥刀将衣角一刀斩断，抬头看去，赵冰洁已经飞掠到了窗下，一手扣住了一个枯瘦的老人。

谁都没有想到，在这家小酒馆厨房的灶台下，居然还有一个暗门。

“咦，是九公？你……你居然还活着？”赵冰洁看着那个人，似乎也愣了一下，不由得微笑起来，“我还以为你在上次江城梅家的灭门行动里一起被杀了呢……看来在苏姑娘的血薇剑下，还是有不少漏网之鱼。”

九公看着眼明手快制住自己的女子，眼里也满是震惊之色：“你……你不是梅景浩手下那个家臣的……叫什么来着……赵九？对，赵九。”他喃喃，竭力回忆，“你不是赵九的那个瞎眼的女儿吗？你……你为什么要救萧停云？！”

朝露之刀微微颤了一下，在老人皮肤皱褶的脖子上擦出一道血痕。赵冰洁咬着牙，微微点了点头：“我父亲名叫赵履，排行第九。你给我记好了。”

“哪里记得住那么多。”九公嘀咕了一声，目眦欲裂地看着赵冰洁，呸了一声，“贱人！你明明是我们安插的人，居然在这时候背信弃义？天打雷劈的叛徒！”

赵冰洁微微笑了一笑：“笑话——谁说我是你们的人？”

“贱人！你还想抵赖？”九公厉声，怒斥着叛徒，“你们赵氏世代都是梅家的家臣，你爷爷、你爹、你娘，都是梅家的人！当初你爹你娘拼了性命才把你送到听雪楼去卧底，你今天这般负恩反噬，难道不怕天打五雷轰？”

他下面的话没有说出去。因为刀锋一紧，逼得他无法说话。

“负恩反噬？”赵冰洁微微冷笑，不屑一顾，“笑话！我父母愿意为连他们名字都记不住的‘主公’死心塌地地卖命，那是他们的选择——可凭什么要我一生下来就要继续做梅家的奴才？梅家于我，何恩之有？”

“你……”九公额头青筋凸起，显然没料到会得到这样的回答。

“给我听好了，九公！”赵冰洁站在窗前，手里握着刀，一贯平静的语气也变得说不出的狠厉，“我才不是梅家的奴才！梅家，是我的仇人——杀父杀母的仇人！我恨死了你们。如果不是你们，我如今还是一个父母双全、待嫁闺中的好人家的女儿，才不会变成如今这种人不人鬼不鬼的模样！”

说到最后一句的时候，她的语音里已然有了哽咽，双眸里竟然仿佛烈火在燃烧，回过手用刀柄击在老人的头上，重重将他击倒在地！

九公呻吟着跌倒，口鼻里有鲜血急涌。

从进入这间酒馆之后，萧停云的眼神就落在了赵冰洁身上，警觉地看着她的每一个动作，眼神凝重，杀气并不曾放松半分。

这个女人实在是敌我难分，不到最后一刻，他都无法完全信任她。

然而，听到这句话，萧停云的脸色变了，从胸臆里吐出了一声叹息——这么多年来，他居然还是第一次从冰洁波澜不惊的眼里看到了这样的悲愤之意。

这种深藏隐忍的愤怒和仇恨，已经在她心底燃烧了十几年吧。

“当时，天道盟成立，以梅家为首的七个武林大豪定下了这个计划，把我送去卧底。”赵冰洁将九公击倒在地，封了他背上的大穴，冷冷地俯视着他，“你们挑中我当卧底，除了因为我父母都是梅家的死士之外，也因为我不但为人机灵，而且身体虚弱没有习过武——这样，听雪楼就不大会怀疑一个不会武功的孤儿，而我因为无力自保，也就只能死心塌地地为你们效忠。是也不是？”

她握着朝露之刀，忽然间大笑起来：“笑话！你们杀了我父母，毁了我的家，在我身上下了毒，把我变成如今这副模样，居然还妄想我会为你们赴汤蹈火？！”

“你这个贱人！不知报恩，反而噬主！”九公无法反驳，只能咬牙怒骂，“背叛了梅家和天道盟，你以为你还能活下去？”

“我当然知道自己不能活。”赵冰洁收敛了笑声，平静地道，“把我送到听雪楼的时候，你们就给我下了毒——每一年，我都需要从天道盟拿一次解药，否则就会生不如死。而那种解药在缓解的同时，也会令毒在我身体里进一步加深。你们就是靠这个来绑住我，使我俯首帖耳不敢背叛，对吗？”

那一刻，犹如一道电光掠过心头，将他心中剩下的疑问全部昭然照亮。

“冰洁！”萧停云失声道，“原来是这样。你……你为什么从来不说？”

“我不知道该对谁说。我不是一个喜欢向人示弱求助的人。”她回头看着他，淡淡地笑，空洞的眼里流露出一种深沉的悲哀，“南楼主和秦夫人对我真的很好……事实上，就连我的亲生父母，也不曾待我有这样的情分。我不想做对不起听雪楼的事。可是……”

她停顿了一下，眼里有潸然的泪光，似是回忆起了极其痛苦的事。

“你知道吗？我还是出卖了听雪楼的情报。”赵冰洁苦笑，“在最初那几年里，我尝试了很多次，不想像狗一样地靠着出卖别人去乞求他们的解药——可那种毒发作的时候实在是太痛苦。我……”

说到这里的时候，她停顿了一下，齿缝里有轻微的抽气声，仿佛还在回忆那种跗骨之蛆般的可怕痛苦，许久才又低声道：“每一次……我最终还是熬不过，不得不屈服——在被送到这里的前三年，我靠着出卖听雪楼的机密情报，来向他们换取解药。

“但，每一次活下来，我心里都比死了更痛苦。”

萧停云没有说话，定定看着她，眼神复杂。

这个女子，原来是他一直所不了解的——她是一个夜夜带刀同眠的女子。这些年来他和她靠得那么近，耳鬓厮磨，朝夕相对，无时无刻不感觉到她身上那种清凉宁静的美丽，和美丽下隐藏的刀锋般的危险。

她是谁？是怎样的女人？她心里到底藏着怎样的爱与恨？

听雪楼的女总管在这座空空的客栈里，诉说着前半生的痛苦和挣扎，声音却是平静的：“虽然如此，但我的忍耐力也越来越强：一开始只能熬半个月，到了后来，我在毒发的时候已经能咬牙熬几个月不服解药——再后来，虽然我还是一年一度地给你们送情报换取解药，但事实上，我已经不再需要服用那个药了。那一年，正好是公子接任听雪楼主的时候。”

说到这里，她停了一停，看向萧停云，而他也正在看着她。

“哈哈哈！”她忽然间笑了起来，声音里带着报复的快意，“九公，你明白了吗？从十年前开始，我就再也没有服过一次你们的解药了……我拼着瞎了一双眼，也要挣脱你们的控制！”

“不可能！”那个枯瘦的老者震惊地望着面前苍白瘦弱的女子，嘴唇哆嗦着，喃喃，“‘吸髓’的毒，不服解药的话，就算你是铁打的人，也不可能忍下来！”

“没有什么是不可能的。你们太小看我了。”赵冰洁冷笑，忽然站起来，一把扯下了身上的外袍——她只穿着小衣，露出的身形苍白消瘦，有触目惊心的累累伤痕。

“看到了吗？这上面每一处，都是我自己用针扎出来的！”她冷笑，手里握着朝露之刀，指着自己的双臂，“我不知道在自己身上用过多少药，扎过多少针！到最后，终于找到了一些可以缓解的方法，毒发也不至于生不如死。”

九公看着这个纤弱的女子，一时间竟说不出话来。

“是的，我咬牙忍下来了！所以，从那时候起，我送给你们的情报，也全部都变成了假的！哈哈哈……”赵冰洁站在血泊里，冷笑，“你们还以为我是被你们捏在手心的傀儡？笑话！我不是我父母那种愚忠的奴才，我不会放过你们这些操纵我人生的人！”

她穿好衣服，回头看着他，眼神森冷如鬼，一字一句地吐出一句话，如同诅咒：“当初那定下这个计划的七个人，我，一个都不会放过！”

“什么？”九公不可思议地喃喃，“这些年来，难道都是你在暗中……”

“不错。”赵冰洁苍白的脸上流露出可怕的表情，诡异地一笑，往前走了一步，低头看着他，“这十年里，我使出了诸般手段，让名单上的七个人一个个都先后出了‘意外’——我做得很谨慎，让几件事发生在先后十年之中，或是意外，或是借刀，相互之间毫无关联，所以竟也被我勉强掩了过去，没引起你们怀疑。

“直到把梅景浩也弄死了，天道盟土崩瓦解，我才松了口气！但我还是不敢彻底放心，因为梅家是天道盟的核心，家族内还有人知道我的底细，只要还有一个活口，就难保我的秘密不被人发现。

“所以，我必须要设这一个局把你们这些余孽都引出来，彻底铲除！

“但是，即便咬牙苦熬了下来，因为那个慢性毒药，我眼睛的视觉还是一天天地转弱。”她苍白纤细的手有些颤抖，不知道是因为激动还是痛苦，“我强行压着毒，不让它发作，然而毒性反攻入脑，我真的就渐渐看不见了。”

“贱人，活该！”九公冷笑起来，咬牙诅咒，“你不得好死！”

“是吗？”赵冰洁冷笑，死死地盯着他，厉声道，“就算我不得好死，但闭眼之前，我至少看到了你们的下场！”

她的声音尖利而残忍，带着某种快慰，锋利得仿佛要切开人的心肺。一语之后，酒馆里忽然间就寂静下来，只有充满了血腥味的风在吹拂。

“我只是没想到，梅景浩死了后，天道盟居然还有新的首领在。那一天晚上，来找我的那个人竟然知道我所有的秘密，以此要挟我协助他颠覆听雪楼。”赵冰洁站在窗口的日光之中，身影单薄如纸，抚摩着袖中的朝露，“说吧，九公——梅景浩死了后，你们听命于谁？天道盟剩下的那些残党，又聚集在何方？”

“你也配知道？”九公用苍老的双眼看着这个女人，冷笑，“别以为你已经把我们所有人都杀了——尊主还在那里看着你呢！你们连他的衣角都碰不着！蠢材！”

赵冰洁眉梢一挑，终于露出了一丝怒意和迷惑。

是的，那个神秘的“尊主”，无疑是如今天道盟背后真正的主宰者。那个人是如此可怕，幻影一般来去无踪，他要杀死自己原本也是如同反手般容易，可是为何他竟然真的给了自己解药，治好了她的眼睛？

“那个尊主到底是谁？”她往前一步，抽出了刀，厉声道，“不说的话，我就把你身上的肉一片一片地剐下来！”

“他？”九公笑了一声，“他，就是来终结听雪楼的人！”

话音未落，他身子忽然往前一倾！

萧停云一直聚精会神地在听他们的对话，然而此刻反应也是惊人迅速，对方身形一动，他立刻掠过去，一掌击在了他后颈上。九公一口血喷出来，牙齿顿时断了好几颗，咬住舌尖的下颌顿时松脱。

“不用徒劳挣扎了。”萧停云冷冷地扣住他的咽喉，看着这个老人，“我一向不喜欢折磨硬汉子，更不喜欢折磨老人，所以希望你也不要逼我动手——快回答！”

然而，九公紧闭嘴唇，冷冷哼了一声，竟然是毫不动容。

“不说也没关系。”萧停云唇边露出一丝刻薄的冷笑，“带回楼里去慢慢问，只要你还有一口气，我自然有几十种方法令你开口。”

他的声音冰冷得怕人，然而脸上却还是带着那种温文贵公子的微笑，说话之间，手指连点对方八处大穴，封锁了一切可以活动的关节，然后将老人放到了一边的椅子上，等着交给外面的下属带回楼中审问。

等一切都安定后，他松了口气，忽然低声说了一句：“谢谢。”

这句谢，他说得缓慢而凝重，仿佛穿过了十几年的时光。

“何必谢我，是你自己救了自己。”赵冰洁脸色苍白地望着他，笑了一笑，神色复杂，“方才情况危急，在那种时候，你相信了我说的每一句话，毫不犹豫地和我合力协作，制住了所有敌人——如果不是有了这份决断和信任，我又如何救得了你？”

萧停云叹了口气，伸过手紧紧握住：“我当然相信你，冰洁。”

“如果你真的想要我死，想要听雪楼灭，那么从一开始，你便会怂恿我亲赴苗疆。”他苦笑，“因为这样一来，听雪楼的实权就落入你手里了，到时候你想做什么都很方便。”

“哦？”她微微一笑，却没有顺着他的话往下说，“那也可能是我为了避免你猜疑，故意不说，转而支开听雪楼四护法，以便于留下来对付势单力薄的你。难道不是吗？”

“这种想法，我也不是没有过……而且一度我是信以为真的。”萧停云颔首，没有否认，却摇了摇头，“不过在刚才道上猝然遇到伏击时，我就已经彻底否定了这个猜测。”

他喃喃，望着门外停放的崭新的马车：“今日离开总楼时，我故意坐上了你乘坐的那驾马车——这是随机的决定，绝不可能被任何人预先知晓——可为什么所有袭击是冲着你的马车发动，而原本该我乘坐的那辆马车却平安到达了渡口？”

赵冰洁没有说话，嘴角微微动了动。

“你传了假消息给那些人，是不是？”他望着她苍白的脸，叹息：“你已经做了准备，要替我引开所有刺杀者，哪怕自己以身相殉，对不对？”

她的手在他手心里微微一颤，仿佛想抽出来，却被他捏紧。

萧停云低声："当想明白这一层之后，我又怎能不信任你？——所以在你暗中提醒，要我小心店里之人时，我当然没有任何犹豫。"

赵冰洁嘴角动了动，仿佛想说什么，却只是露出了一个淡淡的笑意。

"你到底是怎样一个女人呢，冰洁？"他喃喃叹息。

"别管我是怎样的人。"她笑了一笑，低声，"这些年来，我只是想和你一起守护听雪楼而已——哪怕你一直以为自己与之并肩作战的……是另一个人。"

他心中大恸，嘴唇动了一动，终于还是无法按捺住内心激烈的情绪，抬起手，一把将她紧紧抱入了怀里，低声叹息："冰洁！"

在他们成年后，他还是第一次这样拥抱她，她只觉得极痛却极欢喜。

多年来心底隐藏的隔阂和猜忌，曾经如刺一样横亘在他们中间。而如今，终于一朝冰消雪释。他终于伸出手拥抱了她，再不顾及是否会被那些暗刺所伤。

那一瞬，她觉得即便就在此刻死去，也是无悔无憾。

第三章 夕影血

一

“原来我错了——”许久，她喃喃，“你最爱的，还是听雪楼而已啊。”

“你的确是错了。”萧停云淡淡道，凝视着她，“我们一起生活了十几年，你毕竟还是不明白我——冰洁，我厌烦了站在别人阴影之下，我最爱的……”

“你们两个得意什么？”旁边的九公看到两人这般情状，冷笑起来，恨极，“贱人！就算你千算万算，也保不了听雪楼了！你以为躲过了这次就是万事大吉？”

“这不过是引蛇出洞！”他大笑起来，白发飘萧。

赵冰洁一颤，失声惊呼：“什么？”

“血薇归来，听雪楼的子弟都随着楼主来渡口迎接，结果唱了一出空城计。”九公狞笑，得意万分，“声东击西，如今我们的主力人马，恐怕早已经攻破听雪楼总楼了！哈哈哈！尊主神机妙算，又岂是你这个贱人能猜到？！”

“什么？”赵冰洁一个踉跄，只觉血气倒冲。

是的，她全心全意地应对着今日的伏击，用尽全力要把这些毒蛇引出巢穴，在洛水渡口围歼——却不料，对方也只是利用了她，转而另外布下了杀局！

一只手及时从旁伸过来，扶住了她摇摇欲坠的身形。

“冰洁，不必担心。”萧停云却是镇定，低声道，“我已有安排。”

她愕然抬起头，却对上了他深不见底的重瞳。那一刻，她只觉得心安。

萧停云顿了顿，道：“自从苏微中毒以来，我便隐隐觉察一个针对听雪楼的大阴谋正在形成，所以一直很小心地提防——不仅是提防着你，更是提防着所有人。所以，我断然不会做出把所有人调离总楼的举动。”

“什么？”她猛然一震，失声道，“难道你……”

“是，我是把总楼全部人手都派来了洛水。但是，那之前，我已经从各地分坛里秘密抽调了精英人手上来备用。”萧停云微微笑了笑，“放心，如今楼里守卫森严，四位护法大概已经在带领子弟们御敌了！”

此语一出，不仅是赵冰洁，连九公都脱口惊呼出声来。

“四护法？”九公失声道，“不……不是已经派去苗疆了吗？”

“我给冰洁的是假情报。”萧停云冷笑了一声，看了一眼这个老人，“我根本没有派他们去那里。他们一直待在洛阳等着，等着你们这些人。”

赵冰洁定定看着他，眸子里终于露出了洞彻的神情。

“原来，你早已提防。”她微微叹息，语气复杂莫辨，“根本从一开始，你就没有听我的劝告，将四护法调离洛阳去找苏姑娘，对不对？——你担心我会勾结对手忽然发难，所以在暗中积聚力量，以备不时之需，是不是？”

萧停云颔首，似有愧意：“抱歉。”

是的，这么多年来，他和她朝夕相处，暧昧而亲密，事实上却从未真正信任过她。因为他知道身边的这个女子袖中藏着的那把朝露之刀，不知何时便会出鞘割破他的咽喉——与这样的女人同处，又怎能不日夜提防呢？

萧停云叹息：“碧蚕毒不是见血封喉的毒药，但苗疆路途遥远，如果是派人去取药，则无法在一个月之内往返。所以，为了及时解毒，最好的方法就是中毒之人亲自去一趟——冰洁，你难道不觉得对手是故意这么安排的吗？”

赵冰洁叹息：“你原来早就明白了。”

“他们用计让苏微离开了听雪楼，便以为我会亲自出马，或者至少派出楼中重要人物前去寻找——这样，他们一方面可以以静制动，在那边布下罗网将我们派去的人手一个个消灭，而另一方面，听雪楼实力空虚，自然更容易让他们乘虚而入！”萧停云的语气冷静洞察，“这种调虎离山之计，实在用心刻毒。”

赵冰洁无言颔首。原来，一直以来，他都是这样心思细密的人，远比她料想的更加睿智深沉、杀伐决断——这些年，她日夜为他忧心，替他所谋唯恐不周，却不料，他暗地里早已经做了万全的准备。

如果是这样的话……倒是令人放心了呢。

“只是，公子好狠的心。为了楼中大计，竟将苏姑娘的安危搁置一旁。”赵冰洁叹息了一声，“幸亏石玉如今找到了她，如果她在苗疆有个三长两短，公子心里难道不会有愧疚吗？”

萧停云身子微微一震，似乎也很难回答这样尖锐的问题。沉默了一会儿，最终只道：“血薇的主人不该是一个等待被别人救助的弱者，我相信阿微凭自己的力量，也能够渡过难关——如果不能，她也不是我所期待的那个人。”

赵冰洁没有回答，只是轻微地叹息了一声。

“原来我错了——”许久，她喃喃，“你最爱的，还是听雪楼而已啊。”

“你的确是错了。”萧停云淡淡道，凝视着她，“我们一起生活了十几年，你毕竟还是不明白我——冰洁，我厌烦了站在别人的阴影之下，我最爱的……”

就在那一刻，外面传来了一声欢呼。

萧停云的语声停顿了一下，视线投向了窗外——那里，夕阳下的江面澄澈明亮，映照着千里的晚霞，宛如从水底浮出了一个晶莹剔透的琉璃世界来。在辽远的江面上，一叶孤舟从南方驶来，船头有听雪楼的旗帜，猎猎飞扬。

“楼主！”门外有弟子急急奔过来，惊喜道，“是石大人带着苏姑娘回来了！”

“是吗？”他霍然站起，有掩不住的喜色，“快去迎接！”

然而只是一刹那，岸边传来一阵惊呼，只见离岸尚有三丈的船猛然一晃，剧烈颠簸起来！水底有什么东西瞬间涌出，跃上了船头——那些穿着黑色水靠的人手执分水刺，袭击了这一艘即将靠岸的小船！

“不好！有埋伏！”萧停云吃了一惊，来不及多想，一点足便穿窗掠了出去，“大家不要擅自行动，听我指令！”

一阵风过，面前便空了。

赵冰洁站在空无一人的客栈里，眼神空茫黑暗，但却转过脸，迎着窗外夕阳射入的方向，望着那一艘船从琉璃般的江面上缓缓驶来，嘴角浮现出了一丝悲凉的笑意。

是啊……那个女子，终究还是回来了。

这一场难关渡过后，夕影血薇再度聚首，就算是背后尚有势力蠢蠢欲动，听雪楼在江湖中的地位又有谁能动摇？而她，终究是再也没有立足之地。

就在黯然一分神之际，她忽然听到了一声极轻极轻的冷笑，忽然心惊。

那其实不能算是笑，因为笑的人根本不曾启唇，就算面上也不曾露出一丝异常的表情来——只是看到那一艘船靠岸，不自觉地从唇齿之间流露出一声极其轻微的嗤鼻来。换了任何人，恐怕都不会注意到这一声下意识的吸气，然而赵冰洁却是一个在黑暗中生活了大半生的女子，光论听觉灵敏，只怕足以媲美绝顶高手。

她蓦然回身，看向了声音的方向。这座破败的酒馆里血污四溢，除了她之外，只有那个被制住了的皓首老人，正在满嘴是血地望着外面，笑意诡异。

“九公？”她脱口低呼，脸色唰地苍白，仿佛隐约感到了什么不祥。

难道这一波的刺杀，竟然还没有结束？！

“公子，小心！”她顾不得这边，连忙踉跄追了出去。

萧停云赶到渡口时，正看到石玉在船头和那群突然来袭的刺客血战。

这个掌管吹花小筑多年的人，平日就喜怒不形于色，即便是遇到了猝不及防的袭击也是面无表情、丝毫不乱。他身边几个跟随他去了苗疆的楼中弟子也纷纷拔刀，和那一行水底冒出的刺客交起手来，一时间竟也没有落了下风。

岸上的听雪楼弟子看得心焦，却因为船还在江心，没有楼主的号令不敢擅动。

此刻看到萧停云从酒馆里飞掠而出，齐齐看了过来。

“带上二十人，跟我去救援！”他沉声吩咐着，落到了岸边准备好的一条小船里。也不等船夫上来，抬手一拍，岸边巨石应声碎裂，小船箭一般向着江心急射而出。

船上还在激斗，萧停云不等两船靠近，便足尖一点掠了上去，翻腕拔刀。

船头地方狭小，只能容下五六人，一刀挥出便可以将整个船头笼罩。此刻夕影刀一出现，登时便改变了局面。萧停云和那些人一交手便不由得“哦”了一声，心下了然。

这些人还是风雨组织的杀手，却并不是最高级别的金衣杀手。

看来天道盟真的是已经山穷水尽，人手和资金都匮乏，竟然只能雇佣风雨的人来完成这次袭击——而且，还只是二流的银衣杀手而已。

“石玉，没事吧？”他一刀逼退了两个杀手，转头问不远处的同僚。在和一群杀手搏杀，石玉的动作似乎有些僵硬，武功好像比平日差了一筹，令萧停云心里一惊，脱口问：“怎么，你在滇南受了伤吗？”

石玉似是来不及说话，只是摇了摇头，且战且退。

“楼主，快去救苏姑娘！”旁边有人急道，却是和石玉一起去滇南回来的宋川，出剑凌厉，一口气逼退了几个扑上来的杀手，帮萧停云挡住了背后的袭击。

“好！”他低喝了一声，一刀斩断面前拦路之人的脖子，冲了过去。

刀风卷起了帘子，萧停云看到舱里的苏微。她半坐在那里，手里握着一把剑，脚下躺着两具尸体，侧脸对着他，微微咳嗽着。

“阿微！”萧停云唤了她一声，“快出来！”

她应了一声，握剑转过身。他发现她脸色苍白，竟是像白纸般一点血色也无，心头一震，刚要问什么，背后又有两艘小船靠近，二十名听雪楼精英子弟陆续来援。然而萧停云尚未松一口气，忽然觉得整个船身往下一沉！

有两个杀手从水里潜出，嘴里叼着匕首，竟然凿沉了这艘船！

“船要沉了！”萧停云厉声，“阿微，快出来！”

船舱里的苏微起身出舱，刚一动手，又咳嗽了几声，探出一只手来，似乎想要让他扶一把——那只手纤秀如玉，虽然已经褪去了中毒的青气，却苍白得毫无血色。萧停云眼见情况危急，也来不及多说，连忙探出手扶住了船舱里的苏微。

那只手冰凉而柔软，似没有丝毫力气。

就在那个瞬间，他忽然觉得有什么地方不对。

他说不出什么不对。但是苏微将手放在他手心的那一瞬间，他竟然心底一冷，犹如入手的是一柄剑！就在他微微色变之际，耳后风声微动，一声极沉稳凌厉的刀刃破空之声逼来——萧停云来不及回头，肩膀一沉，下意识闪电般地侧身闪避。

然而他身形刚一动，腕脉便是微微一痛！

帘后探出的那只手，纤秀得似没有力气，却忽然一翻，牢牢搭在了他的手腕上！

那只冰冷的手扣住了他的腕脉，瞬间令他半身无法用力。萧停云心里猛然一震，知道事情不好。然而电光石火之际已经来不及避开，此刻背后的那一刀刺来，眼角瞥到，只见竟是那个沉默寡言的石玉在猝不及防之时动了手！

他来不及甩开那只扣住自己的手，只能提起一口内息，将真力注满左肩，护住了经脉，竟是硬生生地接了那一刀。

石玉一刀砍下，血飞溅，依旧是面无表情。

那一刻，萧停云只觉得心里彻骨寒冷。

是的，他们中计了！——在刚刚竭尽全力应付完了两场伏击之后，谁都以为危机已过，却不料还有一场绝杀，在江上等着他！

如果石玉已经叛变，如果舟上那绯衣女子不是苏微，那么——血薇真正的主人又在哪里？她，是不是如今已经遭遇了不测？！

心念电转，一念及此，他的心里便是一冷，有一种难以抑制的不安。肩上的刀伤隐隐作痛，更可怕的是，他能感到伤口附近迅速地有麻痹感蔓延开来。

有毒！石玉的刀上，居然还涂了剧毒！

怎么可能？他不敢相信地回过头，看着这个效忠了听雪楼几十年的沉默男人。出生入死那么多年，多少风浪都经过了，为什么去了一趟滇南，石玉就变成这样子？！

“楼主！”岸上弟子看到此情，大惊，再也顾不得什么号令，纷纷踊身跃上船，向着江心疾驰过来救援。

然而，看到同门追了上来，本来船上在和杀手搏杀的那些听雪楼子弟却忽然间一起翻脸，回转刀锋，毫不留情地便向着追来的同门迎头砍下！

这一批去往滇南的人，居然齐齐叛变！

“石玉？你怎么了？”萧停云厉叱，回身应敌，一边手起刀落，斩向了那只扣着自己腕脉的手。然而帘后探出的那只手在此刻仍然紧紧扣住他的腕脉，面对着疾砍而落的利刃，竟然仿佛看不见一样地不动分毫！

他没有犹豫，一刀砍落。

咔嚓一声，腕骨断裂，然而令人惊诧的是，帘后那个人仿佛不知疼痛，那一握之力竟然毫不减弱。他挥手甩开那人，那只断腕犹自牢牢握在他手上，竟深入手腕一指深！

在此时，耳边的第二击又已经迫在眉睫。

“石玉！”他单手回刀格住，厉叱，“你疯了？”

然而，那个面目冷肃的下属还是毫无表情，一连串的攻击还是随之而来，狠辣凌厉，竟然招招都是同归于尽的打法——可是无论怎么攻击，却都一言不发，似乎嘴巴已经被人封住了，只留下身体还在毫无顾忌地疯狂攻击。

他的眼眸里，隐约透出一种诡异的蓝色。

那一瞬，萧停云明白过来了：这是傀儡之术！石玉，竟然已经被人操纵了！

一念及此，他再不犹豫。

那只伶仃断腕还紧握在他手上，苍白纤细。舱里那个假扮苏微的女子却没有呼一声痛，另一只手提着剑疾刺过来，狠辣凌厉，眼神也是非中原人所有的暗碧色。生死顷俄，他毫无怜香惜玉之念，一刀将她手里的剑连着半条手臂削断！然后，回过手，将石玉的攻势挡在了身边三尺之外。

此刻，船已经到了江心，迅速地下沉。

洛水茫茫，半江夕阳殷红如血，竟然隐约透出不祥的气息。

“大家小心！快给我……”萧停云眼光扫过，忽然间心头一跳。

杀戮还在继续。听雪楼的两拨子弟们相互残杀，每个人都毫不留情，彼此杀红了眼，窄小的船舷上已经飞溅满了鲜血——看来，这一批跟随石玉一起去滇南的人已经个个都失去了神志，被人所控制了。

和其他被傀儡术控制的人一样，石玉同样也在一刻不停地攻击，每一招都是奋不顾身——然而，在那一瞬，萧停云却发现对方的眼睛里流露出另外一种神情：那是他所熟悉的、属于这个多年相处的真正下属的眼神。

石玉的眼睛，直直地看着船舷底下。

这一刻的情形非常诡异。那一个仿佛战魔附身的人，手上一刻不停地在攻击，近乎疯狂，然而他的眼睛里却仿佛藏着另外一个人，正在焦急万分却无法出声地提醒着什么。

那一瞬间，萧停云忽然隐约明白过来了，悚然：“你是说……”

忽然间，石玉眼里掠过了一丝决然的光，嘴里喷出一口血，竟是硬生生咬破了舌尖！他一边挥舞着刀，一边却是回过另一只手来，狠狠一拳击在了自己胸口正中，只听咔嚓一声，胸膛微微内陷，用力之重让肺腑里的血猛然从喉头冲出。

“楼主！快走！”剧痛暂时令人清醒，石玉在生命的最后一刻终于挣脱了蛊虫的控制，和血吐出了一声短促的厉喝，“舱里有炸……”

然而，他那句话没有说完，随之而来的便是震耳欲聋的爆炸声。

整条船，瞬间在江心粉碎！

一切只是一瞬间。

血和火药的味道弥漫了整个水面，震得破旧的小酒馆屋梁簌簌作响。

"哈哈哈……哈哈哈！"酒馆里的老人狂笑起来，看着那一朵盛大的烟花在水面上绽放、消失、沉没，"哈哈哈哈……死了！全死了！"

谁都没有想到有这样的剧变。那一艘载着苏姑娘归来的船忽然折返，又在驶离岸边后旋即爆炸，将船上的所有人都一并带入了江底——其中，也包括了听雪楼的楼主。

舱底的火药威力是如此剧烈，整艘船在一瞬的爆炸后灰飞烟灭，夕阳如血浸了半江，江面上空空荡荡，只有一两片破裂木板还在水面上打着漩儿，鲜血从船沉没的地方无声无息地弥漫开来，一圈圈地扩散，染得半江血红。

那样诡异凄烈的情景，仿佛有着魔一样的力量，让所有人瞬间屏息。

"不！"寂静中，只听到一声惊呼，赵冰洁从酒馆里仿佛疯了一样夺门而出，一路狂奔，不到水边便脚下一绊，踉跄倒地，"不！"

"不……不！"她跪在地上，喃喃，"不！"

那一瞬，有两行泪水从她眼里夺眶而出。她抬手掩面，哭得全身颤抖、无法克制——很多年来，从来没有人看到冷淡沉默的赵总管这样不顾一切地哭泣，仿佛忽然从一个不动声色的居高位者变回了一个柔弱女子。

在总管发出哭声的那一瞬，仿佛终于明白眼前的一切已经是无可挽回。听雪楼所有弟子都惊得呆了，望着空无一人的江面，许久才爆发出一声哭号。立刻便有人奋不顾身地跃下江，想要打捞起什么。

然而水底弥漫着鲜血，到处都是断肢残骸，惨不忍睹。

许久，才有一个弟子忽然冒出水面，握起一物，失声惊呼。

——那是一截断肢。从肘弯而断，被炸得支离破碎。然而，在那只手里，却还紧紧地握着一个空了的刀鞘。

这……似乎是楼主夕影刀的刀鞘？

所有人都吃了一惊，却无人敢在此刻开口说出第一句话。

然而沉默很快被打破，另一个潜入水底搜索的听雪楼子弟随之浮出水面，同样也是失声惊呼，手里却捧了一把淡青色的刀。

"夕影刀！"一眼看到那把刀，所有听雪楼弟子都变了脸色，终于喊出声来。

——夕影刀和主人向来生死不离，如今刀沉水底，主人身在何处自然可以想见。

一时间，某种不可思议的苍凉宿命感在听雪楼的弟子心里浮起。所有人不由自主地跪了下来，面对着滔滔洛水长跪，哭号，叩首至流血——今天，所有楼中子弟都云集在此处，却不能挽救楼主的性命，只能眼睁睁看着他落入陷阱，永沉水底！

君子之泽，五世而斩。

楼主永眠水底，苏姑娘下落不明，传了五代的听雪楼，难道至此而绝了吗？

在所有人哭声越来越响、情绪几近崩溃的时候，忽然听到岸边的酒馆里传出一声惨呼。旁人无暇顾及，然而悲痛中的赵冰洁却是一惊，扶着一个下属颤巍巍地撑起了身子，在这种时刻却犹自克制着自己的情绪，回身到酒馆里看了一眼。

那个狂笑着的老人此刻横尸室内，眼睛大睁着，脸上笑容未敛，然而花白的头颅却染满了血——有谁，竟然趁着方才片刻混乱灭了口！

那一刻，她只觉得全身发冷。

是的，强敌未除，就蛰伏在附近！而他们，不过是狮子口边的羔羊。

赵冰洁苍白的脸色更加苍白了，手指微微发抖，摸索着拔出了九公头颅里的暗器，咬牙沉默了片刻，忽然冲出门外，一巴掌将跪在地上痛哭的楼中弟子打得怔住。

“都给我起来！”她望了望洛阳城的方向，咬着牙，厉声，“没有时间在这里哭了！都给我起来！回洛阳！”

所有人震惊地回过头。听雪楼的女总管已经重新站起来了，她抱着那把从水底打捞上来的夕影刀，容色苍白如死。她紧紧咬着嘴角，直到一行血从唇齿之间滑落，殷红刺目。然而，说出的话也是冷定如常——只是短短片刻，她竟然已经控制住了崩溃的情绪。

“听着，如今大敌压境，总楼危在旦夕！我们不能恋战，必须回撤！

“留下十人一组，继续在水面上搜救幸存者和楼主的遗体——剩下的人，立刻跟我撤回总楼援助四护法！绝不能让那些人趁机攻入总楼！”

“可是……”弟子们望着空荡荡的江面，犹自恋恋不舍。

“可是什么？！如今楼主不在，大家更要沉住气！”那个一直文静的盲女仿佛疯了，手里捧着夕影刀，用嘶哑的厉声低呼，“先保住总楼！再图报仇雪恨！”

“血债要用血来还！

“凡是今日害了楼主的人，一个都不能放过！”

赵冰洁横转夕影刀，缓缓抽出，刀光映照着她苍白的脸——

“我赵冰洁以夕影刀为凭，在此发誓：就算只余下一个听雪楼子弟，就算上天入地，也要灭了天道盟，让他们流尽最后一滴血，为楼主复仇！”

她用刀割破手指，将血滴入了洛水之中，厉声发誓。

女人的声音是冰冷而微弱的，然而那种声音里，却有着一股令人热血沸腾的力量。洛水边上，所有听雪楼子弟定定看着她，仿佛看到了一种不可轻辱的力量，心中一热，不由得一起举刀，厉声大呼：

“保住听雪楼！为楼主复仇！”

六月初七，在洛水边上，听雪楼遭到了三十年未曾有过的重创。

本以为销声匿迹的天道盟卷土重来，收买了风雨组织的杀手，设置了连环陷阱，发动了力量巨大的反扑，突袭听雪楼。这一场袭击显然是经过了精心缜密的策划，趁着血薇的主人不在楼中，将萧停云从总楼里诱出，从三个地点同时发动了袭击。

那三场袭击一环套着一环，精妙绝伦，几乎是不惜一切力量要置听雪楼主于死地。

萧停云虽然也预料到了这次袭击并预先做了对应的安排，却并未完全地成功破解全部陷阱。在赵冰洁的帮助下，他逃过了前面两轮伏击，却最终未曾躲开江心船舱内的最后一击，和船上所有人一起葬身湖底，尸骨无存。

那之后，听雪楼陷入了前所未有的困境之中——

总楼里，虽然由于萧停云事先做了准备，预请了四位护法出山坐镇，成功地击退了以风雨组织老大袁青枫为首的袭击，保住了洛阳总楼。但此战之后，楼中实力大损，也无力顾上散布在全国的各处分坛。

除了洛阳和长安两处总楼和副楼尚且安好之外，位于全国各地的多处分坛同时遭到了袭击。那些杀手们训练有素，手段残忍，先后有多位坛主死伤，多个分坛被捣毁，一时间全国各地的听雪楼弟子星散流离。

而在这样的时刻，血薇的主人依旧不知下落。

算算三个月时间已经过去，远赴滇南的石玉既然没有带回真正的苏微，那么，孤身流落异乡的她，估计也已经凶多吉少。

君子之泽，五世而斩。

当此外敌压境之时，传了五代的听雪楼难道要就此覆亡？

然而，令人吃惊的是，在此内外交困之际，失去了灵魂的听雪楼却并不曾乱了阵脚——没有人预料到，那个盲眼的女子，竟然在那样危急的关头扛下了一切！

赵总管。

那个毫无武功的盲眼女子，竟然坐到了白楼里，获得了四护法的支持，在危机压顶而来的时刻将一切重担都挑了下来。她一方面坚守总楼，击退了敌手几次进攻，用一切方法召唤散在各地的分坛人马撤回总部，一方面飞鸽传书给听雪楼的盟友求援。

这样一来，岌岌可危的形势得到了缓和。

风雨组织长于刺杀，却不善长期明里与人作战。当初猝不及防的一击固然令听雪楼损失惨重，但在此后，他们的进攻均被听雪楼击退，风雨组织的人手折损也不在少数，属下六百名金衣杀手几乎折损了七成。在听闻外地陆续有盟友将抵达洛阳支援听雪楼后，袁老大终于下了撤离的命令。

就如一夕出现一样，那些神秘的杀手在一夕之间又撤离了。

洛阳城里一片平静，就仿佛什么也没有发生一样。

几日后，来自中原的消息，迅速地抵达了万里之外的滇南。

皓月当空，胧月跪在高台上，打开了面前的水镜，合掌祈祷结印——渐渐地，空蒙的水面上出现了一个影子，戴着面具，正在俯视着水另一边的她。

那是在月神殿深处闭关的灵均，正通过水镜幻术接受下属的朝觐。

胧月躬身请安："大人，多日不见了，闭关还顺利吗？"

"有什么事？"灵均的声音冷淡，略微带着一丝不耐，"我说过，在我闭关期间，没有要事不要轻易打扰我。"

"是。"胧月俯首，低声道，"只是洛阳的消息刚传到，不得不斗胆……"

"哦？洛阳的消息？"水镜的另一边，那双深陷的眼睛里忽然闪过了一丝光，连语声都发生了微妙的变幻，"怎么样？成功了吗？"

"是的。大人神机妙算，毕其功于一役！"胧月回禀，语气也因为兴奋而微微发抖，"此次洛水边一战，听雪楼死伤三百多人，连楼主萧停云都被我们杀了！"

"萧停云死了？"戴着面具的人一震，"真的？"

"是。火药爆炸后，那一条船上没有一个人活下来。"胧月轻声道，"听雪楼的人也只打捞出了萧停云的部分残肢，以及他的夕影刀。"

听到这个确定的消息，水镜的彼端骤然沉默了片刻。

那一刻的气氛，令对面的女子都忽然有些心悸，不知道主人会做何反应。沉默之中，面具后骤然爆发出了一阵骇人的大笑，响彻了暗夜："哈哈哈哈……好，很好！死无全尸！永沉水底！哈哈哈哈……"

那一刻，似乎整个天地都回荡着他的笑声，声嘶力竭，仿佛压抑已久的狂喜和宣泄。然而无论他笑得多么肆意，那张戴着面具的脸还是没有表情，形成了强烈的反差。

水镜那一边，胧月静静倾听着这骇人的大笑，眼里露出震惊——跟随灵均大人那么多年，还是第一次看到这个深不见底的人如此失去控制地大笑，令人完全陌生。在灵均大人的内心深处，又埋藏着怎样深的恨？事实上，那么多年了，就算是最接近他的人，又怎敢说真的了解灵均大人内心在想着什么？

不知道过了多久，笑声渐渐歇止。

"死了……死了。太好了。"灵均喃喃，垂下了头，眼睛虽然看着水面，瞳孔却是涣散的，似不知道看到了什么遥远的地方。许久，他的声音重新平静下来，开口："那么，洛阳那边如今局势怎样？听雪楼总楼被攻下来了吗？"

"禀大人，洛阳那边大局已定，萧停云已死，在各处的分坛已经有六成被击溃。"水镜那边的女子低声禀告，"但是，萧停云死前似乎已经有所预感，特意留下了四护法暗中驻守总楼，血战了三天三夜，我们的人也没能拿下总楼。"

“哦……可惜。”灵均听到这个消息点了点头，看不出有什么表情，只道，“萧停云的确也是个人物，临死居然还摆了我们一道。”

胧月顿了顿，低声道：“如今赵总管坐镇楼中，听雪楼左支右绌，只差一口气便要被击溃——可偏偏风雨组织的人按兵不动，说除非再出一百万两黄金，否则不肯再出手。”

“袁老大可真是不见黄金不动手啊……”灵均叹息了一声，“不过，这也不算他们坐地起价，是我失算。我没有料到萧停云对我们的进攻总楼计划也有所防备，这一次袭击让风雨折损了三百多位精英，代价惨痛。他们要再加钱，也不是毫无道理。”

胧月蹙眉：“那……大人准备再付他们一百万两黄金？”

“怎么可能？拜月教库中已经空了你不知道吗？”灵均冷笑了一声，“一百万两黄金，那是整个两广一年的税收总数——如今风雨若再要一笔，除非把镇南王府给抄了。”

“那……”胧月有些为难，“接着怎么做？”

“算了，这次行动到此为止。”灵均想了片刻，摇了摇头，吩咐，“让左使带着人撤回灵鹫山吧，我另外有新的任务委派给他。”

“啊？”胧月愕然，“就这样算了？”

“我当然也想把听雪楼一口气连根拔掉，不过目下看来并不实际。”灵均冷笑了一声，“先暂时就这样吧！反正萧停云已经葬身水底，死无全尸了！哈……死无全尸！”

他再次笑了起来，声音再度流露出无法掩饰的狂喜和恶毒。

胧月在水镜的彼端听着，不由得担忧地看了一眼高耸入云的月神殿——自从苏微一行离开后，灵均大人便独自去往了月神殿，进入了闭关状态。不过短短一个多月而已，可为什么，她总觉得灵均大人起了很大的变化？他的内心，他的喜怒，忽然间已经不再是一直朝夕相伴的她所能触及。

笑了许久，灵均终于平静了下来，挥了挥手，低声：“算了，这次是我考虑不周，没能一鼓作气将听雪楼彻底给灭了。只能留待以后。”

“大人太谦虚了。”胧月看到他语气有些低落，柔声恭维，“大人之所以一开始就请风雨出手，而没有派出我们自己的人手，还不是想借机消耗一下风雨作为黑道第一大帮派的势力，为日后入主中原武林做准备吗？”

灵均在面具后迅速地看了一眼这个侍女，眼神冷了下来。

这个胧月，以前曾跟随了孤光师父多年，后来转而服侍自己，见识颇为不凡，也对自己多有助益——然而，这个女子知道了太多秘密却不懂韬晦，痴心奢望，时时处处想要对自己指指点点，也实在是令人不快。

“派人去镇南王府，让尹春雨快点筹措好尹家今年上贡的金银。”灵均的语气森冷无情，“告诉她，如今怀孕不过三个月，若想保住腹中这个骨肉，就得给我多出点力气。否则，这个孩子随时随地都会夭折。”

“是。”胧月低声领命。

灵均换了一个话题：“我闭关的这几天，宫里一切都好吗？广寒殿里那一位呢？”

“请大人放心，一切如常。”胧月回禀，知道他问的是明河教主的事情，“广寒殿里的那一位也没有什么异常，还是在夜以继日地试图把那具尸体复活——如几十年来一样。”

“哦，那就好。”灵均淡淡颔首，“她如果有想要踏出密室一步，立刻告诉我！”

“是。”胧月恭谨地领命。

“说起来，她也是个可怜人。”灵均叹了口气，不知道想起了什么，眼神似乎颇为柔和，又带着一丝悲哀，“其实世上哪有可以逆转生死的事情呢？”

“大人，您最近似乎心里多了很多事。”胧月虽然看不到他的脸，然而就算是隔着水镜和面具，似乎也能揣摩到主人的心思，“这次的计划虽然并未毕全功，但主要目的均已达成，仇敌已死，大势已去——为何您反而有所不安呢？”

“是啊……我是应该高兴的。为这一天，我不知道筹划了多少年。”灵均在面具后轻轻叹了口气，语气却迷惘，“可是……为什么真的到了这一日，我却忽然觉得失落？真正的高兴，原来只是那么一刹那的事啊。”

胧月还是第一次听到他流露出这种低落迷惘的情绪，在水镜那边不由得愣了一下，轻声道：“这只是一个开始。等大人横扫中原武林之后，会有加倍的开心吧？”

“横扫中原武林？”灵均重复了那几个字，忽然苦笑了一声，“算了……萧停云已死，我想要的也就实现了大半。如果听雪楼就此一蹶不振，这件事也就到此为止了。”

“大人？”胧月掩饰不住心里的愕然，“您不是想在摧毁听雪楼之后要大举北上，渡过澜沧，在洛阳建立月宫，兴盛我教吗？如今……您竟然想中途放弃？”

她语声急切，全然没注意到水镜另一端的人眼神悄然改变。

“住嘴！”灵均忽然抬起眼睛，冷冷喝止，“我在什么时间做什么事，自然有自己的计划和步骤——你以为你是谁？”

胧月一惊住口，全身发冷。

灵均隔着水镜看着她，眼神也是微妙地变化，许久只是叹了口气，道，“好了，替我先暂时看着月宫。再让左使在撤退前，把赵冰洁那个女人给我杀了！就算一时杀不了，也得好好派人盯着她。”

“是。”胧月道，“这次听雪楼元气大伤，那瞎女人再怎么挣扎，也只能撑一时罢了。”

“你错了，那个赵总管可不是一般女人。”灵均淡然道，戴着面具的脸上看不出表情，“我最初就是太小看她了，才会落得今日地步。”

胧月没有回答，只能竭力垂下眼帘——每次听到他赞赏其他女子，她的心里就会有隐隐的痛。

灵均叹息：“那一日，我捏住了她的命脉，恩威并施，令她答允了和我协作。看她的神色，我还以为她便是真的要帮我一起毁灭听雪楼……世上女子不都是如此么，胧月？得不到的，便宁可毁灭掉——”

胧月脸色微微一变，战栗不语。

“可是，为何她不如此呢？她所爱的男人为了别的女人放弃她，她却不肯离开。如今他已经死了，为何她还要不顾一切地守着听雪楼？”灵均的声音低沉，语气里没有提到萧停云时的那种痛恨恶毒，反而充满了迷惘，“这一幕，令我想起当年舒靖容在内乱中守护听雪楼的时候……世事是不是永远在周而复始地轮回？”

胧月双手一颤，没有回答。

在灵均大人自问的时候，从来不需要别人回答。

“好了。替我传令下去，做最后的清扫。”灵均重新低下头，凝视着水面，声音冷肃，“杀了赵冰洁，击溃听雪楼最后一个首领！同时，调动我教十二灵卫，严查所有道路，特别是那条通往腾冲的咽喉之路：忘川——无论如何，决不可让他们再来滇南找到血薇！”

“寻回血薇？”胧月微微一惊，有点不敢相信，“那个女人不是一直对血薇主人恨之入骨吗？为什么还在不遗余力地寻她回去？萧停云死后她好不容易成为听雪楼的掌舵人，难道不怕血薇主人返回后，自己的地位权力会被人分享？”

“你这样想，就未免落了下乘。”灵均冷冷笑了一下，那种嗤笑令她心里猛然一沉，如同万箭穿心，“在赵冰洁心里，竟是把听雪楼看得比自己还重——这才是最可怕的。所以说我们小看了她。”

胧月垂头，低声道：“如此说来，的确需要除掉这个女人。”

灵均无声地冷笑：“她从未放弃血薇的主人，就算起了巨变，失去了楼主，还在四处地搜寻——光这个月，就先后派出了两批人手渡过澜沧，大有不找到不罢休之势。”

“什么？”胧月失惊，“难道……他们已经来了？”

“是的。已经找来了。”灵均却冷冷微笑，语气一转，肃杀无比，“不过，我也早已有所防备。所有踏入滇南的人都已经被我派人秘密解决了，没有一个漏网！”

胧月松了一口气，叹息：“腾冲说到底也还是教里的地方，局面不会控制不住。

就是怕对方一拨拨地来得勤，迟早都会透露风声给血薇主人，到那时就有点麻烦了。大人，您为何……”说到这里，她停顿了一下，似乎鼓起了勇气：“为何不干脆杀了她呢？”

月光下，灵均眼神骤然变冷。

“当初大人用计把她引来此处，为的是引蛇出洞，削弱听雪楼力量，顺便制造机会好下手对付洛阳——如今事情已毕，为何不杀了干净？”胧月一口气将心里的疑惑说了出来，“留着她在滇南，反而是一个祸患。难道大人还有下一步的棋需要……”

“胧月。”面具后的薄唇里吐出了淡淡的声音，令她一惊住口。

“今天，你的话实在太多了……”仿佛是觉得有些遗憾似的，灵均低声叹息，袍袖一卷，忽然间手指在虚空里画了一个符——那一刹那，不知道是不是幻觉，天上如银的满月陡然一暗，仿佛月华之光被什么力量抽取而去，注入了水镜。

他的手指迅速地划过水镜里的影子，从女子的咽喉上一切而过。

“啊……”水镜彼端的女子立刻匍匐了下去，捂着咽喉，拼命地伸出手抓着虚空，却发不出一丝一毫的声音，仿佛有一只无形的手在瞬间割断了她的声带。

“这是对你的小小惩罚。”平静如镜的水面瞬间破裂，灵均的影子在月下飘然而去，“这一次先做三天的哑巴——如果下一次，再说了你不该说的，那么，你就永远没有机会再多嘴了！我从来不是师父那样仁慈的人，你给我记住了。”

“你，总不会想要和我师父一样的下场吧？”

水镜里伏倒的女子战栗不已，水面离合之中，映出她幽暗的眼睛。虽然口不能言，眼里那怨毒复杂的光却令人不寒而栗。

冷月在头顶高悬，整个月宫似乎都睡去了，静谧深沉。她独自匍匐在圣湖边的高台上，水镜被打翻在脚下，捂着咽喉，抬起头定定看了穹窿半晌，忽然发出了嘶哑的低笑，在月下泪流满面。是啊……到了图穷匕见的时候了。

原来，她的结局不过如此。

第四章 胧月夜

当年，大难来临之际，迦若祭司在漫天劫灰之中狂呼听雪楼主萧忆情的名字，求他助自己一臂之力。人中之龙闻声拔刀，断然斩首，让祭司的首级坠入湖底，将那些恶灵一并超度——生死之际，这对立的两个死敌之间，又有着怎样外人所不能知晓的相惜相敬？

时光如流，一切都已经化为烟尘了。

九年前，她才十五岁，是芒康寨子里一个普通的白族女孩。

那一年的夏天，雨下得特别的大，甚至让全村的人都无法出去在田里劳作，只能待在家里。在雨季最滂沱的时候，寨子遇到了可怕的蟒灾。

千百条饥饿的巨蟒从不知何处汹涌而来，在黑夜里吞噬了整个村庄的人。她在睡梦里被一条十丈长的巨蟒吞入腹中，却浑然不觉——原本，她就会这样化为一摊肉泥，在无声无息中投入下一个轮回。

然而，却偏偏有人剖开蟒腹，将垂死的她重新拉了出来。

大雨鞭子一样打在脸上，全身血肉模糊的女孩惊醒过来，努力地睁开眼睛，看着眼前那种可怕的景象，恐惧得说不出一句话：全村的人都死了，数百条巨蟒被钉死在了村庄的各处，张着笆斗大的血盆大口，狰狞扭曲的头颅上各自插着一支晶莹剔透的箭。

那些箭在大雨里如同水晶般闪耀，错落有致。

而弓，却握在一个纤尘不染的白衣少年手里。

那个少年脸上戴着木质的面具。她看不到他的眉眼，只能看到他的眼神。凝定肃杀，冷静无情。少年手里握着朱红色的弓，上面轻轻搭着一支水晶做成的箭，洁净无瑕，唯有箭头上凝聚着一点红色，在雨中如洗般醒目。

“居然还有一个活着。”她听到另一个声音道，“感谢月神保佑。”

有一双手将奄奄一息的她从泥泞里抱了起来，喂给她一粒灵丹。她努力地抬起头，看到了另外一张男子的脸：儒雅，温文，额上戴着一抹额环，上面镶嵌着一颗殷红如血的宝石，白袍舒缓，在衣角上绣着一弯淡金色的新月。

那一刻，她哇地哭了出来。

是的！在滇南，连三岁的孩子也知道，那是拜月教的大祭司！

“不哭不哭……别怕，没事了。”孤光祭司温柔地安慰着这个劫后余生的少女，丝毫不在意她满身的血污泥泞会染脏了他的白袍，“跟我回月宫去吧，可怜的孩子。”

他转过身，对那个握弓的少年道：“灵均，给她找一件干净的衣服。”

“是。”少年看着她，皱了皱眉头，却还是放下弓箭，从随身的行囊里翻出了一件白袍，“我这里还有一件多余的袍子，就给她吧。”

宽大的袍子裹住了她在大雨中裸露的身体，瑟瑟发抖。那个少年弯下腰，细心地将袍子上的衣带一根根系好。他的手指修长而秀美，指甲透明，如同水晶。

“好了。”那个叫灵均的少年道，站起身，“我背你吧。”

…………

回忆如潮水而来——是的，如果当年不是孤光祭司和灵均一起击退了狂蟒，剖开蟒腹，将奄奄一息的她挖出来，她早已是一摊连形状都看不出的烂泥了吧？

就如她的父母一样。

孤光祭司消弭了狂蟒，然而这个村寨已经遭受了灭顶之灾，于是他便把这个孤儿带回了月宫，和其他一些来自各个村寨的孤儿一起抚养。

孤光祭司没有孩子，对他们慈爱如父，教他们认字念书，教他们歌唱吟咏，甚至教他们一些粗浅的术法。她在灵鹫山上的月宫里长大，童年时的噩梦渐渐从心底褪去，忘记了狂蟒的巨口和被吞噬的黑暗。

唯独记得的，便是那个大雨中握弓的少年。

虽然她从未见过他的面容，却无数次在梦寐里见到他。梦中少年的脸还是空白的，然而声音却温柔，轻声地和她说着话——只要听到他的声音，她在梦里都会激动得哭泣。

可是那个少年，却转身就忘记了她的存在。

回到灵鹫山之后，她就很少能见到灵均。只听说他天赋极高，有幸能拜在天下最高强的术师门下，却对术法兴趣不高，平日经常游荡在外，整月不归。而祭司爱其才能，竟也不加严格管束，听之任之。

她慢慢长大，眼眸从清澈变得有忧思，却一直在追随着少年的背影。

在漫长的两年里，她只看过他寥寥六次，每一次都没有超过一刻钟。他几乎从来没有留意到她，只在需要的时候才顺口吩咐她去办什么什么事情——漫漫的岁月里，她记得他只对她说过二十七句话，一共三百零七个字。

可每一个字，哪怕最平凡琐碎，都如同刀一样刻在她的心里。

有时候，她会想，自己和这个人的一生缘分估计只有那么多了。在满二十五岁后，或许她会按照月宫惯例喝下洗尘缘，忘记所有的一切，和其他人一样被遣回灵鹫山下，回归正常的普通人生活——终其一生，她可能再也无法靠近那个少年半步了。

可天知道，卑微而平凡的她，是多么地想让他看到自己！

或许月神听到了她的祈祷，在深夜同样一场大雨里，她竟然又撞见了他。

那时候是半夜，电闪雷鸣，整个月宫似乎空无一人。因为一个宫女突发疾病，她不得不冒雨去往药室取药，为了赶时间而抄了一条几乎无人走过的荒僻近路。而在那样一个荒凉的深夜，在隆隆的雷雨中，她竟然听到了一个熟悉的声音。

“月神在上，我，用全部的血在这里立下誓言！”

“从今日起，不惜一切也要复仇！”

那个少年就这样站在荒僻的高台上，指着天，一字一句地说着什么，语气压抑而疯狂，仿佛是暗夜里孤独的狼——她听不清他前面的诅咒和誓言，只听到了他的最后一句话：

“哪怕只剩下我一个人，也要把这条路走到底——”

那一刻，她再也无法控制自己，脱口而出：“灵均大人！”

暴雨里，他失神地回过头，看到了空荡荡高台下的她，目光凝聚。

在那个瞬间，她知道，他心里是闪过杀她灭口的念头的——然而，她并无退缩，任凭他走过来，用冰冷的手指捏住了她的面颊。

她看不清面具后他的表情，却能看到雨水顺着他的面具滑落，而他的眼睛也是湿润的。他……是刚哭过吗？她不知道他内心正在经历着什么，也不知道他遭遇了什么，但一种强烈的感情令她奋不顾身，只想为眼前这个孤独而又痛苦的人做一点什么。

“胧月……胧月愿意陪大人走这条路！”那一刻，她冲动地开口，“只要您开口吩咐，胧月可以为您做任何事！”

“你，就是侍奉我师父的那个胧月吗？”他审视着她，眼神闪烁不定，已经完全忘记多年前他们曾经有过一面之缘了。她怯生生地点头，看到了面具后他眼里浮动的杀气，却并没有转身逃走。

“你喜欢我？”他凝视着她，却忽然间发问，“是不是？”

那一刻仿佛有一把刀刺入了内心，她全身一震，脑海里一片空白。

他……他居然知道！他是怎么知道的？

这些年来，她以为自己小心翼翼地掩饰着所有的情感，甚至在孤光祭司面前都不曾吐露丝毫——却不料在那双洞察的眼睛里，一切早已无所遁形。

那一刻，她只觉得心中感情汹涌而来，再也不顾上羞怯，只是用力地点着头，泪水夺眶而出，竟然啜泣着说不出一句话。

头顶有隆隆的雷电，闪电一次又一次地撕裂黑夜。她看着近在咫尺的少年的脸在电光中浮现，每一次闪电映照出他的脸时，面具后的眼神都在无声地变化——只是短短的刹那，却已经不知道流转过了多少年头。

他凝视了她片刻，放开了手，低声道："那好吧。"

杀气在瞬间消失，她松了口气，几乎瘫软在地上。

"我相信你。"暴雨中，他点了点头，对她伸出了手，"那么，就陪我把这条路走到底吧——所有挡我路的人，无论是谁，都得死！你做得到吗？"

"做得到。"她清晰地回答，"此生此世，唯您所愿。"

"是吗？那就证明给我看。"他点了点头，深深看着她，嘴唇边忽然露出了一丝微弱而可怕的笑意，说出了一句令她一生都难以忘记的话——

"先替我去杀了我师父吧！"

…………

然后，她按他说的去做了。联同灵均一起，将孤光祭司秘密地封印在了这座永不见天日的墓地里，谎称其外出云游。而现任拜月教主明河沉迷于禁忌之术，不问教务已经多年，所以教中大权自然而然地就旁落到了灵均手里。

那之后，那个在雨夜高台上指天发誓的少年做了一些什么，她并不能完全知情。然而心里却也能隐约猜测到几分——是的，既然他要扫清这一路上的所有障碍，那么，孤光祭司自然便成了第一个需要被除去的人！

那么多年了，她一直陪着他走着这条路，做尽了一切肮脏的事——

可到了现在，他居然说不需要她的陪伴了？

胧月匍匐在高台上，想要哭泣，却发现喉咙里如同锁了一把锁，竟然连一声悲鸣都发不出来。她只能倒在地上，双手紧紧抠入泥土，无声地哭得全身战栗。

许久许久，她终于颤抖着撑起了身体，踉跄走下了高台。

她在暗夜里奔跑，几乎跑得不辨方向。到最后推开了月神殿的门，筋疲力尽地跪倒在空荡荡的神殿里。烛光如海，白玉雕成的月神像站在光之海上俯视着她，眼神是悲悯而洞察的，宛如三年前看到她做出弑主恶行的那一刻。

神……我向您忏悔我的罪过。还来得及，对吧？

月神俯视着她，宝石镶嵌的眸中流转过一丝冷光。

她失魂落魄地离开了神殿，一层层走下白玉高台。月下的圣湖是干涸的，湖底的白骨在三十年前已经被火化了，月光照在空荡荡的湖底上，发出淡淡的冷光。今夜不是满月，月光有些惨淡微弱，朦胧莫辨。

她站在湖边，怔怔看了湖中心某处许久，终于走了过去。

湖底都是嶙峋的乱石，空无一物，胧月直直地走过去，在一个地方忽然跪下来——那里没有乱石，只有一片细密的白沙，在月下折射着微微的光。那片白沙来得古怪，方圆一丈，仿佛是一轮圆月坠入了沧海桑田的湖底。

孤光大人……请您……宽恕我。

夜色如水，她的泪一滴滴落下，悄无声息地被吸入了沙中——就在那一瞬，不知道是不是幻觉，那一片平静空无的白沙上，忽然起了微微的波动！就如水纹一掠而过，微弱而冷淡，仿佛一张苍白的脸忽然在地底微微蹙眉。

“啊？”她震惊地握紧了一把白沙。

地底又是一阵波动，隐约传来一声模糊的声响，仿佛是一声叹息。胧月怔了片刻，将脸贴到地上，忽然间失声哭泣，咽喉里吐出模糊不清的话语，一边疯了似的将双手深深地插入了那一片白沙里。是的，就在这里——三年前，她亲手犯下的罪孽，亲手将施过血咒的剑，刺进了恩人的身体！

她深深吸了一口气，将舌尖放在了牙齿间，用力一咬。

一道狂风忽然平地卷起，将她束好的长发瞬间吹散！猎猎的狂风里，胧月身体前倾，将双臂插入沙里，在狂风里念动了咒语！她的声音已经被灵均封印，此刻是用舌尖灵苗之血强行破开，所以每一个字，都伴随着喷涌的鲜血。

那一道疾风卷过，白沙忽然在眼前散开。

圣湖底下露出了一块光洁的白石，如同玉一样细腻洁白，端端正正地位于整个湖的中心。平整的白石上，篆刻着两个字，用朱砂书写着一道封印，如同血一样醒目。

她战栗着伸出手，轻轻触了一下。

那道朱砂符咒横过了白石，将篆刻的字拦腰截断。她知道，那里刻着的两个字是失传的上古滇南秘文，意为“永恒”——这个湖底的封印下面，隐藏着历代祭司之墓。

数百年来，拜月教所有祭司的长眠之所。

那些可以沟通天地、俯瞰古今的祭司们，如今都静静躺在水晶雕琢的灵柩里，长眠在这个秘密的墓地。而墓地中间，生长着无数灵芝仙草，汲取日月的精华，呼吸着那些躯体里残留的巨大灵力，悄然绽放出七叶。

没有人知道，在这片只有现任教主和祭司才能进入的禁地里，所有的灵柩中，其中一具，却禁锢着一个活人。

一千多个日日夜夜过去了，孤光大人在地底下一定非常痛苦吧？

如果还来得及的话……她可以倾尽所有，将这个错误挽回来！

胧月用尽全力，想要劈开这一块白石，然而刚一触及，那一道血色的封印忽然绽放出耀眼的光——狂风重新平地而起，只是瞬间，她整个人被巨大的力量击中，朝后飞了出去！

那是灵均书写下的封印，以她的力量，根本无法破除！

落地的时候，只看到眼前又起了一道旋风。那些散开的白沙重新聚拢，呼啸而来掩盖住了湖底，再也没有留下丝毫痕迹。甚至连她也将一起被掩埋！

她凝聚起了仅剩的所有灵力，咬碎舌尖。

一口血喷出，在风里直射出去，竟然将席卷而来的白沙之幕射穿了一个洞！胧月竭尽全力提起一口气，纵身一跃，循着血迹跃出了那一片沙海。

看来，以她个人的力量，如今是打不开这个结界了！

除非是……去找教主前来！

密室内，帷幕重重垂落，惨惨灯光暗淡犹如同永夜。穿着黑衣的人静静地凝望着那个坐在水池上的女子，盘膝而坐，手指扣着锋利的暗器。

水池边上，拜月教主依旧保持着二三十年前的容颜，丝毫不曾随着光阴老去，只是长发已成雪。此刻，她双手结印，虚合在胸口，口唇极快地翕动着，吐出普通人无法听得见的咒术。咒术中，她的一头长发竟然慢慢生长，垂落，在水里飘拂，如同活了一样蜿蜒游动——每一缕发梢上，竟然悄然开出了一朵菡萏。

那满池的莲花，簇拥着水底那一具死去的躯体。

——确切地说，是属于不同人的一具躯体和一个头颅。不知道在水底沉了多久，那没有生气的躯体却还是宛如生时，仿佛昨日刚刚被一刀斩下，身首分离。

黑衣人守在一旁，默默凝视着水底，眼神复杂地变幻。

一转眼，居然已经三十年过去了……

如今江湖早已更新换代，所有的往事湮灭入传说。谁又知道，这个躯体的主人，拜月教的前代祭司迦若，和那个斩下的头颅青岚之间，又有着怎样微妙而复杂的关联呢？

当年，大难来临之际，迦若祭司在漫天劫灰之中狂呼听雪楼主萧忆情的名字，求他助自己一臂之力。人中之龙闻声拔刀，断然斩首，让祭司的首级坠入湖底，将那些恶灵一并超度——生死之际，这对立的两个死敌之间，又有着怎样外人所不能知晓的相惜相敬？

时光如流，一切都已经化为烟尘了。

所有的当事人都已经沉睡在地底，或者转入轮回，世人也已经渐渐将他们忘记。唯有他还受人之托困在这里，守着那些泛黄的传说往事，寂寂而终。

和眼前这个接近疯狂的女人一样。

她在用咒术催开满池的莲花。然而，当第三瓣花瓣展开之后，那朵莲花便再无动静。

已经蕴功七日七夜，那些莲花却始终无法开放，她甚至无法将灵力重新凝聚！看来每一次失败之后，她的力量便削弱了很多，再这样下去是永远也无法做到想要做的事情了——将死去那么多年的不同的两个人的头颅和躯体合在一起，重新召唤三魂七魄，注入灵台，逆转生死。这样的事情，又怎能是人所能做到的呢？

哪怕是苗疆最神秘的教派，拜月教的明河教主。

“明河教主……”终于，黑衣人叹了口气，“放弃吧，你做不到的。”

“不……不可能！”那一刻，女子发出了一声绝望的嘶喊，双手向天举起——她一头长发瞬间从池水里飞起，如同灵蛇一样飞舞，缠绕着水池底下那一具躯体和一个头颅，竟然将它们托出了水面！

什么？黑衣人瞬间站起，眼里露出震惊的神情。

头颅缓缓凭空移动，和躯体对接。雪白的长发缠绕着它们，如同血脉一样覆盖全身，蜿蜒流动，似乎在将灵力不停注入这早就没有了生机的体内。

不……不可能！已经几十年了，断首怎么还能再复原？就算复原了，从冥界里被召唤回来的，到底是迦若还是青岚？或者，谁都不是，只是一个不知名的怪物？

黑衣人越看越心惊，然而，不等他出手阻止这一切，空中飞舞的长发停止了，似乎骤然失去了力气。满空的长发只停顿了一刻，就颓然软了下去，只听扑通一声，躯体和头颅重新沉入水底，一动不动。

明河教主再也无法保持凌空盘膝的姿态，整个人随之往下坠落。

在那一瞬间，一旁的守护者及时掠了过去，伸臂横抱，一把将她接住。

明河在他怀里合起了眼睛，气息微弱，唇角沁出了血迹——刚才那一瞬间，她咬碎了舌尖，用灵苗之血灌入发梢，强行将死去的人托出水面，可一切只维持了片刻便化为乌有，如沙盘一样崩塌。

那一刻，耗尽了全部力量的女人容颜在瞬间枯萎，如同一朵花的刹那凋谢，褪去了美丽，转眼成了五六十岁应有的样貌。

这几年来，虽然经常出现施法失败，但如此情况还是第一次见到。他心里一沉，连忙将她托起，扣住她的腕脉，用内力注入，巡行于她的七经八脉。然后按照以前的惯常手法，从神龛里拿出一个长颈的羊脂玉瓶，将里面的紫色丹药倒了一颗在她嘴里，再用内力助她化开。

然而，一切都做完了，明河教主却一直没有睁开眼睛。

时间一分分流逝，这次她的衰弱和昏迷比任何时候都长，令他不安。他想起孤光祭司的嘱托，不由得心里焦急，将她安顿在了软榻上，站起身走向了门口。

——事已至此，他应该去找拜月教的人来商量一下。

然而伸手一推门，却意外地发现门居然被从外锁住了！

这是……那个刹那，心里划过一丝不祥的冷意，黑衣人冷哼了一声，手中露出一把只有两寸长的黑色小刀，唰地插入门框，想把锁住的地方切开。然而，出乎意料的是居然一动不动——那一道门，居然已经完全封死！

那一刻，他的眼里闪过一丝冷光，有震惊之意。

是的，这些日子以来，他在这个密室里守护着濒临崩溃的明河教主，防止邪魔复生，从未外出，平日只是通过一扇小小的高窗传递食物——从来没有留意到自从进来之后，这道门便已经被浇筑封死！

这是怎么回事？难道拜月教的人是想把他们两人困死在这里吗？

他用内力灌注入利刃，试图撬开封死的门，却发现对方似乎早就料到里面的人总有一天会试图闯出，竟然在锁孔里灌注了熔化的铅水，将整个密室铸造得如同钢铁一般——直到利刃都折断，封死的门还是纹丝不动！

他喃喃："看起来，你的下属有不轨之心啊……"

就在这个时候，他忽然听到外面传来了一阵声响。似乎是有人在争论，声音刚开始是低的，后来越来越大。他只依稀听到了一个女子的声音在说着什么，严厉而低沉，而周围的人答复得很恭谨，似乎也害怕对方的地位。

忽然间，一切都静止了，外面悄无声息。

密室里的人眼里露出了一丝疑惑,刚要细听,忽然间,门上的小窗唰地打开了——窗后露出一张女子苍白的脸，秀丽的侧颊上溅满了斑斑鲜血，触目惊心。

第一眼看到密室里的黑衣人，那个女子显然也吃了一惊，似是没有料到教主修炼的密室内居然还有另一个男人存在，不由得失声："你是谁？教主……明河教主呢？"

黑衣人冷冷皱眉："你又是谁？"

那个女子愣了一下，抬起手拭去了脸颊上的鲜血，在窗外低声："我……我是胧月……"

"胧月？"忽然间，房间里传来模糊的低语。

两个人一起转头看去，却见床榻上沉睡休息的女子缓缓睁开了双眼——明河教主的容貌正在以肉眼可见的速度缓缓逆转，从枯槁苍老渐渐变得美丽娇嫩，如同一朵干枯的花朵汲饱了水分，缓缓重新绽放，让黑衣人和胧月都不由得看得呆住。

"教主！"胧月失声，看着明河教主轻飘飘地凌空浮起，直向她而来。

隔着窗子，两张女子的脸默然相对。

"我听说过你的名字……胧月。"明河教主低声道，凝视着半边脸全是鲜血的侍女，"你不是灵均最信任的心腹侍女吗，为什么会出现在这里？外面的守卫呢？"

"全被我杀了。"胧月轻声回答，却并无畏惧，"为了能见到您。"

"哦……"明河教主看着她，"灵均有下令谁都不许见我吗？"

"是的。"胧月轻声回答，"他想独自霸占和控制住您。"

"哈哈……那个黄毛小子，想得美！"她忍不住笑了起来，盯着这个来人，语气一转，"那么，你这样不顾一切地前来，是想和我禀告什么呢？"

胧月深深地吸了一口气，抬起眼睛："禀教主，灵均大人心怀不轨，以下犯上，意图祸乱我教——奴婢斗胆，恳请教主出面，挽拜月教于大难！"

这句话，她说得一字一顿，显然是鼓起了极大的勇气。

然而，听到这样的话，明河教主脸上的表情却没有太大的变化，只是淡淡道："是吗？我就知道这个孩子不简单……孤光好久没来看我了，是真的云游在外吗？"

这一下轮到胧月惊呆了，许久才轻声道："教主您……早就知道？"

"你以为我这些年来真的什么都不知道了吗？"明河教主冷笑，抬起纤细的手指抚摸着眼角下面那一轮淡淡的金色新月，她的容颜在短短的瞬间复原如初。隔着窗子，胧月震惊地看着密室内的拜月教主，半晌才问："那么……灵均大人的所作所为，难道是您的授意？"

"不是。"明河教主慵懒地打了个哈欠，"我只是懒得管而已。"

不止是胧月，连旁边的黑衣人都愣住了。

"这几十年来，我所有想要的东西都已经在这里了。"拜月教主回过头，凝视着密室池水中那一颀一躯，淡淡不经意地道，"外面的世界怎么变化，和我又有什么关系？是孤光当祭司，还是灵均那孩子当祭司，对我来说，又有什么区别？"

"可是……"胧月心里一沉，感觉事情不对，"就算灵均谋害祭司，意图撕毁盟约，重新挑起拜月教和听雪楼的战争，教主您也袖手不管吗？"

"哦？他还要对付听雪楼？"拜月教主的眉梢终于略微挑了一下，"这野心可真不小……不过，几十年前和听雪楼结下的盟约，当时也是看在萧忆情的面子上。如今时过境迁，撕毁了也就撕毁了吧。"

一语出，室内外的人都齐齐一震。

胧月看到她这样的神色，一时间只觉得一盆冷水从头浇下，心里渐渐凉透。这一次，她是横了一条心走上这条路，背叛了灵均，连杀密室外护卫十几人，闯到了这里，已经是没有回头路可走。不料教主竟然是这种态度……

她只觉得身体发冷，贴着密室的门慢慢跪倒，说不出一句话。

"你以为自己真的能袖手观局吗？"忽然间，黑暗里有人开口，"明河教主？"

明河教主回过头看到发话的人，不由得略略露出一丝诧异——居然还是这个神秘的男人。这些年来，她沉迷于转生之术，对身外的一切都很少在意。只隐约记得这个人来到身边已经有三年，每一次术法失败的时候，都是他及时将自己拦下，除掉那些变异的邪魔。

但这个人是怎么到来的，她却已经记不清楚。

"在你心里，难道真的愿意看到昔年迦若祭司曾经付出巨大代价才换来的和平，一朝烟消云散？"那个黑衣人道，"要知道，当年若不是为了守护滇南百姓、消除恶灵的威胁，迦若祭司也不会永闭地底。这些年来，你守着残躯不放，却对发生的这一切置之不理，分明是本末倒置，辜负了迦若祭司当年的一番心血！"

明河教主吸了一口气，似乎心有所动。

她抬起头，透过那个小小的窗子看着外面的月宫，开口问：“灵均那个孩子，到底想把拜月教怎样呢？他是想撕毁合约，和听雪楼开战吗？”

“不！不止！”门外重新响起了胧月的声音，恐惧而颤抖，“教主，他还要重开圣湖，蓄养恶灵，重新培养阴灵的力量，为他自己所用！”

“什么？”拜月教主霍然一震，眼神雪亮，“他要重开圣湖？！”

“是。他已经擅自改了忘川的道路了！”胧月低声，“不过目前还忌讳教中其他人的反对，没有公开行事。只是在每个满月之夜开闸往圣湖中注水，暗自作法，聚集忘川阴灵，然后在天亮之前又将圣湖恢复原样……”

明河教主一言不发地听着，用尖尖的指甲抚摩着眼角的新月，瞳孔忽然变成了深紫色！

“好大的胆子……”终于，她压低声音，厉声冷笑，“当年迦若付出了什么样的代价，才清空圣湖怨灵？而那个家伙，居然敢重开圣湖！真是该死！”

那一弯金粉绘成的新月上，忽然流下了一滴殷红色的血，在脸庞上直滑而下。那一刻，胧月感觉到了极大的力量凭空聚集，一个寒战，竟然忍不住倒退了一步。

拜月教主站住了身，深深呼吸，那一滴血没有滑到下颌竟然被皮肤无声无息地吸收，再也没了踪影。她压住了自己的情绪，眼眸里的紫色慢慢变淡，转头问她：“灵均在哪里？让他来见我！”

胧月犹豫了一下，低声：“回禀教主……灵均大人他在闭关，不见任何人。”

“什么，不见任何人？”明河教主冷笑，“你呢？你不是他的心腹吗？”

胧月脸色微微一白，咬着嘴唇道：“对灵均大人来说，这世上没有任何一个人是可以信任的。这次他在送走苏姑娘之后就吩咐说要闭关，然后就一个人进了月神殿——在这中间，他有两次和我传递过消息，都是通过水镜。我并不曾见过他。”

“呵……是吗？倒是好大的架子。”明河教主沉默了片刻，冷笑起来，“三十年了，看来我第一次不得不离开这里。”她回头看了一眼池水底下沉睡的人，眼里有无限的温柔和眷恋：“迦若，等我出去收拾了那个家伙，马上就会回来。”

她抬手推门，一边黑衣人忍不住提醒：“门锁已经被注铅封死了。”

“区区一道锁，岂能锁得住我？”明河教主冷笑了一声，五指微张，蓦然结印，只是一弹指的瞬间，伸出去的指尖已经带着依稀的闪电，上面蕴藏着极大的力量，只要一施放便会摧毁一切有形的禁锢——然而，在手刚触及门的瞬间，明河教主却全身一震，失声惊呼，整个人往后踉跄退去！

“小心！”黑衣人低呼了一声，身形如电，瞬间掠起，一把将她揽住，落回了地上。就在这个刹那，整个密室四周忽然发出了一阵奇特的光，如同一道道流光不停地旋绕，围着房间流转，瞬间将他们两个人困在中间！

“结界！”那一刻，身在室外的胧月发出了一声惊呼，也被巨大的力量弹飞了出去，后背重重地撞上了走廊对面的墙壁。她一时间有些晕眩，似乎看到无数的星辰在黑暗中盘旋。然而刹那后恢复了知觉，却真的看到密室的墙正在放出奇特的金光，如同瞬间升起了一层屏障，将整个密室都包围了起来！

那一刻，她看到墙上浮现出了无数密密麻麻的字迹，是一层层书写的符咒。

“天罗地网！那……竟然是天罗地网之术？”明河教主失声惊呼，挣扎着从黑衣人怀中坐起，看着密室四周浮现出的字迹——层层叠叠，几乎不知道书写了多少次，覆盖了每一寸空隙，显然设下这个结界的人用尽了自己所有力量，在这个空间的每一分每一寸地方都设下了符咒，要将这个房间里的一切有形和无形的东西都永远地困住！

“是很强大的咒术吗？”黑衣人忍不住低声问。

“是的。”明河教主看着变幻交织的光阵，眼神微微变化，“从七十多年前开始，教中已经没有人会这个咒术，只有藏书阁的古卷里……咳咳，才有支离破碎的片段。”

黑衣人看着满天盘旋的金光，竟然笑了一声：“看起来，这个灵均不愧是你们教中百年一见的天才术师！你被他困住，倒也不算丢脸。”

“灵均……咳咳，灵均那个家伙……怎么可能困得住我？！”明河教主嘴角沁出了一丝血迹，一声冷笑，伸出了手——她的手指指甲已经在刚才接触的瞬间化为焦黑，然而她将指尖放入唇中，轻轻舔舐，瞬间便有新的指甲生长而出，莹白如水晶。

“灵均那个家伙，居然敢行如此悖逆之事！”一语毕，她瞬间站了起来，眼神明亮无比，隐约藏着雷霆，竟以一击迎向虚空，徒手撕开了那层层叠叠的结界——

“以月神之名，我要那个不知天高地厚的狼崽子，死无全尸！”

第五章 魔域桃源

他的语气令苏微莫名地震动。是的，一贯以来，比起他的惫懒无赖、口无遮拦，她性格更偏沉静隐忍，因为刚强不妥协，所以很少表露内心真正的感情——可这一刻，她心里的想法，却是和他一模一样的。

回望她的一生，唯有这一刻，方期盼能永恒。

短短数月之间，中原武林已经天翻地覆，格局全变。

听雪楼遭遇天道盟的垂死反击，在洛水上折损了过半精锐，连楼主萧停云都因此丧生；剩下的人马在赵总管的带领下及时撤回，和四护法死守总楼，一个月里浴血奋战，抵住了四波攻击，杀退了来袭者，却也是元气大损。

几十年来听雪楼独霸武林的局面就此结束。一时间，从滇南到漠北，从东海到西域，无数帮派蠢蠢欲动，各自划分范围，相互争斗，进入了群雄并起争霸江湖的时期。

而那个远在千里之外的人，却毫无察觉。

滇南的腾冲如同世外桃源。如今正是雨季，山路多塌方，加上不久前那一场火山爆发，外来的马队大都绕道改路，除了有些冒着艰险来到腾冲的玉商人之外，这座深山里的小城几乎变得与世隔绝。日出日落，鸡犬相闻，宁静安详。

从月宫回来，苏微便在这个边陲古城里安顿了下来，日子过得充实自在，连睡眠都沉稳甜美了许多。甚至，她都忘记了自己还有一身卓绝天下的武学，和一把叫作“血薇”的无双利器。那些，仿佛都是前世的事情了……如今她的这双手，拿得最多的便是刀。

劈柴刀。村头的李铁匠打造，已经用了十一年。

重达十几斤的刀在她纤细的手腕里轻盈飞舞，唰地一刀下去，儿臂粗的木头居中裂开，齐齐裂为八块。更奇的是倒下的每一块都同等大小，分毫不差，便是用尺子量好了再劈也没那么精确。

“玛，好厉害！”旁边看的蜜丹意哇的一声叫了起来，跳起来拍手。

“这算啥？我才使了五分力呢。”苏微挽起袖子，擦了擦额头的微汗，看着蜜丹意，笑道，“要不要看我一刀下去最多能劈出几片来？”

“好呀好呀！”蜜丹意欢欣鼓舞，在一旁殷切地盯着看，满脸的兴奋——然而，却没有人留意到小女孩的眼里掠过一丝诡异的冷光，似乎是伏在暗中观察着一切的小猫，警惕而好奇。

“看好了！”苏微吸了一口气，将劈柴刀提在手里，刀尖往下指向地面，身体却往后退了一步，蓄势，瞬间一个转身。

一道冷光横空而过，地上的木头瞬间裂开。

“十六片！”蜜丹意惊呼。

然而尾音未尽，苏微凌空转身，手腕微沉、往里疾收。那一刻，迸发的剑气在最后来了一个吞吐，只听一声脆响，仿佛有无形的剑瞬间再度落下，已经裂开成十六片的木材瞬间又齐刷刷居中再度裂开！

“三……三十二片？”蜜丹意惊住了，眸子里有无法掩饰的惊恐。

——这样的出手，完全不像是这个世间所有！那一刀的速度、力量和气势，几乎凌驾于苍生之上，神挡杀神佛挡杀佛！刚才那一瞬，这个在荒僻蛮荒之地劈柴的女子，柴刀下所展示的，应该就是血薇剑谱里最深奥的“骖龙四式”吧？

小女孩抬起头看着她，指尖竟然有微微的颤抖。

“哎，没有吓到你吧？”苏微从空中落下，正好站在她的面前，几乎连一片落叶都没有踩碎，看到蜜丹意那样惊恐的表情，不由得笑了笑，弯下腰来摸了摸孩子的脸。蜜丹意下意识地颤了下，瞬间往后退了一步，眼眸里有杀气一掠而过，随即又控制住了自己，扑过来抱住了她的膝盖，颤声：“玛……玛好厉害啊！”

“嗯，差不多也是极限了。”苏微扬眉而笑，将那把沉甸甸的刀在手里掂了掂，摇了摇头，不无遗憾地道，“这把破刀碍事得很，估计最多也就能劈个三十几片——如果换了拿的是血薇……”

说到这里，她忽然停了一下，眼眸一黯。

血薇。一旦提及，那一道绯色的光华忽然划过脑海，如同一道雪亮的虹——此刻，它正被供奉在寂寞的神兵阁里吧？它要等待多久，才能等到下一个主人呢？

她轻轻叹了口气，放下了手里的刀，顿觉兴致寥然。

“玛，不劈了吗？”蜜丹意看到她的脸色，问了句。

“不劈了，这一下午劈的柴估计能烧半个月了。”她说着，俯身将那些劈好的柴火挪到竹楼下的杂物间里，却发现有些堆不下，便回头吩咐那个孩子，“蜜丹意，帮我把那个角落里的东西挪开一些。”

蜜丹意已经恢复了正常，蹦蹦跳跳地过去，把堆积在角落的杂物挪开，好让苏微把柴火码得整齐一些。然而不知道看到了什么，忽然呀地叫了一声。

“怎么？”她有些惊讶。

“这里有个东西……”蜜丹意指着角落里横躺的一物。

苏微走过去，抬手将那个东西扯了出来——竟然是一块匾额。长达一丈，入手颇为沉重，应该是整块的紫檀木做成，纹理细腻，香味尚未散尽。她将那个被埋在柴房里的匾额拖到了外面，擦去了上面厚厚的尘土，四个泥金大字顿时跃入眼帘：

滇南玉皇。

她也忍不住低低惊呼了一声，这匾额非常气派，居然还盖着玉玺，显然是来自于朝廷大内的认可和嘉奖，昭显出他少年得志时的风光。然而，后来变故陡起，这里门庭冷落，这块匾居然被扔在了柴房里，就这样暗地蒙尘。

“玛，要挂上去吗？”蜜丹意机灵，道，“我去搬梯子过来！”

“不用。”苏微沉吟着摇了摇头，再不多说，将那块牌匾重新放回了柴房。

原重楼自从带着她和蜜丹意回到腾冲后，便一起住回了原来的竹楼里，第一件事便是将家里所有的雕刻工具都摆了出来，沐浴更衣，在窗明几净的房间里盘膝而坐，握紧了刻刀，默默凝视自己的双手，然后开始埋头磨那些刻刀。

苏微原本以为他是打算重新出山雕刻了，然而，时间已经过了小半个月了，他却始终没有任何动静，似乎那些刻刀要磨一辈子一样。

她虽然心里略微诧异，却没有一句催促或者询问，只是自顾自地做着自己的事情。白日里安顿好了家务，把蜜丹意托付给邻居，便去山里的险峻之处采一些珍贵草药，再拿去集市卖掉，所得也足够三个人的日常开支。

每当她风尘仆仆地外出归来，他便会抬起头看她一眼，微微一笑，眼神澄澈安详，然后再低下头，继续凝视着自己手里的刻刀，如同修禅入定一般。

每一日，都要直到夕阳落山，他才会从小楼上下来。

晚饭时，他摊开手，手心全是磨出来的老茧和血泡。苏微虽然知道那都是皮毛之伤，却也觉得心疼，生怕他弄痛了手，便不让他再去拿任何东西，饭菜碗筷都逐一弄好了才交到他手里，令原重楼受宠若惊。

“好吃吗？”她最初总是忧心忡忡地问他。他迫不及待地说好吃，一脸真诚无比——直到蜜丹意因为年纪小肠胃娇弱而吃坏了肚子，这个谎言才被拆穿。

不过苏微的性格向来坚忍，一旦下决心要学好某件事便会潜心揣摩，永不言弃。不到半个月，她的饭菜便已经做得像模像样，虽然和原重楼的厨艺没法比，但和自己之前相比却是有天壤之别，可见她在这半个月里也是努力地飞快适应了新的生活。

是的，从今往后，在这个滇南天空下生活着的，便是这样的自己了。

柴米油盐，日出日落，她再也不会是那个剑出惊动天下的血薇主人。

“哎，我真是快被你宠坏了，挣钱养家、劈柴做饭，一手全包！迦陵频伽，你真是个堂堂的女汉子啊。”他笑着看着她，厚颜无耻地夸奖，然后凑过来，贴着耳朵低声道，“放心，等将来有了孩子，除了喂奶我帮不上忙，带娃换尿布都归我！”

她白了他一眼："少油嘴滑舌，赶快吃饭。"

吃完了饭，原重楼用布巾擦着手，转头对一边的孩子说："蜜丹意，早点上楼去睡吧！睡觉前把弟子规念一遍。今天月色好，我和迦陵频伽出去走一走。"

"去哪儿？"苏微不禁愕然。

他回头看了她一眼，促狭地笑了："去我们初次定情的地方。"

"啊？"苏微一时间有些回不过神来。原重楼却笑着，一手牵了她走下去。

外面夜风沉醉，幽暗的林间有不知名的鸟儿婉转轻啼。他紧紧地握着她的手，走在月光里，她心中一片柔软，顺从地被他拉着往前走，一直穿过了竹林和天光墟。

原来是竹林下那一间小酒肆。

檐下挂着腊肉野味，酒香馥郁，当垆的还是那个苗女阿蕉，正在收拾着桌子，看到他们两个人走进来，不由得呆了一下，手里的碗啪的一声落下。苏微手腕一沉，手指闪电般一点，那只碗唰地又飞回了她手里。

"原大师？你回来了？"阿蕉乍惊还喜，脱口道，"好久不见，我还以为你……"

"还以为我是醉死他乡了？"原重楼对着她笑，"难得你还惦记着我。阿蕉妹子，你真是越发出落得水灵了，不知道哪个男人能有幸把你娶回家去。"

一回到老地方，他的语调就又恢复了昔日的油滑，不愧是昔年的"腾冲一枝花，女人都爱他"。阿蕉的脸微微红了一下，想要还嘴，又看了一边的苏微一眼，终究还是没敢接话——这个汉人女子的厉害她可是领教过，至今脖子上都还留着一道细细的刀疤呢。

原重楼看到她脸红得颇为可爱，还想说什么，苏微斜了他一眼，眼里的冷光令他打了个寒战，连忙收起了嬉皮笑脸，正正经经地道："我们今晚在这儿坐一坐。"

"好。"阿蕉答应着，清理了一张桌子出来——这两个人坐在一起端的是般配，男子俊朗挺拔，女子清丽冷傲，如玉树交相辉映，看得人目眩眼热。她心里涌起一股酸涩，哼了一声，愤愤然下厨去了。

"才短短几个月，真是重来回首已三生啊……"原重楼坐了下去，忽然叹了口气，嘴角微微弯起，手轻轻抚摩着桌角，"什么都已经不同了。"

苏微一眼瞥去，脸色微微一变。

这张桌子已经很破旧了，一角残缺不全，上面隐约有起伏凹凸——仔细看去，那竟然是一张女子的侧脸，虽然只用了寥寥数刀，却神形兼备、惟妙惟肖。而原重楼低下了头，正在看着那一张脸。

那一瞬，她想起自己见到他的第一个晚上。当时他匍匐在满是酒渍的桌子上，喃喃念着一个名字，一只手摸索着，在桌子上刻下那个女子的容颜。阿蕉冲过来怒骂，她看不过去，挺身而出阻拦，将酗酒大醉的人搀扶了回去。

那一天，的确是他们两个人之间缘分的开始。

一切历历如在眼前。短短几个月，重新回到这里时却已经恍如隔世。

她情不自禁叹了口气，感觉到他从桌子上移开了视线，看向了她，一只手伸过来握住了她的手背，轻轻握了一握，低声道："我会一辈子记住这里。"

苏微心里一震，侧头看了他一眼，却看到他从怀里拿出了一把刻刀，微微蹙起眉头，一刀刀，将当初醉里在桌子上刻下的那张肖像削平，语气却很平静："只是有些东西，已经不需要再记住了。"

"喂！我的桌子！"阿蕉冲了出来，然而一眼看到苏微，却不敢上前，只能眼睁睁看着他用刻刀把桌子削得平整如新。

"好了。"原重楼抬起头，对着店家笑了一笑，"回头我赔你钱。"

这个家伙穷得叮当响，哪里会有钱赔？只怕这一顿都得赊账吧？但他身边那个女人却是个魔头，只要手指头动一动就能让这个店里所有人上西天，可是惹不起。阿蕉心里一边嘀咕一边转身去厨房，端了一壶酒上来。

"怎么又喝酒？"苏微有些不悦——自从在孟康矿上劫后余生，他们两人便双双戒酒，再也没有喝过一滴。

"今天是好日子，只喝三杯，绝不多喝。"他竖起了手指，立誓，看到苏微的表情，连忙又道，"要是多喝一滴，尽管砍了我的脑袋。"

苏微看了他一眼，冷笑："你也知道我是不会真砍了你脑袋的。"

"我就知道你舍不得谋杀亲夫。"他又换上了嬉皮笑脸，蹭过来，在桌子底下偷偷抬起手揽住了她的腰。苏微没好气，手肘一沉，横过来撞了一下他的侧腰，疼得他"哎哟"了一声，手臂立刻麻了半边："别动手动脚的。"

说话间酒上来了，是极好的古辣酒，色泽如蜜，入口却烈烈如刀，如同一团火从咽喉滚下去，肠胃温暖如春，令他情不自禁地赞叹了一声。他看着对面的苏微，扬了扬酒杯："怎么样，也来一杯？"

"我说过不会再喝酒了。"苏微却是不为所动。

"酒不是坏东西，只是喝酒的心有所不同罢了。见山是山，见山不是山，到最后见的还是山。"原重楼轻叹，倒了第二杯酒，看着她，"迦陵频伽，你意志力坚强，做事决绝果断，有时候却难免犯了因噎废食的毛病。"

苏微摇了摇头："知道过滋味，也就够了。"

"可是，你看，这样的夜里，如果我们能对酌小饮几杯，该是何其美好的事啊。"原重楼细细品尝着美酒，脸颊上流露出沉醉的表情，"要知道，在我这一生里，从未有过今天这样心满意足的时刻。"

他的语气令苏微莫名地震动。是的，一贯以来，比起他的惫懒无赖、口无遮拦，她性格更偏沉静隐忍，因为刚强不妥协，所以很少表露内心真正的感情——可这一刻，她心里的想法，却是和他一模一样。

回望她的一生，唯有这一刻，方期盼能永恒。

她再也不固执，拿起酒壶倒了一杯："来，干一杯。"

他略有些意外地看着她，眉宇之间一片欢喜无限，压低酒壶，给她倒了满满一杯。她笑了一笑，仰起脖子便干了。

那一夜的记忆渐渐微醺，如同窗外沉醉渐浓的春风。

苏微只记得他们都没有恪守只喝三杯的信条，竟然将那一壶酒给对饮一空。中间没有人说一句话，只是微微笑着，凝望着彼此，你一杯，我一杯。

两人对酌山花开，一杯一杯复一杯。
我醉欲眠君且去，明朝有兴抱琴来。

夜浓醉深，最后的记忆里，她只记得自己乘着酒兴走了出去，一路朗声吟着这首师父昔年教给她的诗，兴之所至，挥手一划，指尖剑气吞吐，纵横凌厉，身边的竹林齐刷刷被割倒了一片。身后顿时传来了阿蕉的惊呼。

"喂，想不想……想不想我飞一个给你看？"她模模糊糊地回头笑了一笑，趁着酒兴提气一折身，轻飘飘地跃上了竹梢。足尖点着青翠的细细枝条，整个人仿佛没有重量一样凌空而立，衣袂飘飞，似乎一阵风就能吹得去。

然而，同样醉意醺醺的原重楼在抬头看到朗月下临风而立的女子时，眼神却霍然清醒了起来，掠过一丝惊慌。

"迦陵频伽，下来！"他失声道，"快下来！"

然而，她却醉得狠了，压根没有理会他，只是轻飘飘地站在梢头，俯身看着他，又抬头看了看夜空的一轮明月，笑着张开了双臂，忽然借力一跃——那一跃如同飞翔，竟然在月下飘出了十丈，落在了另一支竹子的梢头。

"来，来追我呀，原大师！"她借着酒意醉醺醺地道，足尖一点，又借力跃起。

"小心掉下来！"原重楼在下面惊呼，追着她跑，不停催促她赶紧下来。然而苏微压根没有理睬他，身形轻灵、快若疾风，又怎么是他能够追上的？只是跃过了三四支竹子，便已经将他远远抛下。

原重楼喘着气，终于追不动了，只能撑着膝盖，在原地抬起头，看着月光下那一袭渐舞渐远的白衣——她在青翠无比的竹海之上曼妙飞旋，如同从月宫里翩然而下的仙子。

他的眼神渐渐改变，露出了深沉的失落。

是的，这些日子以来，她洗手做羹汤、劈柴挑水，将自己埋没于庸碌尘世之中，似乎也和普通女人无异。然而，只要一杯酒，就能洗去凡尘，将这些刻意隐藏的东西重新显现出来——就如一柄传世的神器，无论怎样尘封湮灭，但只要一缕风，便能令无法遮掩的锋芒重现！

“迦陵频伽……”他轻声喃喃，直到她舞到月下尽头，再也看不见。

原重楼失神站了片刻，才在月下独自沿着小径回家，身形孤独。

然而，他却没有看到随之发生的事情。

月下的竹海一片静谧，竹梢起伏如同海面。而那个女子在月光之上旋舞，如同一只美丽孤高的鹤，一路轻点竹梢，随风而去——但是醉了的人却并没有留意到竹林的四个角落里起了骤然的波动，就像是有无数的夜行动物，从四周朝着她所在的方向悄然而来，如同追着猎物的野兽！

当她借着酒意轻盈地跃上下一根竹枝时，脚下突然踏空了。

身子急坠而下。苏微悚然一惊，冷汗涌出，瞬间清醒了许多，回过手臂想要撑住身边的竹枝。然而酒醉之后身体并没有平日那么轻灵自如，这一抓竟然落了一个空，整个人都朝着底下幽暗的林子里直坠了下去。

在落下的那一刻，她清楚地看到在黑暗深处有刀剑闪着寒光！

有刺杀！她来不及多想，在没有落地之前提起了一口气，凌空转折，足尖后踢，瞬间便将其中离自己最近的一个方位的寒光灭掉！

然而，令她奇怪的是，竟然没有遇到丝毫的反抗。

刀被踢飞，那个人闷响了一声倒在了地上，嘴里却道：“苏……苏姑娘……”

听到这样的称呼，苏微愕然，忍不住一把将那个人拉了起来：“你是谁？”

那个人已经满身是血，显然在追到这里之前已经受了重伤，奄奄一息，被她最后重重一击，顿时撑不住。“我……我是……”那个人喃喃，气若游丝，手指拼命地从怀里摸索着，想要拿出什么东西来。苏微刚要扯下他的面巾看个仔细，耳边忽然又听到了一阵奇怪的簌簌声，密密麻麻。

抬头看去，只见竹林里不知何时又出现了一波动静，那些原本涌过来的人竟然又悄然退去，似是野兽一样重新潜伏在了黑暗里。

奇怪，这些人又是谁？和这个人是一伙的吗？

就在这时候，耳边只听风声一动，一个人影从左侧林间悄然冒出，一道寒光迎面而来。苏微侧身挥手，一弹指，唰地击中了疾刺而来的剑脊。

然而毕竟是喝了酒，又久疏于训练，她的动作略微慢了一慢，手指竟然被剑锋割伤。内力传到之处，那把剑铮然断为两截。奇怪的是来人竟然身手不弱，一击之下剑势只是微微偏开，剩下的断剑并未脱手而出，依旧朝着她的咽喉刺来，又快又狠。

“不错嘛。”久未曾逢敌手，她不由得精神一振，放下怀里的伤者，站了起来，随手削断了一根竹枝，一掠而上，迎向了那个暗夜里的敌手。

“来吧！让我看看你的路数！”

那个人的脸上也蒙着黑巾，看不清容貌，一声不吭，然而下手却颇为毒辣诡异，竟看不出是中原武林哪个流派。特别是轻功尤其的好，每一招出身形便变幻方位，游走无定，转瞬便在林间穿梭了几个来回。

苏微和他拆了十几招，还是没看出来路，不由得不耐烦起来，顿时下手转急。那一根竹枝在她手里幻化出无数影子，刺向了那个刺客，想要尽快把对方拿下。

然而，她一剑还没刺到，林中却传来了一声诡异的哨声。

苏微一怔，下意识侧头往回看。就在那一瞬，仿佛接到了命令，对方再不恋战，身形飞快地后掠，竟然是间不容发地撤退，快得如同一支箭，瞬间消失在暗夜的林中。

她并没有追，只是迅速往回赶。

是的，刚才那个哨声是从身后传来的——也就是说……等她掠回原地的时候，那儿已经空无一人。那个受了伤的人，连同那些暗夜里的刺客，竟然都在瞬间一起消失了！如果不是地上还残留着血迹，酒醒后的她都要以为是自己做了一个梦。

她俯下身，从地上的落叶上沾了一点血在鼻子下闻了闻。

今晚那些人，就是对自己下毒的同一伙人吧？这些日子以来一路追杀自己，神出鬼没。自从进入灵鹫山月宫之后，那行神秘刺客就再也没有出现，一连数月都安静无事。她渐渐懈怠，本来以为都已经彻底摆脱了，却不料又在此时此刻冒了出来。

那么，第一个叫她“苏姑娘”的受伤的人又是谁？是敌是友，如今又在了何处？随后的第二拨人是其同伙吗？他们救走了他，又去了何处？

那一刻，刚刚平静下来的心又被惊动。

看来，就算她想要离开，可那些江湖上的人，却也未必就肯这样放过了她！

她在空林中站了一站，忽然想起了什么，心里一惊，再也忍不住地脸色苍白，朝着原重楼的住所飞奔而去——那些人……会不会撤走后去了重楼那儿？他们会不会对重楼和蜜丹意不利？

“重楼！”她飞奔回去，来不及走楼梯，直接纵身跃入窗口，失声唤。

撩开帐子，床上没有人。

她心下一惊，只觉得一颗心直坠入冰窟。“重楼！”她不顾一切地往外奔去，想到另一个房间查看。刚奔出门，忽然间眼前一晃，撞到了一个人。苏微想也不想地反手一切，瞬间就扣住了对方的咽喉。

“哎哟！”那个人失声痛呼出来，“迦陵频伽……你、你干吗？”

她一下子清醒过来：“重楼？”

原重楼被她一把锁住咽喉撞在墙上，只痛得半身麻痹，倒抽着冷气半晌说不出话来。苏微连忙上去将他搀扶起来，又赶紧地给他解了穴道，推血过宫。

“谋杀亲夫啊你……”许久，他才喘过一口气。

她皱着眉头：“你怎么不在房里？我还以为……”

“我去给蜜丹意送了一点艾草过去，熏了下房间。”原重楼疼得哼哼唧唧，“那孩子老说蚊子多，咬得她睡不着……好容易哄得她睡着了，你竟然……”

“对不起，我反应过度了。”苏微歉意地揉着他的肩膀，道，“还疼不？”

“疼。多谢女侠您手下留情，没一招打断我的骨头……”他吸着冷气，忽然顿住了口，问道，“你的手怎么了？”

苏微这才察觉手上的刺痛，低头看去，血已经顺着手腕渗透了袖子，是刚才那一番搏杀之中被划伤的，连忙道：“没什么。刚才喝醉了，从树上摔了下来……”

“怎么这么不小心！你的武功不是天下无敌吗？”原重楼却当了真，急道，“我就让你别发疯跳上树梢去，怎么都不听！你看你，弄成这样，以后真的不敢让你再喝酒了！”

“还不是你非要让我喝的？”苏微顺着把话题引开，将手藏到了背后，不敢让他得知真相，“只是划破了一道表皮而已，回头我自己敷一下就好了。”

然而不等她说完，原重楼已经满屋子翻箱倒柜，找出了药瓶来。

“来，快把手给我。”他皱眉，“都流了那么多血了。”

她皱着眉头，有些不情愿地把手伸给他，看着他在灯下细心地为自己清理着伤口，敷药、包扎，眉目间专注而焦虑——一时间，她心里忽然有了一丝震动。

那是一种被人全心全意信赖和关爱所带来的暖意和安然，足以温暖那一颗在十年的江湖腥风血雨里逐渐变得冷硬漠然的心。

那一瞬，她甚至想，哪怕就是为了眼前的这一刻，她愿意付出一切代价——如果再有人敢接近他们，试图打破这一份宁静，无论对方是神是佛，她都会痛下杀手毫不容情！

原重楼显然不知道她心里片刻间转过的强烈情绪，只顾低着头，仔仔细细地帮她包扎好了手上的伤口，然后用不容置疑的口吻吩咐她：“明天开始，三天不要沾水，不要劈柴做饭——什么都不要干了，都由我来做。”

“一道小伤而已，这么大惊小怪干吗？”她有些哭笑不得，看着自己的手被包成了馒头一样，不以为然，“以前我受过的比这个重十倍的伤都多了去了！也不见得……”

手忽然一紧，痛得她顿住了话语。原重楼握紧了她的手，抬头看着她。

他在那一瞬间的眼神，竟然令她忘了呵斥他。

“你说的那些，都是过去的事情了。”他皱眉凝望着她，用一种她无法忘记的语气对她缓缓开口，一字一句，“迦陵频伽，虽然我不知道你过去经历过什么，过着怎样的生活，但是从现在开始，只要有我在，便不会让你受一丝一毫的伤害。”

她的手指在他手里微微颤抖，竟不知道说什么。

——这个手无缚鸡之力的男人，竟然敢在她这样天下无敌的女子面前许下这样的诺言？他宣称要保护她……却不知，她已是这天下最不需要人保护的女子。

“嫁给我吧！”他看着她，忽然冲口而出。

“什么？”苏微身子一震，整个人僵住了，不能动上一动。

“嫁给我吧，迦陵频伽！”他握住了她的手，一直一直地看着她，眼神灼热，“做我的妻子，在这里和我一起好好地生活下去！白头到老，永远不再分开。”

她怔怔地望着他，不期然他会忽然说出这样的话来。

他说要保护她，他说“永远”？他可曾知道片刻之前，这片竹林里刚刚发生过什么样诡异恐怖的事情？

如果她留在他身边，这种跗骨之蛆般的追杀只会源源不断。

如果她答应嫁给他，那么，她便要反过来一生一世保护他！

这些事，对于这个远离江湖的男人来说，是永远不会明白吧？

苏微怔怔地看着他，无数的话语在舌尖涌动，却又凝结。她只能这样看着他，直到他眼里的冲动和灼热渐渐凝固，然后转成不确定和疑虑，握着她的手紧了一紧，低声：“迦陵频伽？你……你难道不愿意？”

她没有回答，眼神在迅速而复杂地变幻。他紧紧地注视着她的眼睛，仿佛感觉到了她内心的想法，握着她的手在逐渐松开。

终于，在他的手完全松开之前，她终于挣出了一个字——

“好！”

说出那短短一个字，她却几乎是用尽了全力。

当那个字被吐出的时候，那些捆绑束缚住她的不安都消失了，仿佛纸屑一样碎裂四散。是的，他们历尽了千山万水的跋涉才与彼此相遇；又历尽了千难万险，才在人生废墟上重新建立起家园——那么，又怎能轻言放弃？

她的前半生一直在血和火之间前行，为了姑姑的嘱托、为了别人的期待，出生入死，从未有过退缩。那么，在接下来的岁月里，为了她自己和他的未来，又怎能畏首畏尾？

即便是没有血薇，她也一样有力量守护自己的人生！

在短短的刹那，她脑海里转过无数的念头，最终看着他，加重了语气，一字一句重复：“好，我嫁给你！”

他怔怔地看了她片刻，直到她重复了第二遍，才忽然如同大梦初醒一样跳了起来。

“迦陵频伽！”他抓住了她的手，一把将她横抱了起来，转了一个圈，眉目间全是笑意，只顾唤着她的名字，“迦陵频伽！”

“嘘，小心把蜜丹意吵醒了。”她被他转得头晕，连忙道。

——在这样的时刻，她似乎永远比他冷静清醒。

“太好了！我们马上就成亲！”他反而更加兴高采烈地大喊一声，一把将她抱到了床上，“今晚先提前洞房花烛！哈哈哈……”

黑夜里，一双眼睛在冷冷地看着窗外的月色。

“真吵。”孩子嘴里吐出一句不耐烦的话，皱了皱眉头，眼神莫测。

直到隔壁的声音都平息了，蜜丹意才俯下身，从床底下拖出了一具尸体——那个人被一刀割断了喉咙，然而血却没有流出多少，一直到死，脸上还留着震惊的表情，似乎无法想象一个孩子会突然下如此毒手。

——没有人知道，在原重楼和苏微去了小酒馆的那段时间里，也曾有另外的人寻找到了这一座他们居住的小楼，却被这个看上去只有七八岁的孩子一刀断喉，藏尸灭迹。

蜜丹意将尸首拖起，小小的身体里居然暗藏着可怕的力量，轻易地用单手将这个成年男子的尸体举到了窗口，另一只手推开窗子，敲了敲窗棂。

深沉的黑夜里，外面的竹林一阵波动，有一批夜行人闻声出现，聚拢在了楼下，齐刷刷单膝下跪，静默地抬起头等待着楼上的指令。孩子一扬手，唰地将尸体从窗口扔下，底下的人迅速涌上，无声无息地接住了尸体。

蜜丹意随之跃出了竹楼，如同一只夜行的猫悄然落地。

“怎么搞的，居然让听雪楼的人闯到了这里？”小女孩落下，正好踩在一个男子的肩膀上，低低厉叱，“如果不是他们两个都正好出去了，这事情就露馅了！——灵均大人是怎么吩咐你们的？守住腾冲所有出入道路，只要放进一个，就得拿你们的人头来抵！”

她的汉语居然说得流利无比，语气冷酷，完全不像一个七八岁的孩子。

“右使大人恕罪。”那个人脸色瞬间苍白，“属下……”

然而话音未落，蜜丹意冷然一笑，手指一转，唰地插入了他头顶的百会穴！那个人一声不吭，身体一震，立刻倒下。周围所有人吓得往后退了一步，连忙黑压压跪倒一片。

“失职，从来没有借口可言！”小女孩从尸体上跳了下来，用血淋淋的手指指着旁边另一个人，冷冷，“你来接替他的位置。”

“是……是！”那个人苍白着脸急忙点头。

蜜丹意点了点头，问：“竹林那边，都处理干净了？不要留下任何线索。”

“都处理干净了！”那人低声道，“什么痕迹都没留下。”

“但这么一来，肯定已经惊动了血薇的主人——得设法消除她的疑心才好。”蜜丹意迟疑着，忽然道，“那些听雪楼派来的人，身上带着什么信物吗？”

“有的。”那人禀告，“从尸体身上搜出了一封信，此外还有听雪楼的金牌。”

“是赵总管写的吧。”在月光下瞟了一眼递上来的信，看到上面清秀的字迹，蜜丹意便冷笑了一声，拆开来看了一眼，“哟，写得很是动人嘛——本来是情敌，这下大难临头，就肯低声下气动之以情晓之以理地求她返回听雪楼了？”

“这已经是截获的第六封信了。”那人道，隐隐有些担忧，“看来洛阳那个女人真的是急了，估计下一波派来的人手会更加密集。”

蜜丹意收起了信件，冷冷道：“没关系。灵均大人早就有安排了。”

那人有些迷惑：“那……现在灵均大人的意思是？”

“既然防不住，那干脆就让‘听雪楼的人’找到她吧！”蜜丹意笑了起来，眼神冷冷，“先下手为强，早点做个了断，好过日日提防提心吊胆。”

“什么？”那人吃了一惊，“让听雪楼的人找到那个女人？那还得了？”

“怕什么，灵均大人自有妙计。接下来的计划，估计除了我之外，左使大人也会加入，务求万无一失。”蜜丹意笑了一笑，凑过去，在那个人的耳旁低语了几句话，然后抬起了头，眼睛眯起如同一只夜行的猫，“明白了吗？”

“是！属下明白了！”那人俯身跪地。

“去吧。”蜜丹意抬起头，指了指远处黑暗的森林，“再出一丝一毫的错，就要你求生不得，求死不能！”

“是！”如同一阵风一样，那群在黑暗里出现的人又重新归于黑暗。只留下小小的女童站在林荫下，低头看着手里的那封来自千里之外的信，低声：“那个赵总管还真天真呢……以为到了这样的时候，事情还会在她的控制之中吗？”

“这里发生的一切，只怕她一辈子都想不到……”

蜜丹意无声地笑了起来，抬起双手的食指和中指，轻轻地夹住了那封信——冷月之下，忽然有奇异的幽蓝色的火焰从纸上凭空燃起，转瞬就将那封信烧得干干净净！

第二天苏微醒来的时候，窗外天光已大亮，原重楼却已经不在房里。她推枕而起，不禁有些愕然，又觉得脸颊微微有些发热——昨夜一夕欢爱，居然睡得如此深沉，连枕边人何时起来都不知道。

“重楼？”她一边唤着他的名字，一边走下楼去，发现水盆里已经盛满了打来的清水，桌子上也已经摆好了碗筷，小菜爽口，白粥还是温热的。她忍不住心里一暖。

“往左一点！”她刚拿起手巾拧了一把，准备擦脸，外面忽然传来蜜丹意稚气的声音，清晰嘹亮，“再左一点！”

“再也挪不过去了！”原重楼的声音有些少见的气急败坏。

“不行，还要再左一点！”蜜丹意却用生硬的汉语大喊，“不对！这样不对！”

她手里拿着手巾，略微好奇地探出头去，想看看到底外面发生了什么，却听到原重楼失声发出了一声惊呼：“哎呀！”

怎么了？难道又有刺客？

那一刻她来不及多想，手一撑窗台，飞身掠出，半空中手腕一抖，内力传到之处，柔软的手巾把子瞬间抖开，绷成笔直，如同利剑一样射出！

然而眼前出现的景象却大出意外：一把竹梯架在门楣上，居中折断，梯子上的原重楼正头重脚轻地从高处摔落，手里居然还举着一块沉重的匾额！匾额迎头砸下来，眼看就要把他砸在门口坚硬的砖石地面上，蜜丹意站在一旁，捂着眼睛大声尖叫。

“重楼！”她来不及多想，迅速掠了过去，手一搭他的腰，半空提气，抱着他凌空迅速转了一个身，稳稳落在了地上，同时右手的手巾把子一甩，“啪”的一声将那块沉重的牌匾拍开，不偏不倚地竖在了地上。

一切兔起鹘落。当她落地后，那把竹梯才“啪”的一声折断，重重落地。

苏微又气又急，忍不住对着怀里脸色发白的男人大吼：“这是干吗？一大清早的，你们搞什么？！”

“我……我只是想……把那块匾重新挂上去。”原重楼缩在她的怀里，结结巴巴地回答，额头被砸得高高肿起了一块，吓得脸色发白，“没想到……没想到……”

“要挂和我说一声就是了！干吗自己爬上爬下？”苏微看到他额头流血，心下担忧，嘴里却狠狠骂道，“刚才如果慢得片刻，你就要躺地上断几根肋骨了知不知道？你以为我是你的贴身保镖，可以整天跟着你？多大的人了，还不知道好好照顾自己！”

她吼得声色俱厉，吓得蜜丹意往后缩了缩。

“是是是……是我错了。”原重楼噤若寒蝉地缩在她怀里，聆听着训斥，一句也不敢反驳，半晌等到她说完，才怯怯地问：“不过，能不能……先把我放下来再骂？”

苏微这才发现自己一直大马金刀地横抱着他，而他一个大男人竟然瑟缩在她的臂弯里，满脸惶恐地看着她，心下一愣，连忙将他扔下地：“快给我站好了！”

“骂得好！是我的错是我的错……”原重楼踉跄站稳，连连对着她赔不是，“娘子见谅，别动气，气坏了身子可不值得……”

“谁是你家娘子！”她蹙眉，又要发作。

“现在还不是，马上就是了！”他却嬉皮笑脸地凑过来，额头的大包在她眼皮底下晃动，“等我把这玉坊重新开起来，很快就有钱娶你过门了！”

苏微怔了一下,这才看清楚地上躺着的居然是那一块“滇南玉皇”的御赐匾额——那块牌匾已经被擦洗得干干净净，尘埃尽去，金光耀眼。看来昨晚求亲成功后，他一大清早就起来整理打点，本来是想在她醒来之前把一切弄好，给自己一个惊喜的，却不料弄巧成拙。心里的怒气顿时消了大半，苏微叹了口气，问：“疼不疼？我帮你敷点药。”

“不疼不疼！”他显然被她忽然间的轻声细语吓到了，连忙道。

“先别弄这些了，一起吃早饭吧。粥都快冷了。”苏微道，挽起了他的手，“你歇着，等一下我帮你把匾额挂上去就是了。”

“那可不行！”原重楼却居然壮起胆子，一口反驳了她的意见，“十年前是我亲手把它扯下来的，十年后，也得我亲手把它重新挂起来才是！”

他的语气强硬，苏微只看了他一眼，唇角露出一丝微笑来。

第六章 滇南玉皇

不可能！这世上，怎么还会有第二块绮罗玉？

“造化神奇，没有什么不可能的事情。”原重楼微笑着，只是将那块翡翠在烛光前缓缓移动。即便是在白日里，烛光如同穿透了一潭透明空无的碧水，满屋的碧色随之变幻，如同水波的荡漾，美丽不可方物。

早饭后，在苏微的指挥下，原重楼终于将那块烫金牌匾重新挂了上去，整整齐齐，不偏不倚。不知道他在啥时候还准备了一挂鞭炮，等金匾一挂好，就让蜜丹意点上了，噼里啪啦响了好一阵子，炸响了整个不大的腾冲府，热闹非凡。

路过的人不由得侧目，议论纷纷。

——昔年天下无双的玉雕大师原重楼，要重新出山了！

这个消息在腾冲这个小地方迅速传开，整个腾冲府便为之震动。

第二天早上，苏微是被楼下反常的嘈杂惊醒的。她下意识警惕地伸过手，抽出了枕头下方垫的短剑，睁开眼却发现原重楼又已经不在身侧，心下顿时吃了一惊，顾不得披上外面的长衣，便握剑跃到了窗口。

然而朝外一看，却发现楼下的空地上车马云集，竟然来了好几拨的商贾模样的人，大门大开，门外挤得水泄不通，有些进不来的玉商模样的人三三两两成群地在门外聊天。

“听说原大师的手治好了，打算重新出山了？”

“是啊……你也听说了？”

“可不是，这块牌匾一挂出来，消息传得比什么都快！”

“嘿，李老板，你不会是真的带了好料子来，打算请原大师雕刻吧？”

“哪里哪里，最近缅人那儿没挖出什么好料子，天光墟上都买不到好的翡翠原石，在下双手空空地来，还指望龙老板您带一些好货来给大家开眼界呢。”

那个龙老板咳嗽了两声，笑道：“不瞒您说，龙某手上倒是还有些去年压下来的旧料子——但是换了是你，敢把料子拿出来给一个十年没雕的人练手吗？”

说到这里，他压低了声音：“今天不过是先来凑个热闹罢了。我倒是想看看有哪个傻瓜肯先把料子给他雕。如果真雕得和昔年不分伯仲，再拿出好料子来，恭恭敬敬叫他一声大师也不迟。”

旁边的人也低声笑：“嘿嘿……果然。人同此心心同此理啊。”

他们虽然压低了声音，然而楼上的苏微却听得清清楚楚，不由得蹙眉。

是了，重楼技艺废弃多年，空有盛名传世。如今重新出山，不知还能否当得起昔年“滇南玉皇”的大名。世人重利，面对着一个十年不曾有作品问世的大师，有谁还会相信他，给他一个东山再起的机会吗？

她心下有些沉重，匆匆洗漱，披了一件长衣下楼，发现早饭早已做好，蜜丹意正趴在桌子上捧着稀饭在喝，原重楼却已经不在室内。

“玛，外面很多人来找‘大稀’！”看到她询问的眼神，小女孩笑了起来，用筷子戳了戳竹楼另一边的房间，“好多人围着，不让我进去，说小孩不许看热闹！”

苏微皱了皱眉头，穿过房间，直接推开了门。

里面果然热闹，八张椅子上都坐满了人，围着中间的主人寒暄，说的无非是一些对身体的问候和对他技艺的赞许——苏微听在耳朵里，不由得暗自冷笑：这些商贾真是重利薄情。不过几个月之前，当他还酗酒烂醉街头的时候，这些腰缠万贯的商人何曾愿意动一动指头来帮上一下？就算到了此刻，虽然说得热闹，却依然没有一个人肯先拿出一块料子，让这个已经有十年之久不曾碰过翡翠的“大师”试刀。

然而重楼却没有显示出丝毫的不耐，竟一直和那些来访的客人应酬揖让，满面春风，言辞流畅，说得十分投契——那一刻，他身上所显示出来的气质谈吐，竟然令她有些陌生起来：是否，在十年之前，那个才华卓绝、受极追捧的年轻玉雕大师，便是这样的人呢？重楼身上，到底还有多少她所未曾知道的侧面？

“重楼。”她听得不耐烦，推开门，“你还没吃早饭吧？先吃饭！”

室内所有人都愣了一下，转头看过来。

那个一身月白衣衫的女子站在门口，盈盈如临风幽兰，表情虽然平静柔和，眼神却犀利，只是一眼扫过来，所有与她视线相碰的人心里都不由得咯噔了一下，有刀刃过体的寒意。玉商们都是老江湖，立刻集体噤声，转眼看着此地的主人。

原重楼站了起来，笑着对众人介绍：“各位，这位便是我的夫人。”

“喂！”她皱眉，如果不是当着这么多的人，几乎又有暴打他一顿的冲动。

“什么？原大师何时有了新婚夫人？”门外忽地有人笑问，倒是吓了房间里的人们一跳，朗声道，“竟然也不请大家来喝个喜酒，实在是说不过去啊！”

苏微吃惊地回头，却看到一个年轻人从门外笑着一路进来。

那是个二十六七岁的公子，面如冠玉，手里摇着一把描金折扇，意态潇洒，一身衣衫也极是华贵，不看襟口一溜拇指大的南珠，光看右手拇指上戴着的一个满绿的老坑玻璃翠扳指，就已经是天光墟上难得一见的极品。

原重楼看到那个人笑吟吟地走进来，脸上的神色却变得有些微妙起来。

“尹少爷！”房间里所有的客商都悚然一惊，齐齐站了起来。

听到那声称呼，苏微震了一下，眼神蓦然尖锐起来——莫非，来的是腾冲尹家的人？

“璧泽兄。”原重楼放下茶盏站了起来，眼神也有些异样。

是的，这个不速之客正是腾冲最大的玉商、尹家的大公子，也是春雨的兄长。在十几年之前，正是他将自己请入了尹府做专奉的玉雕师，来往甚密，称兄道弟——但自从他的右手残废、尹家小姐攀高枝嫁入王府后，尹府上下对原重楼冷眼相向，恩断义绝。

但是这些年来，每次听说原重楼潦倒落魄，尹璧泽都会偷偷派人去把他在各处的欠债给还上，这才令他半死不活地拖到了今日，没有被饿死。

虽然是许久不曾再见面，看到他忽然前来，原重楼的心里也是百味杂陈。

“哟，几个月不见，变化真大啊！”那个贵公子熟门熟路地走进来，没有丝毫生分，一看他的气色便惊讶了一声，回手拍了拍原重楼的肩膀，“怎么，听说你去了一趟缅人那里，回来就生龙活虎了，还带回来一个这么美貌的夫人？”

“这个……”原重楼有些尴尬，只道，“歇了那么多年，也该重新做点事了。”

“哦。那你的手怎么样了？真的好了？”尹璧泽一边说一边走过来，径直卷起他的袖子想要查看，然而眼前一晃，风声一动，这一拉居然落了空。

“不可！”原重楼脱口。

苏微的手掌本来已经快要切到了他的手腕，下一刻便能将他的腕骨生生击碎，听到这句话在瞬间翻过手腕，只是用手掌重重打在了对方腕下一寸，将他伸过来的手啪的一声打开。满堂惊呼声里，尹璧泽痛呼了半声，便又生生忍住，手臂已经瞬间乌青了一大块。他抬起头看着苏微，眼神蓦然一变，似有刀锋在眸里一掠而过。

原重楼下意识地往前一步，挡在了两人之间，连忙道：“没事吧？”

“没事没事。”尹璧泽的眼神却又是一变，放下袖子掩住手腕，笑道，“是我冒昧了……想必这位弟妹还不知道，其实我们兄弟之间一贯不拘礼节。”

苏微轻轻哼了一声，看了他一眼，并不回答。

这个人似和重楼极熟，说话也毫无顾忌，带着风流放诞的味道，然而不知道为何，这种肆意竟然并不令人反感，反而令人觉得他每句话都出自真心，即便是冒昧也值得原谅。但苏微是江湖上出生入死过来的人，对陌生人有着天生的直觉，从第一眼开始便不大喜欢这个贵公子，转过身不再看他。然而即便是背过身去，还是能感觉到对方的视线一直跟随着她，仿佛带着某种奇怪的揣测意味。

“弟妹耳边这对耳坠盈盈欲滴，如春水流动，倒是难得的极品。”尹璧泽目光不离她左右，口中笑道，“莫非是当年那一块绮罗玉上开出来的？”

原重楼颔首：“璧泽兄果然眼力过人。”

“没想到原兄还留了一对绮罗玉给佳人。”尹璧泽笑道，“已经十年了，滇南已经再没见到能和那块翡翠媲美的料子——如今这对耳坠也该价值万金了吧？”

“这对耳坠不是我送的，是她师父传给她的。”原重楼解释了一句，不肯再往下说，只是微微蹙眉看着来人，“璧泽兄贵人事忙，今日忽然光临寒舍，不知有何贵干？”

“何必说得这么见外？其实今日我来找你，是听说你重新出山了，想让你帮忙掌眼看一块料子。”眼看气氛又有些尴尬，尹璧泽连忙拍了拍手，顿时便有小厮从外面进来，恭恭敬敬地将一个锦缎包袱放上桌面，然后退到了一边。

尹璧泽道：“这一块，是我们在盈江矿口上开采出来的翡翠。”

那一刻，整个房间的玉商眼里都放出了光来。

腾冲尹府有镇南王做靠山，多年来，一直掌握着整个滇南的翡翠专营权，在缅人那儿更是有着十几处矿山，每年最好的翡翠料子都是从他们家矿上开采出来的。每次天光墟开市，天下各处蜂拥而来的玉商都指望着尹家出点好货，若是没看到尹家的人来到市场，便知道这次又只能拿到二流的货色了。

此刻尹家大公子亲自前来，包袱中的玉石自然引起了众人的注目。

不过，听说多年前原大师和尹府有了过节，从此不相往来，特别是原重楼毕竟已经十年不曾拿刀雕刻，此刻尹家居然会拿出翡翠来让他练手，倒是令所有玉商有些意外。

“这料子有点特殊。”尹璧泽蹙眉，“你来看看。”

原重楼也有些好奇，微微蹙眉，小心地打开那个包袱。锦缎一层层打开，当里面那块石头露出时，房间里所有人都不禁吸了一口气。

桌子上是一块罕见的翡翠。

不，确切地说，是翡，而不是翠。

而世人多以为翡翠便是绿色，特不知翡者，红也；翠者，碧也。关于翡翠的水底种色变化，虽有“三十六水，七十二绿，一百零八蓝”之说，但始终以翡色和翠色两种为尊，绝品的翡有时比翠更加难得——而此刻，放在桌上的这一块已经完全去掉皮壳的玉石，便是罕见的翡色，种水交融，如同石榴籽那般嫣红透明。

所有的玉商都不由自主地围了上来，然而刚看得一眼，却又脱口齐齐叹了声：“可惜！”

连原重楼这样阅尽天下美玉的雕刻大师都很少见到这样成色的红翡，在包袱打开的一瞬他不由得倒吸了一口气，然而，只是凝神了一个瞬间，便也和众人一样低声道：“可惜。”

那块玉石有一尺高，三寸厚，玉外层的皮壳已经被高手匠人小心地全部去除，内貌一望无遗。所以所有人都能看出这块罕见的玉石虽然通体翡红，水头和光泽也极好，却有两处致命的瑕疵——不仅有一道黑色的裂痕贯通上下，整块玉里也布满了若隐若现的白色絮状棉，简直找不出一块大点的纯净地方。

“木拿矿口的？那么多的雪花棉。”一眼看到这种棉点的分布情况，原重楼便判断出了这块石头的产地，“那儿出产的石头种水虽好，一般却都是极小，难得出这么大的料子——可惜瑕疵也太重了一点，只怕很难取出成品来。”

“果然高人！说得完全没错，正是木拿矿口上开采出来的，算是今年最大的一块了。”尹璧泽挑起了拇指，愁眉苦脸，“你看这块料子还有救吗？”

“是有点可惜……那么好的料子有了这道裂痕，就像是国色天香的美人却被迎面砍了一刀一样。”原重楼蹙眉，抬手轻抚着那一条裂痕。

“今年真是晦气，雾露河不停涨水，溃堤死了几百矿工，石头却没挖出来几块，偏偏上头催钱又催得急……唉。”尹璧泽用折扇敲着手心，叹气，“我这几个月去把河上的几个矿口都找了个遍，好容易寻了这一块还过得去的料子，又可惜有两处死穴，不知道还能不能用。”

“还有救，这个裂进去的深度不深。”端详许久，原重楼终于开了口，“能取出一块八寸高、两寸厚的完整料子来，就看你想要雕成什么了。”

“真的？”尹璧泽喜上眉梢，脱口道，“那雕个送子观音如何？”

“送子观音？”原重楼神色微微一变。

尹璧泽失言，知道瞒不过去，便干脆承认：“是啊。下个月十五是我妹妹生辰，到时可能也是临盆的时节——家父希望她能生个小王爷，所以命我早早准备礼物。”

原重楼捏着空了的茶盏，没有立刻回答。

尹璧泽看他没有立刻拒绝，以为有希望，兴冲冲地道：“既然你说有救，那便是有救了！整个腾冲我想也找不到第二个像你那般的高手，可以化腐朽为神奇了——嘿，你也知道那丫头的眼光被你养得有多高！她对翡翠可挑剔着呢……”

他的话没有说完。坐在旁边的苏微在此刻转过头来，看了他一眼。不知为何，那个清丽柔和的女子，眼里此刻露出的光芒却是凌厉得令人生寒，令他将下面的话都忘了。

“重楼的手还没好，还需要休息。”苏微听到这里，便站起身走到了桌前，把包袱往尹璧泽面前便是一推，冷冷道，“什么送子观音散财童子，公子还是另请高明吧！”

尹璧泽不料这个娇柔的女子一开口便是如此生硬，仿佛尖刀似的扎人，一时间抱着一块石头，倒是被弄得下不来台，不由求助似的看了一眼原重楼。

“迦陵频伽，没事的。”原重楼开口说了一句。他恢复了常态，将手里的茶盏重新放下——那只右手上，赫然还残留着巨大的疤痕。

看到那条疤痕，尹璧泽眼神就暗了一下。

“璧泽兄，我知道你是为我好。”原重楼却是叹息，脸上没有丝毫的怒容，“我残废已久，此次重新出山，连腾冲三流的小玉商都不敢再找我雕刻，你却抱着至宝上门给我练手——不过，我想知道尹府的老爷子同意你这么做了吗？”

尹璧泽嘴唇慢慢抿紧，道：“这点事，我自己能做主。”

“是吗？”原重楼忍不住冷笑了一声，语气一转，却一字一句道，“只是，我不能接受这一番好意。昨日种种，并非令人愉快的往事——你怎么会觉得我还会觍着脸去给春雨雕什么送子观音呢？”

尹璧泽微微一震，脸色有些苍白：“原兄……”

“不过，这块翡翠着实罕见，浪费了可惜，我倒是可以告诉你怎么雕才能救回这块翡翠。”原重楼道，从桌子上拿起一支笔，蘸了蘸墨，飞快地在玉上画了起来——首先唰地一笔顺着黑色的裂痕画了下去，然后迅速地在周围挑出横斜的枝条，竟是一棵树的形状。接着几笔，在布满了白色棉点的石头上唯一的空隙处勾勒出了一张美女的脸庞。

“看到了吗？”原重楼手下不停，迅速地在整个翡翠上完成了布局，“送子观音什么的就算了，这块石头天生异质，种水通透，沁色如墨，散开的棉如同飞雪，用来雕个踏雪寻梅却是天下无双。”

“妙啊！”尹璧泽击节赞叹，脱口而出。

短短片刻间，几处严重瑕疵都已经被雕刻师极端巧妙地掩了过去：黑色的裂缝被顺势雕成了红梅的树干，而布满整块翡翠的棉点便幻化成了漫天灵动的飞雪。飞雪之中浮凸出一张美人脸，披着大红昭君兜，手里捧着一瓶刚折下来的梅花，美轮美奂。

“好一个踏雪寻梅！”周围一片赞叹之声，那些玉商从未见过有人能将这样一块瑕疵严重的翡翠瞬间化腐朽为神奇，不由得簇拥着看得两眼发光。

“璧泽兄就照着这个样子，拿回府邸里请专奉的玉雕师雕刻吧。”原重楼放下笔，淡淡道，“恕我不能帮忙了。”

“好吧。”尹璧泽有些为难，却也接回了石头，道，“那以后如果有别的料子送来，你若有空，能否雕刻一下？”

不等苏微开口，原重楼笑了笑，淡淡道：“我说过了，从此后，我和尹家最好尘归尘土归土，再无瓜葛。”

尹璧泽蹙眉，叹了口气，道：“那好吧。改日再来拜访。”

“不必了。”原重楼声音却是冷淡平静，拒人千里，“尹兄的好意我心领了。可是你若和我交往过密，尹府上下必然不悦，何必再徒生事端呢？”

尹璧泽看着他，一字字道："今时不同以往，没人再敢看不起你。"

"是吗？"原重楼冷笑了一声，"这却是为何？尹老爷子看开了？"

"唉，你不知道……"尹璧泽叹了口气，想要说什么却又咽了回去，最后只是面色复杂地拱了拱手，"日后有机会，再和原兄剖肝沥胆地一说心曲。今日还是先告辞了。"

"走好。"原重楼将他送到了门口，淡淡道。

尹璧泽最后一次回过身，深深凝视了多年前的好友一眼，道："原兄，你的气色好了很多，看来这位苏姑娘是令你起死回生了……我真是替你开心。"

原重楼也看了他一眼，眼眸里似有暖意，低声："多谢。"

看着尹家大公子就此离去，所有人也不禁有些意兴阑珊：从刚才这一番看来，原大师对翡翠的造诣无疑比十年前更令人惊叹，但毕竟残废了那么久，如今手头功夫如何，却还是存疑。除了财雄势大的尹家，又有谁肯冒着风险，将价值万金的翡翠送过去给他练手呢？

而偏偏，这个落魄潦倒的玉雕大师，竟然又拒绝了唯一的金主！

一时间看得没意思，便有人起身跟着告辞，三三两两地离开，不到半刻钟，原本挤得水泄不通的客厅里顿时空了起来。

苏微看到堂中这样冷清尴尬的局面，心里也觉得不舒服。

如果刀剑能解决问题，她会毫不犹豫地拿刀搁在那些玉商的脖子上，逼着他们拿出玉石来给重楼雕刻——可是，这不是江湖，这里的规则，不由刀剑决定。

她站在他身后，却感觉到他轻轻握了握她的手，抬首看了她一眼。

那眼神里的沉着安静，令她的心也忽然定了下去。

"已经走了不少客人了。剩下的各位，想必都是比较有诚心来原某这里求教的，在下自然不能让大家空手而归。"刚想到这里，却听到原重楼开了口，一字一句，"我这里有一块翡翠，打算在近日切开，雕刻后出售——今日请各位来，是想先让大家过过眼，心里有个数，以免到时候没有备足银两，错过了连城之宝。"

剩下的人原本心里都在嘀咕着要不要告辞，此刻听到这句话，却都不由得一惊：什么？这个雕刻师手里，居然还有翡翠？而且这样的口气，未免有些托大吧？——要知道缅邦最近大雨，这大半年来腾冲都没看到什么真正的高货了。

原重楼看到大家惊讶的表情，只是笑了笑，从桌子上拿起了一根蜡烛，点上。然后在众人不解的目光里，从身后的柜子里拿出了一个锦盒。打开盒子，把外面包着的丝绸解开，将里面一块沉甸甸的玉石捧出来，小心地放在了桌子上。

那块石头厚达两尺，看起来黑黝黝的，毫无出彩之处，只有边缘某处是被刻意打薄了的——而烛光，就刚刚好在那一处背后映照。

那一刻，光线透过了那块石头，竟将整个房间映得一片碧绿！

虽然是白天，但这种碧色仿佛是魔光，令在场所有人都瞬间惊住，一动不能动。在屏息般的寂静里，终于有人定定地看着那块翡翠片刻，第一个回过神来，脱口而出：“天啊……这……这是绮罗玉？！”

不可能！这世上，怎么还会有第二块绮罗玉？

“造化神奇，没有什么不可能的事情。”原重楼微笑着，只是将那块翡翠在烛光前缓缓移动。即便是在白日里，烛光如同穿透了一潭透明空无的碧水，满屋的碧色随之变幻，如同水波的荡漾，美丽不可方物。

一时间，所有见多识广的玉商都被惊呆在室内，怔怔看着那一抹不可思议的碧色，脸上的表情千奇百怪。

是的，那是绮罗玉！传说中的“千重碧”！

十年之后，居然重现世间！

“各位都是内行人，应该知道它的价值。”原重楼负手看着满堂震惊的玉商们，语气沉静，并无炫耀之色，“我打算将它切开雕刻，然后出售。在场的各位若有意，请先下三千两的定金，再回去准备好足够的银两。半个月后来这里洽谈——谁有兴趣？”

“我！”“我！”……毫不犹豫地，瞬间所有人都争先恐后地喊了起来。

无数的银票、银锭、金锞子、金叶子如同雪一样地飞来，瞬间将桌面淹没。

当所有的人都散去后，苏微还是站在那里，定定看着，有些发呆。

原重楼笑吟吟地看着她，第一次感觉自己在她面前如此有底气，忍不住将满桌子的金银往前一推，笑道：“怎么样，你家男人还是有点本事的吧？”

苏微看着那块绮罗玉半天，不由得面有怒容，指着原重楼，厉声道：“你……你是从哪里把它找回来的？我怎么不知道？”

是的，当初他们两个人受伤又中毒，被拜月教的人紧急护送往灵鹫山月宫治疗，谁也顾不得那块石头，便以为是丢失了——却不料，今日竟忽然出现在了这里。

“你猜呢？”原重楼却卖了个关子，笑得神秘，看到她又要动怒，才连忙道，“是灵均大人在临走时候送给我的！——你没留意到我们骑回来的那两匹马，正好是我们当初骑过的那两匹吗？他直接把这块玉放在马背的革囊里了。”

苏微想想果然是，蹙眉：“那你也不早点告诉我！”

“想给你一个惊喜嘛。”原重楼放软了声音，揽住了她的腰，贴着她耳朵轻声道，“你看，我们一下子就有了一辈子都用不完的钱——如果没有钱，又怎么操办婚礼、风风光光迎娶你过门呢？”

他语声温柔无限，说话时吐出的气息吹拂在耳侧，弄得人心里酥软，苏微终于没有发火，脸颊微红，低声：“那……你打算什么时候办？”

“七月初七如何？”原重楼笑道，“正好牛郎会织女。”

她啐了一口，却没有反对，只道：“你打算请哪些人？”

原重楼怔了一怔，道：“唔……我孤家寡人的，也没什么亲戚，你呢？”

“我这边当然更没有了。”苏微皱了皱眉头，想起了一事，“对了，你母亲不是这边苗寨的人吗？应该多少有亲戚在这边吧？”

原重楼眉梢微微蹙起，道：“那么多年不来往了，还提他们做什么？我饿得要死了的时候，也没见有一个人出手帮一下我！”

苏微看到他脸色不大好，便没有再问下去，沉吟了片刻，道：“那……请不请尹璧泽？”

“他？”原重楼似是吃了一惊，“为啥？”

“这些年他倒是对你挺好的。”她笑了一下，道，“以前偷偷替你还债，现在还肯帮你一把——我知道你对尹家耿耿于怀，但事情一码归一码。”

他皱着眉头，许久才从鼻子里哼了一声：“他这也算帮我？”

“好了，你就是这种尖酸刻薄的倔脾气。”苏微瞥了他一眼，刚想说什么，忽然看到蜜丹意从门外跑了进来，气喘吁吁，脸上有惊吓之色：“玛，有个人在后院里，说要找你！”

“找我？”苏微一惊，“谁？”

“不知道……后院的墙那么高，也不知道是怎么翻进来的！”蜜丹意皱着眉头，嘟囔，“他看到前面人多，没有过来，只说有一封很重要的信要亲自交给你。”

“信？”苏微心里越发下沉，看了一眼原重楼。听到蜜丹意的话，原重楼脸色也是有些不安，握住了她的手，道：“我跟你一起去。”

“不用了。你们两个去关上门，待在房间里别乱走，我去后院看一眼就回来。”她从桌子上拿起了他平日雕刻用的小刀，道，“这个借我用一下。”

后院里没有人，只有五月的灿烂阳光照射在青石板地上，明晃晃，空荡荡。角落的架子上垂挂下曼陀罗花，有微微的奇特香气。

然而苏微只是看了一眼庭院，冷笑了一声，对空中道：“下来吧。”

声音方落，屋檐的阴影里神奇般地出现了一个人，如同一个幽灵般悄无声息地沿着柱子滑了下来，远远地站在那儿，似是怕冷地缩着肩膀，低着头：“苏姑娘。”

“宋川？”苏微愣了一下，认出了来人。

“是。”那个人点了点头，“很久不见了，难为苏姑娘还认得在下。”

“你不在洛阳，千里迢迢来这里做什么？”她听得这种话，显然是在影射自己多日不归听雪楼，不由得冷笑了一声，“是萧停云派你来的吗？”

“不。”宋川却摇了摇头道，“是赵总管派我来的。”

虽然并没有抱着什么期待，听到回答，苏微的心还是略微沉了一沉，只是冷冷道：“她派你来做什么？”

“来恭迎苏姑娘回去。”宋川恭声道，弯了弯腰，从怀里掏出了一物，却是听雪楼中执行重要任务时的金牌，双手奉上，“赵总管听说苏姑娘的毒解了，身体也大好了，楼里现在危机重重，上下都期盼着您回去呢。”

苏微压根没去接那道金牌，冷笑了一声：“是啊，如果武林太平无事，如果我还是个废人，估计你们也就早把我忘到九霄云外了。”

“苏姑娘说笑了。”宋川有些尴尬地道。

“我苏微几时说笑过？”她也沉下了脸，一字一句地道，“我在离开之时已留下了血薇，早就是打算再也不回去了的。”

听到这句话，宋川抬起头看了她一眼，眼眸里似有异样，然而又立刻低下头去，轻声道：“苏姑娘这么说，可令属下为难了——要知道离开洛阳时赵总管下了死命令，如果不能带回血薇的主人，便要用血薇来赐属下一死。”

“她舍得吗？”苏微冷冷，“你可是楼主的心腹之人。”

宋川苦笑：“赵总管御下严厉，苏姑娘也不是不知道。”

“好了，话我已经说清楚，就别来烦我了。”站着说了这一会儿话，她有些不耐烦起来，一挥袖子，“回去告诉他们，我是再也不会回中原去了，我苏微一向说到做到——难不成萧停云和赵冰洁他们，还能拿刀架在我脖子上逼我回去不成？”

“这个属下自然是不敢。”宋川往后退了一步，连忙道，“而且以苏姑娘的绝世剑术，这天下又有谁能把刀架在您的脖子上？”

“有啊，萧停云的夕影刀。”苏微冷冷一笑，语气转为冷峻，“不过就算是他亲自来了，我也不会再回去了——我已经为他卖命了十年，足够对得起姑姑当年的嘱托。这以后的日子，我希望再也不要和这江湖有丝毫联系。”

宋川停了半晌，忽地道：“苏姑娘大概是为了原大师而留下来的吧？”

苏微猛然一惊，冷笑：“你打听得倒是仔细。”

“不敢，只是属下重任在肩，不得不将这一切来龙去脉打听清楚。”宋川的语气平静，“这事关属下和属下同伴的性命，怎能不小心从事？”

“你还有同伴？”苏微蓦地一震，“在哪里？”

“苏姑娘刚才应该已经见过了，就在前面房间里和原大师喝茶叙话呢。”宋川静静地道，居然是不动声色，“他们几个的身手一流，易容术也高明，加上当时人多嘈杂，苏姑娘一时没有认出来吧？”

她一惊，只觉得一颗心往下沉。

——是的，刚才的满堂宾客之中，竟然有听雪楼派来的人潜藏其中？而更可怕的是，她竟然没有发觉！如果刚才那些人骤然下杀手，她只怕也来不及护住重楼。

是离开江湖太久，身上的那种直觉已经衰退了吗？

“你们想怎么样？离他们远一点！”她心中杀机一动，眼神便凌厉了起来，“赶快滚回中原，别再靠近重楼和蜜丹意一步——别以为是楼里的人，我就不敢杀你了！”

“苏姑娘这么说，未免太无情了。”宋川低声道，语气却依然平静，“要知道楼中令严，此行若不能将苏姑娘从滇南顺利带回，大家就要人头落地——所以，看在那么多人的性命的分儿上，无论如何都要请苏姑娘跟随我们回一趟听雪楼。”

苏微逐渐被他激起了怒意，不由得一声冷笑：“你们的死活又与我何干？”

“自然是没有什么干系，苏姑娘向来铁石心肠，哪怕属下死了，也不会皱一下眉头。”宋川的声音居然还是波澜不惊，笑了一笑，“只是，人皆有牵挂。原大师和蜜丹意的死活，苏姑娘一定不会置之不理吧？”

“你！”苏微凌厉地看了他一眼，瞬间掠回了房中。

——果然，房间里已经没有一个人。窗户紧闭，外面的大门却半开着，门槛上留着一只小小的鞋子，正是蜜丹意的。

苏微捡起了那只鞋，发现上面有几滴血迹，不由得微微发抖。

——怎么可能？那些人，居然在她完全没有察觉的情况下，闯入室内掳走了重楼和蜜丹意！自己离开江湖几个月，安于柴米油盐之间，竟然迟钝到了这种地步？

“苏姑娘不必紧张……”宋川看到她的脸色，道。

“你！”话未说完，唰的一声，刻刀已经刺入了他的侧颈，只差一分就能切断对方的血脉，苏微咬着牙，“你……你想把他们怎么样？”

刀刃在喉，对方却不曾退却，只淡淡道：“不怎么样。听雪楼从来不杀无辜之人，只要苏姑娘肯随我回去，他们自然会好好的。”

“哈！”苏微忍不住大笑了一声，杀气逼人而来，“开什么玩笑！你以为我是谁？萧停云和赵冰洁，难道觉得我苏微是个甘受胁迫之人吗？”

“苏姑娘是什么样的人，属下不敢妄自评判。”宋川的神经居然如同钢铁一样，眼睛一眨不眨，“但苏姑娘若不随在下回洛阳，就休想再见到他们两个人了。”

苏微只觉得气到极处，手里的刻刀忍不住往里逼了一逼，噗的一声切断了一根血脉，鲜血激射而出，飞溅了她一脸。然而，宋川居然还是无所畏惧地看着她，眼眸是灰冷色的，如同这个影子一样的人的心。

她收回了刀，手指连弹，瞬间封住了他的颈部大穴，缓住了血流，咬着牙刚要说什么，忽然听到远处传来了一阵喧嚣动荡，似是有人在惊呼奔逃。在这些声音里，她敏锐地捕捉到了蜜丹意的尖叫声。

“蜜丹意！”苏微来不及多想，足尖一点，转身闪电般掠出。

宋川站在原地，一动没有动，只是默默地抬起手捂住了侧颈那个小而深的创口。

“再差半分，主脉就要被切断了，你居然连眼睛都不眨一下。”背后曼陀罗花的阴影里，忽然有人开口，“在听雪楼里呆过的人，果然是不同凡响。”

宋川冷冷道：“我和她共事多年，怎么会不知道她此刻是不是真的想杀我？”

“这出戏演得不错呀。”那个人低声笑了起来，“她是真相信了你的这番说辞吧？她也不想想，如果外面真的有我们的人混在客商里，以她之能，不可能完全察觉不到吧？”

宋川点了点头：“是的，所以说，离开江湖那么久，她的敏锐程度已经下降了……而且，对自己的自信心也在下降。”

那个人冷笑了一声：“依我看，是天天被身边人下了慢性药的后果吧？”

“话太多，容易死得快。”宋川语气骤然严厉，对同伴道，“别废话了，快去看看外面是不是进行得顺利，据说今天连左使都来了。”

“是！”暗影里的人群悄无声息地退去，如同一条蛇一样蜿蜒离开。

苏微赶到的时候，正好是天光墟的散墟时间，然而平时热闹的集市上却已经没有一个人。所有人都在奔逃、惊呼，慌不择路，甚至连摊子上的货物都来不及收拾。

“前头打起来了！杀人了！快逃！”

在满耳的喧嚣叫嚷声里，她逆着人流奔跑，手里握着那把刻刀，焦急惊恐令掌心布满密密的冷汗——在江湖上出生入死那么多年，见惯生死，却从未有过这一刻的恐惧。

人群熙熙攘攘，迎面而来，挤得她无法向前。她能听到蜜丹意的尖叫，惊恐而无助，一声一声，到最后又渐渐消失。

“蜜丹意！”她再也按捺不住心里的焦急，顾不上在人前暴露身手的危险，瞬间拔地而起，脚尖一踩身边一个人的肩膀，整个人顿时掠起了三丈，从人群之上飞一样地掠过！

她俯视着脚下的人群，焦急而恐惧。

蜜丹意的声音已经听不到了，然而骚乱的源头已经近在眼前——那是天光墟的西面，原本是供奉滴水观音的神龛，却传来了尖锐的刀剑交击声音，远远看去，只见有白衣人群和黑衣人群相互交错，似乎在短兵相接地搏杀，血腥味浓重。

她不由得怔了一下：这到底是谁和谁在动手？

"蜜丹意！"她再次呼喊，毫不犹豫地掠向交战中的双方，身形落下，顺手一击将靠近过来的人全部扫平，"重楼！"

"玛……玛！"混乱的厮杀中，她忽地听到了一个微弱的声音。

"蜜丹意！"苏微狂喜地转身，看到了缩在神龛里的小女孩。蜜丹意显然是吓得不轻，小脸苍白，躲在观音像后瑟瑟发抖，不敢出来。

"快过来！"她冲过去，一把将她抱起，"重楼呢？"

"大稀……大稀他……被，被那些黑衣坏蛋抓走了……"蜜丹意在她怀里不停地战栗，指着前面混乱的战团，"跑到了这里，这些白衣叔叔忽然又冲出来，救出了我们……然后，然后……他们就打起来了！"

苏微顺着她的手指看过去，耳边却听到了一缕奇怪的声音——仿佛是风吹过耳际，却又带着奇异的音韵，仿佛一声来自天际的吟唱。

战斗的本能令她全身一紧，握紧了手里的刻刀。然而却看到原本正占了上风的黑衣人忽然攻势变缓，一个个仿佛醉酒一样，出现了奇怪的举动，在原地团团乱转，刀剑劈向虚空，仿佛半空里有什么看不见的敌人一样。而那些白袍人并没有趁机进攻，反而齐齐退在一旁，双手交错放在胸口，口唇迅速地翕动，无声念着什么。

这是……在用幻术结阵？

这些白衣人的衣角都有金线绣着的一弯新月标记，竟然是拜月教的人！那么说来，那些穿着黑衣服、掳走了蜜丹意和原重楼的，就是听雪楼派来的人了？

她陡然明白过来，站在一旁，看着那些听雪楼的子弟被困在结界里，对着虚空枉然地搏杀，慢慢从激烈变得无力，不由得心下一阵复杂——离开洛阳短短半年不到，到了今日，她竟然可以眼睁睁地看着曾经并肩作战的同伴困于牢笼了？

"够了。"她终于忍不住出言。

白袍人中的首领看了她一眼，微微一笑，双手从胸前放下。同一个刹那，其他白袍人的结印的双手也同时松开——半空中那个无形的结界仿佛忽然消失了，被困在其中的黑衣人们仿佛被抽去了线的木偶，颓然倒下。

"拜月教左使轻霄，拜见苏姑娘。"白袍人的首领对着她一躬身，"苏姑娘放心，原大师并无大碍，只是被那群家伙打晕了而已，回去休息个一两天就会好了。"

苏微冲了过去，看到了他身边的原重楼闭着眼睛躺在那里一动不动。那个叫轻霄的人语气温文尔雅："是在下一时疏忽，竟然让那些人有机可乘，万望姑娘恕罪。"

她心里惊骇不已："你们……为什么会在这里？"

"灵均大人命令我们，要在腾冲好好保证苏姑娘一家的平安。"轻霄只短短回答了一句，就不再多说，回过头去拍了拍手，道，"把原大师送回去。"

"是！"后面的那些人齐声回答。

“再好好把这里打扫干净，派人去抚慰一下集市上的百姓。”轻霄吩咐完了，转头看了她一眼，问，“只是……不知道姑娘打算怎么发落这群人？”

苏微愣了一下，看着地上躺着的那些听雪楼的子弟。

——这些想要威胁她今日生活的，竟然是她昔日曾经并肩血战的伙伴。

“算了吧……放他们回中原。”最终，她只是叹了一声，“让宋川回去告诉萧停云和赵冰洁，永远不要踏入滇南来找我了……下一次再敢来，就休怪我下手无情！”

“好。”轻霄没有反驳，“一切如苏姑娘吩咐。”

拜月教的使者对着她微微一躬身，示意将那些听雪楼的人带走，便率领白袍人转身离开。集市上瞬间恢复了空荡清净。苏微揽着蜜丹意站在天光墟上，俯下身将昏迷不醒的原重楼扶起来，叹息了一声，任凭天光从头顶照下来，不由得有些恍惚。

她已经躲得这么远了，可千里之外的那片江湖，竟还是不肯放过她！

“迦陵频伽……”怀里的人苏醒了，眼睛还没有睁开，便摸索着去抓住她的手，急切而恐惧，“迦陵频伽？你怎么样？”

“我在这里。”她连忙伸过手去握住他的手，“没事了。”

“你……你还在这里？没走？太好了！”他喃喃握紧她的手，“那些人呢？”

“是的，我在。”她咬着嘴角，眼里露出一丝狠意，道，“我们都没事了……那些人都已经被打发走了，不用担心。他们要是再来，我必然不放过！”

“哦……那些人简直像鬼一样。”原重楼长长松了口气，紧绷的身体重新颓然躺下，喃喃，“一点声音都没有就进来了。他们是谁？这些人，和上次你中毒时来刺杀你的那些人……是一拨的吗？”

苏微忽然有些语塞，竟不知如何回答。

——要怎样告诉他，上次来追杀自己的是风雨的刺客，而这一次来的，却是所谓的“自己人”呢？她不由得微微苦笑起来。

到了现在，她孤身一人、内外无援，还要保护这两个毫无武功的人。

可是，难道这样就能让她怕了吗？

“迦陵频伽，不如我们不开这个玉坊了？换个地方隐名埋姓可能还安全一点……”原重楼还在忧心忡忡地说着什么，显然这一次的袭击令他对以后的生活充满了忧虑。

“不，我们就住腾冲！”她忽然脱口而出，打断了他的话——那一刻，她眼眸雪亮，无所畏惧，里面爆发出的怒意和杀气令原重楼打了个寒战。

“我们就在这里安家！看谁敢来阻挠？”苏微几乎是咬着牙，一字一句，微微扬起头，似乎对着苍穹宣告，“任何人如果敢来打扰，不管是谁，我都要让他们有来无回！”

她吐字清晰，一句一句送入风里，似乎是说给潜伏在周围的人听。是的，就算各方虎视眈眈、危机重重，她也不能退缩畏惧——她就要在这里成亲，嫁给自己想嫁的人！如果有谁想要来阻拦，那就得看看她的手段！

远处的阴影里，一双眼睛看着这一幕，有一丝暗影掠过。

第七章 亡者归来

一

她这一生，孤独无助，从无一丝希望。

父母之爱不可得，亲友之爱不可得，恋人之爱更不可得。普通人的情感之于她，已然几近奢侈——然而，却也正因为如此，在这个沉默的孤女心里，对爱的渴望却越发强烈。强烈到，近乎于信仰。

此刻，千里之外的洛阳，斜阳寂寂，穿窗而入，映照在那两把刀剑上。

夕影刀和血薇剑交错着被供奉在神兵阁里，在斜阳下青色和绯色交织着绽放出凛冽的光华，令刚模模糊糊有一些视觉的女总管情不自禁地闭了闭眼睛。

太耀眼了。那种锋芒，令人几乎不能直视。

赵冰洁怔怔地坐在斜阳里，看着那一对刀剑，宛如梦幻。

大风大浪过后，外面万事皆非，然而这里却还是一片寂静，似乎和十几年前没有什么两样——唯有那个在窗下写着簪花小楷的女子，却再也不见。

师父……她在心里轻轻唤了一声，不知道冥冥中那个人是否能听见。

这些日子以来发生的事情，真的像是做了一场梦。她十几年来精心安排的脱身之局，一夕间被完全打破，朝着完全不受控制的方向飞速发展。在被那个神秘人胁迫、参与毁灭听雪楼计划的时候，她心里早就做了决定——她宁可自己坐上那一辆装满了火药的马车，代替萧停云去死，也不会如天道盟所愿！

可是，后面变乱迭起，一路激变，到最后竟然是这样的结局。

洛水上那一次爆炸，火光如同一朵凄烈的花朵，残留在她模糊的视觉里。如果不是看着那一把他生前形影不离的夕影刀，她直到今天都无法相信萧停云真的已经葬身水底。这些日子以来，她甚至从未梦见过他——

那么宽的河面，那么深的水底，他此刻又会在哪一处安眠？那里深吗？冷吗？他的魂魄……找得到回来的路吗？

那些念头如同潮水涌入心里，无法控制，如同泪水一样无法控制地滑过她的脸颊。赵冰洁抬起手，似乎想要去触摸那耀眼的锋芒，却被门外奔入的下属打断。

她连忙举起袖子，飞速擦去眼角的泪痕。

事到如今，她是唯一能支撑住局面的人，决不能在下属面前示弱！

那是吹花小筑回来禀告的人，单膝跪在门外："总管，还尚未得到任何关于苏姑娘的消息，前几路派出去的人都没有一个人返回——林羽说，如果再这样下去，他打算亲自带人沿着茶马古道去找。"

赵冰洁一震，似乎从梦境里被唤醒，道："知道了。继续派人寻找吧。不惜一切代价，也要把苏姑娘找回来！"

"是！"来人迅速退去。

赵冰洁坐在空空的房间里，独自出神。

——类似的坏消息，这两个多月来已经听了不下五次了。

如今听雪楼元气大伤，在各方虎视眈眈之下，勉强只能自保。但在这样力量极其薄弱的情况下，她还是尽了最大的可能派出精锐，去往滇南寻找血薇的主人。

可奇怪的是，一拨拨的人马派出去寻觅，一拨拨的都有去无回，有的队伍甚至连个音信都不曾发回来，就仿佛蒸发一样地消失在了万里之外的苗疆密林里——不用想，也知道是有人暗中作对，只是不知道到底是拜月教还是天道盟？

还是……那个来无影去无踪的神秘人？

她叹了口气，靠在了椅子上，只觉全身空荡得没有一丝力气。这三个月来外面黑云压城，她一个人撑着这摇摇欲坠的危局，面对着不知藏身何处的敌人，日夜呕心沥血筹划，从未有过一丝怯意和乏力。然而此刻外敌一退，她却觉得再也没有力气，只想就此倒下安眠。

虽然，她也知道暗中虎视眈眈的敌人绝不会就此罢休，下一轮的攻击已经迫在眉睫。如果真的有幸找回了苏姑娘，她肩上的担子也就轻了一半。

多么可笑……不久前，她还视对方如眼中钉肉中刺，不择手段要除之而后快。然而到了今日，她却觉得对方是自己在这个世间唯一可以托付的盟友。

如果血薇不归来，听雪楼，多半便是保不住了。

如果传承了五代人的基业在她手上毁去，那她就是死了也无颜去见公子。

赵冰洁嘴角泛起了一丝苦笑，眼眸里一片空洞沉寂——她的眼睛已经恢复，可视觉里到处都是黑，黑，黑……黑到看不到前尘往事，黑到看不清如潮恩怨，黑到看不到一丝一毫的光明和希望。就如她生下来起的每一日。

她握紧手中的朝露之刀，手指微微颤抖。抽刀断水水更流。即便是再犀利无匹的刀锋，又怎能斩开眼前那一望无际的黑？

"握紧这把刀，等到痛不可当时，就以此做一个了断吧！"

很多年前，神兵阁里那一场对话言犹在耳。

池小苔。那个幽闭多年的女子，在将这把刀交付在自己手里时，眼中带着淡淡莫测的笑意——那个女子，一定在那个时候就完全看出了她内心深处真正的情愫了吧？她一定揣测着，终究有一天自己会无法忍受，要对所爱之人拔刀。

然而，她却料错了。

和池小苔不同，她野心不大，奢求不多。多年来，她一忍再忍，只望能在那个人身边安静终老——然而命运对她却太过于苛残无情，终于将她逼得无路可退。

是的，到了最后，她终究要拔刀而起！

当痛不可当时，她的确不会束手待毙，会以手里的朝露之刀来做一个了断！然而，与池小苔交付这把刀给她的初衷完全不同，她所做的并不是报复，并不是毁灭——相反的，却是不顾一切、用尽全力地去维护她所爱的人，哪怕由此身名俱裂、生不如死！

这，就是她和那个幽闭神兵阁终老的女子所不同的地方。

这个世界上，没有一个人会和另一个人完全相同——就如面对着同样的痛苦，她们却给出了截然相反的答案。

仇恨不是天生的，而心中对温暖的向往，却是天生的。池小苔因为始终勘不破这一点，所以最后所有的人都死去了，她的禁锢却并未随之解除，一生都被困在了神兵阁里。

但她和她不同。

从童年开始，她的一生就注定黑暗冰冷，不能见光，卑微肮脏。但何其幸运，她曾在命运的急流之中与他相遇——他是照入她生命里的那道光芒，就算那一道光不会属于自己，只要遥遥地看着，也会觉得温暖。

她这一生，孤独无助，从无一丝希望。

父母之爱不可得，亲友之爱不可得，恋人之爱更不可得。普通人的情感之于她，已然几近奢侈——然而，却也正因为如此，在这个沉默的孤女心里，对爱的渴望却越发强烈。强烈到近乎于信仰。

所以，她绝不会允许有人来夺走那一道光芒！

他曾经问过她好多次：“你究竟是一个怎样的女人？”

事实上，那个答案非常简单。可惜从始至终，她竟然没有机会对他说出来。

“呵……”不知道过了多久，外面的日光已经消失，赵冰洁独自仰起头，一个人在黑暗里笑起来了，抚摩着膝头的朝露，喃喃，“是啊……在痛不可当时，就可以用它来做个了断……不是吗？何必那么辛苦。”

她俯下脸去，用侧颊贴着冰冷的刀，感觉它在微微地鸣动。

是不是，只要引颈一快，便能和那些苦痛永诀呢？

她坐在黑暗里，想着失去至爱的绝望，想着漫长黑暗的前路，一时间心里软弱的情绪渐渐涌起，再也无法控制，竟是忍不住将脖子往锋利的刀锋上靠了过去，如同沙漠里饥渴垂死的人情不自禁地靠近唯一的水源。

黑暗中，一只手忽然伸了过来，瞬间按住了那把刀！

“谁？”她大惊，握紧了刀锋，以为是那位神秘的幕后主使又悄然来临。

然而那只手稳稳地按住刀，却没有进一步的动作。

黑暗里，她感觉到那个人在凝视着她，不作声缓缓地俯下身来——她的视觉尚自模糊，在暗中看不到任何事物，只感到那个人身上似乎带着浓重的阴冷潮湿气息，衣衫上有水滴下，一声声落在陈年的木地板上，在空空的楼里发出细微的滴答声。

“是我。”她听到一个声音在耳边说，伴随着滴答的水声，“我回来了。”

那个熟悉的语气在瞬间令她如同坠入梦寐。仿佛心中有一道闪电掠过，她霍然仰起脸来，伸手去触摸对方的脸，失声道：“天啊！你，你……”

然而一声未毕，她便撞入一个冰冷的怀抱。仿佛在黑暗里已经看了她很久很久，那只湿润的手忽然围住了她的肩，如同猎豹攫取住了猎物，一把将她深深地拥入了怀里，用力到几乎窒息。那只手在发抖，那个人也在发抖。

“我回来了。”他再次说。

黑暗里的拥抱是如此的突如其来，她几乎在一瞬间停住了呼吸。

“是你？……这是做梦吧？”赵冰洁握刀的手一分分松开，最终啪的一声，朝露跌在了岚雪阁的地面上，泛着冷冷的微光。当他松开手时，仿佛生怕那个黑暗里的幻影会忽然消失，她伸出手牢牢抓住了他的手，失声：“不！别走！”

然而，她却抓了一个空。

他的手是虚无的。她手心里捏到的只有一只空空的袖子，湿漉漉地浸满了水，一握就从指间沁出冰冷的水来——水里，还有隐约的鲜血腥味，阴冷而又冷酷。

赵冰洁终于再也坐不住，霍然站了起来：“公子！”

她睁大了眼睛在黑暗里摸索，却是什么也看不到。那一刻，她脸上终于露出了惊惶不安的神色，一手紧紧拉着那只空了的袖子，另一只手却顺着袖子摸了上去。一点点的，摸到了肩膀，脖子，脸庞……

是的，是的！黑暗里站在她身旁的，的确是那个人！

那个人，终于从冰冷的水底里归来了！

“公子！”她摸到了他的脸，还是那样的冰冷而潮湿，仿佛在水里已经浸泡了多时，完全没有活人的气息。那一瞬，再坚强的女子也忍不住哭了出来：“公子……是你回来了吗？你……你是来看我的吗？”

那个人默默地站在她身侧，回过手拥着她的肩，沉默。他身上那种潮湿阴冷的气息逼人而来，衣服上的水一滴一滴落在地板上，发出空洞的回响。

“我当然要回来。水底很冷啊……”那个人在耳边轻声叹息，轻抚她的发际。

那种温柔让她又是一阵恍惚——十几年的相处，从未见到过他这样亲近温柔的举动。这个归来的魂魄，似乎和生前的人完全不同。

“真的是你吗？”她不可思议地在黑暗里问，声音发抖。

“笨啊，当然是我。”那个人在身边轻声开口了，竟带着一丝笑意，“我怎么舍得不回来？这里有听雪楼，还有你……我就是葬身水底，魂魄也要回来的。”

他一开口，气息便带出了腔子里那一丝丝的热意，触及了她的肌肤。

“你……”赵冰洁仿佛被烫着一样地抬起头来，一把抓住了他的肩膀，说不出话来——是的，他的呼吸！他的呼吸……是热的！

“是，我活着。”那个黑暗里的人低声，“我还活着，冰洁。”

“天啊！”她发出了一声不可思议的惊呼，然后随即掩住了嘴，全身发抖。她在黑暗里睁大眼睛，想要极力看清眼前的一切，手指在桌子上摸索，想找到烛台，然而那个人却一把压住了她的手，低声：“不要点灯！我还不想让外面的人知道。”

她的手在他的手指下发抖，颓然滑落。

然而，仿佛力气用尽了一般，那个人松开了她，往椅子里便是一靠，压得花梨木的椅子发出吱呀的声音，喃喃：“真累啊……就像真的死了一趟似的。”

“你……你……”她一个踉跄跪到了地上，顺着椅子扶手一寸寸地摸索，终于再度抓住了他的袖子，嘴里已经说不出完整的话，“你，你真的……真的还活着？”

“是的，是真的。”他似是极疲倦，只是拉起她颤抖的手按在了自己的心口上，“你看……它还在跳动……我还活着。”

她的手指死死按着他的胸膛，感觉到了那一颗心的搏动，终于喜极而泣。

“我以为你一定是死了……一定是死了！”赵冰洁啜泣，终于不再掩饰自己的脆弱，“那个时候，我看到那把夕影刀，觉得你是死在水底了！”

黑暗里的人虚弱至极地喃喃：“是啊……我是该难逃一死，如果不是最后的关头石玉救了我一命的话——在我跳船的时候，他扑向火药，用身体挡住了爆炸。”

“什么？”她震惊地脱口，“石玉他到底是怎么了？”

“傀儡术。包括我们其他被派去南方的几位弟子，都被对方控制了。”萧停云半躺在椅子上，低下头用伤痕累累的左手抚摩着空了的袖管，叹息，“即便是有了石玉相助，但因为离得实在太近，我最终无法全身而退。我的右手……”

她全身一颤，摸索着握住了他的衣袖，眼里的泪水止不住地涌出。

“幸亏我最后一瞬还来得及侧转身子，才把左手给保了下来。但右边的身子伤得非常严重，外面形势又危险，不得不暂时蛰伏。”他的语气却是平静，“这三个月，我都藏在洛水渡口的水下密室养伤，暂时没能出来——这就是你们都会觉得我已经死了的原因。”

"密室？"她觉得不可思议。

自己再三派人在洛水旁寻觅过，上下方圆一百里，几乎是掘地三尺也不曾见到什么，相信敌方那一边的人也是如此排查过——然而，在这样严苛的搜索里，居然谁都没有找到一些些的蛛丝马迹。

"是啊……"他微笑了起来，"听雪楼在洛阳经营几十年，岂止总楼一个据点？"

她微微吸了一口冷气，说不出话来——这样的秘密，连她这个在楼里待了十几年深得信任的人，居然都毫不知情！难怪这段日子以来，那些本来可以袖手旁观的盟友到最后都派出了援手，一定是尚在养伤的他暗中做出了某种暗示，让那些人警醒了吧？

在她为听雪楼极力奔走的时候，原来他也不曾闲着。

"这次进攻我们的，是风雨组织的杀手，为钱而来。"萧停云在黑暗里低声回答，声音冷肃，"不过，风雨的背后主使者是谁，我如今也已经知道了。"

"是谁？"赵冰洁握紧了手指。

他一字一句："拜月教。"

她坐在黑暗里，无声地握紧了手指："真的是？"

"是。"萧停云冷冷，"原先我们也只是猜疑，并没有切实凭据——但我遇到刺杀后，接到了一个内线的秘密情报，说就在不到一个月前，拜月教从库中调集了一百万两黄金，并且通过地下钱庄运往了中原！"

他霍然转身，看着赵冰洁："你说，除了拜月教，这江湖里还有谁有这样的财力，在短短一个月内支配风雨发起这样大的进攻？"

赵冰洁惊住，许久才缓缓颔首，叹息："没想到，灵均果然早已包藏祸心，竟敢毁去我们两教之间数十年的盟约。"

顿了顿，她垂下了眼帘，说出了那个一直不想提起的名字："不过这样一来，苏姑娘……岂不是更加危险了？"

听到这个名字，萧停云的手微微一颤，沉默下去。

"我们得找到她。"许久，他低声道，语气坚定如铁。

"是。前段日子生死顷俄，楼里腾不出手来顾及这件事——但这段日子我一直在派人找她，希望能让她早日回到洛阳。"赵冰洁顾不上此刻自己内心的百味杂陈，只是轻声道，"可惜一直找不到苏姑娘的下落。"

"自然是有人不希望我们找到她。或者说，她深陷其中，已经无法脱身。"萧停云冷笑了一声，忽然道，"不要太担心，我接着马上就会去滇南。"

"什么？"赵冰洁吃了一惊，"你……要去拜月教的地盘？"

"不然还能如何？"萧停云冷然，语气虽然虚弱，却透出一股傲然，"事已至此，不能坐以待毙——我要趁着他们第二轮攻击尚未形成，先潜入他们后方，联合血薇的主人，反客为主，一举将敌人的力量全部拔除！"

她在黑暗里颤了一下，仿佛被这样的决断魄力所惊。

他刚归来，却又要去赴死？那么，她呢？她该怎么办？

"你的决定是对的。"沉默了片刻，她终于下了一个决心，轻声道，"如今局面下，只有先发制人或可有胜算。"

萧停云无声地笑了一笑，拍拍她的手背："冰洁，果然你一直是最懂我的。换了其他人，肯定会搬出百般理由阻拦，要我死守洛阳，以防万一。"

她默默地抬起头，虽然看不到他的模样，却能想象他说话时的表情。

如此的信任，如此的温柔，已经足以令她付出生死。

"带上血薇剑，尽管去吧。"她垂下了眼睛，轻声道，"洛阳这里有我，无论如何，我不会让听雪楼落入敌手——祝楼主早日找到苏姑娘。血薇夕影合璧，必然能无往不利！"

说到这里，她的语气渐渐静谧，脸色也变得有些黯淡。

是的，即便是一起经历了这一场生死浩劫，他们之间建立起了前所未有的微妙信任，长久以来的隔阂和提防终于消失殆尽，但是，他终究还是要去找她的……夕影和血薇，人中龙凤，是注定要在一起的。

而她，又算什么呢？譬如朝露而已。

然而萧停云似乎没有觉察出黑暗里女子这一刹那的微妙神色，只是继续道："其实，这次的事情一开始，我就去北邙山获得了四护法的支持，也做好了万全的准备。这几个月，借着养伤的机会，我一直在等待和观察……"

赵冰洁手指一颤，明白了他话里的深意。

这三个月来，他一直躲在暗处观察着自己离去后的一切？那么，楼里所有人的一举一动，包括四护法、诸长老、二十四分坛主、自己，甚至远在南方和漠北的那些听雪楼盟友，这一切人的反应，他都已经收入了眼底吗？

赵冰洁握着他空荡荡的冰冷的袖子，苍白的脸上浮起了一丝悲哀的笑。

在洛水酒馆里，她曾经说出过所有的秘密，坦露过真正的心声——然而，对那一番血泪凝结的话，显然他并未完全地相信。这几个月，他一直在默默地观察着自己"死后"她的一举一动。如果她稍有异心，那么，此刻在黑暗里等待她的，便不是温柔的拥抱，而是割断咽喉的刀锋吧？

她忽然觉得有森森的冷意。

"冰洁，原谅我。"仿佛知道她在想什么，黑暗里的人轻声叹息，"我肩负者大，不容有失——听雪楼传承至我，君子之泽，总不能真的五代而斩。"

"不，我当然不怪你。"她苦笑，摇了摇头，"毕竟我心怀叵测潜伏在你身侧已经那么多年，你一直忍着没杀我，已经算是仁慈。"

"唉……你总是这样。"他俯下身，用单臂抱住了她，低声叹息，"好了，让我把洛水旁没有说完的那句话说完吧——冰洁，一直以来，我心里最爱和最重视的，既不是血薇的主人，也不是听雪楼。我最重视的，是自己掌握自己的命运，不被任何东西蒙蔽。"

她怔怔地听着，心里猜测着他下面将要说出什么样的结论。

"我一直很清楚自己的一切，包括自己的心。"黑暗中，萧停云的声音是淡然而确定的，"虽然我一直在期待血薇的出现，也珍视血薇的主人。但那么多年来，在我心里的那个人，却始终是你……"

"只是你。"

什么？她在黑暗里忽然睁大了眼睛，呼吸都在那一刹那停顿，仿佛不相信耳边的话。然而，那样的欢喜仅仅只是一刹那，很快猜疑的阴云又笼罩了她的心头。

他……他真的这么说了？这是真实的，还是幻觉？

"你……真的是停云？"她却怀疑起来，警惕，"你到底是谁？"

"为什么你总是这样！"他怔了怔，忽然觉得极其的不耐，情不自禁地脱口而出，"为什么你对什么都没信心？为什么从来什么都不说、不为自己辩解？"

他一把拉住了她的手，语气也无法压抑地激动起来："多少次，我都等待你自己来向我坦白真相。只要你说了，我就会原谅……可是你不说！苏微来了之后，我以为你会按捺不住——我甚至故意拿她来试探你，你却依旧沉默！实在令人心灰意冷。"

说到这里，他摇了摇头："有几次，我甚至真的觉得你的确只是一个逢场作戏的卧底而已。那时候，我真是恨自己为什么会一直无法对你下手。"

她静默地听着，每一个字都如惊雷。

萧停云似乎想到了什么，停了停，微微冷笑，问她："在苏微中毒的前夜，我去洛水边找她——你觉得我是为的什么？"

她一震，茫然地回答："为了挽留她，开口和她求婚？"

是的，那之前，他不是一直在和自己商议要如何留下萌生去意的苏微吗？那时候她给了无数的建议，其中最有用的一条，就是利用当时苏微对他的感情，直接向其求婚，用婚约来羁绊住血薇的主人，将她永远留在楼里。

——说出那些话的时候，心中那种锥心刺骨的痛楚，永难忘记。

可他只是淡淡地笑，用扇骨敲着手心，赞许她的聪明。

"呵……求婚？"萧停云蓦然冷笑起来，笑声里隐约露出刀一样的锋锐，一字一句，"是的，我是想要挽留她——我打算请她帮忙，帮我一起完成一件重要的事！"

“什么重要的事？”赵冰洁有些愕然。

“你想知道吗？”萧停云在黑暗里忽然停住了声音，抬头看着她，声音变得轻而冷，近乎毫无感情，“我打算把事情对她和盘托出，求她帮我，一起联手杀了你这个叛徒！”

赵冰洁往后退了一步，桌上的烛台啪的一声掉落在地。

“是的，在那个时候，我已经下定决心要除去你了，冰洁。”他坐在黑暗里，轻声叹息，声音里带着说不出的复杂感情，“但我无法估计你在楼中潜伏那么久，到底布置了多少人手？还有多大的力量？——所以，我只能亲自去求苏微，让她帮我的忙。因为她是我唯一可以信任和托付的人。”

“只可惜，人算不如天算……”

他没有说下去，她却已经了然于心。

是的，只可惜人算不如天算。就在那一夜，苏微中毒，一切急转直下——那之后的事情一波接着一波，步步惊心，千回百转，令人没有喘息的机会。

直至如今。

她怔怔地站在那里，想着这一切的前后关联，想着冥冥中令人畏惧的因果，不由得暗自战栗，说不出一句话。

“冰洁，从第一次见到你到现在，已经过去十几年了……我一直在观察着你。可为什么却怎么也看不懂呢？”他却在黑暗里叹息，抬起手，手指轻抚过她的眉梢，喃喃低语，“你，到底是一个怎样的人呢？”

听到这句问话，仿佛是骤然回过神，她喃喃：“你不知道吗？我……”她摸索着握住了他的手，声音微颤，叹息般地回答——

“我，就是那个可以为你舍弃了一切的人啊。”

黑暗里，她看不见他，可那一句话却说得坦然无畏，深情无限，有着千回百转却至死不悔的坚决。

他心中大震，握紧了她冰凉纤细的手，感觉着她指尖的颤抖，只觉自己的心也无法抑制地震动起来——是的，对于他们这样的人来说，骄傲、自制、矜持都是与生俱来融入血液的，要敞开心扉，说出这样的话语，竟是比死还困难。

然而到了今日，在死而复生之后，一切仿佛忽然间都迎刃而解。

“那么，就和我同生共死吧。”他低声笑起来了，不知道是欣慰还是歉意，握紧她的手，眼里却闪过了一丝冷光，“真正的大战就要开始了——让他们尽管放马过来吧！冰洁，握起你的朝露之刀，我们要开始反击了！”

淡青色和绯红色的光芒在黑暗里微微浮动，映照出他雪亮的眼眸。白衣贵公子在黑暗里沉默地凝视着那两把刀剑，道：“天亮之前，我就要和四护法一起出发！”

“什么？”赵冰洁虽然知道他要走，却没想到会如此迅速，一时愕然。

顿了顿，情不自禁地道：“我随你去。”

“不！”萧停云却断然否决了她，握住了她的肩膀，凝视着她，“你不能跟我去，你得替我留在洛阳，照常掌管听雪楼——决不能让外面的人看出丝毫异样！”

“我要随你去。”她低声重复，语气已经微微哽咽，“我再也不能……再也不能眼睁睁地看着你一个人在那里浴血奋战，而自己却无能为力！”

“可你去了又能做什么呢？”他却反问，语气冷静，“你的眼睛还没好。你留在这里的用处，要比跟着我去滇南更大。”

赵冰洁颤了一下，忽地冷静下来，不语。

是的，他说得残酷，却字字句句都是实情。

别说她的眼睛尚未治好，只能模糊视物，即便全数复明了，也是无法跟着他去滇南找血薇主人的——苏微当日为何负气离开洛阳，别人不知道究竟，她却清楚。自己昔日有负于她，而且她们两人之间的敌意也已经如同水火一样鲜明。此刻公子在绝境之下要首先求得她的帮助，消除过往的嫌隙，又怎能带着她前去？

她脸色苍白地垂下头去，在黑夜里沉默着，不再反对。

“不是我不想和你多待一会儿，冰洁。我真是想一直和你待在一起，不再分开。”萧停云的声音低沉温柔，轻轻抚摸她消瘦的脸颊，“可是，我们没有时间了。”

是的，没有时间了。

只是短暂的归来，便又要远行。一个生离死别之后，接着的就是另一个生离死别。就如长夜之后的长夜，漫漫无尽——但尽管如此，方才那短短一刻的温情和真心，就如割裂两个长夜的一道电光，虽然刹那即逝，却是永恒。

她这样的人，在一生里只要有过这么一个瞬间，也足以无憾。

“守着听雪楼，等我回来。”他用握着刀剑的手拥抱她，在她耳旁低声许诺。顿了顿，又道：“如果我没有回来……”

她猛然一颤，按住了他的嘴唇：“你一定会回来的。”

“我只是在交代你做好万全准备。”萧停云低声道，语气并无恐惧，“如果我没有回来，你就不要再替我守着听雪楼了……君子之泽，五世而斩。我已为此竭尽全力，如果还是不行，那就让听雪楼终止于这一代吧！但是，无论如何也不能让听雪楼落入敌手，明白吗？”

赵冰洁在黑暗里沉默了很久的时间，手指微微发抖。

“好。”许久，她轻声道，一字一句，“我明白了。”

“等我回来。”他最后轻吻她的额头，低声。

他在黑暗中远去，她无声而静默地坐着，宛如成了一座雕像。除了微微颤抖的指尖，唯有泪水不停滚落衣襟，如同一粒粒珍珠。这个静默的身体里，蕴藏着狂风暴雨一样的感情，可以听到有个声音一直在说话：让我随你去……让我随你去！

我不想再一个人，被遗弃在黑暗里。

第八章 白骨之池

忽然，竹枝末端似乎沾到了什么体型颇大的东西，一时间难以移动。苏微眼神凝聚，瞬间手臂用力，将竹竿从水底拔了出来——哗啦一声，水底那东西随之被带出，冲得水面的浮萍植物纷纷歪倒。

那一瞬，她无声地倒抽一口冷气——

竹枝末端钩住的，居然是一具白森森的骸骨！

千里之外的滇南，拜月教的月宫里，一切看上去寂静如常。

胧月站在高台上，看着一行行宫女鱼贯而入，有条不紊地进入各处宫殿洒扫，晨钟暮鼓、早餐晚膳……所有的一切，都和平日没有什么两样。然而她的眉间却紧锁着说不出的忧虑，直到在前方十二个时辰不间歇盯梢的宫女前来禀告了一个消息："灵均大人还在月神殿里闭关修炼，没有出来，也没有进食。"

她微微舒了一口气，不作声地挥了挥手。

距离灵均大人进入月神殿闭关，已经足足有一个多月了。他的行踪一向诡秘，做事不讲规矩、不做解释，全教上下早已习惯。此时开始辟谷修炼，本来正好是令她松一口气，可以开始自己计划的时候，然而，这几天里，她却天天提心吊胆，生怕那个人忽然提前出关——如果此刻灵均一回来，那么……

她满怀心事地想着，回头看了看广寒殿的深处。

透过重重的帷幕，隐约可以看到一道道的金色光芒在不停掠过，如同闪电在密云中交错，惊心动魄却又无声无息——在这过去的七天七夜里，明河教主不停地赤手撕裂那些咒术的屏障，然而那些结界却有着惊人的生长能力，一次次地迅速弥合。

还要过多久，教主才能破关而出？

真是不可思议……灵均大人的力量，难道大到了足以困住明河教主了吗？胧月在高台上忧心忡忡地看了半晌，又回头凝望着空荡荡的月宫——日光直射之下，干涸的圣湖裸露着湖底的白沙和砾石，如同另一个星星之海。她凝望着那里，想着白沙之下的那一道封印和湖底的墓地，脸色几度微妙变化。

孤光大人，请您宽恕我的罪过……很快，我就能打开樊笼，让您获得解脱了。到了那个时候……到了那个时候，灵均会被处死吗？

胧月站在高台上，眼里露出了复杂而又激烈的感情。

在离月宫数百里外的群山深处，一个喜讯却在短短数天内传遍了腾冲。

昔年一代玉雕大师原重楼在蛰伏十年之久后重新出山，以一块绮罗玉震慑了天下玉商，一举成为腾冲玉都里最引人注目的人物，风头甚至盖过了尹家——而他同时宣布，他的婚礼将在七月初七那天举行。每一个下过定金的玉商都能成为婚礼上的嘉宾，同时，那一块价值连城的绮罗玉也将在婚礼上展示和出售。

这个消息瞬间在滇南传遍，无论是不是玉商，每个听到的人都兴奋莫名。

居然那么多人都知道了。如今说来，就是想反悔不成亲都来不及了啊……苏微从外面背着药篓回来，从集市中穿过，听到盈耳的那些议论，不由得有些哭笑不得。忽然觉得心下有些隐隐的不安，下意识地抬起头，看了一眼北方。

听雪楼……是不是也已经得到了这个消息？洛阳那边的人们，又会有怎样的表情呢？

心念电转，她只觉得心下微微一痛，随即叹了口气。

——算了，既然决心已下，那就只有把这条路走到底，神挡杀神佛挡杀佛。能选择远离江湖，隐居在这边陲小城里，说不定也是命运对自己的网开一面。

不要去想了。

你已经离开了那片江湖，再也不会回去了。

回到住的竹楼，到处一片静悄悄。蜜丹意不知道去哪里玩了，她沿着梯子走上去，看到重楼还在二楼的起居室里，手里握着雕刻刀，聚精会神地雕着手里切下来的一块玉石，而在一旁的水盆里，已经放了两三件雕好的成品。

早上她没事可做，百无聊赖，在一边托了腮看着他雕刻。虽然她没有出声，然而他被她眉目盈盈地盯着看，心思不能集中，几次忍不住抬眼看她，手里的刻刀便偏了方向。

终于，他忍无可忍地将她赶了出去。

苏微出去了两个时辰，等回来的时候，原重楼还在专心致志地雕刻，那么长的时间里居然保持着一个姿势，一动不动，连衣服的皱褶都没有改变过。寂静里，只听到一刀刀雕刻的声音，平静、稳定而决然，坚硬的玉石在小小的刻刀下纷纷碎裂，露出雕件的雏形来，侧影映在青青翠竹里，专心致志的脸有一种隽永宁静的感觉，竟令她看得心里一跳。

苏微连忙转开视线，看着那一块价值连城的绮罗玉，抬手轻轻抚摩，不由得满怀感激——是的，有了这一块石头，重楼才算是真正地活了回来。

那些冰冷的石头，在地下深埋了千万年，历经地火熔岩。如今一旦见了天日，经过了他的手，竟仿佛是拥有了属于自己的气韵和灵魂。眼前这个男人，虽然不会武功，却有着另一种惊人的本领呢……而这种本领，比起自己那种杀人的本领来，不知道要好上多少倍。

他在望着那块石头出神，而她却不自觉地望着他发呆。

“玛，可以吃饭了不？”脆生生的声音在窗外喊了一声，有着明净浅褐色肌肤的小女孩蹦蹦跳跳地走进来，望着他们两个，不由得做了一个鬼脸：“光看，可是吃不饱的噢！”

苏微一怔，脸颊微红，抬手去揪孩子的小辫子。蜜丹意吐了吐舌头，笑嘻嘻地躲来躲去，竟然甚为灵巧。两个人在一旁嘻嘻哈哈，原重楼这才从聚精会神的状态里惊醒过来，抬眼看着旁边一大一小，眼眸一瞬间竟温柔无限。

“唉。”那个刹那，她听到他低低叹了口气，脱口，“真幸福啊……”

“嗯？”她微微一愣。

“简直像是在做梦一样。”原重楼眼里的表情一闪即逝，喃喃说了一句，转过手指点了点旁边的盘子，道，“来，看看我今天雕刻的。”

苏微和蜜丹意齐齐探过头去，只见盘子里搁着一支簪子，还没抛光，上面洒了一些清水。这支不到一尺长的簪子造型流畅简洁，颇有战国古风，头上雕着一只凤凰，嘴里衔着一颗绿珠，回头而望，轻盈美丽。

这支凤簪种水绝佳，一缕翠意萦绕着整支簪子，晶莹剔透，几乎溶解在一汪水里。就算是从小对珠宝首饰完全不感兴趣的她，也能感觉到这件东西的美，拿起来定定地看了半天，爱不释手。

原重楼在窗下放下刀，微笑：“这是我重新出山雕的第一件东西，是特意做给你的——你看看凤的翅膀。”

苏微惊讶地掉转簪子，果然看到凤凰的一片羽毛上似乎隐约有着花纹，凑近细看，却居然是用小篆细细刻着一个“微”字，刀法古雅俊逸，另一面的对称之处还有原重楼专用的落款“原”字。

她心里满是欢喜，将那支簪子插在发上：“好看不？”

耳畔那一对绮罗玉耳坠盈盈地晃动，衬托得她的脸颊分外白皙。

“胡姬年十五，春日独当垆。”原重楼看着她，忍不住道，“头上蓝田玉，耳后大秦珠。两鬟何窈窕，一世良所无。”

“一鬟五百万，两鬟千万余。”苏微自幼被师父督促着念那些诗词歌赋，自然知道这是《羽林郎》里的一段，飞快地接了下去，却不由得笑道，“那我以后出门可要千万小心了。那么贵的东西，万一在路上被人抢了就不好了。”

原重楼笑道：“以你的本领，天下还有谁能从你头上拔了簪子去？”

“这倒是。我不去抢别人就不错了。”苏微也不客气，对着镜子看了又看。

迦陵频伽在窗外婉转啼叫，美妙得仿佛风吹过琴弦。苏微将刚采来的草药篓子放在窗下，将双手浸在那一盆新汲来的溪水中，对原重楼道：“我今天去山上挖了好些草药，拿去镇子上的仁和堂卖了十两银子。”

“什么药这么值钱？”原重楼却有些不相信，抬头讥笑，“如果都如你这样一天赚十两，估计镇上的人都去挖草药了，谁还做翡翠生意？”

“是一篓子七叶一枝花。”苏微笑，“你说值钱不？”

“七叶一枝花？这东西怎么可能……”他怔了一下，马上知道她是在调侃自己，忍不住笑起来，“别拿我开涮，我今天又哪里惹你啦？”

苏微笑着，一边洗手一边道：“其实，我今天在水映寺后面的天风崖上挖到了两株还阳草和两株佛座小红莲，很难得，一株就是三两呢——”

原重楼忽然停了下来，看了她一眼：“天风崖？”

“是啊，怎么？”苏微却毫不在意。

“以后还是别去了。”他却语气严肃，“那个地方不吉利，据说是忘川的终点。”

“啊？”苏微吃了一惊，忽地想起了刚到腾冲时那个向导说过的故事，如今第二次听到人提起“忘川”这两个字，不由得追问，“忘川的终点？怎么说？”

“以前滇南和中原隔着密林高山，行人十无一生。后来帝都下旨开辟驿道……”原重楼从头开始说起，却被苏微打断：“这个我知道——为开驿道死了许多人，迦若大祭司为那些亡灵超度，沿路建起了碑林，让那些亡灵随着指引去往彼岸。对吧？”

“是的。”原重楼有些意外，“你早就知道了？”

“过驿道的时候向导就说过了。”她喃喃，忽地陷入了一种奇特的情绪，“他说，那些被超度的亡灵会忘记这一生的所有记忆，沿着忘川去往彼岸，在天上形成了一条滔滔不绝的河流……当他这么说的时候，我听到了那些人的声音。”

“声音？”他愕然。

“是啊，天上那些亡灵的声音。”苏微回忆着，轻声，“那时候我中了毒，快要死了——向导说，只有快接近死亡的人，才能听到那种声音。那种声音很奇怪……你只要听到过一次，就永远不会忘记！”

“可你现在不是好好地活着？”他似乎不愿意听到她沉湎于这个话题，打断了她，“那个向导怎样了？”

“他？”苏微忽地愣了一下，“他……死了。”

原重楼蹙眉：“那他也算是接近死亡的人了，他听到了吗？”

“这倒是没有。”她喃喃，顿时气馁。

“喏，跟你说了这不可信。”他皱着眉头，教训她，“不过是滇南人因为崇拜拜月教祭司，而造出来的传言罢了。”

苏微停顿了一下，问：“那刚才你说的‘忘川的终点’又是怎么回事？”

原重楼道："传说迦若祭司沿路设下九十九道碑文，引导亡灵。而最后一块碑文就立在了水映寺的后山，天风崖之下。"

"哦，难怪我看到崖下有个碑亭！"她脱口，"下次得仔细看看。"

"别去了。那个地方原本香火鼎盛，但后来却经常传出闹鬼的声音，渐渐也就没人敢去了，都荒废在了那里。"原重楼的面色却是凝重的，"何况，天风崖险峻得很，还是别为十两银子冒险。我现在可以赚钱养家了，你可以多休息。"

"我怎么敢花你的钱？"苏微却倔起来，冷笑了一声，"你一贯小气，我从一开始就知道——'我没钱给你了''要钱自己出去赚，要么去卖身，就是不要向人乞讨'，哎呀呀……"

她绘声绘色地学着第一次遇见时他的语气。原重楼哑然看着她，不期然她此刻忽然翻起旧账来，哭笑不得。

午后斜阳穿过窗棂照在她侧颊，显出一股活泼明亮的气息来，睫毛长长的，就像两只蝴蝶停在了眼睑上，展翅欲飞。他望着她，脸上忽然显出一种看不透的复杂神情来。

"你看什么啊？"苏微被他看得不好意思起来。

"只是觉得上天待我不薄……"他眼眸里有奇特的叹息之意，垂首凝视着右手上尚自可见的疤痕，"在第一次见到你的时候，我从未想过我们会有今天……我一直以为自己这一生在十年前就已经结束了。"

她心下大震，一瞬间说不出话来。

"喂，你们怎么讲个没完啊？人家肚子都饿了……"两人正在脉脉含情相对，蜜丹意却没好气地嚷了起来，打破了这一切，"到底啥时候开饭啊！"

"闭嘴！"原重楼被扫了兴，皱眉怒叱。

"好了，就去。"苏微有些不满地看着那个人小鬼大的丫头，道，"蜜丹意，我要送你去私塾里念书了——女孩子家的，整天往外跑，疯疯癫癫的像什么话？"

"不念！"蜜丹意却是嘟起了嘴巴，"我要跟着大稀，学雕刻！"

"还想学雕刻？"苏微失笑。这个丫头也实在太黏人了，自从在孟康被救了回来后，她对重楼尤其亲，屋里屋外地缠着——那些外头来的客商都以为原大师十年神龙见首不见尾，不知何时居然成了亲，不但有了年轻美丽的妻子，还忽然冒出来一个半大的女儿。

"好了，我们做饭去。"她拉着蜜丹意走下楼，到了厨房开始准备晚上的膳食。然而，刚从水缸里舀了一勺水，脸色忽然微微一变。

这水的味道……似乎有点不太对？

"玛？"蜜丹意刚从米缸里捧了一把白米，正准备放到锅里开始洗淘，却看到苏微的脸色，不由得露出了吃惊的表情，“怎么了？”

“哦……没什么。”她淡淡道，可举首四顾，眼角一瞥，忽然变了脸色。

如今正是夕阳西下，霞光斜穿过窗棂漫射进来。檐下挂着一张蜘蛛网，在南疆的微风里轻轻摇晃，纯白透明的蛛丝在夕阳下幻化出晶莹的光。然而，她目力凝聚之处，赫然看到蛛丝上残留着一点微小的朱红。

心下陡然有一种不好的预感，苏微沉吟了一瞬，摸出一块碎银子放入蜜丹意手里，嘱咐：“去，到街口花姨的店里去买半斤的酱牛肉——要上等新鲜的小黄牛里脊肉，记住要酱汁。再买一角绞丝粑粑糖。”

“好！”蜜丹意听得有糖吃，立刻蹦蹦跳跳地攥着银子走了。

支开了孩子，苏微抬起头，脸上笑容顿时微敛，霍然回首盯着那一张蛛网。手指拈起灶台上的筷子，轻轻一弹，唰地如箭飞出，敲在那张蛛网上——那力道拿捏得妙到毫巅，游丝轻轻一震，丝毫未断，那一点朱红却悄然落下。

她用手指轻轻一沾，放在鼻下嗅了嗅，脸色忽然改变。

那，竟是一滴完全干透了的血滴！是谁的血，凌空滴在了蛛网上？

苏微抬起头，霍地看向屋外四周——那里和平日并无两样，茅草覆盖着破旧的竹屋，檐下挂着生锈的铜铃，屋前屋后簇拥着青翠欲滴的凤尾竹，竹影深深，林间不时有迦陵频伽婉转轻啼，美妙非常，宛如仙境。

然而，在这样宁静的微风里，她却觉得有一股寒意流遍了全身。苏微蹙眉沉吟，走到后院，无声一掠，翻身上了屋顶。查看了一下，眼色不易觉察地变了：屋顶上的茅草叠得整齐，完全没有被人踩踏过的痕迹，一眼看去毫无可疑。

然而，正是这种反常的整齐，反而令她有些吃惊。

苏微弯下腰，细细地辨认着，发现最外面一层的茅草都是新盖上去的，没有日晒雨淋后的发霉发旧迹象。她细细翻检，忽然伸手拈起了一根底下的稻草，对着光看了看——那一条稻草的末端，沾染了一点血迹，而稻草的中间一片叶子却是被齐齐削断。

她微微倒抽了一口冷气。

是的，方才在舀出水缸里的水时，她就敏锐地在清水里闻到了一丝血腥味，再加上现在发现的这些痕迹，那就只能说明一件事——就在这个房子里，在近日出现过一次激斗，而同一屋檐之下的她居然毫无觉察！

这怎么可能？厨房里有人流血或者死去，而她在楼上却丝毫不知？！

苏微仔细看着那一片叶子的断口，坐在屋顶上想了片刻，脸色越来越凝重。外面已经是薄暮时分，她在屋顶上静静凝望着中原方向，然而雄伟绵延的群山阻挡了她的视线。

夕阳从山上落下，风也微凉起来。

她抱膝坐在屋顶上，看着山后夕阳的光辉一分分消失，村落里的灯火一处处地点亮，头顶的星光也一粒粒地闪烁起来——这原本是她在一天里最喜欢的时刻，和重楼一起并肩坐着，看着窗外这个世外桃源般的村落，令人感觉到生命的愉悦和宁静。

然而这一次，她心里却有了某种森冷的感觉。

“玛？玛？”底下传来了蜜丹意的声音，“你去哪儿啦？”

她从沉思中惊醒，悄无声息地翻身落回了后院里，整顿衣服走了进去，若无其事地笑道：“来了来了……饿了吧？生火做饭！”

“怎么还没淘米啊？”蜜丹意愕然，有些嘀咕，“还没饭吃？”

那一顿晚饭，她吃得心事重重，入口无味。

蜜丹意吃完了糖又吃了卤牛肉，心满意足地爬下桌子去睡觉。她和原重楼收拾了一下碗筷，便回到了二楼的卧室。

此刻月亮刚从林梢升起，原重楼便已经盥洗完毕，准备就寝。重获新生的他比以前爱惜身体，晚上在灯下雕刻对目力损耗极大，所以一般晚饭后不到一个时辰，他便放下刻刀不再工作——而就寝前的那段时间，也是他们一贯促膝闲谈的时候。

“这几天雕刻得顺利吗？”苏微在灯下轻轻拉开他的右臂，手指扣住肩膀，沿着手少阳三焦经缓缓推了下来，一边问，“你收了那么多家的定金，要雕多少件出来才行？来不来得及在七月初七前把东西都雕刻好？”

“来得及，我已经雕好了七件了。”原重楼微微合起眼睛应了一声，觉得仿佛有温暖的风在右臂内流动，每流转一次，原本僵死的经络就舒畅许多，舒服得哼哼，“翡翠贵重得很，别看他们给了那么多钱，其实说到底也买不了几件。”

“你已经雕好了七件？那么快！”苏微却是诧异——重楼收山已久，复出后落刀却如此之快，倒是令人诧异。

“是啊，其实我已经揣摩了那块石头足足几个月了，吃透了它的每一处。”原重楼闭着眼睛淡淡道，“一旦决定了，落刀就会很快——如果刻得慢了，气韵不继，反而会出次品。”

“哦……和武学一个道理嘛。”苏微点头，口里却道，“再抬高一点。”

原重楼将手臂再抬高了一些。内息从她掌心吐出，一路冲过秉风、肩井、大椎、天井、阳池，最后在右手无名指末端的关冲穴上一个回旋，再沿着经络原路返回——他舒服地微微闭起了眼睛，叹了口气。

到了腾冲后的这段时间里，为了保证他的手臂能恢复如前，每一天入睡之前苏微都会用内力帮他打通右手的经脉。这本是大耗修为之术，她却做得很用心。然而这一夜，苏微却有些心不在焉。原重楼感觉她的手指在大椎穴上停了半天没动，不由得睁开眼睛看了她一眼，却发现她的眼神游离闪烁，似乎心事重重。

“迦陵频伽，你在想什么？”原重楼看出了她的神不守舍，有些担心，“从吃饭时候开始你就有些走神，难道是上次那拨人又来了？”

她一怔，随即摇了摇头：“没有。”

重楼虽然不懂武功，却是个心思敏锐的人，如果让他知道身边发生了如此诡异的事情，他估计会比自己更加担心。他是个手无缚鸡之力的人，目下又要聚精会神雕刻，这种尚未有定论的事情还是先不用告诉他了。

“我想他们也不会再来了吧。”他微微皱眉，反而安慰她，“上次他们也没得了什么好处，何况不是灵均大人吩咐了拜月教过来保护我们吗？”

“谁要他们保护了？”苏微勉强笑了笑，撒了个谎，“我只是看到绮罗玉，忽然想起我的师父罢了。”

“你的师父……哦，对。”原重楼蹙眉，看着她脸颊边那一对盈盈的滴翠，“我估计他老人家应该不在腾冲了，等有机会我问问各处的玉商，说不定有人见过他。你也不要急，慢慢找，来日方长。”

“嗯……”她淡淡地应着，此刻心中所虑的却是别处——蛛网上的那一滴血仿佛是一根刺一样扎在她心头，令她心神不安。

究竟是谁的血，飞溅上了这竹林精舍的檐下？是那些一路追杀自己的人又来了吗？但是，那个闯入者为何又悄然而退？难道是有人在暗中替她阻挡了那些来访者？或者，是遇到了什么危机？那些死去的人，是风雨的刺客，是听雪楼的人，还是拜月教的使者？

苏微在灯下蹙眉，漫无边际地想着。

但无论如何，那些人居然敢在她的住所开了杀戒！绝不可原谅！她心中杀气一动，手上便不知不觉地用了真力，原重楼微微一颤，却忍痛不语。

“怎么？”苏微猛然回过神，连忙放开了手，看到苍白的手臂上已然留下了一个乌青的印记，连忙道，“弄痛你了吗？”

“没事。”原重楼放下衣袖，“睡吧，不早了。”

苏微看着他的背影，忽然涌起一股止不住的担心，道：“忽然想起白天晒出去的草药还没收回来，得出去收一下。你先休息吧，不用等我了。”

原重楼皱眉，反对：“别去了，都那么晚了，明天再收也不迟。”

“那不行，被露水一打，估计就不能卖给药铺了。”她只回了一句，便抬手一按窗台，掠出了窗外，“你先睡，别等我了！”

外面月色皎洁，照得天地明亮如洗。

她落在了楼下的地面上，袖子里一把短剑悄无声息地滑了出来。苏微握剑在手，抬起头，细细地打量着眼前这一座栖身的竹楼——那块烫金匾额还挂在那里，在月光下熠熠生辉，然而地面上的一处地砖却微微凹了下去，有两块居中碎裂。

她如同一只绷紧了全身肌肉的豹子，在月下缓缓逡巡，一处处看过去，眼神雪亮，所有的蛛丝马迹在她眼里逐步如碎片拼合，回复了当时的完整景象。是的，被还原的一切应该是这样——

那些人曾经落在了屋顶上，想要进入室内，却遭到了猝不及防的攻击；

然后，他们在打斗中一起落下来，因为收不住力而踩碎了地上的砖；

无声的搏杀中，有人死去，有人逃进了厨房；最后一个人被杀死在了灶台前，虽然尸体被清理，有几滴血却渗入了水缸。

那些人把一切都打扫干净了，却唯独忘了换掉水缸里的水。

——所以，被她今日察觉了出来。

苏微在冷月下一处处地看去，一切宛如重新浮现在眼前。

可令她不寒而栗的是，既然昨夜有过那么大的一场血战，为什么她竟然一无所知？难道是离开江湖日久，那一点本能都退去了吗？

苏微轻轻叹了口气，足尖一点，无声地翻身上了屋顶。风动竹声，月影西斜，被竹林细细筛过，在地上均匀地漏下如碎银子一样的月光。她垂头看着地面，心里忽然一动——地面上的竹影里似乎陡然缺了一块，形状好生诡异。

她抬起头看向屋子对面的竹林，细细端详，果然发现枝叶间似乎有一个缺口，月光正是透过那一处完整地洒落下来。她心下一惊，翻身跃起，掠入竹林，朝着那个映射出来的缺口处奔去。

只是轻轻一点足，便落在了竹枝上，俯下身去。

果然，那一株竹子上被利刃齐齐截去了一部分枝叶，看断口，竟然是不到三日之前留下的——竹林茂密，如果不是被月光筛漏了踪影，在白日里根本无法看出来弥端。在竹枝上残留着依稀的血迹，一滴滴顺着竹竿流下。

她越发觉得心惊，沿着那些痕迹一路追了下去。

一直追出了二十几里路，翻过了一个山头，那一线细微的血痕，才终止在后山一处野塘之中，再无痕迹。

苏微蹲下身，用手指拈了一撮带血的泥土，放在鼻子下嗅了一嗅，脸色微微一变。昨日夜里下过小雨，土地犹自湿润，这血的味道里却带着一种辛辣的恶臭，似乎是中了毒。

她望着竹林后那片小小的野塘，如同苗疆所有的池塘一样，这个野塘上密密麻麻布满了湿热地带特有的鸢尾和睡莲，几乎看不到底下幽暗的水面——她想了想，便伸手斩断了一根竹子，顺着那痕迹缓缓探入塘里，搅了一搅，沿着底部搜寻。

忽然，竹枝末端似乎沾到了什么体型颇大的东西，一时间难以移动。苏微眼神凝聚，瞬间手臂用力，将竹竿从水底拔了出来——哗啦一声，水底那东西随之被带出，冲得水面的浮萍植物纷纷歪倒。

那一瞬，她无声地倒抽一口冷气——

竹枝末端被钩住的，居然是一具白森森的骸骨！

她深深吸了一口气，将那具白骨捞了上来，跪在地上仔细检查。白骨上的血肉虽然腐烂殆尽，然而从骨殖的新鲜程度来看，这个人死去其实并未超过两个月。骨架完好，找不出任何刀伤的痕迹，只是整个呈现出一种诡异的青黛色，透明如琉璃。

那应该是中毒的表征。

是中了什么毒呢？这个人，又是谁？苏微重新用竹枝探入池塘，在底部缓缓拖动，感觉到那个池子底下有什么累累堆叠，拖动时显得颇为沉重。她心里一凛，心知不对。

片刻后，她看着面前打捞上来的一切，不由得变了脸色。

——居然一共有十一具骸骨，堆叠在她的面前！

这些死人的尸骨新旧不同，从腐蚀的情况来看，虽然都是三个月之内死去的，却不是同一时间。苏微吃惊地看着这一切: 在她的竹舍附近，居然已经死了那么多人？而且，那么多人分批到来、被杀，她居然没有丝毫觉察！

这……她不作地抽了一口气，忽然间觉得头有一些奇怪的晕眩。

不知道是不是晕眩的关系，她看到周围的月光忽然间变得分外明亮，明亮到有些耀眼。她暗自吃惊，警惕地站起了身，握紧了手里的短剑。浮萍密布的水面上一片寂静，连一声昆虫鸣叫都听不见，水底下却隐约有浑浊的鸣动，如同人的喘息。

她忽然觉得有森森的冷意从脊背蔓延，霍然回头。

竹影深深，黑暗里什么都没有。

苏微轻轻松了一口气，重新低下头去，想找到一些死者身份的弥端，然而却没有注意到在她身后的黑暗里，无数双眼睛正在静静地注视着她的一举一动。

苏微没有觉察到竹林深处的偷窥者，正低下头，用刀细细从骨头表面刮下一层粉末来。当那些腐蚀性的粉末被清除后，她终于在白骨上看到了一处细小的伤痕——非常非常的小，似乎是一个细微的针头瞬间刺入，又似乎是虫咬后的疤。这是……

她正想着，忽然间觉得脑海中猛然一阵眩晕，一个踉跄几乎跌倒。

不，不对！这……这是怎么回事？难道是中毒了？怎么可能……人已经烂成了这样，尸毒的效力不该如此剧烈！难道还有别的……

眩晕的感觉如潮水一样袭来，几乎把她瞬间拖入黑暗之中。苏微踉跄起身，转身想要回到竹楼的方向，心里却也知道已经来不及——忽然，她看到月光下平静的池塘忽然动了一动，咕嘟一声，有个大水泡冒出了水面，碎裂，仿佛水底有什么东西在吐气。

一张溃烂不堪的脸，从水底浮了上来，睁开了眼睛看着她。

那样混沌、漠然的眼神，仿佛死鱼一样的发白。

在那个瞬间，她一咬舌尖，用剧痛缓解了眩晕的感觉，再也来不及多想，拼尽了最后一点力气，往后退了一步，转身向着来时的方向疾奔而去。

是的，一定要赶快赶回去！那个房子，已经不安全了！

重楼和蜜丹意还在那里！

风声在耳边呼啸，天地混沌成一片。黑暗里有什么东西在接近。虽然眼睛看不见，然而多年来出生入死造就了她野兽一样的本能，苏微想也不想地反手切出，咔嚓一声，发出沉闷的钝响，有骨头应声而断。

黑暗里有人倒下，却有更多人还潜在暗中。然而，奇怪的是那些人仿佛被吓住了，竟然没有再度靠近出手。他们只是远远近近地尾随着她，却不再靠近。

苏微在黑暗中奔跑，几度跌倒又几度爬起。一边奔跑，她尚未忘记连封了自己的几处穴道，默运内息，巡行于经脉上下，用内力将侵入的毒素硬生生逼在了一处。短剑切入右手的天池穴，内息逼到之处，哧的一声，一股黑血如箭般激射而出。

眼前终于渐渐清晰，视物轮廓模糊可见。

不知道奔跑了多久，竹林终于到了尽头，月光迎头洒落，前方便是自己居住的竹楼——竹楼一片宁静，楼上灯火尚未熄灭，显然重楼还没有睡，正在等待她的归来。她心中一热，提起了最后一口气，便要推门而入。

“玛？”忽然，门吱呀一声开了，门后露出了蜜丹意小小的脸。

“怎么还没去睡？”她虚弱地责备，“快！”

“玛……”蜜丹意站在暗影里，小小脸上，表情却惊怖欲绝，声音细微。

那一刻，苏微正准备进门，忽然间却如坠冰窟——如果此刻不是已经是强弩之末，衰弱至极，她定然会第一时间看到蜜丹意的身后还站着一个人！

那个人在暗影里一动不动，如同沉默的塑像。月光射落，在最深的黑暗里，却有利刃折射出一道雪亮的光。

“蜜丹意！”那一刻，她忍不住失声惊呼，“快跑！”

黑暗中惊慌失措的蜜丹意被那句话惊动，哭喊了一声，不顾一切地往外跑。然而孩子刚一动，黑暗里刀锋微微一动，寒芒如弧，唰地追向了孩子的后颈。

那是毫不留情的一刀，狠毒而凌厉。

“蜜丹意！”那一刻，她心胆俱裂，惊呼着扑了过去，手中短剑化为一道清光

那是骖龙四式里的“海天龙战”，绝招中的绝招。在这一击之下，天下从无可以生还的人！

然而，在剑刺入门后黑暗的一瞬，那个人却蓦然消失了。

是幻觉吗？剑刺入了一片黑雾，虚不受力。苏微这一招势在必得，全力以赴，去势如电，一时间落了空，竟是收不住，整个人撞入了门里，再也无法站起。

这样竭尽全力的一剑，已经耗尽了她仅存的一点体力。

“玛！”那个人消失的瞬间，蜜丹意发出了一声害怕却压抑的低低惊呼，手脚并用地爬到了她身边。月光下，她看到有一道殷红的血顿时从孩子柔嫩的脖子上流了下来。

“快过来！”苏微伸出手臂想要将她揽入怀里，却发现身体已经完全无法动弹——那个人虽然消失了，可压制这周围一切的奇怪氛围却还在！

苏微竭尽全力想要重新站起来，然而掉落的短剑就在手边，几次提气，想要握起它，手指却不能动，如同坠入了梦魇。那一刻，她忽然明白过来：难道，自己是落入了一个结界？这一拨来的人，难道不是风雨的杀手，而是……而是拜月教的人？

“你们到底……”她喃喃，视线渐渐模糊，“是谁？”

黑暗里，她感觉到有人走近，在无边的暗夜里弯下腰，审视着逐渐昏迷的自己。她竭尽全力和那种虚弱对抗，想要保护身边的孩子，然而身体却完全无法动弹。孩子在大声哭泣，柔弱的脖子里有割伤，血滴下来，落在她的脸上。

“蜜丹意……蜜丹意！”她想大声喊，却不知道是否发出了一丝一毫的声音，“放开蜜丹意！杀孩子算什么！有本事来取我的命！”

似乎有一对瞳子在暗夜里看着她，带着说不出的奇特表情。她竭尽全力伸出了手，指尖穿透了黑夜，颤抖地伸向那张俯视的脸庞。

然而，指尖刚触及的瞬间，眼前便是骤然一黑。

这一次的黑暗如同天幕坠落，灭顶而来，迎面砸落。她没有再发出一声，便合上了眼睛，陷入了无止境的昏迷。

一切重新陷入了沉寂，冷月下只有风声入竹，疏朗冷冽。

…………

当苏微最终力竭昏迷后，黑暗里簌簌一动，门外的竹林里幽灵般地浮现出了十几个人，一身白衣，如同月下的鬼魂，飘然而至，齐齐单膝下跪。

领头的脸色苍白：“属下失职，请右使恕罪！”

门里传出了小女孩细细的声音，冷酷如刀：“你们也知道自己做事潦草，善后不力？我千叮万嘱，居然还留下蛛丝马迹被她发现！”

冷月下，蜜丹意苹果般的脸蛋上骤现杀机，走出来啪的一声打了当先的人一个耳光，厉声：“让你们昨晚把现场打扫干净的，结果你们这些家伙偷懒，居然忘了换水缸里的水！血薇的主人是何等人物？稍微一个疏漏就会万劫不复！”

那人跪在地上，一动也不敢动：“是，属下该死！但最近听雪楼的人来得越发频繁，先后已经有十一拨，我们左挡右挡，疲于奔命，实在是……”

“那你想怎么办？干脆杀了她吗？”蜜丹意冷笑，一脚踢在他的肩膀上，“灵均大人吩咐过了，现在还不能杀这个女人！就算她要杀你，你也不许还手，懂吗？”

“是。”那人低下头，嗫嚅，“那现在……怎么办？”

“怎么办？事情弄成这样了，你让我怎么办！”蜜丹意咬着牙，小小的眼睛里露出了愤怒和烦躁的表情，“她跟到了那个池塘了？看到那些尸体了吗？”

“看……看到了。”那人不敢抬头。

“什么？你们这些没用的家伙！”蜜丹意怒叱了一声，一脚把对方踢到了地上，“大人怎么会派你这种家伙来！留着尸体干什么，你就不能直接用化尸粉彻底消除掉？”

那人嗫嚅：“属下以为沉在那么远的地方，应该不会……”

“还敢狡辩！”小女孩厉声，所有人凛然一颤，不敢再说。

“右使息怒。时间急迫，请容属下补救。”那人低声祈求，抬眼看了看楼上即将熄灭的灯火，殷勤道，“楼上还有个男的，不知道他听到动静了没——需要灭口吗？”

“没有我的命令，谁敢乱杀人？”蜜丹意勃然大怒，脚下一加力，只听咔嗒一声，竟将对方的一根指骨生生踩断，“敢动他一根手指头，我就先断了你十根手指！”

十指连心，那人的面容在一瞬间扭曲，却又生生忍住，不敢发出一声呻吟。蜜丹意在盛怒后控制住了自己的情绪，压低声音：“好了，都给我退到外面去！”

蜜丹意转身进了房内。黑暗里，一片水盈盈，平如镜。小女孩站在暗影里，嘴唇微微翕动，吐出轻不可闻的咒语，将小小的手伸向了水面——只听哗啦一声，水上竟然凭空跃起了一片波涛，几达一尺之高！

她的手指收拢，水花在瞬间凝固。

蜜丹意轻声祝颂，手指松开，手掌下压，凝固的水花随之落回了水缸，仿佛被一股看不见的力量压制着，瞬间回到了绝对的平静，静止如镜。

水镜的彼端，渐渐出现了一个人影。

那个影子在对她说话。蜜丹意跪在水镜的外面垂首恭听，不时点头。最后水镜再度归于空无，蜜丹意垂首沉思了片刻，站起了身，出了门。她看了看竹林上空的月亮，冷冷道：“立刻传令给左使轻霄，让他带上所有人，立刻从驿道回来和我会合！要处理的事情太多，一分一秒都不许耽误！”

小女孩回过头，看着一行人，眼神变得森冷：

“这次要是做不好，所有人都要人头落地！”

第九章

迷雾重云

那时候她还倾心于那个白衣如雪的贵公子，与他联袂追杀穷寇，历经千山万水，从中原一路追到了这里，终于斩其首级而归。

又有谁知道，在多年前那一场惊鸿一瞥的偶遇里，却已经种下了今日一生一世的因缘？

第二天，苏微醒来的时候，头很痛，全身有虚脱的感觉。阳光穿过窗户洒落在她的左颊上，温暖而温柔，恍非真实。

“蜜丹意！”她脱口低呼，蓦然翻身坐了起来，却和一人撞了个满怀。

“你醒了？”原重楼手里的碗差点被碰到了地上，连忙扶住，手里却被泼了一片热粥，直烫得不住吹气，“你还好吗？昨晚可是吓了我一跳，到底出什么事情了？”

她一下子怔住：“你没事？这……是哪里？”

“当然是在房里啊，你怎么了？”原重楼莫名其妙地看着她，探手触了触她的额头，“我昨晚等了你半夜，不知道怎么居然就睡过去了。等一觉睡醒，你竟还没回来！实在是等不住了，便点了火把出去找你——结果一开门，却发现你晕倒在了门口，真是吓了一大跳！”

“什么？在门口？”苏微却一下子坐起，“那……蜜丹意呢？”

“蜜丹意？”原重楼微微一怔，“她刚出去。”

“不能让她一个人出去！外面危险！”苏微心里一惊，瞬间跳下地，连鞋子都来不及穿就往门外冲去——原重楼来不及拦住她，她飞掠下竹楼，速度之快简直宛如一道闪电。

然而刚掠下楼，却立刻又僵住了。

不远处的空地上，蜜丹意正在和一群村里的小伙伴嬉笑玩着丢沙包的游戏，全身都沐浴在阳光下，无忧无虑，哪有丝毫异常？

苏微看得愣住，只觉得眼前一切宛如梦幻。

到底是昨晚的一切是假的，还是眼前的景象是假的？

“迦陵频伽，你到底怎么了？”出神之间，原重楼已经奔下了楼，一把抓住了她的手，“昨晚到底发生了什么？你……你没事吧？”

苏微沉默了片刻，摇了摇头：“我没事。”

她想了想，忽然走入了柴房，从柴堆里抽出了一物，在手里掂了下，然后转身朝着那一片竹林深处走了过去，低声：“不，还有一个方法可以验证到底昨晚是怎么了！”

她手里拿着的是一个长长的布包着的东西，不用多想也知道那是一把剑。原重楼看得一眼，心里便是一惊——自从来到腾冲后，已经没有再看到她手里握过剑，却没想到她还在这里藏了一把！

“这把剑，是我从风雨那些杀手的尸体上捡来的，虽然比不上血薇这种神兵利器，也是百炼的绕指柔。”苏微将外面缠绕的布褪去，利剑从鞘中跃出，一道雪亮的光划破眼帘，“我只希望永远不用上它。可是……”

她轻声叹息，手腕一翻，唰地将剑负于背后，转身出门。

“你要去哪里？”原重楼连忙跟了上去，“我和你一起去！”

“你……”苏微顿了一下，转头看了看他——这段日子的休养生息，让他气色好了许多，昔日落魄潦倒尖酸刻薄的人如今也有几分丰神俊秀的感觉。她看着懵懂无惧的他，心里忽然觉得一阵歉疚，低声：“别跟着我了。跟着我，会给你带来很多麻烦的。”

他却不以为然：“我原重楼像是怕麻烦的人吗？连死我都经历过几次了！”

“你知道什么？”苏微看了看周围，一切都很正常。集市上熙熙攘攘，不远处孩童欢笑，沐浴在日光下的一切都是温暖美好的，和昨晚那样邪异黑暗的一幕截然不同。但是她知道，在这样看似平凡无害的景象背后，只怕有着深不见底的惊涛骇浪。

她飞快地想了一下，觉得将他一个人扔在家里似乎更加危险，便点了点头：“好，你跟我来。但是路上不要离开我半步，知道吗？”

“好。”他乖乖地回答，喜出望外。然而看了看她手里的剑，又有点战战兢兢，问，“你……你是又要去打架吗？”

她原本是满心的杀气，被他那么一说却哭笑不得，蹙眉道：“别多嘴！”

“是是是……”他噤若寒蝉，连忙闭了嘴跟在她后面。

“玛？大稀？”蜜丹意注意到了两个大人往外面走去，眼神一动，连忙扔下小伙伴追了上去，嚷嚷，“你们要去哪里？我也要去！”

“没事，就到周围随便走走。”苏微迟疑了一下，目光在孩子的颈部流连，全身忽然忍不住微微一震——是的！孩子的脖子白皙如玉，根本没有丝毫的伤痕。而她清楚地记得：在昨夜被挟持的时候，那个神秘人手里的剑锋，曾经在蜜丹意的脖子上清晰地留下了一道血痕！

难道那是幻觉？那么，昨天夜里的一切，到底是真是假？

苏微只觉得脑子里有微微的晕眩，却无法向身边的两个局外人说明这种诡异复杂的情况，只能握紧了手里的剑，安定自己的心神，问了一句：“蜜丹意……昨天晚上，你睡得好吗？有没有遇到什么奇怪的事情？”

“昨天晚上？”孩子眨了眨大眼睛，“睡得不好。做了很多噩梦！”

她心里一紧：“什么噩梦？”

“我梦见自己肚子饿了，下楼找吃的。结果……结果看到玛你忽然回来了，我怕挨骂，就往外跑，忽然摔了一跤！然后就什么也不知道了。”蜜丹意喃喃，小小的身子瑟缩了一下，下意识地摸了摸脖子，“早上醒来还觉得脖子好疼呢……”

苏微说不出话，将孩子揽入怀里看了又看。

是的，蜜丹意没有受任何伤。这证明昨晚的一切只是虚妄——可是，为何她心里的不祥预感却愈来愈浓烈？那是从江湖千锤百炼里培养出的野兽般的本能，在危险逼近的时候无数次救过她的命，不问因由，不容怀疑。

她心里想着前后发生的这一切，只觉得越想越乱。

“算了，去看一看就知道真假了。”她站起身，径自穿过那片竹林，沿着昨晚梦里那条路走了过去。原重楼不知所以然地跟在她后面，蜜丹意也小跑着追了上来。

她手里握着剑，警惕地护着身后的两个人往前行走。穿过了竹林，便是一座小山岗。一切都很眼熟，分明是昨夜看到过的，连路径树木都一模一样。

苏微毫不犹豫地沿着小路走了上去，翻过那个山岗。

这一路她走得轻松，然而后面跟着的两个人在走了十几里路后都有些气喘吁吁。她怕两人落单遭遇不测，只能不时停下来等待。就这样走走停停，在日头到了正中的时候，他们才翻过了山岗，来到了腾冲的荒郊野外。

穿过凤尾竹林，眼前豁然开朗，那一刻，苏微忽然全身一震——山脚下，静静地躺着一个开满了睡莲的小池塘！她站在那里，顿时觉得如坠冰窟。

是的，至少这个池塘，是真实存在的！

昨晚到底发生了什么？！

“玛？”看她站在那里发呆，蜜丹意沉不住气，在身后轻轻地叫了一声，拉了拉她的衣角。原重楼也气喘吁吁地走过来，不解地问：“怎么了？为什么忽然跑到这里来？”

苏微回过神来，低声：“你们退开一下。”

“怎么？”原重楼揽过了蜜丹意，往后退了几步。

“没什么——退远一点！”她低声道，话音未落整个人已经瞬间拔地而起，掠向了旁边的竹林，手起剑落，咔嚓一声，一根水杯粗细的竹子拦腰而断，瞬间一头栽入了池塘。

水面上的睡莲纷纷散开，露出黑黝黝的池水来，底下不知道有什么东西在冒着细小的泡泡，噗噜噜不时在水面破裂。

“你们离水边远一点。”她再度叮嘱，收剑回鞘，屏住呼吸，双手一扣那一根竹子，用真气灌注在竹枝里，瞬间每一枝叶都在水底铮然抖开，无数的水生植物被颠覆，睡莲仰翻，浮萍四散，水底淤泥被搅动，整个池子仿佛沸腾了一般。

然而，枝枝叶叶从水底横扫而过，却没有触碰到任何东西。

“玛？你在干吗？”蜜丹意看得好玩，跑了过去，笑嘻嘻地和她一起拖着竹子，搅动池水，“我帮你！”

“别乱动。”原重楼蹙眉，上去将孩子一把拉了回来——这个隐藏在林后的池塘似乎散发出一种奇怪味道，令人觉得不舒服。然而苏微却埋头在池塘里翻找，似乎想从那些密密的水草底下掘出什么来。

“怎么了，迦陵频伽？”他等了片刻，忍不住问，“你脸色不大好。”

“没了……都没了！”苏微在池塘里翻找了半天，终于颓然放下了竹子，喃喃自语，“怎么回事？竟然都没了？！”

“什么没了？”原重楼诧异。

“那些尸体都不见了！”她脱口，“怎么可能？”

“尸体？”原重楼惊讶不已，“什……什么尸体？”

她微微一惊，随即又噤口不答——直到此刻，她还不想惊动重楼和蜜丹意，把他们也卷入这种令人恐惧的事情里。而且，他们两个就算知道了，又能做什么呢？

她怔怔站在水池边，忽然间觉得遍体冷意：是的！即便是她远远地避到了千里之外的深山里，那些无所不在的触手居然还随之而来，如同跗骨之蛆，不肯让她好好安生！

“算了，我们回去吧。”她扔掉了竹竿，吐了一口气。

“好。”原重楼看了看她，似乎是想等她解释，但最终还是什么都没问，只是俯身抱起了正拖着竹子玩得起劲的蜜丹意，拍了拍她的脑袋：“别玩了。我们回去了，蜜丹意。”

他的右臂已经恢复，只是微微用力，便将孩子抱起。

苏微不敢让他们两人跟在自己身后，便故意留在最末，将两人笼罩在自己的视野里——重楼抱着蜜丹意走在竹林里，日光穿过叶子，将两人全身洒上了碎金，显得如此活泼而明丽，仿佛一幅不染尘世的图画。她轻声叹了一口气——

无论如何，她都绝不能容许把他们两个卷入到这一场腥风血雨里！

“重楼，看来我们真的得走了。”忽然间，她开口，对走在前面的原重楼道，“改名易姓，离开腾冲，去一个谁都不认识我们的地方——不让中原那些人找到，也不让拜月教的人找到。这样才能过上安生日子。”

“怎么？”原重楼吃了一惊，回头看着她，“你觉得灵均大人会对我们不利？”

“我不能肯定。他到底是友是敌，我迄今不能断定。”苏微低声，看了一眼身后那个空无一物的池塘，“但我觉得昨晚的一切不可能都是噩梦……我怀疑我曾经中了幻术，最后却又莫名其妙平安脱身。算了，我在明敌在暗，最好还是避一避。”

她说得含糊其辞，一般人定然是满头雾水，然而原重楼却毫不犹豫地同意了她的建议，断然道：“好！你说去哪儿，我就跟你去哪儿！”

听到他断然的回答，她心下一震，反而有些沉默了——重楼刚刚重新振作起来，重新出山，打算在腾冲重开玉坊，如果跟着她隐名埋姓远走他乡，不啻是再度葬送他好不容易获得的新生。十年前她已经毁掉了他一次，十年后，难道还要再来一次吗？

她默默地想着，心里百味杂陈。

“啊呀！你们又不打算成亲了吗？”反而是蜜丹意在一边叫起来了，满怀不悦，“刚刚订了那么多的糖和喜饼，都还没送过来呢！”

苏微怔了怔，这才想起他们的婚期在即，一个月前从大理的松鹤楼订了最好的糖果和喜饼，还有几百坛各种酒，流水般地花了上千两银子——原本打算开一百桌的流水席，顺便完成重楼出山后第一批绮罗玉作品的交易。

“是啊。”她回过神来，道，“你还有事情没办完呢。”

“没关系的，这些都不要紧。”原重楼斩钉截铁地道，“那些收来的定金，我逐一退还给商家就是了，你不用担心。”蜜丹意还要嘟囔，他只是拍了拍孩子，轻声：“乖，回头另外给你买好吃的——大人说话，小孩子别插嘴。”

孩子悻悻地闭上了嘴，看了看他，眼神却有些复杂。

两个人转身返回，穿过密林重新爬上了山岗。身侧山峦起伏，浓荫深深，到处是苗疆特有的浓密绿意。六月的烈日在头顶高悬，原重楼肩上扛着蜜丹意，翻过了山岗，一时间有些气喘。苏微听在耳中，便道：“蜜丹意，下地自己走！”

她性格严厉，孩子一直比较怕她，立刻瘪了下嘴，心不甘情不愿地从原重楼的肩膀上溜下了地，走不了几步就开始抱怨天气太热，嘟嘟囔囔。原重楼看到前面路旁有一个亭子，便笑道：“正午的日头的确太热，小孩子受不住，不如先休息一下吧？”

“好。”苏微点了点头，跟他一起走过去。

然而，还没有走到亭子，她的脸色却有微妙的改变，顿足不前。她仔仔细细地打量了这个亭子，又转身看了看周围的茶园和山岗，“啊”了一声，不由自主地看向原重楼。

“怎么了？”他愕然地看了看这个亭子，忽然间脸色也是一变，“这是……”

两个人忽然间沉默，四目相对，一任烈日曝晒头顶。

“大稀？玛？”蜜丹意莫名其妙地拉了拉苏微，又拉了拉原重楼，只觉得两个大人的脸色在一时间都变得有些古怪，“你们怎么了？”

“原来是这里。”陡然，原重楼轻轻叹了口气，“十年没来过，变化不小，都差点认不出来了。”

“是啊……”苏微语气也是复杂，“连亭子都重新盖过了吧。”

他笑了一下，指着亭子外几丈开外的路面，道：“那时候，我就在这里，第一次看到了你——可把我吓得魂飞魄散。”

——是的，这个地方，正是十年前她斩杀了天道盟主的地方！

也是她第一次和重楼相见的地方。

人生的际遇是如此奇妙，不可捉摸。那时候她刚加入听雪楼不久，和停云一起扫荡天下、铲除敌手——那时候她还倾心于那个白衣如雪的贵公子，与他联袂追杀穷寇，历经千山万水，从中原一路追到了这里，终于斩其首级而归。

又有谁知道，在多年前那一场惊鸿一瞥的偶遇里，却已经种下了今日一生一世的因缘。

十年前的一幕一幕在眼前飞掠而过，不受控制。她和停云并肩在这里血战。穷途末路的敌人，力量悬殊的最后一战……那一片血色的江湖陡然间再度铺天盖地而来。

时隔多年，她重新站在这里，眼前似乎还飞舞着那颗人头。

“记着：君子之泽，五世而斩！”

那个被他们两人联手斩下的头颅还在空中飞旋，嘴里吐出恶毒的诅咒。那双眼睛死死地看着她，又似乎穿透她的身体看到了黄泉彼岸，令人遍体寒意。那一刻，她忽然想起了洛阳，想起了自己曾经为之赴汤蹈火的听雪楼。

她离开了那么久，楼里……都还好吗？

那个诅咒，会不会应验？姑姑用一生的心血培养自己，她也曾经发誓要永远为听雪楼效力。可时至今日，她还是背弃了原来的誓言。

在明丽的滇南日光下，往日一幕幕重新泛上心头。

“怎么了？”原重楼看到她又在出神，不由得有些担忧。

苏微猛然一颤，瞬间将方才游离的心思收拢了回来——是的，还想什么呢？她的决定早已做出，绝不回头。

“没什么。”苏微走向了亭子，和他们并肩坐下，“还累吗？”

“差不多歇够了。”原重楼道，抬起手为她擦了擦额角的汗，“倒是你，在大太阳底下站了那么久，对身体不好……我们还是等日头稍微没那么毒再上路吧。”

他的手指温柔而妥帖，轻轻掠过她的发丝。

苏微看着他修长的指节和劲瘦的手腕，忽然有些微的失神——他露出的手腕上，还残留着十年前夕影刀留下的那道疤痕。

她心里忽然一软，脱口道：“要不，等办完了婚礼，再离开腾冲也不迟。”

“嗯？”原重楼一愣。

“婚礼既然都安排好了，再撤销不大吉利。另外，也得等你将雕刻好的绮罗玉都出手。”她道，“你历经艰辛才在十年后打算重新出山，就算不能继续在腾冲扬名，也不能收了定金后再毁约，坏了你在玉商里的信誉。”

他听着她为自己考虑周详，点了点头，却笑了一声：“不过，我才不在乎什么恶名令名……都是死过好几次的人了，还在乎别人怎么说我？反正只要和你在一起也就够了。”

苏微心里一暖，伸手握住了他的手。

“这次把绮罗玉切下的边角料雕出来卖了，也足够我们下半辈子吃喝不愁了。”原重楼道，语气轻松，“剩下的主石，我不打算出售了，准备留起来雕刻一件大的东西——”

“雕什么？”她有些好奇。

“九曲凝碧灯。”他一字一顿地道，“和十年前那一盏，正好配成一对。”

苏微心里一震。那盏九曲凝碧灯，传说内外九重，重重环套，薄如蝉翼的灯壁上雕有九重天上景象，仙人云霞，飞禽走兽，圆转如意，精妙非凡，看过的人无不认为是非人间所有的仙品——那是他在巅峰时期的杰作，被称为“再难重复的奇迹”。

所谓的“再难重复”，一是因为玉料的绝世无双，二是因为世人觉得自从他右手残废之后，雕刻的技艺再难返回巅峰。

如今，上天竟赐了第二块绮罗玉，那么，他是打算挑战当年的自己吗？

“好。”她却只是微笑，毫不迟疑，“我支持你。”

原重楼笑道：“到时候雕好了，给你挑在案头，点起来梳妆用。”

她有些不以为然：“绿莹莹的，照着梳妆岂不是像个鬼？”

“不识好人心。这可是连皇帝皇后都享不到的福气。”原重楼忍不住失笑，刚要说什么，忽然身子摇晃了一下，脸色煞白。

苏微连忙扶住了他：“怎么了？”

“没什么，只是觉得……忽然有点晕眩。”他喃喃道，“奇怪。”

苏微心下一惊，连忙扶着他坐下，探了探他的脉搏，又看了下他的脸色，眼里有忧虑之色，低声：“可能是刚才你太靠近那个池塘，被里面的沼气毒气熏到了？——是我太不小心，不该让你靠近那里的。”

“没事，别瞎担心。”他脸色有些苍白，勉强笑道，“你看蜜丹意都好好的。我总不会、总不会比一个小孩子还不如吧？”

“不一样的。蜜丹意从小在深山莽林长大，体质强健。”苏微皱眉，忧心忡忡，“而你不久前刚中了蛇毒，大病了一场。如今脱险未久，身体肯定比她还要虚弱——接下来三天你得好好卧床休息了，不要再雕刻了。”

“好吧。”他乖乖地答应，“可婚礼的事……”

“我来安排就是。”她道，“你不用操心。”

“哪有新娘子抛头露面操办婚事的。”原重楼摇着头，叹了口气，坚持着道，“说不定我睡一觉明天就好了，还是我来办吧！”

“不行！”苏微眼里有了怒意，一把按住他，“给我老老实实养病！”

她只是微微一用力，他就动弹不得，只能叹了口气：“好吧……我一个月前还订了瑞福天宝阁的喜服。”他却还是不放心，唠唠叨叨地叮嘱，“这些天吃得多，可能有长胖，怕喜宴上穿着太紧绷了，你最好帮我去再……”

话刚说到一半，忽地听到旁边一声响，树林里忽然有鸟类簌簌飞起，似是有什么经过。苏微眼神一变，立刻站了起来，长剑无声跃入手中。在一旁玩耍的蜜丹意往后退了一步，失声喊：“玛！那儿有人！”

“待着别动！”苏微同时也听到了树林里簌簌的声音，厉声低喝，用快得看不清楚的动作掠出，直向草木摇动的地方。

密林里果然有一行黑衣人，足有七八个人。

“又是你们？”苏微认出了带头的正是宋川，忍不住冷笑了一声，“看来是上次没教训够，居然还敢出现在我面前？对了——昨晚你们是不是也来过我家？”

“是。”宋川居然一口承认了，只道，“昨晚我们的人试图去夜访苏姑娘，却不料到现在还没回来，所以特此来问个清楚——苏姑娘的身手自然是天下无双，但也不必对楼里的人下这般毒手吧？”

苏微心中一惊，下意识地沉默。

果然，昨晚出现的是听雪楼的人？可是，为什么那些人却有去无回？正在恍惚，耳边却听得宋川又道：“何况，属下奉了命，无论如何都要带苏姑娘回去。”

听到这种语气，苏微冷笑了一声，只觉有一股怒意直冲上来：“我说过了，让你们滚回洛阳去别来打扰我们！难道听不懂人话吗？非要我用剑来让你们听懂，是不是？”

她言语里已动杀气，宋川却并无恐惧，躬身道：“赵总管说了，如果不带回苏姑娘，我们回楼里也是死路一条。何况血薇乃当世名器，不可无主……”

“闭嘴！留在这里死缠滥打，你们也是死路一条！你以为我真不会杀你？”苏微眼眸里有杀意掠过，冷笑，“赵总管赵总管……到了如今，那个女人还想管到我头上？做梦！”

虽然已经离开洛阳，虽然已经对那个人释怀，但每每听人提到这个女子的名字，她心里还是残留着太多的不悦——这种女人之间的敌意，细密深刻，如同透入骨髓，天涯海角永不相忘。

然而宋川却还在不住地提起那个名字：“赵总管说了，要是这一次请姑娘不动，她就派人来请第二次、第三次……哪怕上百次。”

宋川语气恭谦，态度却隐隐带着挑衅，道：“苏姑娘何必如此执着呢？就算留在滇南，也未必能过上安生日子，只白白地连累了身边的人——那位原大师和小姑娘，都是不会武功的普通人吧？”

苏微一惊，顺着他的眼光看去，却看到另外有一行黑衣人从地面上悄然前行，趁着他们对话之际穿过茶园靠近了亭子，朝着原重楼和蜜丹意扑了过去！

“住手！”苏微怒极，转身掠回。

然而身形刚一动，宋川却拦住了她的去路，双手一翻，一对清光闪烁的长短剑已经握在手里，口中轻声笑道：“苏姑娘不必着急，我们只是想请这两位和你一起去一趟洛阳而已——只要苏姑娘配合，在下绝对会待他们如贵宾。”

“闭嘴！”她的眼眸已经透出冷光，手一抬，剑光如匹练掠过。

那一剑是如此地凌厉，剑未至，锋芒已侵入骨髓。

宋川身经百战，本能地知道这一剑的厉害，身形也是快如闪电，在间不容发之际折腰往后仰去，手中双剑一弧一直，分别从左右迎接这一剑。只听唰的一声响，剑气凛然，割面而过，他虽然堪堪避开，束发玉冠猛然断裂，一头黑发竟被齐齐割断！

这是骖龙四式！几乎存在于传说中的血薇剑谱！

他大骇，直起身，只觉耳边一阵剧痛，一道鲜血直落下来。只是一眨眼，他的右耳已经被削去了半边。宋川摸了摸脸颊，脸色白了一下——作为吹花小筑的骨干，他自诩身手在江湖上罕有敌手，然而此刻，他竟然连面前的人是如何出剑的都看不清楚！

苏微只是一剑便逼退了他，纵身扑入了亭子。那一刻，一个黑衣人已经抱起了尖叫的蜜丹意，另外几个也已经抓住了原重楼的手臂。

然而，只是一瞬，那些人都觉得怀里抓住的人忽然没了。

“啊！”蜜丹意跌落在地上，一身是血，骤然发出了尖叫——和小女孩一起跌落的，还有那一双死死抓着她的手臂。原重楼也重新跌回了原地，四只抓着他的手还留在他身上，每一只都是齐腕而断，鲜血淋漓浇了他半身。

只是一剑，便断了五个人的手。

然而听雪楼出来的人个个骁勇，为完成使命可以不顾生死，就算瞬间断了一只手却是不肯后退，反而厉喝了一声，不顾一切地朝着近在咫尺的原重楼和蜜丹意冲了过去。

“苏姑娘！”宋川看到眼前这一幕，失声惊呼，“住手！”

然而，已经晚了——在那些孤注一掷的人触碰到原重楼和蜜丹意前的一瞬，苏微的剑横切而出，如同雪亮的闪电划过，切断一个个人的咽喉。她已经有多日不曾开杀戒，然而这种杀人的本能却一直停留在骨髓里，此刻一出手，便再也无法控制。

“啊啊啊！”蜜丹意捂着耳朵尖叫，声音凄厉。

当宋川冲到亭子里的时候，这里已经没有立足之处——横七竖八的尸体覆盖了地面，每一个都是被一剑断喉，刹那送命。

“苏姑娘，你……”宋川不可思议地看着这一切，倒吸了一口冷气，“你……你竟然真的对楼里的人下这样的毒手？”

“看到了吗？谁敢再碰他们一下？”苏微横剑而立，眼眸凶狠至极，如同一匹浴血而出的孤狼，冷笑，“再敢动一下重楼和蜜丹意的念头，下次断的就是你的脖子！”

滴着血的剑尖斜斜指向了他——宋川下意识地往后退了一步：是的，片刻之前，他心里还有着几分自信，以为自己可以对抗血薇的主人。可短兵相接之后高下立判，此刻面对着骖龙四式，他心里竟然空空荡荡。

就算没有血薇，这个女人一动手，自己又能接住几招？

高手过招，心中一怯，胜负顿时立判。

“放心，我不杀你。”然而，苏微却开了口，语气森冷入骨，“我要你替我带个口信回洛阳，所以才留着你一只耳朵——给我听好了！

“从今日起，我苏微，和听雪楼恩断义绝！

“从今以后，再有听雪楼的人踏入腾冲，再敢在我面前出现，再敢打扰我们的生活，不管是谁，杀无赦！就算是萧停云赵冰洁他们亲自来，也一样！

“我苏微，言出必行，违者必杀！”

唰的一声，剑光划过地面，将脚下坚硬的石板一切为二！深深的裂痕，将听雪楼的来使和她自己割裂了开来。

剑光冰冷彻骨，这些话语也冰冷彻骨。

…………

那些人离开后，苏微俯下身去，将那些还死死抓在原重楼身上的断手一个个扯了下来，扔到地上。每扯下一个，原重楼的身体就战栗一下。

“怎么，吓到了吗？”苏微轻声问。

原重楼勉强笑了一笑，想要说什么却说不出来。

“对不起。在蜜丹意面前杀人，这种事不到万不得已我也不会做。只有这次下了辣手，才能不再被那些人打扰——”苏微叹息，抬起手揉了揉小女孩的脑袋，发现孩子在微微战栗，柔声，“乖，没事的。”

蜜丹意微微转过了头，避开了她的手，一声不吭。

“我先处理下这里的尸体，免得惊动路过的人。”苏微叹了口气，站起身来将那些横七竖八的尸体拖到了路旁的水沟里。原重楼看到她一个人忙碌，便站起来帮忙，然而刚一靠近就被血腥味逼得往后退了一步。

“好了，你就在一边替我望风吧。”苏微哂笑。

他有些尴尬，脸色发白地笑了笑，便站到了一边，看着苏微将那些尸体重重叠叠堆在一起，从怀里拿出一瓶东西，凑近去，在伤口上撒了一点粉末。

他还没问这是什么，却听苏微忽然“咦”了一声。

“怎么？”原重楼的神经已经绷紧了，连忙问。

“没什么……只是觉得……”苏微直起了腰，微微蹙眉，“这几个人的脸似乎有些陌生。我以前在听雪楼的吹花小筑里似乎并没见过这些人，是什么时候招进来的？”

原重楼愕然：“听雪楼？吹花小筑？好风雅的名字，是诗社？”

苏微语塞，只能低头看着那些尸体在化骨水的作用下迅速腐蚀，扭曲着融化，最后变成了一摊黏腻的汁液，渗入了路边的沟渠。

——那一瞬间，她心里也有微微的寒冷。

自从出道江湖以来，纵横十年，未获一败。她曾经杀过无数人，却从未想过有一天会杀到听雪楼自己人的头上！这些曾经和自己有着同样信念、并肩战斗的人，转瞬就这样化成了沟渠里肮脏的水，默默消失在这天地间。

——就像当初，她以为自己随时会在滇南孤独地悄然死去一样。

江湖人，江湖死。路边白骨，青草离离，犹是梦里人。

“迦陵频伽，你怎么了？”耳边传来了原重楼的惊讶低语，她一回头，才发现自己眼里居然有泪盈眶，长滑过脸颊。

原重楼在一旁看着她，不知为何，眼里满是隐忧。

“没事。”她连忙擦干了泪水，道，“只是一时感怀罢了。”

“感怀你的过去吗？”他轻声叹息，“那些人为什么非要你回去，你又为什么这么对他们……我虽然不清楚，但……总是希望和你过上安定的好日子罢了。”

“嗯。”苏微收起了心绪，垂首低声。

然而说话之间，树丛里居然有簌簌的声音，脚步迅捷，似是有好几人结队而来——苏微一惊，足尖一点飞身掠过，不等来人靠近便是霍然扬手，长剑出鞘，心中杀气涌动：怎么了？今天竟然会接二连三地有人来犯？

然而出乎意料的，对方居然没有动手的意图，只是往后急退。

“苏姑娘！”来人低呼，“是我们！”

剑锋停在了对方的咽喉上。苏微微微蹙眉，看着对方——那个人穿着一袭白袍，衣角绣着一弯金色的新月，竟是之前有过一面之缘的轻霄。

“又是你？”她冷冷的，“我倒是正要找你们，居然就送上门了。”

“正是在下。”轻霄态度很是恭敬，“让苏姑娘受惊了。”

“你来这里做什么？”昨夜的一幕瞬间浮上心头，她的语气里便带了一丝杀意，“鬼鬼祟祟地跟着我们，难道也是灵均的命令？”

“苏姑娘误会了。”轻霄也没有动气，只是指了指不远处的道路，语气平静，“这里前方不远处便是驿道，是从大理通来腾冲的必经之路，我们受大人之命，守着这条要道。”

“哦。”苏微语气却莫测，“这是为了防谁呢？”

轻霄脸上笑容微敛，似乎在斟酌着用词，片刻后才道：“不瞒苏姑娘，最近腾冲府并不太平……”

“我知道。”苏微语气忽转肃杀，“我刚去过那个池塘，见过听雪楼的人。”

轻霄一震，露出意外的表情，道：“原来苏姑娘已经知道了？唉……是在下做事不周到。本来灵均大人嘱咐过，最好不要惊动你们。”

果然是他们做的？苏微心里一动，手指不知不觉地握紧了剑，眼神严厉起来：“那么说来，这几天在我居所杀人毁尸的，就是你们了？”

她语气平静，却森然透出杀气，只要对方一个回答不对便要出手。

然而轻霄却露出惭愧之色，拱手道：“抱歉。腾冲是我教所辖地区，灵均大人吩咐要保证苏姑娘一行的安全，可这数月之间不断有人暗中窥探，乃至试图行凶——在下率人暗中竭力阻挡，却不料还是力不能逮，惊动了姑娘。”

他说得轻松，苏微听在耳中却觉得惊心动魄。

是的，这几个月里她过得平静，以为自己到了世外桃源，却不料背后已经有这么多腥风血雨无声掠过！原来，听雪楼一直不曾放过她。

她咬了咬牙，问：“你们昨晚把听雪楼的人怎么样了？”

“这……”轻霄停了片刻，面露为难之色，忽地低声道：“关于此事，苏姑娘可否不要禀告灵均大人？若灵均大人知道在下透露了教中讯息……”

苏微皱眉：“只当这些是我自己发现的，不会牵扯你。”

“那就好。苏姑娘是个守信的人。”轻霄松了口气，道，“这些日子来，据在下暗中观察，来腾冲的一共有两路人马，其中一路是不明身份的黑衣人，应该是训练有素的杀手。而另外一路……则是来自听雪楼。”

“这个我已经知道了。”她有些不耐烦，“他们一共来了几次？”

“一共……大概有十几次吧。其中有三次，在下没能全数挡住，惊动了姑娘。”轻霄回答道，措辞小心翼翼，“灵均大人吩咐过，听雪楼和我教是友非敌，若是苏姑娘愿意回楼里去，绝不阻拦，但若苏姑娘不愿回去，对方还要在我们地界内纠缠不休的话，在下可以自行解决。”

听到这样的说辞，苏微倒有些意外。

轻霄的说法，于情于理并无任何不妥。可是，那个戴着面具的白袍祭司弟子和自己不过是数面之缘，却在雾露河上救了自己的性命，临别更以稀世之宝相赠，等她到了腾冲后，居然还这般照拂周全？

一念及此，心里有一种说不出的奇特的不舒服。

苏微压抑了一下心中的不愉快，语气有些僵硬地道：“多谢好意。我的确是不愿回中原去的——但听雪楼的人若是来了，我自己自然会打发他们走，你们何必越俎代庖？”

“是，是。姑娘的心情在下完全能理解。”轻霄并没有为自己辩解，只是道，“但在下也是奉命行事——灵均大人说了，两教之间的盟约，必须得到足够的尊重。”

盟约？苏微忽地一愣，想起了三十年前听雪楼主和拜月教订立的盟约，顿时无言以对。是的，昔年，听雪楼主萧忆情和拜月教迦若大祭司曾经缔结过“勒马澜沧”的誓约，约定两派从此以澜沧为界，井水不犯河水。

若有逾越，自然可杀无赦。

她心里的那股怒气顿时馁了大半：是的，灵均自然有充足理由对不告而入的人采取任何手段，而轻霄此刻的态度，也已然算是客气。

苏微过了许久才冷笑了一声：“听起来倒是一片好意，但你们的人昨夜为何要胁持蜜丹意？区区一个孩子，哪里惹到你们了？”

“什么？”轻霄一愣，看了一眼旁边的孩子，脸色不自觉地一变，脱口而出，“不可能！我们怎么可能伤了……伤了这个孩子？”

“那么，那个持刀胁持蜜丹意的黑衣人又是谁？又是谁设了结界，暗中计算于我？”她皱起了眉头，语气渐渐严厉，“就凭你的本事，只怕还做不到！”

“这……”轻霄飞快地看了蜜丹意一眼，似有不解。小女孩脸色严肃，目光炯炯地看着他，眼中似乎藏着一把刀。他只觉得心里一冷，连忙道：“在下指天发誓，昨晚绝对没有对姑娘和这个孩子下手！我们是负责来保护苏姑娘的，又怎么会做这种事？”

他言辞恳切，苏微却只是冷冷一笑：“回去告诉灵均，他的好意我心领了——但从此后，我的事情由我自己解决，再不劳你们拜月教的人插手。若再搀和，就别怪我不客气了！”

她再不多说，转身带着原重楼和蜜丹意离去，远远扔下了一句话——

“告诉灵均，我七月初七在腾冲婚宴。

“若有空，来喝一杯喜酒吧！”

一直到回到竹楼，蜜丹意都很沉默，用小手拉着原重楼的衣角，乖乖地跟在他身边。而原重楼也一路无语，似乎有些心事。苏微感觉到了有些僵硬的气氛，便开口问：“对了，七月七日的婚宴，现在准备得怎么样了？”

“酒宴差不多订好了，天光墟罢市三天，开整整一百席。”提到这个，原重楼顿时振作了精神，对答如流，显然是为此用了很大的心思，“我从大理那边请了松鹤楼最好的厨师，还订了五百坛好酒，其中杏花酒、梨花酒、十八仙、香蛇酒、古辣酒各一百坛……”

他说得兴兴头头，苏微却只是在一边听着，若有所思。

“是啊……”她喃喃道，“那天会很热闹吧？不知道会来多少人呢？”

“唉，我们两边好像都没什么亲戚可以请——不过，至少灵均大人会来吧？刚才你不是请了他？”原重楼还沉浸在自己的思路里，屈指算着宾客，“哎，他如果肯来，那可是太有面子了！要知道，连镇南王的婚宴他都推辞了不肯去的。”

“在主桌上给他留个好位置吧。”苏微淡淡点头，语气却莫测，“在旁边再空几席位置，以待来人。”

原重楼有些愕然：“以待来人？”

“这次婚礼办得如此热闹，若师父还在滇南，说不定会听到消息过来看我吧？”苏微喃喃，“另外几席，就留给洛阳可能会来的贵客。”

“洛阳……”原重楼神色一动，想要问什么却终于没有开口——就如这么多日子以来，他从未正面问过她的过往一样。

洛阳，洛阳。

那是一个禁忌，他偶尔从她口中听说，却永远不能询问。那两个字，代表着她的过往、她的出身、她曾经有过的欢乐和伤痛……就如她来自的那个神话般的“江湖”一样，对普通的凡人来说，是如此遥不可及的存在。

“如果洛阳那边真的来了人的话，这个宴席可就热闹了。”苏微抬起眼睛，无声地看着中原的方向，喃喃，“老实说，我还真有点期待呢……”

日光从她头顶倾泻而下，明丽如瀑布，然而她站在滇南灿烂炽热的阳光里，手心却有一丝冰冷的寒意，如同一把虚无的剑握在掌心，无论她松手或者握紧，都永远不会消失。

如同那一片看不见的江湖，如影随形。

“哎呀！”刚一出神，耳边却传来蜜丹意的惊呼，“大稀……大稀晕倒了！”

苏微霍然回头，看到小女孩正用尽全力撑住了摇摇欲坠的原重楼，一脸惊惶地看着她——原重楼的脸上有淡淡的黑气弥漫，苍白如纸，已经说不出话来。

这是……中毒了？

驿道上，绵延的镇魂碑一望无尽，隐藏在苍翠里。有个人踉跄而来，捂着鲜血如涌的伤口行走在驿道上，偶尔会停下来看一看路边的碑文。

“怎么，见识到血薇主人的厉害了吧？刚才的一刹那，有吓到吗？”

不知道等了多久，终于听到有人开口问话。

宋川转过头看着轻霄，不禁笑了起来：“是啊。那个女人的剑术实在是太厉害了……简直不像是这个世间所有。此生能亲身领教䟴龙四式，也算死而无憾。”

这两个原本应该属于敌对势力的人，隐藏在滇南浓密的苍翠之下，相顾而笑，竟然是有着说不出的默契。

“毕竟是个女人。有着这样惊为天人的剑术，却一直被灵均大人玩弄于股掌之上。”轻霄淡淡道，“今日你损失了一只耳朵，把戏演足了，也算圆满完成使命——从此后不需要再在她面前露面了。”

宋川躬身：“身为月神子民，敢不竭尽全力？”

“如此甚好，也免得日后费心。”轻霄道，眼里露出微微的迷惑，“只是……听雪楼已破，萧停云已死，却为何不杀了苏微？还要如此费力瞒住她？”

“我也不知道。”宋川叹了口气，“灵均大人一贯心思深沉，岂是我等猜得到的？应该是留着这个女人还有很大的用处吧？”

“是啊……”轻霄也是摇头，一笑，“我们是下属，还是不要想太多吧。”

两人分头沿着驿道悄然离开，宛如不相识——滇南苍翠如海，唯有一座座镇魂碑，如同沉默的眼睛凝望着这一切。

第十章 青妖之树

夕阳西斜，暮色四合，一弯新月挂上了灵鹫山顶。背后的撕裂声还在持续，一声比一声清晰，墙上的符咒以肉眼可见的速度剥落，金色减淡，结界越来越单薄，里面被困住的人眼看就要破茧而出。

灵鹫山。胧月站在广寒殿外面的高台上，警惕地看着远处高耸入云的月神殿，侧耳听着密室里面如同裂帛的声响——那个声音在半个月前还是沉闷而遥远的，如同来自地底的挣扎，然而最近几天却已经清晰起来，仿佛就在一墙之隔。

那是明河教主正在撕裂一重重结界。那些符咒围绕着密室的四壁，如同万点金光浮动，在教主的术法下，正在以肉眼可见的速度，在一重重地剥落。

这些日子来，知道了下属蕴藏的祸心，醉心于还魂复生之术的明河教主终于回过神来，凝聚心力，开始不分昼夜地破解着围困住她的结界。这密室的禁锢已经愈来愈见薄弱，只要再过两三天，眼看便要轰然破除。只是……

她有些担心地看了看月神殿的方向，那里还是没有任何异常。

昨天夜里，她明明监测到有传信的白鸟从远方飞回，径直进入了灵均闭关所在的密室——迦陵频伽是专属灵均的灵鸟，用来传递只供他一人阅读的密信。所以，连她也不知道闭关中的灵均收到了什么样的外来的信息，又会是什么样的紧急密信才会惊动到他。

可是，过去了一夜，里面的人怎么会尚无动静？

自从送走了苏微和原重楼之后，灵均大人进去闭关已经数月，辟谷静坐，不饮不食，最近甚至不再用水镜和她联系，似乎忽然间就断了音讯——本来这也是他在修炼时的常态，可这次碰上了如此激变，便不由得令人无比地担心。

月神殿任何人无法进入，外围守护的也都是灵均的心腹，她没有方法可以打听他在密室里到底在做什么。如果明河教主不能及时脱困的话……如果那之前灵均提前出关……

想到这里，她就不由得打了个寒战。

此刻的月宫里，两位仅次于灵均的左右使都已经不在。右使蜜丹意外出执行任务，跟着那个血薇的主人远去，而左使轻霄从洛阳返回后，也直接被委派了别的任务，不曾返回灵鹫山。这个月宫暂时出现了短暂的真空，让她得以有机可乘，孤注一掷。

只是，这座灵鹫山月宫里，是否还遗留着灵均的耳目？

追随了灵均那么多年，她深深地知道这个看不到脸的人的可怕。就算他自闭于室，一样可以化身千万，出现在这天下的任何地方！那么，外面发生的这一切，他是否也了如指掌，就如洞悉她此刻的心情一样？

正想到这里，耳边忽然传来一声轰然的响声。

那声音，居然来自灵均大人闭关的月神殿！

她全身剧烈地一震，看向了月神殿的方向。暮色里，那一道紧闭了数月之久的门陡然打开，一袭白袍从黑暗里飘然而至，静静地悬在了高门的背后。从远处看去，在深宫的幽暗里，几乎发出淡淡的光华来！

门外侍立的教中弟子齐齐下跪，开口说出了她最不想听到的话——

“恭迎灵均大人出关！”

那个戴着面具的人挥了挥手，止住了下属，然后似是有意无意地转头望向了这一边。那一瞬，虽然远在高台上，明知对方不可能看清楚自己，她却猛然一颤，几乎也随之跪了下去。

他……他已经出来了！那个妖魔一样的男子，提前出关了！

“明河教主……明河教主！”胧月吸了一口气，勉力镇定，飞奔回了密室之外，拍打着墙壁，颤声低呼，“灵均……灵均大人出关了！他……他马上就要过来了！”

一墙之隔，那双撕裂着虚空的手停住了，十指里握着虚无的金光。

“是吗？”房间里的明河教主低低地笑了起来，紫色的眼眸里慢慢凝聚起一种异样，声音平静，“奇怪，居然在这个时候忽然提前出关？难道是有人向他通风报信了？胧月，你在害怕吗？”

胧月竭力咬住了嘴唇：“不……不怕！”

“你的声音都在发抖。根植在内心的恐惧是无法掩饰的，就如你对他的感情一样。”明河教主冷冷笑了起来，“看来，虽然你敢于背离他，却不能指望你能抵抗他。”她淡淡地说着，回过头看了一眼站在身后的黑衣男子：“他来了。你觉得怎么样？”

“提前动手也好。”黑衣人淡淡道，“我也已经等得不耐烦了。”

“不愧是百战之身，从无畏惧。”明河教主低低笑了一声，那一弯新月在脸颊上发出光芒，她的眼神凌厉，手蓦然握紧，似乎抓住了看不到的利剑——

“好，来吧！让我看看那个孤光收养的小崽子，如今变成了怎样的怪物？”

夕阳西斜，暮色四合，一弯新月挂上了灵鹫山顶。背后的撕裂声还在持续，一声比一声清晰，墙上的符咒以肉眼可见的速度剥落，金色减淡，结界越来越单薄，里面被困住的人眼看就要破茧而出。

胧月在玄关内听着这种声音，心急如焚——灵均大人已经提前出关，可教主却尚未能突破这最后的结界！

“灵均大人在月神殿传召女史前去！”

不到半日，外面的侍女已经来了第二批，跪在廊下禀告，语气一遍比一遍焦急和严峻。胧月咬着牙，一动不动：“去告诉他，我今日身体不适，暂时无法前去侍奉。”

“是。”侍女似是有些意外，颤了一下，然后无声地叩首离去。

胧月想着，嘴角浮起了一丝苦笑。这种话，连普通宫人都骗不过，那么他，更是早就心生怀疑了吧？他是否想到了自己已经背叛呢？跟随他那么多年，为他做尽了一切伤天害理的事情，他可料到这个羔羊般的追随者，也会有决然离开的一天？如果他知道了，又会有怎样的表情呢？

真可惜……那么多年了，她居然从没有看到过他脸上的表情！如果在生命的尽头，能看到面具后那张脸，她这一生也该无憾了吧。

她刚想到这里，却忽然听到一行脚步声从高台下拾级而上，行云流水般地走来。那个脚步声是如此熟悉，令她骤然全身发冷。那……那是……

夜风吹来一个声音，淡淡唤道：“胧月。”

那一瞬，她深深吸了口气，只觉得手足微微颤抖。

那是灵均大人！他……竟然如此按捺不住，亲自来找自己了！

这一刻，终归来了。

害怕吗？她无声地问自己，站起身来，双手无声地交握胸口。脚步声飘近了，玄关的帘子忽然间无风自动，分别向两侧撩起——帘外是滇南暮色沉沉的天宇，高旷辽远，新月高悬，白玉高台上出现了一个熟悉的影子，戴着面具，白袍在风中飞扬，出现在广寒殿的垂帘之外，就这样静静凝视着她。

只是第一眼，她的心便猛然冰冷地下沉。

是的，他知道了！灵均大人已经知道了！

虽然看不见他脸上的表情，也听不见他说别的，然而，只是那么一眼，她便知道了自己所有的秘密都已经被他洞穿，再无逃避的可能。

“听说你病了？”灵均却只是淡淡地开口，“真的吗？”

“假的。”她深深吸了一口气，竭力让语气不颤抖，“我只是不想见你。”

似乎是没有想到她如此开诚布公，在第一句话就撕下了伪装，帘子外的灵均无声地笑了起来，道：“你很有勇气。”

"是的，我有勇气纠正自己犯下的错误。可是，大人呢？"胧月看着他，咬着牙，"不知道大人是不是有勇气正视自己做过的那些事？你对孤光祭司、对我教做了什么，自己心里知道。"

她知道结界里的人正在听着他们的对话，便想要将以前的事情逐一翻出，以便让明河教主对质。然而，灵均却似乎看穿了她的心思，不愿和她多做纠缠，忽然间袍袖一拂，手指微微屈伸，凌空做了个手势，一道旋风便从帘外飞卷而来！

胧月没想到他竟说动手就动手，猝不及防，脱口惊呼。

她做了许多准备，想要和他斗一斗，虽然明知不是对手，却也至少能拖延个一时半刻，让密室内的人多一些准备——然而此刻他只是动了动手指，扑面而来的却是一条双头的巨蟒！

长达十几丈，鳞甲如铁，两个脑袋同时张开血盆大口，动作毒辣准确，她只要慢得一刻，便会被拦腰咬断！

"双双？"她认得那是灵均的坐骑，失声喊道。

那条巨蟒一击不中，立刻对着她吐了一口毒雾。她退得快，堪堪闪过了巨蟒的第一击，然而腥风扑鼻，恶雾弥漫，一个不小心吸入了一口，胸中便是一阵烦闷。她连忙凝聚心神，转折闪躲，刹那间已经避过了十几次攻击。

巨蟒几次进攻，还咬不中对手，双眼露出凶光，不停地丝丝吐气，不耐烦地用尾巴拍打着密室的墙壁，每拍击一次，整个广寒殿就为之颤了一下。

"起！"当巨蟒再度扑过来时，胧月凌空翻身，默念咒术，手指一点，一道光芒飞速射出，撞上了巨蟒的额头，打得巨蟒嘶吼了一声，整个庞大的身躯卷起，往后弹出了一丈远。

"不错。进步了很多。"灵均淡淡称许，抬起手指点了一点——那条被击飞的巨蟒仿佛被一只手托住了，瞬间在空中一顿，止住了去势，整个身子往前拱起，死死盯着胧月，忽然如箭一样地反弹而来！

胧月双手结印，抵挡在胸口，一道光幕瞬间展开在她面前。然而巨蟒受到了灵均的助力，这一击的力量远非前面可比，只听一声闷响，巨蟒撞上了光幕，身体止住，却探出两个一模一样的脑袋，从左右两路分别卷了过来——

那一瞬，她竭尽全力设置的结界顿时四分五裂！

只感觉眼前一黑，胧月来不及惊呼，整个身体已经被巨蟒卷住，顿时透不过气来。她抬起头，看到四只血红色的眼睛在头顶看着她，贪婪而恶毒，两个血盆大口悬在左右，近在咫尺，嘴里吐出的腥气令人毛骨悚然。

那一刻，尽管心里做好了一切准备，她依旧因为恐惧而微微颤抖。

"怎么样？"灵均淡淡地开口，"这感觉熟悉吗？"

胧月咬着牙，哼了一声，不回答。

“早知道你会背叛我，那时候就该让你和你的父母一起葬身蟒腹！”戴着面具的人冷冷看着她，动了一动手指，吐出冷酷的指令，“双双，把她带到湖边的高台上去，慢慢地吞掉——记着，从脚往上吞，不要吃得太快，我要让月宫所有人都看看，背叛我的人有什么下场！”

仿佛听得懂主人的命令，巨蟒咻咻地吐了吐芯子，猩红的蛇芯舔过猎物的脸庞，却没有吞吃她，而是用巨大的身体卷起了胧月，用尾巴在密室墙壁上一拍，借力腾起，便要往外飞掠而去。

然而就在这个瞬间，它的动作忽然凝结了。

——是的，那是“凝结”！

就如同忽然被扔进了深不见底的丛极冰渊，在一瞬间，巨蟒半身腾空，尾巴还拍在墙壁上，整个身体卷住胧月，保持着飞掠的姿态，却这样在刹那间变成了凝固而冰冷的死物！

“没我的命令，谁敢在圣湖边上擅自处死宫女？”

一个声音冷冷响起，如同风送浮冰，入耳彻骨。

“是你？”面具后，灵均的眼神终于变了，定定地看着密室的墙壁。那道被咒术加固过无数遍，本应该是无坚不摧的墙壁居然已经薄得透明，在一处居然出现了一个裂口——有一只手从裂口中伸出，纤细而玲珑，美丽如画。

然而，就是那只手在一瞬间抓住了巨蟒，在刹那间将其凝结成冰！

那是多么可怕的咒术，那是多么令人敬畏的力量！

“明河教主？！”那一刻，灵均失声喊道。

无数银白色的长发从裂口里蔓延而出，如同藤蔓一样攀爬，覆盖住了密室的外壁。那些长发抓住了墙壁，忽然间，向着四方一拉，如同撕裂一张薄纸一样，刹那就将坚固无比的墙壁撕得四分五裂！

轰然碎裂的墙壁后，现出了一个穿着华美孔雀金长袍的女子，赤足、金钏，脸颊边上用淡淡的金粉画着一弯新月——她虽然有着一头霜雪似的长发，容颜却不老，看上去只有二十多岁的模样，高华明丽，如同月之神女。

看到她的出现，面具后的瞳孔微微收缩了一下。

“哦，你就是灵均？这些年来，你对我可真是照顾啊……”明河教主看着他，语气却是喜怒莫测，“摘下面具，让我看看孤光收了怎么样的一个好徒弟！”

灵均微微一震，却摇了摇头：“恕难从命。”

明河眼神凌厉：“教中之人，竟敢违抗我的命令？”

“这世上唯一见过我真容、知道我生辰八字的人就是孤光师父。正因为他知道得太多，所以我才把他给处理掉了……”灵均轻声地笑了起来，“如今教主您一出关就提出这种请求，莫非想要步其后尘？”

他的语气冷峭而平静，坦率得令所有人吃惊。

那一刻，明河眼里的杀机骤涌：“逆子当诛！”

她袖子一拂，全身衣衫猎猎而动，如同疾风吹起。银白色的长发在风中飞起，瞬间生长了数丈，如同活了一样向着灵均呼啸而去！

同一刹那，灵均的身体朝后飞起，仿佛被看不见的线牵引着，如同纸人一般浑不受力。然而，他退得快，明河追得却更快。只是一眨眼，银色长发已经逼近眼前，已经缠上了灵均的手。那些银色的长发如同触手，只要抓住了猎物，便能如同撕裂纸张一样将其血肉撕得四分五裂！

灵均双手被缠，却处变不惊，十指的指尖微微动作，以肉眼几乎无法看清楚的速度和顺序在虚空中划过——只是刹那，他面前的空气里，忽然凭空燃烧起了幽蓝色的火焰！

那一刻，明河失声喊道：“北溟离火！”

——这是拜月教中最深奥最难以掌握的咒术，连孤光祭司都用了三十年才初窥其道，而这个人，居然如此自如地施展了出来！这怎么可能？！

她急退，然而飞舞的发梢却已经被灵均一把反手抓住！

“教主，其实您太愚蠢了……”灵均轻声道，语气却没有波澜，“这么多年来，既然您这么思念迦若祭司，为何不干脆下去九幽寻找他呢？还是让弟子送您一程吧！”

他伸出手指，念动咒术，银色的长发在瞬间燃烧！

那种幽蓝色的火从虚空里凝聚过来，沿着银色的长发逆向而烧，如同逆风的烈烈火炬，飞速地朝着明河教主飞扑而去！只要一个眨眼，就能把整个人都裹入火中！

只听“唰”的一声，一道光如匹练而过，在千钧一发之际将长发截断。

长发断裂，灵均手中一空，身形微微一震，闪电般地收回了手，悬停在半空中——就在那个刹那，他十指的指尖均已鲜血淋漓，竟是被生生削去了一层血肉！

一个黑衣人从暗影里一掠而过，落在了两人中间，一双深陷的眼眸冷亮如星。

灵均愣了一下，看着指尖被割的伤口，又看了看高台上的人，眼里不由得露出了诧异的神色——这样快的出手，这样凌厉的暗器，眼前这个人，竟然可以用极致的武学来对抗术法！这样的人，在全天下也找不出几个，为何会在这时候忽然出现在这里？

而且，那个人的脸上，居然戴着和他同样的面具。

他心里沉了一沉，开口：“你是谁？为何会在此地？”

“一个离开江湖多年的人而已，何足道哉。”黑衣人凝视着手里的利刃，淡淡回答，

“应孤光祭司的秘密邀请，来此地为拜月教主护法。”

“孤光祭司的秘邀？”灵均沉默了一瞬，忽地冷笑起来，“哈……难道我师父居然还留了这一手，把你这个棋子放在了这一处？倒是没想到……”

顿了顿，他扬声大笑起来：“好！那就一并处理掉吧！”

随着笑声，凌空悬浮着的人广袖飞舞，双手在胸前缓缓交错。那些血从他手指尖一滴滴流下，却没有一滴落在地面上。那些殷红色的血珠珍珠一样一滴滴悬在了空中，如同星辰遍布，有一种诡异至极的美。

面具后传来低得几乎听不见的声音，喃喃念着什么咒术。

只听了片刻，明河教主悚然动容，忽然发声，吐出了一个字：“叱！”

——那只是一个单音节，却又高又尖锐，如同一把剑凌空掷出，准确地切入了咒术之中，瞬间将绵延不断的祝颂声生生切断！

那一刻，灵均身形一震，如受重击，嘴角沁出一丝血！

中了！明河眼里掠过一丝光，冷笑。所有施展咒术的人，若没有成功，便将遭受双倍的反噬。此刻灵均承受的必然不轻。然而虚空中的人只停顿了片刻，转瞬却大笑起来：“教主果然厉害！一个字就破了我的术法！”

在笑声里他却轻飘飘如纸鸢一般飞起，袍袖飞舞，手指不停变幻。那些悬空停在夜色里的血珠忽然动了起来，随着他手指的驱使，瞬间呼啸着飞向了黑夜里的某处！

“只可惜，你怎么也无法阻拦我了！”

鲜血如同流星一样归于黑暗。那一刻，广寒殿的高台下忽然传来了奇特的声音，仿佛海潮涌动，一声接着一声，汹涌而起。

那一刻，被巨蟒困住的胧月指着远处，发出了惊呼：“圣……圣湖！”

明河教主应声抬头，瞬间也变了脸色。

那不是幻觉——在冷月之下，那一片已经干涸了数十年的圣湖里，居然重新出现了水！虽然只有薄薄一层，却在月光下粼粼而动，不停起伏，仿佛底下有什么在翻涌着，就要破水而出，汹涌而来！

“你！”明河愤怒已极，“居然在暗中重开了圣湖？！”

“是啊，那又怎么样？”灵均如同一只单薄的纸鸢一样悬停在月下，白袍翩然飞舞，戴着面具的脸上看不出表情，语音却平静，“我暗中改动了忘川的魂道方向，将那些亡灵引入了此处，困在圣湖里，把它们和我蓄养的巨蟒合为一体，炼成天下至毒的武器——只可惜时日尚短，所蓄不多。”

他回过头看着月光下的圣湖，双手抬起，合在胸口，一分一指：“但是，要吞噬掉你们这些人，还是绰绰有余！”

呼啸声卷地而起，水面破裂，无数狰狞的面容从中浮凸。那些亡灵嘶吼着，被血的诱惑驱使，瞬间凝聚成了无数条巨蟒，飞腾而来！

密云无风自起，聚集于灵鹫山之上，遮蔽了明月。

睡梦中的月宫中的侍女被惊醒，四散奔逃。然而那些不知从何而来的巨蟒如同疯了一样地蔓延，潮水一样漫过了月宫的每一寸土地，所过之处，地面一片漆黑，所有生灵枯萎死寂。从远处看去，广寒殿仿佛处于可怖的乌黑大海之中，汉白玉的高台下无数巨蟒汹涌汇聚，不时昂首吐芯。

“灵均大人！”有宫人看到悬在冷月下的影子，不由得失声。

“教……教主！”随即有年老的宫人看到了高台上的女子，更是惊骇欲绝，“天啊……那是……那是闭关了几十年的明河教主？！”

“这是怎么了？”有年长的宫人想起了三十年前的那一场大难，颤抖着，“难道……难道是末日天劫又降临了吗？”

乌云从各处呼啸而来，聚集在灵鹫山顶，瞬间月光昏暗，天地失色。

风在月宫中旋舞而起，围绕着广寒殿的高台，从远处看去如同一个巨大的旋涡。而旋涡之中巨蛇乘风飞舞，如同海潮，不停扑向高台，张开巨口，试图吞噬上面的女子。群魔狂舞，看上去简直惊心动魄。

站在高台上的女子手举法杖，满头银白色的长发随风飞舞，发梢上飞散出无数的星芒，竟然每一点都对应着一条魔兽，一人化身千万，硬生生将无数的巨蟒拦住！

“天啊……”宫人们匪夷所思地看着这一幕，喃喃。

灵均大人，竟然在和教主为敌？这究竟是怎么了！

时间似乎过得非常快，转瞬间月从云层里移出，渐渐西斜。似乎再也无法忍受如此拖延下去，半空中的灵均身形忽然一动，身形在暗夜中如同纸鸢般转折，瞬间隐没——然而在下一瞬再度出现时，月光下，竟然出现了无数个灵均！一模一样的白袍，一模一样的面具，悬浮在呼啸的风里。

“镜之术！”宫人们失声惊呼。

——是的，她们早就听说灵均大人术法出神入化，甚至当各处教民同时向他祈求的时候，能在瞬间化身千万，同时去往各处拯救。此刻，她们才是第一次亲眼目睹！

惊呼未落，风里无数个灵均齐刷刷地转身，瞬间围住了高台！

明河教主在风里抬起头，看着凌空俯视着她的无数个一模一样的人——同样的白袍，同样戴着面具的脸，看上去就如同无数诡异的纸人看着她，冷冷不动声色。

哪一个，才是他的真身？

“小心！”忽然她听到背后的提醒。那个黑衣人手腕一扬，一点寒芒飞出，瞬间拦住了一个东西——原来是一个“灵均”俯冲下来，已经悄然贴近她背后。

"多谢。"她低声说了两个字。

离得近了，才看见那面具后是没有眼睛的，只有黑黑的两个空洞，诡异无比——然而，就在被她拦住的那一瞬，那个"灵均"的眼睛里忽然亮起了两点幽幽的光！那光从眼眸深处而起，刹那间，整个"灵均"化为了一股熊熊的烈火，扑面而来！

明河教主手指划过，瞬间破开烈火。

但就是那么短短一个耽搁，虚空中无数的"灵均"如同飞鸟一样疾冲而下，纷纷朝着她而来。与此同时，那些巨蟒终于层叠着突破了高台的防线，如同弓箭一样呼啸而来，张开巨口吞吐着毒气。

"教主！"胧月失声惊呼，竭尽全力从双双僵冷的身体里挣脱，双手结印施展术法，加入了战团，"小心！"

然而天上地下的袭击一起汹涌而来，转瞬间明河的身形已经被淹没。

"教……教主？！"胧月不敢相信地低呼。

就在那个瞬间，烈火忽然居中裂开！

轰然一声响，一道白光从火里掠出，如同闪电划破了夜空——那道闪电旋转而起，在虚空中飞速地划出了一个完美的弧线。在那道弧线掠过之处，所有和它交错的，无论是魔兽还是分身，都在瞬间毁灭，摧枯拉朽！

拜月教主凌空而舞，满头长发都化为银色的火，在夜色里看来宛如一轮燃烧的月亮！与她并肩的是一个黑衣人，手里绽放出无数寒芒，如同最锐利的流星呼啸而出，每一道都钉死了虚空中的一个影子！

巨蟒嘶吼着，纷纷在空中碎裂，血肉化为无形。而那些"灵均"也如同纸人一样从空中纷纷坠落，奇特的火焰迅速熄灭，再无光芒。

"天啊……"宫人们停止了奔逃，怔怔地看着这瞬间逆转的情景。

"教主！"胧月站在高台上，狂喜地大呼，"教主赢了！"

电光凝定，高台正中出现了两个人。一黑一白，背向而立。

"多谢。"明河教主垂下眼眸，看着自己被灼伤的手指，一头霜雪般的长发已经被燃去了一半，有些狼狈。

"不必。"黑衣人微微喘息，"我受孤光之托，本来也不能容这种邪魔存在于世。"

明河教主微微蹙眉，脸颊边的那一弯金粉绘成的新月赫然殷红如血，筋疲力尽，喃喃："灵均师从孤光也不过十几年吧？居然能有那么大的力量……太奇怪了。不知道这一次他是不是真的死了？"

"刚才那一瞬，我觉得我的暗器应该洞穿了他的心脏。"黑衣人冷然道，看着脚下的尸体，"不过无论如何，必须把尸体找出来，否则不能心安。"

他们收了兵器，在满地狼藉之中翻检着那些已经成为肉泥的尸体。然而等拿下尸体的面具，赫然发现那些尸体都没有脸，五官早已被人毁去。是的，眼前的这些"灵均"，其实都不过是被操纵的傀儡，早在多年前就已经死去——难怪教民都说他可以化身千万，同时出现在不同的地方！

"也真是作孽，竟然暗中培养了那么多的傀儡。"明河教主喃喃叹息，"这滇南有多少无辜百姓遭了他的毒手啊……"

那边，胧月翻过一具尸体，忽然失声："啊？他们的背上！"

有一具尸体在落下时遇到攻击，白袍撕裂，裸露出了整个背部，却没有一丝血沁出——然而在惨白色的肌肤上，却遍布着诡异的青色花纹。那些花纹由复杂的线条组成，遍布奇经八脉，纵横交错，从左右肩胛骨起，蔓延整个背部，最后终结于心脏和脊椎。

一眼看去，就像是一棵树生长在这具躯体上！

"啊？"明河教主一眼看到，脱口，"青妖之树？！"

青妖是一种傀儡术，历代祭司都曾经修习，并不罕见。但可怕的是，那么年轻的人却居然有着超出年龄的深厚功力，竟然能在同时控制那么多傀儡、发动如此缜密的攻击！这个灵均，到底是怎么修炼的术法？

"这些都是傀儡？"黑衣人皱眉，"那真身呢？"

明河教主咬了咬牙，低声："一定要找到真身！"

他们两个人继续在高台的血肉之中寻找着，胧月加入了他们，比他们更加疯狂地寻找着，然而双手却是颤抖的，脸上露出复杂至极的表情——仿佛是期待，又仿佛是绝望。

是的，没有人知道她此刻的心情。

那个多年前在大雨中，把她从群蟒腹中救出来的少年，如今已经重归于群蟒血肉之中，宛如一场荒谬的轮回。她曾经用生命去追随这个人，到最终，却还是背弃了他。

这中间的心路历程，千回百转，无法和任何人倾诉。

此刻，她到底是希望他死，还是希望他还活着呢？

她搬开一条拦腰被截成数段的巨蟒。蟒蛇的上半身还在抽搐，巨口条件反射般合拢，差点儿咬住她的手臂。当巨蟒被挪开后，她看到了压在底下的人，忽然间一震，弯下腰去将那个尸体翻过来，指尖剧烈地颤抖着。

是的，这个才是灵均！

——因为他的手指指尖上，还留着被削去的血迹。

那一刻，她全身发抖，喉咙哽咽，竟然是说不出一句话。"让我看看你。在所有人不曾看到你之前……"心里有一个声音隐秘地倾诉着，狂热而又绝望。

她没有出声告知不远处的明河教主，只是死死地看着面前的人，仿佛被什么诱惑着，情不自禁地对着他伸出手去。

那个面具终于被摘下。

那一刻，头顶的乌云散去，一道清冷的月光从天宇倾泻而下，照在面具后那一张苍白清癯的脸上——那一瞬，胧月发出了一声惊骇欲绝的呼喊，跪倒在地。

“胧月！”明河教主和黑衣人应声而来，“怎么了？”

“不可能！他……他是……”她跪倒在血肉之中，颤抖地抬手指着面前的人，几乎无法说出完整的字，“神啊……他，他竟然是……是……”

明河教主转过头，看着地上那个拿掉面具的白袍人，只是看得一眼，忽然间也是露出了不可思议的惊骇表情，惊呼：“什么？他……他竟然是……孤光？！”

是的！地上的那个人，居然是孤光祭司！

那个传闻中被弟子背叛、关闭在圣湖地底的孤光祭司！

一时间，所有人都沉默了，气氛仿佛凝结。

“这是怎么回事？”在这时候，最沉得住气的还是外人，那个黑衣人上前扣住了孤光的腕脉，只是稍微一探，便道，“人还活着。”

“难道……难道孤光并没有被囚禁？”明河教主愕然，看着眼前的景象，喃喃，“这一切都是他做的，只是假借了弟子的名义？可……可这又是为了什么？”

“不可能！不是孤光祭司做的！”胧月失声，颤抖着道，“七年前，我亲手下的毒，亲眼看着孤光祭司被灵均关到了圣湖地底！他……他怎么又会出现在这里……”

“不可能是孤光祭司做的。否则他也不会请我来这里了。”黑衣人低声道，一边说，一边将孤光祭司的身体翻了过来，毫不犹豫地抬起手，哧的一声将他背后的白袍撕裂——那一瞬间，明河教主和胧月都倒吸了一口气。

同样一棵青色的树，出现在苍白的皮肤上，刺目狰狞。

那一瞬间，高台上的人都怔住了。

许久，明河教主才喃喃开口：“我知道这是怎么回事了。这不是纯粹的青妖之树了，这已经算是被称为‘裂’的分身镜像术！这种术法，在我教三百年来从未有人练成过。孤光难道也是被控制了？对了，难怪那家伙可以使出北溟离火！”

是的，在青妖之树里，所操纵的傀儡级别越高，透过傀儡所施展出来的力量自然也就越大。这是一种扩大化的效应，就如同法师会一直寻求更高级的法器一样。

可谁会想到，灵均竟然会悖逆到将自己的师父做成傀儡呢？

胧月紧紧抱着孤光祭司。这个中年男子眉头微锁，脸上残留着错愕和不可思议的表情，又带着深深的悲哀——这一切似乎都凝结于七年前，丝毫不曾改变。七年前，看着自己的贴身侍女与最心爱的弟子合谋下毒，他最后的表情就是如此。

她开始啜泣，眼泪接连地落下来，滴在他的脸上。

孤光微微动了一下，似乎身体里有什么波动，却无法表露。

"放心，他还活着。"明河教主弯下腰，细细地看了看孤光，忽地将手指放入嘴里咬破，沾着血，飞快地点住了他背后的几处穴道——那些穴道位于那棵诡异的青色的树上，鲜血一点上就迅速地渗透开来，沿着树干扩散。

"我已经用血封住了青妖之树，现在谁也无法再操纵孤光了。"明河教主站起身来，道，"只要把施术者杀了，就能彻底破解这个傀儡术。到时候孤光就会恢复。"

"可……可是，为什么祭司大人会在这里？"胧月啜泣着，不敢相信，"我明明亲眼看着灵均把他关到了地底……那个封印一直还在原地！"

"我想，是灵均在某一天把他从圣湖地底下又运了出来吧。"黑衣人低声，一生见过无数腥风血雨的男人皱着眉头，显然也遇到了难以解决的问题，"至于是在什么时候、因为什么，我们还不知道。目下唯一重要的是：真正的灵均，现在在哪里？"

一语未落，忽然听到了一声模糊扭曲的诡异声音。

那一刻，腥风四起，扑鼻而来！

"小心！"黑衣人失声喊道，本能地双手一翻，两把短刀滑落手心，连头都来不及回，挥臂向上，哧的一声交错切去——只听一声钝响，血雨倾盆。

一条巨大的蟒蛇在头顶出现，血盆巨口咬落，却被利刃切断了毒牙。

"怎么还有一条！"明河教主失声喊道。然而抬头看去，那条巨蟒的头顶上居然站着一个白袍男子，衣袂飘飞，戴着面具的脸上毫无表情。

"灵均！"那一刻，他们齐齐惊呼。

明河教主毫不犹豫地展开双手，十指交错，一道道光从她掌心里飞掠而出，转瞬在高台上张开了一道网——巨蟒在网中翻腾，呼啸着攻击而来。黑衣人飞掠而起，用短刀插入巨蟒的颈下逆鳞，然而鳞片却厚如盔甲，只刺入了一寸便止住。

受伤的巨蟒疯狂地扭动，忽然间屈起身体，喷出了一股青黑色的浓雾！

"小心！"明河教主失声喊道，"有毒！"

青黑色的雾气迅速笼罩了高台，雾气所到之处，所有的尸体都开始消融，如同冰雪在烈火中融化。明河教主挥出长袖，瞬间搅起一阵清风，将迎面而来的毒雾吹散，然而和巨蟒贴身搏斗的黑衣人却腾不出手来对付，瞬间半身沉浸于雾气。

"小心！"明河教主惊呼，却见巨蟒忽然人立而起。

黑衣影子如同闪电般从毒雾中掠出，双臂交错、横斩而过。那一瞬间，巨蟒的飞腾之势略略顿了一下——然后，上半个巨大的头颅唰地飞起，被一切为二！

黑衣人一击格杀巨蛇，惊电般地上掠，动作快如闪电，令人惊叹。然而，等他点足在巨蛇飞起的天灵盖上时，那个原本站在那里的白袍年轻人却早已不见。

"灵均！"底下传来了明河教主的怒叱，"放开她！"

他急速往下看去，赫然看到灵均不知何时已经幽灵般地出现在了高台上——没有做别的，也没有攻击拜月教主，只是伸出一只手，扣住了胧月顶心的天灵穴。

胧月脸色苍白，全身微微地战栗，然而眼睛里却放出了光，竟然没有丝毫恐惧。她看着近在咫尺的人，眼里反而有一种挑衅似的，冷冷道："大人，你看，你终归还是输了！一败涂地！"

灵均没有说话，面具后的眼神却阴沉，手臂一用力，将她凌空拖了起来。

"杀了我啊！"胧月却笑了起来，"我才不怕！"

灵均的手指一紧，她的笑声戛然而止，脸色惨白，挥舞着流着血的双手，试图推开他的扼制，却怎么也做不到，只是衰弱无力地在他的手臂上留下一道血迹。

无数的月宫人马已经往这边涌来，将汉白玉的高台重重叠叠包围。

"不要以为抓住了胧月，我就会放你一条生路。"明河教主看着他，冷冷道，"你也知道我不是一个慈悲的人。这个女人只是个小角色，她的生死，这里没有谁会放在心上。"

胧月的身子微微一震，脸色苍白。然而灵均却只是冷冷笑了一声，一只手扣着她，另一只手探入怀里，却拿出了一支短短的笛子，放在唇边吹了一下。

那只是一个简单的音节，短促而尖锐。

可一瞬间，整个月宫却震了一震！

那一刻，有一道光芒从他所站立的地方发出，如同光轮扩散——光芒所到之处，地面上所有血肉模糊的尸体忽然间都动了起来。那些被斩为碎块的巨蟒、那些已死的傀儡，居然在同一瞬间都跳了起来，在半空中自动拼合，只是一刹那，竟然都全部原地复活！

那一刻，高台上下的所有人都震惊得呆住了。

明河教主和黑衣人对望了一眼，手指各自握紧。

"别太担心。之前我们已经破了他的术法，如今他必然受到了反噬。"明河低声道，"这是驭尸术，需要耗尽全部的精血，才能在短时间内控制住刚死的生灵——他到现在用出这个，估计也是强弩之末了。"

然而话音未落，灵均拿起笛子，又短促地吹了第二声。

声音一起，那些傀儡和巨蟒忽然呼啸一声，仿佛接到了命令，箭一样地从高台上直冲而下，冲入了那些宫人婢女之中！

惊呼声中，血肉已经横飞。

"要么让我离开，要么，我就与整个月宫同归于尽！"面具后，灵均的声音低而冷，"你是不在意区区一个胧月的性命，但是我不信你会任凭月宫变成坟场——"

明河教主吸了一口气："你……这究竟是为了什么？"

"为了什么？"灵均忽地冷笑了一声，"当然是为了复仇！"

"拜月教抚育你、教导你，有何亏欠于你？"明河教主语气严厉，"孤光祭司待你如子，又何曾负了你？”

“和你们无关。”灵均冷冷道，“只是为了听雪楼。”

“什么？”那一刻，明河教主和黑衣人齐齐一怔。

“你难道忘了我是汉人？孤光祭司和你说过我从小父母双亡吧？可是，你们有谁知道我的父母是因何而亡？”戴着面具的人冷笑起来，“听雪楼和我，有不共戴天之仇！为报此大仇，我有什么事做不得？利用一下拜月教的力量，又怎样？”

没有料到他会说出这话，明河教主沉默下去，半晌才道：“我刚得到消息，听雪楼遇到史无前例的袭击，萧停云已经死了。这一切，都是你做的吧？”

“哈哈哈……”灵均放声大笑，“是的！是我做的！”

他在夜空下大笑，声音凄厉而得意：“死无全尸！太好了！”

明河教主默默地看着他，知道在这样的情况下如果再继续死斗，只会两败俱伤，给整个月宫带来倾覆的灾难。只是思考了一刹那，她便缓缓放下了手，让开了路，道：“好。我让你走——不过，你得先解了孤光身上的咒术！”

灵均止住了笑声，冷然道：“放心，等我一走，我师父身上的青妖之术自然会解——不过，至于这个背叛了我师父，继而又背叛了我的女人，我却不能饶！”

胧月被扼得喘不过气来，虚弱地一直试图推开他的手，血从她的手指上流下来，染红了他的肌肤。然而她的眼睛却一直看着他，听到他说出这样的狠话，眼里居然反而有一丝欢喜的光亮闪过。

灵均看着她，仿佛洞察了她眼神后的心思，忽地笑了起来：“胧月，你希望我杀了你，是不是？你希望能死在我手上，希望这就是我们之间的终结，对不对？我偏不会让你如愿以偿！

他的语气恶毒而轻蔑，似是想要用一字一句将这个女子踩入尘埃里。

“我们之间不会有什么终结。

“因为，我们之间什么都没有，甚至从未有开始——这一切，从头到尾，只不过是你这个贱人一厢情愿的痴心妄想而已！

“我才不会杀你，因为你根本不值得我动手。”

一边说着，他一边将手里的胧月往地上一扔，转身往台下走去。那条被击毙的双头蟒蛇也复活了，游动而来，匍匐在他的脚下，等待主人。

胧月跌落在高台下，微弱地喘息着，脸色惨白如死。

在拜月教主的示意下，败落者全身而退，乘坐着双头蟒蛇离开。然而，当他踏上坐骑，往月宫外疾驰而去时，却忽然间仿似撞到了一堵无形的墙！一道白光迎面而起，双头蟒蛇发出一声低吼，往后弹开，宛如被雷电劈中。

“胧月！”那一刻，明河教主惊呼起来。

——是的，这一次，施展术法困住灵均的，居然是胧月！

“你这就想走？呵呵……”那个被扔到地上的女子唇角滴着血，从尘埃里抬起头，冷冷地看着他们。她咬断了舌尖，双手沾着血在地上画出了一个符咒，吃力地站了起来，眼神忽然变得极其可怖。

灵均冷笑：“凭着你那点灵力，还能困住我？”

他一挥手，只听凭空一声脆响，面前的结界应手碎裂。胧月猛然摇晃了一下，吐出了一口鲜血，脸色苍白，摇摇欲坠。

“螳臂当车。”他冷然扔下一句，踏步离开。

“我是不会让你就这样离开的！”然而，她却飞掠过去，拦住了他，宛如梦呓，“你知道吗？我等这一天，已经等了很久了……”

她伸出手来，十指上也在滴着血。

“从一开始，我知道你必然不会让我一直这样跟着你的……或者，我也无法容许自己一辈子就这样不明不白地跟着你。我们之间，必然有一个终结。”曾经和他出生入死的侍女走到他面前，轻声道，一字一句，“这些年来，我无时无刻不在等待着这一天。”

她笑着，忽然间抬起手。

灵均以为她要施咒，然而胧月却只是抬起手，手指轻轻一钩，解开了自己的衣带，外面的香云纱罩衫飘然落地，露出了里面的贴身小衣。

那一刻，所有人都露出了震惊的表情，不知道这个女子到底要干什么。

胧月抬起头，看着灵均：“你，还认得这件衣服吗？”

面具后的眼睛微微闪了一下，露出了茫然的神色。

她笑了起来，声音凄凉：“是啊，我知道你肯定是忘记了……这件衣服，是用你当年那件袍子改的，连上面的每一颗扣子都保留着——在我十五岁那年被你们从蟒蛇腹中救出来时，你曾给我披了你的衣服。你记得吗？”

那一刻，灵均沉默下来。

“我一直贴身穿着这件衣服。这些年来，每当我觉得没有勇气再继续陪你走下去的时候，裹着它，就会觉得略微还有一些温暖存在。”胧月喃喃说着，语气渐渐变得无限低回，“可惜，到了今天，就连这最后的一点念想，也灰飞烟灭了。”

一边说着，她双臂微微一振，身上那一件旧衣忽然片片碎裂！

那一刻，所有人失声惊呼。包括灵均。

——带着体温的小衣化为无数白蝶，在风里四散，露出洁净如玉的身体。然而，这一具赤裸的身体上，竟然画满了符咒！

“看到了吗？”她在他们面前缓缓转动身体，“这上面的每一处，都是我用针尖沾了朱砂，一针一针刺入身体里绘上去的！你应该看出来了吧？这么做，是为了困住一个东西。我身体里的东西。”

灵均眼神也缓缓地变了：“你……把自己变成了一个‘容器’？”

胧月微微笑着，声音轻而冷：“是的，这些年来，我在自己的身体里，养了一只蛊王！”

那一刻，拜月教主倒吸了一口冷气。

不可能……以血肉之身饲养蛊王，这是拜月教里都早已失传的古老禁咒！

胧月惨然一笑：“是的，到了今天，我要放出这只蛊王了……你想看看我倾尽所有用血肉饲养出的蛊王，到底是什么样的吗？”

一边说着，她一边抬起手指，唰地插入了自己心口！

“不！”那一刻，灵均脱口惊呼，竟然下意识地往前冲了一步。

然而，已经来不及了。就在他的面前，那个女子撕裂了自己的胸口！那一刻，血从她身体里流了出来，沿着满身刺着的花纹流淌，在一瞬间，她全身如同画上了血红色的符咒！——当身体破碎时，鲜血忽然燃烧，如同红莲盛开。在血化成的火里，有什么从她的胸口里蠕蠕而动，破体而出！

她笑着，张开双臂向着他走过去：“来！”

那一刻，灵均竟然往后退了一步。

他吹响了笛子，地上的双头巨蟒如电般飞起，咬住了赤裸的女子，两个头分别咬住她左右肩膀，向着两边扯开。然而只是一瞬间，那条巨蟒就发出了一声嘶吼，高高地弹起，飞向夜空——黑夜里，巨蟒全身扭曲，红色的火焰从它身体里透出，尚未落地，就把它生生燃为灰烬！

胧月站在那里，苍白的身体里竟然隐约透出了火焰的影子。

那种火，不是阳世之火，烈烈如焚。

那是蛊王火莲。

“本来我的要求很简单，只想求你让我留在身边而已，可是你最终还是嫌弃我了……”全身化为火焰的人轻声道，“后来，我想修正你犯下的错，解救出孤光大人……可是，你不允许……最后的最后，我也只是想能死在你手上而已。

“可是，你竟然连这一点奢望都不给我！”说到这里，她的眼里流下了泪来——那是赤红色的泪，每一颗里都燃烧着猎猎的红莲之火！

“所以，我诅咒你。”胧月血淋淋地走到了他面前，张开双臂，语声却轻飘如梦呓，“诅咒你的灵魂永远无法逃脱，诅咒你的肉体永远腐烂无休——诅咒我们的命运，从此后生生世世相互缠绕，永远不能分开！”

她的声音越来越响亮，越来越尖锐，到最后，轰然一声，有巨大的血红色的影子，从她的身体里飞腾而出，扑向了他！

她张开双臂，拥抱他：“一同灰飞烟灭吧！”

火焰裹住他的手足，如同有形的藤蔓攀爬。灵均急速念动咒术，对抗那种地狱之火，然而刚一翕动嘴唇，火焰就从舌尖上倒灌而入，灼烤着他的嘴，无论他多么强大，所有的咒术，都被焚化在舌尖！

“神啊……”甚至连拜月教主，都发出了惊呼。

那样美丽的火焰，强大而邪恶，如同吞噬一切的地狱——这需要有多大的念力，才能焚心以火、驱使蛊王，化为如此汹涌的地狱烈焰？！

“让我看看你。”催动蛊王，以生命化为火焰燃烧，胧月的身体已经开始消失，然而她却凝望着怀里的人，泪水接连滚落，每一滴都化为火焰。她抬起熊熊燃烧的双手，小心翼翼地摘下他脸上的面具，一边轻声道：“让我看看你的脸……”

是的，从第一次相遇到现在，她从没有看到过他的面容。

可是，在这生命终结的一刻，她要最后看一眼。看一眼自己此生不顾一切深爱的人，将他的容颜刻印入心底，一并带入永恒的地狱。

垂死的男子往后仰了一下头，似乎下意识地想躲避。然而，此刻的他被红莲烈焰包围着，急速地衰弱，无法抗拒眼前这个熊熊燃烧的女子。她的双手伸过来，触及了他的脸，面具在瞬间燃烧，无声焚为灰烬。

面具后苍白的肌肤，终于接触到了天光的照耀。

“天啊！”在面具摘下的那一刻，胧月忽然间失声惊呼，“你……你是……”

她脸上的表情是如此震惊，以至于火焰轰然加速燃烧。那一刻，火焰从她身体里喷薄而出，兜头将相拥的两人淹没，如同地狱之火蔓延而来，抹去了所有。

只是一瞬间，高台上的两个人便消失了踪影。

“真可惜……用红莲烈焰一烧，连三魂七魄都存不下来了。”不远处的高台上，明河教主眼看着这一幕，眼神从吃惊转为平静，似乎有些遗憾地皱起了眉头，“本来我还不想让灵均这个逆贼这么容易就死了的。”

“你还想怎么样？”黑衣人咳嗽了几声，喃喃，“人都死了。”

“我教术法之神奇博大，外人自然无法了解。”明河教主冷笑了一声，指着那一朵盛放的红莲，“对付这种大逆不道的叛徒，哪里能一杀了之？少不得要先一寸寸灭了他的肉身，再把魂魄拘禁起来，让他永生永世不得超生！”

黑衣人一时无语。

明河教主看着渐渐成为一堆灰烬的两个人，颔首叹息：“的确狠。居然用自己的命设置了这样的杀招！呵……没想到，最后杀了灵均的，却居然还是胧月那个丫头。”

黑衣人沉默了片刻：“她为了杀他，已经准备了很多年吧？”

“是啊……现在看起来，几乎是从决定跟随他开始，也准备好了要杀他吧？可她毕竟是女人，若不是被逼到最后一步，始终还是如此软弱。”明河教主低声，若有所思，“真是可怕啊……人心里那种爱与恨的力量！”

黑衣男子转头看了一眼她，戴着面具的脸上看不出表情。

明河教主却淡淡笑了起来，仿佛知道他想着什么：“哈……我知道，你心里其实在想‘其实你还不是一样’，对不对？”

他沉默了一下，没有否认，眼神复杂。

在一场惊天动地的大变过后，残月西斜，天际有薄薄的光，白发如雪的拜月教教主就这样张开广袖，在月宫高台上飘摇转身，有些筋疲力尽地笑了起来。

“是啊……我也是一样的！

“我活着，只为了一个死去多年的人。

“只可惜，就算是我拼尽了所有，还是无法获得我想要的。因为命轮不可逆转，从生到死容易，从死到生却难如登天。哪怕我赌上我的性命，也终究无法和胧月这样如愿以偿。”顿了顿，她忽地停住了，收敛了笑容，若有所思地喃喃，“不过，灵均说得对——既然那么多年来我竭尽全力都无法将迦若拉回我的世界，那么，为何我不能去到他的那个世界里和他相见呢？”

说这句话的时候，她眼眸里有一种极其认真的神色，令黑衣人悚然一惊。

“别这样想。”他打断了她，“你还需要守护拜月教。”

“是吗？”明河教主笑了一下，看了看高台下匍匐的子民们——在淡淡的天光里看去，整个月宫一片狼藉，满地都是横飞的血肉，满目都是倒塌的房子。宫人们惊慌地赶来，簇拥在高台下，仰望着她，如同一群不知所措的羔羊。

而一旁，孤光还在昏迷，青妖之树的力量渐渐从他身上退去。

“灵均这个家伙闯下了大祸，我得替他来善后。”她叹了口气，看了看中原的方向，“连听雪楼主都被杀了。事到如今，真不知道一场大战还能否避免……数日之前，我已经拜托胧月替我修书一封，飞鸽去了洛阳，希望能解释一二。”

黑衣人沉默了一下，道：“灵均虽死，但他的残余势力应该还没有被彻底清除，一旦你们再度内乱，就会被人所乘。如果此刻听雪楼的人在悲痛之下直接挥师南下，后果不堪设想——在下愿略尽绵薄之力，不让你们有流血冲突。”

这样的话让明河教主愕然：“你到底是谁？为何管此闲事？”

“我？”黑衣人顿了一顿，轻笑了一声，喃喃，“何必管我是谁呢？我是一个已经死了的人，已经不存在于这个江湖之中。”

明河教主长眉微微蹙起：“我们……以前见过吗？”

顿了顿，她又道：“我说的‘以前’，是很久很久之前的时候——久远到那个人还在世的时候。”

黑衣人沉默了片刻，摇头：“不。我们不曾相识。但是……”他抬起头看着拜月教主，声音里有一丝微微压抑的战栗，“很多年前，我们都认识过共同的人，而且，都尊重并守护他们用生命和鲜血才缔造下来的盟约——这才是我来到这里的原因。”

“难道……”明河教主看着这个满身风霜的男子，忽然间若有所思，“竟然是你，传说中的杀手之王？”

黑衣人微笑不语，既没有承认也没有否认。

“竟然会是你……我还以为你早就退出江湖了。”明河教主喃喃，“三十年前，我们虽然没有相识过，但却一直久闻你的大名——原来，你也一直未曾放下过去。”

“谁能真的放下呢？”黑衣人喃喃，“除非是死去的人。”

是的，三十年过去了，这个世界已经沧海桑田。他独自在这个世间生活，追逐着她生前的足迹，将天下各处走遍。直到来到滇南，寻找到了荒废湮灭的沉砂谷，本来是打算在她昔年学艺的地方终老，却接到了孤光的邀请，来这里为明河教主秘密护法。

自己这一生，的确是从未放下过吧？

他苦笑了一声，转开了话题：“灵均虽然死了，但这事情恐怕还没有完。”

“怎么说？”明河教主蹙眉。

“我不相信他在教中经营多年，手下只有这点势力。”黑衣人道，指着高台下累累的尸体。明河教主沉吟了一下，道：“胧月和我说过，灵均把忠于他的左右护法都派去了腾冲，监视血薇的主人——可能主要人马也随之而去了吧？”

“监视血薇的主人？”黑衣人倒吸了一口冷气，“他……到底想对阿微做什么？”

“人都死了，当然已经无从得知了。”明河教主站了起来，“等清理完月宫之后，我马上派出人手去往腾冲，将灵均的余孽一网打尽！”

“多谢。只是我不能等了……”黑衣人抱了抱拳，“月宫事情已定，我就先走一步去腾冲了！”

语毕，一袭黑衣猎猎飞下了高台，转瞬消失在月宫之外。

他离去得这样匆忙，竟然流露出刚才生死关头都不曾有过的不安。

拜月教主目送着这个陪伴者远去，轻轻地叹了口气，俯首看着满目疮痍的月宫，只觉得心里也是一片废墟。是的，这个世间，一切都毁灭了，消磨了，流逝了。远去的人终究远去，而即将到来的明日也永远会不可抗拒地到来。

无论她如何努力，都永远不能够再回到从前。

第十一章 澜沧横渡

萧停云和四位护法交换了一下眼神，手不自禁地握紧了袖子里的血薇，脸色有些复杂，心下也是惴惴，五味杂陈。他当然希望那个女子就是自己要找的人，可如果那个女的真的是阿微，她……难道今天真的要嫁给一个玉雕师？

当灵鹫山上的月宫里风云惊变、生死大劫的关头，在几百里外的腾冲府，黑暗里有人低低呻吟了一声，辗转翻身。

“重楼，你感觉怎样？”榻边彻夜守护的苏微连忙睁开了眼睛，俯身查看——前几日从池塘回来后，原重楼的病势忽然加剧，两天两夜闭上眼睛一动不动，脸色苍白，高热不退，除了呼吸几乎没有任何反应。

她不敢离开片刻，就这样握着他的手坐在榻边，一直到天亮。

梦境里他喃喃说着什么，手足抽搐，不停地痉挛，她一句也听不清，只觉得他全身滚烫。好不容易等到天亮，苏微心急如焚地请来了腾冲府最好的大夫，然而白发苍苍的医生搭了许久的脉，却还是颓然摇头：“如此诡异的病情，在下行医几十年从未见过，不像是普通的高热……”他站起来，小心翼翼地俯身，掀开原重楼身上的衣服，一边嘴里道：“如果他身上有黑气的话……”

然而大夫的手指刚碰到，昏迷的病人忽然触电般地蜷缩，发出了剧痛的呻吟。

苏微扣住了他的穴道，制止了病人的挣扎。大夫这才顺利地解开了他的衣襟，看了一眼，不由得惊讶地“哦”了一声。

原重楼的肌肤坚实而白皙，如同上好的玉石。然而，在喉下的天突、胸前的檀中、腹中的神阙三处大穴上，却透出了奇特的淡青色。那种青色一路沿着任脉巡行而下，痕迹如烟。在那道烟雾的附近，奇经八脉的穴道上逐一浮现出拇指头大的青色暗斑，一眼望去，全身斑斑点点，竟然如同学习点穴用的铜人一样！

“奇怪，没有黑气？”大夫脸上露出了不解的神色，“那应该又不是瘴毒了……真是罕见。恕老夫才疏学浅啊。说不定是蛊毒？”

“蛊毒？”苏微一惊，“什么蛊？”

“看这个样子，似乎是牵机蛊？不过你们没有去过虎跳峒，怎么可能中那种蛊……而且眼底没有发紫，看起来又不像。”大夫想了想，还是摇头，“唉……在下的确无法诊治，姑娘还是另请高明吧。”

蛊毒？在大夫走后，苏微怔怔想了片刻，忽地脸色大变，手一抬，案上短剑跃入掌心，腾身向腾冲最繁华热闹的集市而去。

如果是蛊，自然不可能是听雪楼的人干的。

那么，除了拜月教的人，还会有谁？！

离开江湖、隐居腾冲之后，她原本是抱了低调处事的心，只盼所有人都忘记她曾经的身份——然而此刻眼看重楼病危，急怒攻心，她再也顾不得这些，只想将那个蛰伏在暗处的人揪出来，狠狠拷问一番！

“轻霄！给我出来！”她站在天光墟的正中心，厉声大喝。

天光墟的生意正到了一天中最兴隆的时分，商贩们停止了交易，愕然回头看着她——不少人认得她是原重楼原大师的未婚妻子，却在此刻手里握着剑，对着天空喊话，状若疯癫。第二块绮罗玉出世的消息早已传遍了整个腾冲，这个玉石市场上的商贩即便没有交过定金，也大都接到了请帖，打算七日之后去赴那个隆重的喜宴，此刻看到苏微如此行径，不由得令所有人骇然，窃窃私语。

大喜之日还没到，这个女人莫不成就疯了？

“轻霄！出来！”她握着剑，大喝。

然而连喝三遍，四周寂然，轻霄居然没有现身。

苏微剑指天空，语气森然：“怎么，不敢出来了？你们到底在那个池塘里下了什么东西？为什么重楼忽然病得那么重！给我听着，你们不赶快把他的病治好，我就立时杀到月宫，去和灵均好好理论一番！”

听到“月宫”“灵均”等字，天光墟上人人变色，顿时噤口，再也不敢议论半句。事情居然涉及拜月教——滇南至高无上的存在？这个女人，居然对灵均大人如此大不敬，难道是真的疯了吗？

声音散去后，半空依然寂静，只有满集市的人愕然相望。

苏微没想到轻霄居然会龟缩不出，提起的一口气无法放下，满腔的愤怒和不解无处发泄，清啸一声，握剑掠起，惊鸿似的围着腾冲府掠了一圈——然而，轻霄没有出现，甚至连拜月教的其他下属都杳无踪迹。那些人，仿佛从未在腾冲出现过一样。

只是短短两天，为何忽然所有人都消失了？莫非是拜月教出了什么事？

她心下暗惊，更加焦急，却又不知如何是好。

“玛……玛！”忽然间，耳边传来了蜜丹意的呼喊。她点足在屋脊上，看着那个缅人小女孩赤着脚，在街道上飞奔，语气带着哽咽：“玛！你去哪儿了？！”

苏微心下一惊，连忙掠下地来：“我在这里！”

蜜丹意收足不住，一头撞上了她的膝盖，抬头看到她，忍不住抱着她的腿失声大哭："快！快来！大稀……大稀他……"

"他怎么了？"苏微心里一沉，眼看蜜丹意哭得说不出话来，断然反手将她抱起，一刻不停地往竹楼飞奔。

"他吐了好多血！"蜜丹意害怕得发抖，哭泣，"好多！"

苏微手一软，几乎将小女孩摔落在地。重楼……重楼难道已经死了吗？这不到一里路的长街仿佛漫长得没有尽头，她几乎是踉跄着跑到竹楼的，推开门："重楼！"

有人按住了她，低声："少安毋躁——"

她想也不想地抬起手，咔嚓一声扭脱了对方的手腕。对方似乎全无防备，失声痛呼。苏微根本管不得什么，撩开帐子，只顾着看榻上的人——重楼还躺在那里，脸色苍白，呼吸虽然微弱，却均匀了不少。

他还活着，而且病情似乎还好转了。

她这才回过了神，抬头看着来人："是你？"

那个轻裘缓带的贵公子，赫然是尹璧泽。

"我听说重楼病了……今天……就带了府里秘藏的灵药……和医生过来看看。"他捂着手腕断断续续地说着，痛得脸色发白，"刚给他吃了药……似乎好了一些……"

苏微愣了一下，抬头看到好几个尹府的人已经围了上来，个个怒目以对，心下不由一阵惭愧，连忙抬手，咔嚓一声将他的手腕复位，低声说了一句"对不起"。

"没事，我也知道弟妹心里着急。"尹璧泽道，语声竟然还是温文儒雅。

"哎呀！"蜜丹意忽然惊呼了一声，"大稀醒了！醒了！"

果然，病榻上的人动了一下，发出了模糊的呻吟，忽然间挣扎着吐出了一口血。蜜丹意离他近，一时避不开，血直接吐在了孩子的衣襟上。蜜丹意尖叫着跳了起来，一边的尹府医生却惊喜地脱口："太好了！血转成鲜红色了！"

"重楼？"她连忙俯身过去查看，却见病榻上的人慢慢睁开了眼睛，透出了一声呻吟——不知道是不是幻觉，在那一刻，原重楼的眼睛竟然是纯黑色的，妖异如夜。

"重楼？"她连忙低呼他的名字，"你怎么样？"

他模模糊糊地应了一声，摸索着，握住了她的手。那一刻，她心里一安，再也忍不住这半日的焦虑绝望折磨，眼里有泪直坠下来，落在他的手背上。

"我……我没事……"他低声，断断续续，"别……别担心。我可舍不得……舍不得你没嫁过来……就、就当了寡妇……"

刚刚死里逃生，却还是一贯的贫嘴毒舌。苏微愣了一下，不由得哭笑不得。尹璧泽却忍不住笑了一声，道："太好了！既然你这小子大难不死，喜宴还是可以照样举行——"

仿佛这才看到了身边的人，原重楼脸色一变，喃喃："你……你怎么会在这里？"

苏微打断了他："尹公子刚救了你的命！"

"他？才不是……"原重楼想要说什么，然而看了尹璧泽一眼，还是沉默了下去，"谁稀罕！"

"婚礼是三天后马上要举行了吧？时间挺紧的了。"尹璧泽却很是热心，"这几天你们因为得病，估计也没有时间去筹备，就让我来帮一下忙吧！一定帮你们办得热热闹闹，风光无比！怎么样？"

原重楼干脆闭上了眼睛，没有理会，只留下苏微应酬。一直到苏微送尹璧泽离开，他才睁开眼睛，微微吐出了一口气。

"你身体好些了吗？"她回转身，担忧地轻声问。

"嗯，好多了。迦陵频伽。"原重楼抬起头看着送客回来的她，声音沙哑，"刚刚我感觉自己的灵魂出了窍，眼前一片黑，什么都看不见，只听到无数呼喊声，在招我前去……我知道那是忘川的声音。"他停了一下，道，"可是我不能去那边——我知道这一去，就再也见不到你了……"

苏微坐在榻边，握住他的手。

他的手修长而苍白，指尖刚刚透出一丝暖意，不复片刻前的冰冷死气——她捧着他的手，轻轻放在脸颊边，感受着他的体温：这一丝暖，她甚至可以用生命去换取。

"迦陵频伽，你知道吗？这次醒过来，感觉真的是像死而复生一样。从今天开始，我的命都是捡回来的了……"不知道为何，原重楼的声音一直很虚弱，眼神也微微地涣散，似乎无法凝聚精神。

"说什么胡话呢？"她握着他的手，许诺，"有我在，以后不会再让你遇到危险了！"

"是啊……我命大。遇到你，福气也好。"他低声叹息，顿了顿，忽然看着她道，"不过，就算过了忘川，我的魂魄也会回来找你的！我不会扔下你的，迦陵频伽。不管是人是鬼，我都会纠缠你一辈子。"

他的语气深远，她心里却觉得温暖甜蜜。

两人在窗下依偎了片刻，苏微探过手，解开了他的衣襟。原重楼有些愕然，往后躲了一躲，低声："不是吧？现在就要……我还没恢复力气……"

"闭嘴！"苏微的脸顿时红了一红，"我只是看看你的病情！你……你想哪儿去了？"

原重楼讪讪地笑，放开了握着衣襟的手。

"你这次的病，有点莫名其妙。"苏微解开衣襟，看着他胸口——三处大穴上的青色已经消失了，那一缕烟一样的痕迹也完全看不见，就像凭空蒸发一样。原重楼的身体看上去没有任何异常，只是肌肤分外地苍白，似乎身体里没有血液一样。

她皱着眉头审视着，低声："刚开始以为是中了蛊毒，可我在集市上找了半天，拜月教的人居然没有露面。他们去哪儿了？"

"你……你去集市上找拜月教的人？"原重楼吃了一惊。

"是啊。"她皱眉，"怎么了？"

"这么一来……岂不是整个腾冲的人都知道你的身份了？"他苍白的脸色似乎更加苍白了一分，蹙眉，"咳咳，你、你为什么要……暴露身份？"

"到了那时候，哪里还管得上？"苏微有些焦躁起来，"如果你再不好，我估计都要提剑上灵鹫山杀个天翻地覆了！"

"好了好了。"原重楼苦笑起来，打断了她，"没事了，我现在已经好了……尽人皆知也无所谓，反正我们也打算以后离开腾冲，另外找个地方住。"

"嗯。"苏微点了点头，"重新找个谁也不认识我们的地方，从此男耕女织过一辈子。"

她说得深情款款，他却不由得失声笑了起来。

"怎么？"苏微有些摸不着头脑。

"男耕女织？你……你会织布吗？我只知道你会劈柴！"原重楼笑不可抑，"半天能劈三百斤，简直比男人还孔武有力！胳膊上跑得马，拳头上站得人！堂堂的女汉子！"

"你……"她被笑得恼羞成怒，双眉倒竖。

室内两个人你侬我侬，空气里都有浓得化不开的深情。然而在半掩的竹门外，那个小女孩站在门后，默默地看着他们。那双眼眸，一瞬间也是妖异得漆黑如夜。

澜沧夜月，有一行风尘仆仆的旅人悄然过江，踏上了滇南的土地。

这一行有六人，从外表看都是最普通的汉人行商。没有人知道，这些人，正是来自洛阳的听雪楼，是当今武林中的传奇人物。

薄如蝉翼的人皮面具完全改变了他们的容貌，四位护法看上去都是二十许的年轻人，而萧停云却变成了四十多岁的长须中年男子——这样的安排，只为一路上避过明里暗里的耳目。秘密离开洛阳之后，他们一路沉默寡言，不显山不露水，日夜兼程地赶路。先是坐船渡过了澜沧江，从舟上下来后，从码头上雇了一支马队，直奔腾冲而去。

等一切都弄好，走上驿道时，已经是薄暮。一弯淡淡新月悬在苍莽群山之上，炎热的风吹过森林，到处都是簌簌的枝叶声响，如同细密的海潮声。

这一行人勒马驻足，久久倾听，面色各异。

“好久没有听到忘川的声音了……”忽然间，青衣客轻声叹息，淡淡的月光下，照见双鬓白发如雪，“三十年了……没料到有生之年还能重踏此路。”

是的，在多年前那一场与拜月教之战里，作为听雪楼的四大护法之首，他曾经跟随楼主和靖姑娘来到滇南，走过这一条驿道——那时候他们都还是青年人，处于一生中的巅峰时期，虽然踏上了这奇诡的滇南，却毫不畏惧。

可那之后的种种经历，诡异无比，九死一生，却令他们永生不忘。

“那一次我也听到了忘川的声音，后来就真的差点儿死在迦若祭司的手里。”一边的红衣女子低声笑了笑，眼里有柔软的波光，“如果不是你用浅碧踟蹰花把我救回来，我估计已经是滇南的一具枯骨了。”

“你受此重伤，还不是为了救我？”青衣在风里猎猎作响，碧落整个人在月光下如同一柄出鞘的利剑。红尘侧耳听着风声：“这一次，你是不是也听到忘川的声音了？——只要听过一次，便一辈子都不会忘记的声音！”

“当然听到了。那又如何呢？”碧落淡淡道，“江湖人，江湖死。何况自从楼主和靖姑娘去世后，我们已经偷得浮生三十几年了，也是赚够了。”

四位护法相视一笑，仿佛时光忽然倒流，还是英姿勃发的少年。

“停云呢？”紫陌有些担心地看了看渡口，“墨大夫还在给他看诊吗？这一路他这么拼命，看了真是让人替他担心。”

话音未落，便看到一个白衣人从舟中走上码头，朝着他们而来。薄暮里，他的身形显得如此单薄，白衣在风里翩然飞舞，却透出几分憔悴的气息来。他一边走，一边掩嘴微微地咳嗽，肩膀起伏，声音低哑。

看到主人终于下船，马队的向导连忙迎了上去，殷勤道：“各位老爷，前面便是驿道了。沿着驿道走二十里，前面有个客栈可以住一晚。”

“哦。”萧停云咳嗽着，却问，“到腾冲大概要几天？”

“三天吧。”向导道，“走得快些，两天半也够了，只是会路途辛苦许多。”

萧停云和四位护法交换了一下眼神，道：“一天两夜能赶到吗？”

“啥？”向导吃了一惊，然而看着对方的语气却又不像是开玩笑的样子，心下嘀咕——这个客人看起来病容满面，一只袖管空空荡荡，显然是个残废人，简直令人担心他会随时撑不住倒在半途，却居然问出了这样的问题？

向导毕竟是老江湖，心中不快，嘴里却赔着笑：“一天两夜？这位老爷，您不体惜自己的身体，也体惜一下这些马匹吧！这条道上从没有……”

萧停云冷冷打断了他：“如果能，多给你一百两。”

一听这句话，向导瞬间振作了精神，点头如啄米：“能……当然能！”

一下子多赚了两倍的钱，向导如同打了鸡血一样兴奋起来，忙着到前面去吆喝马队，提点伙计们振作精神。马上的其他人沉默了一下，齐齐看向了那个萧停云。

此刻驿道上没有外人在旁，碧落便压低了声音，开口不无担心地问："停云，你的身体撑得住吗？"

"多谢几位师父关心，我没事。"萧停云咳嗽了几声，声音虚弱而坚定，"咳咳……墨大夫说过我这些天恢复得很快，武功已经恢复了八成。"

四护法一起看向了舟中最后走出的麻衣老者，眼里露出询问之色。墨大夫看了萧停云一眼，咳嗽了一声，道："说是这么说，但老朽觉得楼主你这样也太过于勉强了。毕竟洛水遇伏，你受伤极重，前方尚有一场大战，按照如今这样日夜兼程，到达时恐怕已是强弩之末。"

萧停云对着老者恭谨地道："所以此行才劳动了墨大夫您随行啊。"

墨大夫沉默下去，无言地看着萧停云。

听雪楼如今已经摇摇欲坠，他以古稀之身陪同退隐的四护法一起来到这里，心知此番也是九死一生——行囊里有药瓶，里面装着暗红色的药丸，那是极乐丹，出自西域的药物，含有强烈的迷幻成分，可以在短时间内大幅度提升人的体能，本来是西域用来训练死士之用，此刻只怕是要在滇南派上用场了。

碧落皱眉，岔开了话题："苏姑娘是真的在腾冲府吗？"

"是的。冰洁说这段时间她派了好几批人出去，却没有一个人活着回来。后来有一只信鸽带回了消息，说在腾冲府上发现了苏微的踪迹，正在试图劝其返回。"萧停云道，"那是他们发回来的唯一消息……后来，无论是那一批人，还是后面再派过去的人，均如泥牛入海，一去不回。"

"有人在暗中阻拦。"碧落微微沉吟，"说不定苏姑娘如今也凶多吉少。"

所有人都沉默了一下，心里一沉。

是的，那些蛰伏在暗中的人，无论是来自天道盟还是拜月教，他们既然能将听雪楼所有派出的人马一网打尽，自然也有能力对付落单的苏微——时间已经过去了好几个月，如今她孤身一人，到底怎样了？

这一点，却是洛阳来的他们没有一个知道的。

"无论如何，总得去看个究竟！"红尘傲然道，"既然我们来了，就算有再多人阻拦，少不得都要去腾冲府一遭——活要见人，死要见尸！"

"走吧。"眼看着前面向导已经安排完毕，返身朝着他们这边走过来，碧落止住了话题，翻身上马，"多说无益，尽快找到苏姑娘最要紧！"

马蹄声嘚嘚响起，回荡在这一条驿道上。

惨淡的月光照着路两边的苍莽森林，沿路古木参天，深深的阴影里伫立着一座座镇魂碑——然而，没有谁注意到，忽然间，其中一具石像的眼睛，居然转了一下！

然后，一个接着一个，那些路两边的石像的眼睛都开始转动，默默地看向那一行离开的人，目送到看不见为止——那景象极其诡异，却没有一个人看到。唯有月光冷冷倾泻，洒落在这些翁仲造型的镇魂碑上。

星空璀璨，有忘川从头顶流过的声音。

本以为这一路必然凶险万分，然而，谁也没料到，这数百里驿道居然走得如此顺利——整整一天两夜，他们变容易服，枕戈待旦，时刻准备着袭击的到来，却没有遇到任何阻碍，就如同最普通的客商一样，在日暮时分毫无悬念地抵达了腾冲。

“祝各位赌石全胜，发个大财！”向导把他们带到了天光墟上，便兴高采烈地领了赏金离开了，只剩下他们一行人，瞬间被商贾们包围。

“客官，来看看这边上好的石头？都是孟康矿口的！”

“看，这里的皮壳已经被擦开了，水好满绿啊！一刀下去还不涨个十倍？”

“一块石头动不动就要几百上千两银子，还让不让我们这些小商户活了？”

“那看这边！都是十两银子一块的，全蒙头的赌料，就看您手气了！”

站在天光墟入口，满耳都是喧嚣声。数月前因为火山爆发而阻断的道路重新通了，天光墟的生意恢复到了旺季该有的模样，同一日抵达的客商有一两百人，因此他们这一行人杂在其中也并不引人注目。

然而，看着眼前万头攒动的景象，一行人心里都沉了一沉。

——人海茫茫，要怎样才能找到苏微？

他们在集市上随便走了走，装作是中原来的玉石商人，随便问了一下价钱，毫无头绪。萧停云微微咳嗽，道：“找个地方先休息下吧。”

已经有二十几个时辰没有休息，即便是身怀绝学的人也都已经觉得疲倦，他们穿过了集市上熙熙攘攘的人群，在竹林边的一个小酒馆里坐了下来，随意点了一些酒菜。当垆的苗女笑靥如花，声音清脆如银铃，碧落坐在角落里抬眼看了一看，神色忽然有微微的触动。

“滇南故地，想起故人了吗？”红尘意味深长地笑。

碧落知道她说的是什么，摇了摇头，饮尽了杯中的酒：“三十年了……红颜成灰，白云苍狗啊。”

墨大夫坐下来后就忙着给萧停云看诊，一搭脉，不由得忧虑地叹了口气：“楼主，你这身体，撑着走到这里都已经是奇迹了，如果不立刻休养一段日子，只怕立刻就要病倒。”

“墨大夫，您不是带了极乐丹吗？实在不行，就用这个好了。”萧停云低声咳嗽，提出了要求。墨大夫捻须沉吟，枯瘦的手指在桌子上下意识地叩着：“那可不成……这药药性猛烈，太容易上瘾了。不到不得已……咦？”

忽然间，他语声中止，诧异地看了下去——手指下的桌面上赫然有一处雕刻，寥寥数笔便勾勒出了一个美丽的女子，显然功力非凡，不知为何却刻在了这种酒桌上，还被刀划得七零八落。

腾冲是翡翠之都，天下最好的玉雕师荟萃此处，自然卧虎藏龙。

萧停云只是在心里过了一遍这个念头，便将视线移开。旁边的碧落低声道：“现在已经到了腾冲了，这一路居然如此平安，令人反而觉得忧虑——不知苏姑娘如今落脚何处？”

萧停云蹙眉：“飞鸽传书里也并未指出具体地址，只说她现下在腾冲郊外，只怕要花点时间去找。”

这边他们刚开始低声讨论，集市里却骚动起来，许多人收拾了东西往回赶，窗外的喧嚣声顿时响了起来。

“奇怪。”紫陌一贯心思细密，见状不由得微微皱了皱眉头，“现在才刚过未时，还没到散墟时间，这些玉商怎么就撤了摊子？莫非有什么事情发生？”

刚说到这里，便有几个玉商在酒馆窗外停下来寒暄。

其中一个站住了，惊喜万分地道：“嘿嘿，李兄？好久不见！”

另一个连忙抱拳：“哎哟，这不是宝成银楼的邱掌柜吗？一晃半年没见了……幸会幸会，最近帝都那边生意一定很红火吧？”

“托您的福，上次买回去的石头都切涨了。开了二十几个带翠镯子，不到三个月就卖完了，小小赚了一笔。你看，这回不是又来这儿进货了？不过为啥今儿这么早就撤摊了？难道是天光墟的规矩改了不成？”

“哪里。您有所不知，今天正好是七月初七，大家都没心思做生意了，早早收了摊，要赶着去参加原大师的婚宴呢。”

听到这里，房间里的一行人相互看了一眼，心里疑团顿消。紫陌“哦”了一声，心想不知道那个原大师是什么来头，竟在腾冲有如此大的面子。

苗女端了盘子上来，眼看菜都上齐了，墨大夫小心地拿起银针逐一检验过，大家便一齐动了筷子。

菜色简单，不过是菌菇炒麂子肉、野菜山药之类的，但入口却鲜香爽翠。一行人日夜兼程走了许久的路，此刻终于能够坐下来好好吃一顿。然而一边吃着，耳边却还继续传来外面的对话声——

“原大师？”那人愕然，“难道是以前雕绮罗玉的那个原重楼？”

“邱掌柜不愧是老商家，居然还记得他！”

"唉，怎么会不记得？我以前还捧着银子在他家门外候了三天三夜，只求一件他雕的翡翠……结果还是被人截胡了，空手而归。"邱掌柜道，"我记得原大师年少得意，名动天下，后来却莫名其妙被人砍废了一只手，从此玉市上就再也没见他的作品了。"

"这个叫作风水轮流转！谁想到做了十年烂酒鬼，有朝一日还能翻身？"商家笑了起来，"在玉石这一行做多了，一夜暴富、一夜破家的事情也屡见不鲜，但原大师这样的却还是开天辟地第一次——你不知道，他的手最近居然被治好了！而且运气好得惊人，居然又不知道从哪儿找来了一块绮罗玉！"

邱掌柜惊得跳了起来："不会吧？这世上居然还有第二块绮罗玉？那他这一下子发大了啊，可以把整个腾冲府买下还绰绰有余！"

他的声音太大，让酒馆里的客人都忍不住往外看了一眼。

玉商咳嗽了一声，道："是啊，这次婚宴，大家也都是冲着绮罗玉去的。邱掌柜不如晚上跟我一起去喝个喜酒？原大师出手大方，开了整整一百桌的流水席！无论本地外地、认不认识，来者有份！"

"不会太冒昧吧？在下可是啥贺礼都没带。"说到这里，邱掌柜又有些动摇，"不过绮罗玉重新出世，就算买不起，能有幸看上一眼也好。"

玉商怂恿："去吧去吧，原大师没要来客备贺礼，你随便去就行了。"

"那怎么行！君子比德于玉，我们这一行的礼数却是缺不得！"

那两个人在外面絮絮叨叨地说着，跑题越来越远，酒馆里的一行人再也没兴趣听，纷纷只顾着饮酒吃菜。萧停云进了一些饮食，气色好了许多，多日来强行压住的困倦便涌了起来。他想着危在旦夕的局面，想着茫茫未知何处的人，不由得叹了口气。

外面的嘈杂声还在继续。

"不知道原大师娶的是谁？他以前的相好不是尹家的大小姐吗？"

"嘘……这事儿可别大声说。如今尹家小姐是镇南王妃了，这次的婚事尹家大公子还帮忙出了力呢。"玉商立刻压低了声音，然后岔开了话题，"唉，你不知道，原大师新娶的那个婆娘是个外地来的，人看起来标致清秀，却是凶悍得很！"

"啊？怎么个凶悍法？"邱掌柜不由得笑了起来，"原大师嘛，本来就挺风流的，以前是腾冲一枝花，有钱了以后可就更抢手了！娶个凶悍点的老婆看着倒也好。"

"何止凶悍！那女人是外乡人，力气比男人还大，一天能劈几百斤柴，轻轻松松把一头掉在沟里的牛单手提了上来——前几天还提着明晃晃的剑冲到了集市上，大喊大叫，可把来往的客人吓得不轻！"

听到这里，酒馆里其他人还都不在意，从洛阳来的一行人却眼神一亮：外乡来的女人，武艺高强，用剑，还和拜月教有关。

——这一切，莫不和他们所找的人吻合！

萧停云和四位护法交换了一下眼神，手情不自禁地握紧了袖子里的血薇，脸色有些复杂，心下也是惴惴，五味杂陈。他当然希望那个女子就是自己要找的人，可如果那个女的真的是阿微，她……难道今天真的要嫁给一个玉雕师？

她是自愿的，还是被迫？她……还好吗？

在远离洛阳的这几个月里，又发生过什么？

窗外的寒暄还在继续，玉商絮絮叨叨地说着那个外乡女人的凶悍泼辣，到最后叹了口气：“唉，我都担心原大师是被逼着成婚的，否则怎么会娶这么一个母老虎过门？”

另一个玉商接过了话题，咳嗽了一声：“我估计是奉子成婚。那天去他家下定金，看到他们家还有个小女孩，估计是外面生的私生子，如今孩子大了，不得不给个名分呗……”

一时间旁人恍然大悟：“原来如此！可惜了。原大师可是个万里挑一的美男子啊。何况如今还富可敌国，想要什么样的女人没有？偏偏碰上一个女罗刹！”

外面的人说得热络，忽然听到有人在旁轻轻柔柔地开口，打断了他们：“不好意思，请教两位爷，那个原大师新娶的夫人，究竟是叫什么名字呢？”

两人愕然转头，看到问话的却是一个紫衣女人。那个女人看起来二十多岁，眼睑眉梢风情颇盛，正靠着酒馆的窗口看着他们，笑容亲切，应该是江南人氏，语音柔软，令人一听之下如饮醇酒，竟是心甘情愿地什么事都顺着她。

“那……那可不清楚。”玉商讷讷道，“只听原大师叫她‘迦陵频伽’。”

“迦陵频伽？那不是妙音鸟的意思吗？只怕不是真名吧。”紫陌沉吟，顿了一下，又笑道，“那么，那位新夫人大概多大的年龄，是使剑的吗？”

“好像是二十五六岁吧？那天在集市里，的确是手里提着剑，好几百人都看到了！”玉商道，又补充，“不过也不止那一次，平时也老看到她拿着柴刀啊斧头啊什么的。”

“柴……柴刀？”饶是机灵如紫陌，也不由得愕然。

房间内几个人面面相觑，怎么都想象不出苏微劈柴的样子。

话说到这里，又有玉商散墟归来，路过酒馆，和前头两人打了个招呼，便两拨人合坐一处，一起去赴了喜宴。紫陌本想再问一些，可觉得大庭广众之下强行留几个陌生人问话也实在不妥，微微犹豫了一下，便放那两人走了。

“是啊，他那位新夫人，可厉害着呢！”耳边忽然又有一人插嘴，声音爽脆泼辣，却是端菜上来的苗女，显然是听到了前面的对话，没好气地道，“用剑用得爽利，我亲眼看到的。也不见她怎么动，我家阿爸和阿哥都差点被割了喉咙呢！”

“什么？”一桌人齐齐一惊，转头看着她。

“喏。”阿蕉回过头，招手让一旁的壮汉过来，“你们看看我哥的脖子！”

那个汉子走过来，古铜色的脖子上赫然有一道伤疤，从天突穴起，至廉泉穴止，绕颈而过，只要再进得一分，眼前这条壮汉便保不住命。萧停云不作声地倒吸了一口冷气，瞬间站起，情不自禁地握紧了血薇。

这样的身手，这样的剑锋，除了阿微还会有谁？

"她为何要攻击你们？"碧落毕竟老成，沉声追问。

"啊？这个……"阿蕉的表情顿时有些窘迫，"唉，还不是她吃霸王餐，付不起酒钱，我们就想留下她那对绮罗玉坠子抵债。谁知道碰到个……哎，不说了不说了。丢死人了！"

她说得心有余悸，然而听的人却是内心激动难抑，相互交换了一下眼神——绮罗玉的耳坠？这已经确定无疑便是她了！

酒馆里的人重新坐了下来，面面相觑，眼神各异。万里而来，找到了要找的人，当然是件喜事，但一找到的时候，血薇的主人却居然要嫁人了？这到底是怎么一回事？

四位护法都看着萧停云，而萧停云看着桌面上的茶盏，脸色微微有些苍白，沉默了许久，才道："眼见为实，无论别人说什么，都要亲眼看到了再说。"

"小萧说的是。"紫陌柔声道，"说不定是故意散布出来的谣言呢？谁知道现在苏姑娘的处境如何，是不是身不由己？说不定是被逼的。"

"哪里是身不由己？"阿蕉收拾了空盘子，插嘴，"她和原大师可恩爱得很呢！天天出双入对，看得人眼睛都起腻了！"

她语气很酸，难掩失落。她的哥哥不由得笑了起来，敲了敲她的脑袋："好了好了，我知道你心里惦记原大师很久了……可你没人家漂亮，也没人家能打，还能怎么办？在这里拈酸吃醋有啥意思，苗家女儿还怕找不到如意郎君？"

"哼！"阿蕉鼻子里哼了一声，收拾了空碗下去了。

"那……那今晚的婚宴，是在何处举办？"萧停云沉默了一下，终于开口。虽然极力压抑，声音还是有微微的颤抖。

"怎么，你们想去？"阿蕉把碗放回厨房，指了指北边，脆生生地回答，"就在山那边的坝头上啊！要开一百席呢，除了那儿，哪里放得下？你们出门左转，走那条……"

她七七八八左指右指，说了一通，听得人有些晕。

紫陌拦住了她，笑眯眯地从身上摸出了一锭银子，在阿蕉面前晃了一下，柔声："小妹妹，我们外地来的，不大认路，你带我们去一趟好不？"

阿蕉抓过那锭银子在手里掂了掂，心中欢喜，嘴里却道："我才不去参加他的婚宴呢！想着就够窝心了，难道还去看着？除非——"

她眼睛一转，笑道："除非你给我二十两。"

第十二章

华堂喜宴

苏微深深吸了一口气——红盖头垂下来掩住视线的最后一瞬间，通过打开的门，她看到外面的走廊深而长，宛如通向不可知的未来。

到了原大师成亲的日子，这一日，热闹非凡的腾冲玉市瞬间都空了，所有商贾提前歇业，纷纷奔赴喜宴，一百桌上几乎坐了上千人。

既然身在腾冲，入乡随俗，这次的婚礼也以新郎家的习俗为准，只是他和迦陵频伽两个人都是孤身没有父母的人，因此也谈不上接亲送嫁，喜婆干脆提议只是从东厢把新娘接到西厢，然后一起送到大堂上拜堂成亲了事。苏微是江湖儿女，对这些礼节也是一笑了之，颇懂变通，便一口答应。

外面唢呐锣鼓声音盈天，伴随着一波比一波更高的歌唱声。

按照滇南寨子里的规矩，婚礼都是从前一天开始的，搭起喜棚摆好酒宴，等各方宾客齐聚后便畅饮歌舞，通宵达旦，祝福新郎新娘，称为“踩棚”。这样一直闹到第二天晚上，才算是正式拜堂成亲。

还真是一件辛苦的体力活呢……原重楼想着。

此刻日影西斜，暮色四合，外面的喧哗声已经越来越响了，他却还是坐在室内，一直没有动。衣架上悬挂着大红色的吉服，崭新鲜艳，浆洗得笔挺，看得一眼就有一种喜庆之气扑面而来——他无声地叹了口气，抬起手摸了摸那件衣服。

虽然手上的伤已经痊愈，手指却在微微地发抖。

转过头，眼前是一对蟠龙飞凤的红烛，静静燃烧。他默默地看着变幻无定的火焰，眼里的神情有些奇特，不知道是喜悦还是悲伤——寂静中，有一只寒蛾绕着灯旋转了很久，终于不顾一切地狠狠撞向了火焰，发出了细微的爆裂声。

“啊？”原重楼脱口低呼，手指一颤，手里的吉服掉落在地。

那只小飞虫转瞬化为一团小小的火焰，灰飞烟灭。

他默默地凝视着那一团微小的灰烬，眼里露出了复杂的神色，情不自禁地叹息，从胸臆中吐出了一口气——那一只扑火涅槃的卑微生灵被呼吸吹散，转瞬再无踪影。

明知道会死，为何还会一头撞进去呢？终究，还是无法抗拒光与热的吸引吧？

他的眼眸黯淡了一下，不知道想着什么，手指有些颤抖。

“大稀……”忽然间，有一个声音唤他。他猛然一颤，回过头，看到的是穿着盛装的蜜丹意。小女孩不知何时从前面跑到了这里，在门缝里探出头，笑着看了他一眼：“哎呀，还没换好衣服啊？外面的人越来越多了，一百桌快要坐满了……喜婆让我来催问你们弄好了没。三道茶已经开始了，啥时候可以让大家开始喝酒呢？”

小女孩口齿伶俐，一串话说出来如同珠子落玉盘，令人心生欢喜。然而原重楼侧头看了看窗外，只道：“等月亮出来吧。”

不知道为啥，他的脸色还是有些苍白，心事重重，顿了顿，忽然开口问：“今天……外面有没有什么不速之客？”

“不速之客？”小女孩在门缝里看着他，居然理解了这个颇为艰深的汉语的意思，眼眸纯黑而静谧，深不见底，声音很轻地回答，“没有呢。我仔仔细细看过了，那些人里并没有从洛阳来的客人。”

“哦……”原重楼如释重负，又问，“那……有从灵鹫山过来的客人吗？”

“也没有。”蜜丹意摇头，眼眸更加冷彻。

“真的？”原重楼似乎有些诧异，又似乎有些释然。沉默了片刻，似乎不想让她一直看着自己，转头对孩子道：“去看看迦陵频伽那边怎么样了。和她说，我大概再过一刻钟就可以好了。”

“嗯！”蜜丹意清脆地应了一声，跑了开去。刚跑几步，忽地回头，深深地看了他一眼，轻声对他道：“大稀，放心吧。”

“嗯？”原重楼刚拿起喜服，不由得愣了一下。

那个缅人小女孩站在深而长的走廊里，回头用漆黑的大眼睛凝视着他，眼眸里有奇特的表情，忽然完全不像个孩子，一字一顿地道：“大稀，今晚你的婚礼一定会很顺利的——有我在呢，谁敢来搞破坏？”

原重楼忍不住笑了，从门里伸出手去抱了抱她：“乖，今晚你不要搞破坏就行了。”

“咯咯咯……”在他的怀抱里蜜丹意娇俏地笑了起来，瞬间恢复成了一个小女孩，蹦蹦跳跳地顺着走廊走远了，“放心，我会乖的！”

在另一个房间里，苏微已经穿好了喜服。

这次的婚礼安排得非常盛大，方圆百里皆知。到后来他们两人因为得病而无力筹划，尹璧泽便一力承担，还从尹府里派了一批训练有素的侍女过来，服侍着她穿戴梳洗——此刻正在给她一层层地将头发盘上去，准备用簪子定住。

“姑娘，您喜欢哪支簪子？”侍女打开梳妆匣，问。

苏微转过僵直的脖子，看着满桌的珠光宝气。重楼对她很好，为了这次婚礼，光是头面首饰就买了五套，有金银的，有宝石的，也有点翠的——然而，其中最醒目的，却还是那一支翡翠凤簪。

绮罗玉果然非同凡响，一搁在上面，便能令所有珠宝黯然失色。在烛光下，那只凤凰嘴里衔着的宝珠似乎要滴出水来。她想起重楼雕琢它时专心致志的样子，唇角不由得噙了一丝笑，语声也变得温柔："就用这支凤簪吧……和我的耳坠也正好配套。"

"是。"侍女拿起凤簪，将她一缕秀发压住，退后看了看，笑道："真是美人如玉剑如虹！这翡翠的一流水色，真是映得人更加出众。本来以为我家小姐已经很美……"

说到这里，仿佛知道失言，侍女瞬间停住了嘴。苏微被夸得有些不好意思，低头看了看镜子，果然是相得益彰，心里不由得一阵欢喜。然而想起那个侍女的话，心里却忽然微微沉了一沉——倒不是为了在新婚之日又听到尹春雨这个名字，而是那一句"美人如玉剑如虹"。尹府果然不愧是腾冲第一大户，连府上随便一个侍女都文采了得，出口成章。可是……她为什么要用这样的句子来比喻自己？剑如虹？莫非……她是看出了自己会剑术，还是自己最近神经绷得太紧，一时多心了？

她霍然抬头，眼眸隐隐有杀气，然而那个侍女却已经端着金盆给她盛水去了。

心中正在疑虑，却听到外面喧嚣声盈耳，鞭炮一连串地炸响，三道茶喝过，火把点起，宾客里已经开始有人唱歌，催促着新人出场。

侍女端了金盆进来，拧了一个手巾把子，道："姑娘快擦擦手，外面催呢。"

苏微细细地观察她的言行举止，不动声色地伸手将手巾把子拿了过来，却装作一个手滑，将手巾掉了下去。

"哎呀！"侍女连忙去接，却没有接住，眼看着手巾掉在了地上，连忙道，"我去再找一块手巾！"

苏微看着她再度转身离开，默默松了口气，心里却还是有些不安——只希望今天的婚礼平平安安、圆圆满满地结束，不要再发生什么意外。

"玛！"忽然间，一个脆生生的声音叫道，抬眼看去，却是蜜丹意奔入了房间里，拍手看着她笑道，"玛要当新娘子了！太好看啦！"

苏微脸微微一红，对着她招了招手，道："过来，给你糖吃。"

蜜丹意笑嘻嘻地蹦蹦跳跳走过来，伸出小手讨喜糖，一边道："大稀让我过来看看你这边好了没有——唉，他等不及要和你成亲呢！"

"小鬼头！"她笑着拧了一下孩子的耳朵。蜜丹意嘻嘻一笑，灵巧地一侧头躲了过去，钻到了她的怀里，顺手就从桌子上抓了一把核桃片和红糖做的糖。

苏微本来想说什么，忽然间笑容微微一滞。

是了，为什么以前都没有留意到？这个孩子的动作……似乎轻快灵巧得过分了——刚才自己伸手这一拧，看似平常，其实不知不觉就用上了折梅指的招数，就算是江湖上的一流高手也未必能这样轻轻松松地一侧头就躲过！

还是……还是自己最近几天疑神疑鬼，走火入魔了？

“玛？”蜜丹意说了几句，没听到她回答，不由得摇了摇她的衣袖。苏微这才回过神来，“哦”了一声，道：“没事，只是不知道今晚会不会有什么贵客来而已。”

“玛为什么和大稀问同样的问题？”蜜丹意笑了起来，“我刚刚和大稀说今晚外面的客人里没有洛阳来的，也没有灵鹫山来的。”

“是吗，都没有？”苏微下意识地重复了一遍，心里百味杂陈，转念一想，洛阳那边的人没有来也就罢了，山高路远、未必知情，就算知情，也未必一定派人来。可是拜月教的人居然没有出现，就未免有些奇怪——就算是灵均嫌路远不来参加婚宴，可那个轻霄呢怎么也会杳然无踪了？

这一场婚宴还没有开始，已经有无数的疑云压在心上。

她怔怔地想着，连喜婆进了房间都没有留意。

“玛，不要想了啦……”蜜丹意仿佛知道她的心思，咬了一口糖，指着窗外道，“听！外面都已经开始唱歌啦！大稀等你拜堂呢，别让他等急了！”

“是了，姑娘要加快了！”侍女端着金盆回来，拧干手巾给苏微擦了擦双手，然后小心翼翼地将一对翡翠镯子和一对赤金镯子套了上去，喜婆在一旁拖长了声音，大声叫道：“金玉满堂，长命富贵！”

苏微深深吸了一口气——红盖头垂下来掩住视线的最后一瞬间，通过打开的门，她看到外面的走廊深而长，宛如通向不可知的未来。

那个精灵一样的小女孩跑出了门外，回头望着她笑：“玛，等一下我掐你，你可不许打我哦！”

“什么？”她有些诧异。

然而小女孩咯咯地笑着，已经一路跑远了。外面的喧闹起哄声如同潮水一样传来，夜色里有无数点火光，璀璨如同繁星。

然而，刚跑出房间，蜜丹意脸上的笑容就消失了。

眼前篝火熊熊，无数的人在畅饮大笑，令人眼花缭乱。然而，她的视线却落在暗影里。那儿有一个人，似乎对着她点了点头。

“蜜丹意，要不要吃糖葫芦？”有玉商认得这个小女孩是原大师的“私生女”，上来讨好，小女孩甜甜地一笑，从他手里拿了一支糖葫芦，乖巧地说了一句“谢谢”。然而，等那个人还想和她继续套近乎的时候，蜜丹意一晃，便以奇怪的速度消失在了人群里。

她如同猫儿一样，悄无声息地穿过了人群，看到了在隐蔽处的那个人。那个人穿着黑色的夜行衣，几乎和黑暗融为一体，看到她走过来，对着她屈膝，出声："右使。"

"怎么样？"蜜丹意走到了阴影里，"他们来了吗？"

"来了。"那个人低声道。

"果然来了？倒是会挑时候！"小女孩脸色微微一变，嘴角抿了一抿，沉默了一瞬，又问，"是拜月教的人，还是听雪楼的人？"

"听雪楼的。"

"哦。"不知为何，蜜丹意反而微微松了口气，"那还好。洛水一战之后，听雪楼已经是强弩之末，就算派出最顶尖的高手，也无非是四护法而已。"

"他们带来了血薇剑。"来人低声道，"我们的眼线在驿道上看到了。"

"血薇剑？他们是想来找血薇主人的吧？"蜜丹意冷笑，"想得美！告诉轻霄，无论如何，都要把这些人拦住！"

"是。"来人道，"所有能调动的人手都已经调过去了，只是……"

"只是什么？"蜜丹意微微皱眉。

"只是……如果只是听雪楼的人那还好，下次如果拜月教的人也来了的话，我们无论如何都挡不住了。"来人迟疑了一下，又道，"月宫里的变故，右使您也知道了吧？其实我觉得，既然……既然灵均大人已经不在了，我们何苦还要如此？如果回到月宫，祈求教主原谅，应该也……"

话没有说完，来人忽然一头栽倒在了暗影里，脸色迅速地铁青。

孩子的脸忽然变得狰狞，一脚踩在了他的头上，厉声道："灵均大人就算不在了，他吩咐过的命令，也得执行到底！"蜜丹意的声音轻而冷，如同一条蛇在黑暗里嘶嘶吐着芯子，"没了灵均，你们这些家伙，就想造反了吗？记着，还有我在呢！"

她抬起小小的脚，用力地踩着来人的头，冷笑："你们还想回灵鹫山？还想去投诚？也不想想，自己还有没有命活着到那里！"

来人在地上剧烈地抽搐，已经说不出话来。

他全身痉挛着，脸上的肌肉也不停鼓动——他身体里似乎有什么活的东西在翻滚，令五脏六腑都搅在了一处。令人恐惧的是，竟然有一条细小的尾巴从他呻吟的齿间瞬间掠过，又消失在咽喉深处。

"是……是！"来人凝聚起了最后一点力气，"属下……再也不敢……"

"你们每个人都是靠着灵均大人赐给的解药，才能压制身体里的蛊虫活到如今，居然还敢来说三道四？"蜜丹意冷哼了一声，松开了踩着他的脚，"给我好好地帮左使拦住听雪楼的人马，否则就受死吧！"

那一瞬，他身体里的扭动停止了，来人死去一样躺在地上，连呻吟都没有了力气。外面的喜宴还在继续，人人喝得醉醺醺的，觥筹交错之间，没有人留意到一个小女孩在做着多么可怕的事情。

“看来，光靠你们这些家伙实在是令人不放心。”蜜丹意沉吟着，“算了，等喜宴结束还有一阵子，我还是亲自去一趟看看情况吧！”

孩子舔着手里的糖葫芦，足尖轻轻一点，整个人瞬间消失。

日落时分，萧停云一行人还没有赶到婚宴现场。

那个坝上看着近，走起来却曲折，竟是颇为遥远。虽然阿蕉说挑了一条只有本地土著才知道的捷径，但一行人从酒馆出发，穿林子上山岗，却也是走了整整两个时辰才到。这一路，大家心里一直绷着一根弦，手指在袖子里不离刀剑，时刻警惕着周围的异动。紫陌更是细心地在每一处岔口暗自留下了记号。

然而，却居然一路安然无事。

“就在前面啦。”暮色时分，阿蕉终于领着一行人穿出了竹林，登上了山岗，指着不远处的一片灯火道，“婚宴就在前面坝上，希望我们赶去的时候还没开席。”

果然，不远处就是一大片空地，篝火点点，人头攒动，看上去颇为热闹。所有人心里暗自松了一口气，放开了刀剑，心里却百味杂陈。

“苏姑娘竟真的要嫁人了？”黄泉依然不敢相信，“才短短几个月啊。”

“女人的心，痴起来是痴，但狠起来有时候也是狠的。”紫陌嘴角却有淡淡的笑，音意味深长，“一个梦做了那么久，一朝醒了，也未必不是好事。”

“怎么是好事了？”黄泉有些不悦，“她若是在这边成了亲，还会回楼里吗？”

“好了好了。别吵了。”碧落打断了他们的对话，指了指前面带路的阿蕉，意思是还有外人在旁，不宜多说，一行人便闭了嘴，一起看向了萧停云。

白衣贵公子在竹林月下穿行，月光淡淡洒在他的袍子上，然而他的脸却藏在暗影里，在人皮面具背后，看不出任何表情——连眼神也是波澜不惊，没有失落也没有伤感，竟丝毫不以骤然听到这个消息为意。

四护法叹了口气，也不好开口挑明。

沿着羊肠小道出了林子，前面的路便是人道了，或许是天色已晚，一路走来并没有再碰到其他宾客。再走了大约一刻钟，天色已经完全黑下来了。滇南的夜似乎分外的黑，太阳一落，竟然是黑得伸手不见五指。

“我这里有火折子。”黄泉探手入怀，点起火分给同伴。

阿蕉摆摆手：“我不用，在这里长大的，闭着眼睛都能走！”

终于快到了，远远地看到许多篝火，有人影围绕着火光，影影绰绰地或站或坐，更远处似乎有屋舍，依稀还有人在吹笛子，却被一片唢呐锣鼓之声盖了过去。

阿蕉一声欢呼，跑了过去：“还好，看样子喜宴还没开始！”

一行人刚要随之上前，紫陌却忽然抬起手，说了一声：“慢着。”

“怎么了？”黄泉愕然。

“很奇怪。”紫陌心细如发，只看得前方一眼，便道，“有点不对劲。”

“是。”萧停云长眉一挑，低声道，“少了一些声音。”

“声音？”墨大夫侧耳。

“你们注意到了没有？这里听不到虫鸣。”萧停云开口了，压低了声音，“就算我们能感觉到有风吹过，却听不到树叶的簌簌声！”

所有人愕然止步——是的，萧停云说得没错！他虽然年纪在众人之中最轻，却老于江湖，竟然在那么短的时间内察觉到如此细微的区别。这样诡异的细节原本不会令人留意，可一旦指出来，却让人毛骨悚然。

萧停云低声问：“我们从山岗上下来到这里，大概用了多久？”

“大概有两刻钟。”紫陌心细，早已一路暗中计数，道，“一条路下来，中间只转过了两个岔路口——每一个岔路口，我都暗自留下了记号。”

“两刻钟？以我们的速度，那大概是往山下走了八里左右，没道理才走了那么一点路。”萧停云低声，不知道在想着什么，“如果现在往回撤，不知道还能不能找到那个路口？”

“能不能找到？”紫陌愕然，“什么意思？”

萧停云转过头，恭谨地对碧落道：“大护法，麻烦你往后沿路查看一下。如果看到了那个做了记号的路口，迅速返回来告诉我们。”

“好。”碧落瞬间揽衣回掠，消失在黑暗里。

萧停云沉默下来，看向了前方——前面不到十丈开外便是最后一个路口，通向那片灯火通明的喜宴场地。路口挑着一对红灯笼，影影绰绰地站着一个人，似乎是迎客的。

萧停云竖起了手，示意所有人暂时停步。

然而带路的阿蕉却已经径直跑了过去，合掌对灯下的人行了一礼，路口那个人也回了一礼，用土语说了一句什么，然后从一边的陶土缸子里倒了一碗东西，递给阿蕉。眼看阿蕉捧起碗就要喝，紫陌嘴角微微一动，却被萧停云阻拦。于是她也忍住了没有出声，看着那个苗女仰头就把碗里的东西咕嘟咕嘟喝了个干净。

“你们怎么不过来？”阿蕉抹了抹嘴角，朗声招呼，“这是迎客的三道茶，好喝得很。”

看起来，茶是没有问题的了。一行人松了一口气，远远地看着，却没有上前。

等了片刻，黑暗里，有微风瞬间一动，一个黑影翩然落地，却是去而复返的碧落。他的一身轻功已臻化境，方才短短片刻已经来回了一趟，连气息都不曾紊乱。

然而，他的语气却有一种隐隐的不安："果然不见了！"

"那个路口不见了，是不是？"萧停云低声问，眼眸却渐渐暗下去，"看起来，结界已经闭合了——我们来不及走了！"

所有人都倒抽了一口冷气："结界？"

"是。"萧停云咬着牙，"我们已经不知不觉进入了他们设好的结界里面！所见所闻都是虚假，要非常的小心！"

"是谁设的结界？"碧落看向前方的苗女，"先制住她再说！"

"哎，为啥还不过来？不喝三道茶，主人是不会放你们去喜宴的呢。"那边阿蕉却在催促，自己喝了一碗，手里再端了一碗，转过身来招呼，"头道茶苦，第二道就加核桃片、乳扇和红糖，可好喝了！"

她的语气爽朗热情，丝毫看不出作伪。

萧停云下意识地看向茶碗，微弱的灯光下，发现这半碗茶水呈现出一种奇特的琥珀色，他看向茶碗时，里面微微荡漾的茶水忽然瞬间立了起来！

——是的，是"立"了起来！

凝成一条线，就如同一条无形透明的蛇一样，瞬间立起，迎面扑来！

"哎呀！"阿蕉尖叫了一声，显然没料到会有这种事情，手一颤，整碗茶失手掉到了地上，茶水四溅。

"小心！"萧停云失声惊呼，手一翻，一道清光从袖里流泻，展开在身前——只听哧的一声轻响，手腕一震，刀锋截断了什么东西。

定睛看去，地上扭动着一条细小的青蛇，已经只剩下半截。

而剩下的半截还残留在茶碗里，不停扭动。

他一刀斩杀藏在其中的毒蛇，手下却未停。刀光圆转如意，一连十二刀，首尾相连，刹那间居然形成了一道淡青色的旋涡，将飞溅而出的水珠尽数圈住，滴溜溜地在空气中旋转，竟然似被一张网兜住。

然而，还是有一两滴水穿过了刀锋的拦截，飞溅上了阿蕉赤裸的脚背。

刺啦一声，仿佛是滚油泼到了肌肤上，阿蕉惨叫出声，整个人蜷曲起来，从脚背开始，整只右腿迅速地变黑。她惨叫的声音由尖利迅速变为衰弱，只叫到了第三声，脖子一软，便毫无声息地倒在了路边的草丛里。

萧停云心下一沉。是的，这一碗茶里有剧毒，他一眼就看出来了，可这个苗女显然是毫无防备。而他因为心怀疑虑，并没有第一时间提醒她小心——或许，他是故意的，只是想看看这个带路的苗女是敌是友。

可只是那么一点私心，竟就这样送了一个无辜者的命！

微微一个恍惚之中，背后忽然有极细的风声掠过，他瞬间回身。有声音在夜里传来，缥缈而不真实，细细的一缕："远方的来客，你们未免太不给面子了吧？敬酒不吃吃罚酒……来人啊，今晚一个都别放他们活着回去！"

那一瞬间，远处的篝火忽然大亮，仿佛有什么力量催动了火焰。

火旁的所有人都站了起来，转向了这边。

那些人的眼睛，居然都是白色的。

同一刻，天上的月亮不见了，星辰黯淡——整个天地忽然间变得极其寂静，不止风声虫语，甚至连方才清晰入耳的喝酒划拳喧闹声都丝毫听不见，仿佛一个巨大的盒子忽然在眼前关上了，将一切声音隔绝在外。

火焰熊熊燃烧，天宇漆黑如墨，无数有着惨白瞳孔的人从黑暗中走出来，将这一行六人团团围住，没有表情，也没有声音。

"这是……傀儡术？"红尘低声。

"是蛊。这些人，都被蛊虫操控了，变成了行尸走肉——当时洛水上的石玉也是中了这种蛊毒。"碧落毕竟见识多广，看了一眼便道，"你们要小心。这些家伙无所畏惧，不怕伤也不怕死，砍断他们的手足都没有用，必须一刀一个砍掉人头！"

"果然不愧是听雪楼的四护法。"黑暗里，忽然有人轻笑。有一袭白衣掠过，落在火焰之上。那个说话的人终于从黑暗里走出，脸上戴着木雕的面具，手里持着一支短笛，仿佛是暗夜里的幽灵。

紫陌蹙眉："灵均？"

这世上谁都没见过灵均的真面目，而他们这一行人刚抵达滇南，对于月宫里刚发生的那一场内乱自然是全然不知，所以也不知道灵均已死，明河教主已经重掌大权——若是早一刻知道，只怕制定的行动策略也会大不相同。

对方没有回答，只是竖起手指，按住了短笛。

笛声在黑暗中短促地响起。只是一声，所有的行尸走肉瞬间一震，如同被线牵引着一样，齐刷刷地朝着他们逼近过来！

四位护法瞬间散开，守住了四个方位，将萧停云和墨大夫护在了中心位置。碧落从背后的古琴里抽出鱼肠剑，剑上青光暴涨，如同闪电映照着那些逼过来的傀儡——在残酷的血战开始之前，很多年前似曾相识的一幕瞬间掠过心头。

那时候，他曾经落入迦若祭司的结界，全凭靖姑娘的血薇剑才闯出一条生路。

三十年了，未曾想到还会回到滇南，面对同样的绝境。

今夜，强敌环伺，危机重重，就算拼尽全力地血战，也不知道有几个人能活下来，不知道能不能看到明天升起的太阳。一切都似曾相识。

——只是对手从迦若换成了灵均。

又是一声笛声。

这一次，黑暗里，只听到无数簌簌的声音，如同水波一样从四面蔓延过来，朝着他们飞速而来。草丛在波动，显示出底下有无数的东西在靠近。

“小心！”红尘一声厉叱，手指一动，十几道寒芒掠出，唰地在周围布置下了一个圆形的边界，顿时便在众人面前筑起了屏障。

下一个瞬间，草丛里有一物瞬间弹起，飞扑而来！

“那是——”紫陌惊呼了一声，“那是什么东西？！”

黑暗里，有什么黑黝黝的东西箭一样地飞来，张开大口对着她的咽喉咬来——她刚要撑开随身的天罗伞，然而只听一声钝响，仿佛是刀切入肉里的声音，那条飞弹而来的蛇忽然间在半空中奇特地停滞了一下。

然后，噗的一声，身首分离，鲜血飞溅。

“放心，我投出去的是云髻十二刺，相互之间牵有天蚕丝。”红尘道，瞬间已经布阵完毕，“这一道网估计可以略微挡一挡这些东西。”

“好。”黄泉和碧落双双抢身而出，“我们去料理了那些僵尸！”

那个黑暗里怪物的脑袋飞落在脚边，滚了滚，尖利的牙齿咔嚓一声咬合，又张开，竟然是凭着一个光光的脑袋还在拼命地噬咬。

紫陌借着昏暗的灯光看了一眼，心里暗自一惊——那是个从没见过的东西，长不过三尺，身上密密麻麻全是脚，像是百足虫，却又有着两只像蝎子一样的大钳子。

“这些东西都是拜月教养出来的怪物吧？大违天和……大违天和啊！”墨大夫低声道，翻开了药箱，从里面拿出了一个纸包，里面是一种淡黄色的粉末，发出奇特的浓烈香气。墨大夫用小指指甲挑了少许，临风弹出。

当粉末落在百足虫上时，一蓬脓血喷出，那个脑袋顿时爆裂。

“墨大夫，你真是厉害！”红尘也是用毒高手，却从未见过这样的手段，不由得衷心佩服，同时手里的蝎尾长鞭一扫，将暗夜里扑上来的毒物瞬间扫开。

“哪里哪里，药理相通而已。”花甲老人嘟囔了一声，却顾不上抬头，只是不住地从药箱里寻找药物。

黑暗里，血腥的一战已经开始。短笛在暗夜里吹响，魔影重重，万毒攒动。萧停云挥刀斩落，能感觉到血薇在袖中的低声鸣动。那一刻，他心下猛地一跳。

——名剑认主，血薇鸣动，那说明苏微必然就在不远处！

在山岗上时他们曾经看到过山脚下婚宴的篝火，那是真实的——下了山岗后两刻钟，他们却在这里中了埋伏，步入了一个封闭的结界。

如果这里不是喜宴所在，那么，此刻苏微又在哪里？

月亮已经离开了山巅，悬挂在夜空里了，弯如美人眉。

苏微站在廊下，蒙着精美的大红盖头。眼睛虽然看不到，却能感受到吹来的风——这一夜，连风都那么温柔，退去了白日的炎热，微微地吹拂着她的发梢和衣襟，如同一双细致妥帖的手，替她整理着妆容。

“新娘子来啦！”外面欢声雷动。

她被欢呼声震得耳鸣，心里不由得惊讶于到底来了多少贺客，然而喜娘已经往她的手里塞了一个东西，道：“坐着不要动，听他们唱歌就好。”

“啊？”苏微有些茫然，发现塞进来的竟是个糕点。

“饿了就啃一口，但新娘子出了闺房就不能乱动，一直要等到第二天夫家来接才能起身。”喜婆叮嘱。刚说完，耳边听到乐曲响起，稍一辨别，其中有芦笙、三弦、唢呐、锣鼓、钹，端的是热闹非凡。

“姑娘，你可真有福气，嫁了这么一个又有财又有貌的相公！”喜婆啧啧赞叹，“我活了六十年，办过多少场喜事，还是头一次看到这么大的场面！你的夫家可是把整个大理最好的乐师和歌手都请过来了，多大的排场手笔！”

苏微在盖头下笑了一笑，嘴里没有说什么，心中却是微甜。

虽然看不见，她却听到奏乐了一段时间后，便有人出来唱歌。有男有女，相互对歌，伴随着三弦芦笙，曲调悠扬婉转，歌词却是直白大胆，多半讲述的是男欢女爱、颠鸾倒凤的韵事，令人听得脸红耳热。

“要唱一夜呢。”喜婆道，“你就听着，不要动。等会儿还要跳火。”

“跳火？”她更加茫然。

“是啊，男人们喝了酒，要从火堆上跳过去，比赛谁跳得更远更高。”喜婆道，“赢了的那个，就可以扛和身体一样重的酒回家！”

“是吗？”她实在是好奇，很想揭开盖头看一眼，“我可以参加不？”

——只要她一出马，这里的男人哪个能赢得过她？

“不行！”喜婆骇笑，“哪有新娘子跳火的？”

“是吗？”苏微颓然叹了口气——平日里她是一个多么厉害的女子，叱咤天下，剑出披靡，然而此刻，却被一个大字不识手无缚鸡之力的喜婆给治得服服帖帖，不敢动弹地枯坐了一夜，说出去这个江湖里会有人相信吗？

“还有啊……”喜婆又叮嘱道，“等原大师来背你进洞房的时候，会有很多小孩子跑过来围着你，一边撒米花，一边伸手掐你——就算被掐得多疼，你都不能真动怒啊！”

“什么？掐我？”苏微被这种匪夷所思的风俗惊住了，这时候，她才明白刚才蜜丹意出去时对自己眨眼睛笑的意思。

那个小鬼头，是想借着这个机会多掐自己几把吗？

“只是为了讨个吉利而已。咬牙稍微忍一忍，等新郎背着你进了洞房就好了……”喜婆笑道，“不过，你一定要记住，一进洞房就马上扯了盖头，去抢床上的枕头！”

“啊？”她再度愕然。

喜婆压低了声音，在她耳边笑道：“按我们这儿的规矩，谁先抢到了洞房夜的枕头，将来就谁当家做主听谁的！姑娘可别大意了。”

“是吗？”苏微越听越稀奇，忍不住笑出声来。

原重楼的那种身手，还想和她抢？做梦！就算让他一百步，他也没法子快过她去。而且，哼，无论他抢不抢得到枕头，将来的日子都得她做主，除非他不想活了——她蒙着盖头坐在那里，一边想着，一边唇角不自觉地浮现出微笑。

此刻的幸福，浓如醇酒，不饮已令人沉醉。

那一刻，她忘记了一切，也没有任何不安。

那一刻，沉醉于完全的幸福里的她，压根不知道不远处正在进行着一场残酷血腥的搏杀——当这边的篝火如同血一样地燃烧时，那边的鲜血也如同火一样地四散。唢呐响起的时候，笛声也在荒山里持续响起。

无数的傀儡随之而动。而在暗影里，草丛如同波浪起伏，成百上千毒物蠕蠕而来。

夕影刀被握在仅存的一只手里，幻化成一道道清光。听雪楼四位退隐已久的护法在暗夜里血战，甚至连不会武功的墨大夫都拿出药物，竭力对抗着扑上来的毒物——那两个时辰，似乎过得无比漫长。

四护法联手，斩杀了几十个僵尸，几百只毒物，始终守住了一个方圆三丈的地方，将墨大夫和萧停云护在中心。然而，这一股来自暗夜的力量，竟似乎无穷无尽。

忽然间，暗夜里传来一声尖利的笛声，似在催促着什么。

那些僵尸顿时冲向了西南角，不约而同地攻击紫陌。四护法之中，唯有她是出身官宦人家，专长谍报搜集，习武甚晚，虽然结庐北邙山后也跟着黄泉修行了三十年，却依旧是四个人中最弱的一环。

那个躲在暗夜里的操纵者显然看出了这一点，断然转向集中攻击她一人。而紫陌在长夜作战后已经精疲力尽，忽然面对着成倍增加的攻击，顿时应接不暇——只是略微慢得一慢，天罗伞唰地被撕裂，一只僵尸的手便伸了进来，尖利的指甲在她肩膀上抓出一道血痕。

“小心！”黄泉失声惊呼，不顾一切地飞身相救。

关心则乱，那一刻，他背后空门大开。碧落眼看数条毒虫飞向他的后心，来不及挥剑拦截，左手一挥，古琴上的七根弦齐齐断裂，凌空飞出，唰唰几声，将七条钉死在半空。

然而这样一来，阵法顿时便是乱了。

云髻十二刺再也拦不住那些东西，在短笛声中，无数的僵尸毒虫蜂拥而来，瞬间将他们一行六个人各自分隔了开来！

“红尘，护住墨大夫！”萧停云处乱不惊，“不能让他有事！”

“是！”红尘应声而至，奋不顾身地将几个试图袭击墨大夫的僵尸打得头颅碎裂，一个翻身落在了老人的身侧，长鞭画出一个圈，清空了周围的怪物，暂时护住了墨大夫的安全。然而那一边，紫陌却已然中毒，半边的身体麻痹，毒素在飞速地扩散。

黄泉扶着她，单手用刀，杀得眼睛都红了。

“糟了！那是赤练毒，十步必倒！别让她再动了！”墨大夫一看紫陌的脸色便知道不好，急忙从药箱里拿出了一个玉瓶——然而此刻危险万分，每个人都自顾不暇，哪里还能穿过数百狂舞的僵尸，把解药递到她手里去？

毕竟是生死之交，红尘冒着自己被僵尸抓伤的危险，用长鞭一卷，将玉瓶高高抛起，朝着那边大喊：“黄泉，接着！”

黑暗里，笛声短促响了一声，无数僵尸同时伸出手，去拦截玉瓶。那一刻，黄泉也是不顾一切地跃起，想要抢到那个救命的玉瓶！

“我来助你！”萧停云一刀击杀了身边的僵尸，厉声喊，下一刀便凌空而起。夕影横空，璀璨无比。这一刀几乎激发出了他所有的潜能，带着神鬼莫挡的气势，短刀切断了所有伸过来的僵尸手臂，发出一片可怖的钝响。

那一刀替黄泉逼开了所有的僵尸，黄泉凌空跃起，终于抓住了解药，足尖一点，跃到了紫陌的身边。

“快！”他扶住她，捏开她的下颌将药灌了下去。紫陌看着他，将药丸咽了下去，忽然脸色一变，大喊：“小心！”

黄泉来不及回头，只凭着本能往左竭力一侧。

——噗的一声响，一支尖利的芒刺从他的右胸直穿了出来。

那血淋淋的芒刺，握在一个明明已经“死去”的人手里！——不知何时，阿蕉从地上爬了起来，一击得手，脸上带着一丝狡黠的笑意。

紫陌脸色惨白，忽然从胸臆里发出一声呼喊，不顾一切地扑了过去。

长夜将尽，然而外面的狂欢却还在继续。

一整头一整头的牛和猪被抬上来，烤在火上。来客们纵情狂饮，喝着来自大理的梨花酒和桃花酒，桌子上放满了火腿、弓鱼、油鸡棕和猪肝酢，都是到了过年才得一见的食物。客人们大声赞扬着新郎的豪爽、新娘的美丽，举杯痛饮大嚼。

方圆三百里最有名的歌手都被请了过来，歌声彻夜不绝。

"新娘子，你饿了吧？"喜婆看她坐了一夜，竟然一动不动，不由得也有些敬佩，偷偷塞了一个喜蛋过来，"吃点东西，等辰时新郎就要来迎亲啦。"

苏微没有回答，盖头下的脸有些失神。

许久，她忽然问："为什么有人在惊叫？外头出了什么事吗？"

"什么？"喜婆愣了一下，侧头听了一下，却满耳都是猜拳行令说笑之声，不由得笑道，"哪里有？姑娘听错了吧？一定是饿坏了，快吃点填填肚子！"

苏微心里却有些惊疑不定。不，她明明听见了！那些惊叫，那些怒喝，那些兵刃破开空气的声音……都是她曾经熟悉的，此刻随风依稀入耳。

她再次询问："外面有洛阳来的客人吗？"

"没有。"喜婆已经是第三次回答这个问题了，不由得疑虑，"姑娘是有亲戚在洛阳吗？还没赶到？要不要派人去路口看看？"

苏微沉默了下去，忽然道："帮我去看看重楼怎么样了。"

"怎么？"喜婆有些愕然，"这么快就想新郎官了？"

"你不去我去！"她心下不安，几乎坐不住——是的，此刻，她最担心的就是重楼的安危。

"好好好。"喜婆连忙按住了她，"我去我去！看看就来。"

"来来，给新娘子唱一个！"喜婆刚走，便听到面前有人哄笑着跑过来，簇拥在窗口，都是一群喝醉了酒的年轻人，七倒八歪地过来，靠在窗上，开始大声地唱歌。

那些荒腔走板的山歌，很快就把所有的声音都盖过去了。

她坐在那里，周围人声鼎沸，心绪却有些浮躁。一种奇怪的不安弥漫上来，似乎冥冥中有一种力量在呼唤着她，告诉她有莫名的危机即将降临——这种奇特的直觉，曾经在十年的江湖历练中不止一次地救过她的命。

那么，今日的婚宴，是否又要出什么事情？

"哎呀，新郎官正在那儿和尹家大少爷喝酒呢！"喜婆很快就跑回来了，笑得跟一朵花似的，"看到我跑过去还问怎么了？我就说新娘子想你了让我过来看看……哈哈哈，那些人把新郎官嘲笑得呀，灌了他好几大杯！"

"哎，可别灌他酒！"苏微有些急了，"他的病刚好呢！"

"别急，新郎他马上就要来迎亲了哟。"喜婆笑眯眯地道，"来，帮你整理一下衣服，吃点东西，等会儿白天还要折腾呢。"

忽然间，外头传来了惊天动地的惊呼和喝彩声，几乎盖过了爆竹。苏微吃了一惊，失声道：“怎么了？出什么事了？！”

“天哪！”喜婆也叫了起来，“新郎官居然挑出了一盏灯！”

“灯？”苏微愕然，“这有什么稀奇的？”

“可是……可是，那是绮罗玉做的！”喜婆的声音也在发抖，忍不住惊呼，“天啊……是传说中的九曲凝碧灯！那可是稀世珍宝，足足可以买下半个云贵啊！”

“啊……真的？”她也忍不住惊呼了一声——这些天重楼大病刚愈，平时也多半在休息，居然在什么时候不声不响地将那盏九曲凝碧灯给雕好了吗？

那盏灯，在婚宴上点起，烛光透过九重薄如蝉翼的玉璧射了出来，一瞬间将整个坝子都映照得一片碧绿。每一重玉璧上都雕刻着繁复的花纹，有龙凤、有花草，也有人物……精美绝伦，在烛火的热气升腾之下自行微微转动，看得在场所有人都呆住了。

十年前，原大师也曾经用绮罗玉雕出一盏九曲凝碧灯，时隔多年，他此刻的雕刻技艺，居然比巅峰时期还要更进一步！

“这盏灯，便是我的聘礼。”

原重楼的声音响起，伴随着满场轰然的喝彩声。

“哎，姑娘！你嫁得这可比王妃还风光！”喜婆目眩神迷，啧啧赞叹，“原大师这样的男人，又有钱又俊秀，脾气又好——嫁了他，腾冲不知道有多少女人羡慕你呢。”

苏微在盖头下笑了一笑，只觉得心里甜蜜。

然而那一边，有一个陌生的来宾匆匆来到了场里，也没有来得及恭贺新郎，直奔尹璧泽而去，在尹家大公子耳边说了一句什么。

“什么？”尹璧泽失声道，脸色苍白，撞翻了面前的酒杯。

“怎……怎么了？”原重楼喝得有些醉了，只是嘀咕了一声，甚至没有在桌子上抬起头来，“喝酒……喝酒！”

“我妹妹她……”尹璧泽用力咬紧嘴唇，硬生生把后面半句吞了回去，忽然转身冲了出去，竟然是把新郎孤零零地撂在了那儿。

“蜜丹意呢？蜜丹意呢！”他发了疯一样地在人群里寻找着那个穿着红衣的小女孩，一张桌子一张桌子地找过去，然而，那个暗夜妖精一样的孩子仿佛忽然消失了。

尹璧泽只觉得全身冰冷，一颗心直往下沉。

婚宴进行时，残酷的搏杀也在继续。

黄泉跌落在地，四护法缺了其一，守住原地的阵法便完全破了。

紫陌和那个苗女已经恶斗了上百招，不分高下。天色已经微明，但结界里却还是漆黑一片，在笛声的催促下，周围的毒物僵尸无穷无尽。墨大夫守在黄泉身侧，竭力为他止住伤口上涌出的血，然而这猝不及防的一击已经令他奄奄一息。

碧落红尘联手护在他们两个身侧，勉强抵住了群鬼的袭击。然而萧停云却没有出手，只是垂首，微微闭着眼，居然在群魔乱舞之中打坐，单手握着横放在膝盖上的夕影刀，似乎在默默地等待着什么。

短笛声又响了一声，分外地尖利刺耳，显然是躲在黑夜里的操纵者已经不耐烦，想要催动最后的袭击。

“找到你了！”萧停云忽然睁开了眼睛，低喝了一声，纵身而起！

潜心使用“聆风”之术多时，他终于在这一刻抓到了那个隐藏在黑暗里的吹笛者的确切踪迹！刀光如梦，划破虚空。他飞身而上，足尖在僵尸们的头顶一点，如同惊电般掠出，拔出夕影刀，一刀斩落在笛声尾音之处！

那是雪谷老人夕影刀谱里的“梦非梦”。那一刀无形无迹，凌厉无比，如同一片薄光，切开了眼前笼罩的浓得看不见的黑夜。

——是的，是真的“切开了”黑夜！

一刀斩落，如同惊电，眼前那一片浓黑居然裂开了！哧的一声，仿佛裂帛的声音——随即传来一声低哼，有人从虚空中落下。

短笛被一刀削断，面具居中裂开，白袍人往后踉跄而退。

那一刀斩破了结界，仿佛一刀划破了黑幕，天色顿时明亮起来。风重新吹入这个空间，树木沙沙作响，一切都恢复了正常——笛声一消失，那些毒物和僵尸也失去了主意，居然就在原地打起了转。

碧落和红尘面临的巨大压力顿时缓解，齐齐松了一口气，转手支援紫陌。那个苗女看到他们两人联手而来，见机得快，双臂一抖，手腕上一串银铃密集如雨地打出，在空中相互碰撞，扑地散出一股青红色的雾气来。

“快闪！”红尘知道厉害，一把拉住还想复仇的紫陌，往后急躲。

等两人翻身落回地面时，那个苗女已然不见。

“哎呀！你怎么能强行出刀？还用那么霸道的招数！”墨大夫抢身过去扶住萧停云，口里不住抱怨，“跟你说了你伤了三焦经，内息行到膻中穴便不能继续，你这一口气强行提上去了，内腑都要被震坏的！”

萧停云身形摇摇欲坠，脸色灰败，低声道：“求墨大夫……给我一丸极乐丹。”

“那怎么行！给了你就是在害你啊！”墨大夫却是不肯，“这东西只能顶一时半会儿，而且会上瘾。一沾这个，人就废了！”

“情况危急，顾不得了。”萧停云喃喃，“刚才那个人……不是灵均。”

“不是灵均？”红尘愕然，“你怎么知道？”

“那种程度的身手……不会是灵均。”萧停云低声，咳嗽着，“最多……咳咳，最多只是拜月教的左右光明使者罢了……如今强敌未现，我、我不能就这样倒下。墨大夫……求你了……”

墨大夫犹豫着，从怀里拿出了一个药瓶，里面有三丸拇指大的药丸，呈现出奇特的幽蓝色。

“你自己想好。”老者看着他，神色凝重，“每次服下一丸，虽然可以让人不知疼痛整整二十四个时辰，但却是以损害真元为代价。每服一丸需卧病一年——连续服用三丸后，则筋脉俱断，终身成为废人！”

萧停云拿过了药瓶，低声：“置之死地而后生。”

他毫不犹豫地仰头吞下了一丸，用内力化开，盘膝而坐，静静闭目养神，旁边的四位护法看着他，眼神复杂。

“那边！”寂静中，萧停云忽然睁开了眼睛，指着东南方，“我听见了鼓吹喜乐的声音！——就在那边五六里开外！”

所有人都精神一振，相互搀扶着站了起来。

“走！”萧停云顾不得自己身体还没完全好，带着众人走了过去。

一路上，血薇在袖中不停鸣动，越来越强烈——是的，阿微就在附近了！他心下了然，更是心急如焚，恨不能立刻生出双翅跨越这短短的数里路的距离。

然而刚行出不到一里路，前面又传来一声短促的笛声。

四周看不见一个人，只听到那笛声从朝霞里传来，和方才的截然不同，轻灵、飘忽，忽东忽西忽左忽右，如同一个孩子捉迷藏时银铃般的笑语。

萧停云只听得一声，便变了脸色。

——来人的修为，显然更在方才那个白袍面具人之上！

“大家小心！”他低喝，“这回来的人说不定是灵均！”

笛声略略停了一下，忽然一个音调拔高，如同一线指向天际。

那一刻，碧落低喝了一声，手指一弹，射出一块石子，穿向了声音的来处——咔嗒一声，远处那棵合抱的大树被打了对穿，笛声却忽然又转移了一个地方。

在笛声里，大地忽然微微震动。

“看脚下！”萧停云失声道，“有东西出来了！”

随着笛声，一双双化作白骨的手从土里伸出，抓向了他们！远处有低哑的鸣动，那些游荡的僵尸去而复返，和大批的毒物一起蜂拥而来，将他们重新死死围住！

笛声还在继续，在银铃般的曲声里，刚亮的天居然一分分黑了下来。

萧停云看着眼前的情形，当机立断，吩咐："紫陌前辈，麻烦你带着黄泉和墨大夫先离开——他们一个重伤一个不会武功，留在这里只会成为负担。不如杀出重围，去婚宴上找阿微来这里！"

"好。"紫陌看了一眼黄泉，立刻点了点头。

"如果你见到了阿微，请劝她迅速来此处。如果有个什么万一，那就……"萧停云皱了皱眉头，眼神忽地暗了一下，不知掠过了一个什么样的念头，凑过身去，在紫陌耳边低声吩咐了一句什么。

"这……"紫陌露出了吃惊的神色，愕然，"这样做好吗？"

"危急之际，也只能出此下策了。"萧停云低声，眼神却冷酷，"到时候，我们分头在水映寺会合。"

"是。"紫陌看了一眼周围密密麻麻的僵尸，知道情况危急，也不多犹豫，立刻点头领命。萧停云振作精神，低喝了一声："我替你们杀出一条路，快走！"

夕影刀出鞘，瞬间周边的空气都几乎凝结。

因为刚服下极乐丹，他只觉得体内的真气从未如此充沛过，运转自如，四肢百骸无不焕然一新。虽然缺失了右臂，左臂却比以前更加灵活自如，对刀的控制更是妙到毫巅。他的手腕微微一震，刀光便如漫天星光飘落，将笛声来处笼罩。

刀光起时，笛声那边有人低低地惊呼了一声，显然是极端惊骇于他居然还活在世间，失声道："夕影刀？！"

笛声只是那么微微一顿，刀光已经划破结界。

"快走！我们替你们挡住追兵。"萧停云厉声挥刀，看着紫陌带着黄泉和墨大夫突破了重围，忽然一扬手，"接着这个！"

一道绯色的光华穿破了黑暗，如同一道流星，挡者披靡！

紫陌凌空转身，反手接住了血薇，如虹掠去。

第十三章 剑去人去

有一种力量在她的内心涌动，催促着她。这种感觉，令她瞬间回到了十年前——每当生死对决前夜，她握着血薇睡去，那把剑就会在她怀里微微跳跃，如同饮血的渴望。

空前热闹的婚宴，整整进行了一夜。清晨，日光出现在天际之前，所有人终于都累了。喝酒的、猜拳的、跳火的，都暂时偃旗息鼓，坝子上开始出现了短时间的安静。

苏微枯坐了一夜，终于等到了所有闹棚仪式都结束——然而人虽然坐着，心里却一直有些不舒服地揪紧，那种不祥的预感如影随形。

“唉，闹了整晚，我这把老骨头都快要撑不住了……总算辰时快到了。”喜婆也不由得叫苦，走过来问，“新娘子累了不？稍微忍忍，很快新郎官就要来背你过门了。”

她笑了笑：“他……他喝了那么多酒，还能背得动？”

“哟，新娘子这是在担心了？”喜婆笑起来，替她整理了一遍仪容，“放心，有尹家大公子在陪着他呢，一定不会让他喝太多的——咦？这是……”

刚说到这里，她就看到尹璧泽在人群里穿行，似乎在寻找着什么。

“蜜丹意呢？蜜丹意呢？”尹家的大少爷状若疯狂，声嘶力竭地一遍遍问着，满眼都是血丝，完全不复平日的温文儒雅。忽然一回头，看到了坐在西边屋子里的新娘，眼神一凝，便要冲过来。

“尹公子。”忽然，一个声音阴恻恻地响起，“你要做什么？”

尹璧泽转过身，在人群里看到了一个毫不起眼的灰衣人，却是宋川。那个人如同鬼魂一样地出现，只是一伸手，就扣住了他的腕脉。脉门被扣，瞬间全身瘫软，尹璧泽被拖入暗处，而周围的人只道他们是要喝一杯的老相识，并没有一个人留意。

“蜜丹意呢？我要见她！”宋川刚一放开手，尹璧泽便失声大喊，“家里派人来通知我，说我妹妹昨晚大出血，一直昏迷不醒！医生说可能大人和孩子都保不住！”

“哦？”宋川却只是笑了一笑，“真不幸啊。”

尹璧泽脸色惨白，颤声：“蜜丹意呢？她……她明明答应了我的！她说过，只要我在腾冲照顾好原大师和苏姑娘，就会保佑我妹妹平安诞下皇子！”

“做梦！尹家没有筹足灵均大人要的百万黄金，耽误了大事，居然还想顺利诞下皇子？”宋川捏着他的咽喉，控制住他的声音，微微冷笑，“告诉你，今天连夜凑足黄金送过来，镇南王侧妃便能顺利生产。否则的话……呵呵，一尸两命还是轻的，若是生下个怪物，就让尹家等着满门被灭吧！”

他松开了手，尹璧泽剧烈地咳嗽着，弯下腰去。

“快去办吧。”宋川冷冷，“只给你十二个时辰的时间！”

一整夜的闹腾，清晨在稍稍的休息之后，乐手们用过了早餐，重新振奋了精神，开始卖力地吹起了唢呐，整个场子里的气氛顿时又沸腾起来。

外面准备完毕，便有人上来催促新郎起身。原重楼摇摇晃晃地站起来，接过手巾擦了一把脸，嘀咕：“璧泽呢？”

男傧相忽然间消失了，新郎官只能一个人踉踉跄跄地往前走。有人上来帮他换上新衣，擦干净脸，戴好头巾，叮嘱着什么。然而他什么都听不见，只是直直地看着前面，嘿嘿地傻笑着往前走——坝子的西面，那一排房子的窗后，坐着美丽的新娘子。

低着头，静静地等待着。

“迦陵频伽……”他看着看着，心里一喜，忍不住连走带跑起来，引得周围宾客一阵哄笑——“新郎好急！”

原重楼踉踉跄跄地走到了门外，却没有立刻闯进去，站在门外呆呆地看了垂着红盖头的新娘半晌，目眩神迷，喃喃道：“迦陵频伽，你……你今天，可真好看！”

苏微在盖头后忍不住哧地笑了一声：“盖得这么严实，还能看出好看？”

“那当然！”原重楼带着醉意，摇晃着走进来，竟是想直接过来拉她的手，嘴里道，“天啊，真是像做梦一样！今天我终于……终于……”

“大吉大利！”喜婆连忙拦住了他，“胭脂钱拿来！”

原重楼这才“哦”了一声，回过神来，从怀里摸出一封早就准备好的银子递了过去，眼睛却始终不离苏微左右，越看越是欢喜。喜婆看到他神魂颠倒的样子，也忍不住笑起来，不忍心再多为难他，便收了红包，道：“新郎官背新娘子出门啦，大家让路！”

原重楼背过身子，在门外微微蹲下，喜婆便拉着苏微站起来。

他回头看了她一眼，忽地凑过来，甜丝丝地道：“怎么样？上次在那个蛇洞里你背着我，这下可轮到我背你了……”

“你行不行啊？”苏微却是担心地嘀咕。

“当然行！行得不得了！”原重楼拍着胸口，“尽管来！”

苏微走过去，攀上他的背，揽住了他的脖子。原重楼身子一晃，猛地踉跄了一下，差点摔倒，幸亏她见机得快，旋即用千斤坠的功夫稳住了身子，足尖一点，才堪堪没摔倒。

然而，旁人已经发出了一声哄笑。

苏微心下不由得恨恨，在他耳边低声骂道：“我说过让你少喝一点，还不听！如今连背都背不动了吧？”

“谁……谁说背不动？”原重楼嘟哝了一声，吸了一口气，拔脚朝前狂奔——那一刻，他的力气竟然忽地变大起来，足下生风。

“哎哟！新郎官厉害！”围观的人群鼓掌喝彩。

坝子很大，从西边到东边足足有半里路，来宾纷纷让出了一条路，让新郎背着新娘过门。毕竟大病初愈，原重楼刚开始跑得快，没几步就开始气喘吁吁，苏微看得不忍心，忍不住道：“跑那么快了，停下歇歇？”

“背新娘……怎么……怎么能歇？！”原重楼喘着粗气，额头青筋乱跳，一边跑一边嘟哝，“我说，你……你怎么这么重啊？哎哟——”

苏微揪住了他的耳朵，狠狠瞪了他一眼，足尖迅速下探，借着裙裾的遮掩，微微往地上一点。那一瞬，原重楼只觉得整个人腾云驾雾飞了起来，身不由己地往前冲。

“哇！新郎厉害！”周围的人看到他速度忽然变快，不由发出了雷鸣般的掌声。

原重楼背着苏微，几个起落便飞跃过了坝子，喘着粗气停下来，一时间还没回过神，就听到了耳边传来一片银铃般的笑声，回头只见几十个孩子飞奔着围了过来，每个人手里都拿着一篮子东西，有莲子也有红枣，一边叫着“百年好合”“早生贵子”，一边将米花撒过来，然后争先恐后地伸过手来，掐着新娘子。

“哎哟！”苏微连着被掐了几下，忍不住叫了一声，下意识地抬起了手——幸亏后一个瞬间想起来这就是喜婆说的新婚掐新娘的习俗，硬生生地忍住了。

“不许掐！不许掐！”原重楼看得心疼，大叫起来，“我自己的老婆我自己都没舍得碰她一根手指头！不许掐！”

然而孩子们笑着，却掐得越发起劲。

苏微吃痛，却不能还手，满头满脸都是被撒的炒米花，生平第一次觉得如此的憋屈，刚要催促原重楼赶紧跑，忽然间愣了一下——那一群围上来的孩子里，居然看不到蜜丹意！怎么可能？在现在这个时候，那孩子会去了哪儿？不会是……

她还在出神，原重楼知道她在挨掐，提起最后的力气往前疾奔，背着她几步就跨入了大堂，连忙转身对那群孩子大叫：“别掐了！到地方了！再掐我打你们啊！”

他气急之下，真的是卷起了袖子挥舞拳头。孩子嬉笑着散开，用手比着脸，对他吐舌头：“新郎官打人！羞羞！”

“好了好了。”喜婆连忙出来打圆场，将孩子驱赶到一边，拉着两人来到了大堂侧面的小房间，“来，先下去休息一下，等这边准备好了，马上就要拜天地喝交杯酒了！”

她被盖头遮着眼睛，原重楼便牵了她的手走。然而，苏微却在他的耳边低声道：“重楼，蜜丹意不见了！你有看到她吗？”

原重楼一惊，在孩子里四处看了一圈，果然没看到那个孩子，也不由得焦急起来：“怎么回事？跑哪儿去了？我去找找看！”

“哎，哎！你们想干吗？”他站起来，正准备推门出去，喜婆正好进来，连忙阻止，“快出去，马上就要拜堂了！”

外面锣鼓喧天，宾客们都簇拥在大堂里，等着看新娘子和新郎官。苏微蒙着头，被喜婆牵着，亦步亦趋地来到了大堂，和原重楼在花烛前双双站在了一起。

有人唱礼：“一拜天地！”

她躬身拜了下去。然而刚弯腰，忽地觉得头顶一痛，耳边听得原重楼也“啊”了一声，显然是两个人凑得过近，以至于一弯腰便撞到了头。

周围发出了轰然的大笑，她不由得脸上一热，僵在了那里。

“哎呀，你们站那么近干吗！”喜婆连忙拉开了她。

苏微浑浑噩噩地被拉着往外走了一步，耳边又听到了第二声“二拜高堂”，喜婆便拉着她转身——她和原重楼都没有父母双亲，所以堂上坐着的只有当地的一些长者，权充高堂。

苏微眼睛看不见，耳边听到的都是沸腾的锣鼓，宾客的恭喜喝彩，心里却是一时欢喜、一时又很乱。那一刻，她想起了埋在风陵渡黄土之下的姑姑，如果她现在在这里，那就好了……

可下一刻，她又想起了自己对姑姑发下的誓言，心里不由得微微一痛。是的，今日的她，终究是背弃了当年的誓言，姑姑若九泉之下有知，会原谅自己吗？

第二拜刚拜完，外面的喜乐也吹完了一首，暂时停了一下，准备切换到下一首——就在那个一掠而过的间隙里，寂静之中，她忽地听到了一声奇怪的声音，如同风吹过耳边。

“夫妻对拜！”唱礼的声音洪亮，周围人一片喝彩。

然而，她却全身微微发冷，站在了当场——是的，那声音极其微弱，被淹没在了喧闹的人声里，几乎没有人可以听得见。

——那是利刃割破空气的声音！就在不远处！

“苏微……苏微！”

好像有人在呼唤她的名字，遥远而急切。

有一种力量在她的内心涌动，催促着她。这种感觉，令她瞬间回到了十年前——每当生死对决前夜，她握着血薇睡去，那把剑就会在她怀里微微跳跃，如同饮血的渴望。

在那一刻，她忽然间绷直了身体。

"怎么啦？"喜婆拉着她的袖子，着急地催促，"快拜啊！"

她心中天人交战，不由自主地弯下了身体，想要把仪式行完。

然而，耳边那个声音却还在不断传来，越来越清晰。就在完成最后一拜的那一刻，她模糊地听到了一声濒死时发出的惨叫——那声音是如此的熟悉。熟悉得令她心里一跳，毛骨悚然！

"墨大夫！"那个瞬间，她脱口而出。

——是的，那是墨大夫的声音！

满堂的宾客正在围观礼成，鼓掌喝彩，闹着要看新人喝交杯酒，却被新娘骤然间发出的惊呼吓了一跳，齐齐愕然——在短暂的寂静的刹那，她侧耳竭力聆听，想要分辨来处，可那个声音却居然骤然消失了。

再也没有丝毫的呻吟，如此的安静。

——而这样的安静，往往只预示着一件事：死亡。

"墨大夫！"她再也顾不得什么，把盖头一掀，冲到了门外——门外熙熙攘攘，足足有一百桌的客人。此刻大部分都云集在了大堂外观礼，只有少数还留在座位上。上千人济济一堂，一眼扫过去，什么都看不出来。

"新娘子，你怎么了？"喜婆吓了一跳，想上去拉她回来却又不敢，只能看着一边的原重楼，"新郎官，你快去劝劝呀！"

原重楼脸色有些苍白，往前走了一步："迦陵频伽，怎么了？"

"我听到了……听到了一个声音！"她喃喃地道，每一句都艰难无比，不知如何表达，"我觉得……有什么事情已经发生了……很不好的事情！"

原重楼看着她，眼神担忧："迦陵频伽，现在是我们婚礼的时候，先回去吧。"他低声道，似是恳求，"不要分心，好吗？就算有什么事情，也等礼成后再说。"

她迟疑了片刻，侧耳细听，然而那个声音却怎么也听不到了。

"好。"她终于点了点头，向他妥协。回头看到所有宾客惊讶的表情和重楼发白的脸色，不由得带着深深的歉意，低声："对不起。"

"没事。"他低声回答，走上来，用红布重新盖住了她的头，牵了她的手往回走。宾客们回过神来，重新鼓掌喝彩，而锣鼓唢呐也同时响了起来。那种喜气洋洋又热闹万分的乐曲，几乎将人的耳朵都震聋了。

然而，就在他们即将跨过门槛、重新回到礼堂的瞬间，一道风声呼啸而过，闪电的光芒从天而降，正正击落在喜堂之前！周围的人齐齐发出了一声惊呼——

那一刻，苏微霍然回过头来，一把扯下了盖头。

那是一把剑，从天而降！

日光直射在凛冽的利刃上，折射出万千霞光，笼罩住了所有在场的人。万人仰望之中，那一把剑从天外飞来，直插在堂前写着“佳偶天成”的匾额之上，穿透了牌匾，迎风微微摇曳，化作清光万千。

如同盛放在荒野里的蔷薇。

“血薇！”那一刻，她脱口而出，惊喜万分。

是的，那是血薇……是属于她的、宿命般的魔剑！

半年多之前，她离开了这把剑，便以为是离开了昔年的生活，从此脱胎换骨——可它，却居然飞越了千山万水，在此时、此地，回到了她的面前！

血薇在风里微微摇曳，在身体里的血瞬间如沸。那种声音呼唤着她。苏微再也忍不住，一把甩开了原重楼的手，一跃而起，凌空招了招手——

那一瞬间，那把剑反跳而出，跃入了她的掌心！

新娘子持剑凌空，宛如天外飞仙，一瞬间让所有人都呆了。

“血薇……”她落地，凝望着剑，喃喃自语，如同拥抱着久别重逢的恋人。下一刻，她便听到了那个声音再度响起：“苏姑娘！”

这一次，却是清晰的。

人群发出了一声惊呼，忽然散开。远远地，她看到了坝子外面的树丛里，挣扎着走出了一个人——那是个紫衣女子，全身都是血，不知道是经历了多少生死搏杀才来到了这里。

“紫……紫陌护法？”她失声惊呼，不敢相信自己的眼睛。

是的，那是本应该在洛阳北邙山隐居的紫陌！却居然出现在了这里！紫陌扶着黄泉踉跄走出，两人均受了极重的伤。而在他们的身后，还躺着一个同样满身是血的老者。那是她熟悉的墨大夫……这个在听雪楼里朝夕相见的老人，一次次照顾着她的伤病。

可如今，这个老人却已经再也没有了呼吸。

他被人割断了咽喉。

那一瞬间，她握着血薇剑，全身微微发抖。

“刚才，是你们……在喊我吗？”她开口问，声音也在发抖。

“是。”紫陌已经接近虚脱，只能点点头，低声道，“有人……在追杀我们。我们突破重围，一路到了这里……没想到……喜宴里也还有他们的人……”

苏微心里猛然一沉："什么？有拜月教的人？在哪里？"

紫陌摇了摇头，虚弱地喃喃："刚才退去了……就在你出来的刹那。"

她穿着吉服，回顾着坝子上热闹的婚宴——这上千人熙熙攘攘，均是她所不熟悉的陌生人，谁又看得出其中隐藏着多少各怀用心的虎狼？

"快，进来！"苏微来不及多想，上去扶住了紫陌，看了一眼地上的墨大夫，只觉得心里一痛——是的，如果在她第一次听到声音的时候就出去寻找，墨大夫一定还不会丧生！

而她，竟任凭这个老人在咫尺之遥死去！

"不……你、你别管我们了。"紫陌身上带着重伤，气息也已经很微弱，却挣扎着撑起身体，指了指西北方，"楼主、楼主他们……都在那边！他们……中了伏击。让我拿着血薇来找你……快去……快去救……"

一语未毕，一口血从她的嘴里涌出，强弩之末的人终于倒下。

苏微一震，心里只觉得天人交战，乱到了极点——什么？停云……停云他们，竟然都已经到了这里？而且，他们此刻身陷险境？

那么，此刻的她，又该怎么办？

周围的宾客围了过来，里三层外三层，看着这一幕个个惊骇不已，议论纷纷。参加喜宴的多半是腾冲本地人和外地的玉商，不知道新婚大喜之日，飞剑天来，血溅华堂，这到底是闹的哪一出，一边议论，一边回头看着新郎官的脸色。

原重楼站在贴着大红喜字的门口，望着外面的这一幕，脸色苍白，全身微微发抖，眼里的神色剧烈地变幻，一直凝望着苏微，却没有上前打扰。

终于，苏微握着剑，站了起来，回头看了他一眼。

"迦陵频伽。"他开口，低低叫了新娘一声，"我们的婚礼……还没完呢。"

她看到他的眼神，心里也是一震，走过去，拿起了一边桌子上放着的合卺之酒，不由分说地拉过原重楼，手臂从他的肘弯处穿过，将那杯酒一饮而尽。

"好了，现在合卺酒也喝了，婚礼算是结束了。"她匆匆行完了最后的礼，心里着急，便顾不得多说，"对不起，重楼，此刻我的朋友有难，来向我求助，我不能弃之不顾，必须先要去一趟。"

原重楼眼神复杂，低声问："是洛阳的那个人吗？"

"是。"苏微沉默了一下。

——在这个微妙的时候提及洛阳和那个人，并不是个好事情。但她还是点了点头，坦然承认。

他不由得咬了咬牙，恨恨："我就知道那家伙不会让我们这样顺顺利利成亲的！他……他还真的跑来了？他是想把你抢回去吗？做梦！"

“不是这么回事！”苏微心急如焚，来不及和他辩解，“我去去就回。”

原重楼却拦住了她，看着她：“你……能不能不去？”

他眼神里有着深切的期盼和担忧，令她心里一软，回过了头，柔声：“放心，不是你想的那样，别乱猜。”

“别去。”他却死死拉住了她，几乎是接近于哀求，“不要扔下我。”

他的语气和眼神令人刺心，苏微叹了口气，顾不得众目睽睽，走近他，伸出双手环抱住他的肩膀，在他耳边柔声道：“别担心……我只是去一下而已，很快就会回来的。”

“不，你不会回来了。”他却一把抱住了她，用了很大的力气，仿佛生怕她瞬间消失，声音里带着微微的恐惧，“洛阳……洛阳的那个人来了！他来找你了！……迦陵频伽，你这一走，我们这辈子就再也没法在一起了！”

“怎么会？别乱猜了，我去去就回。”她心下有无穷的歉意，却又担心那边等不及，只能狠下心来推开了他的手，“我得走了……等着我！”

周围的人大气也不敢出一声，眼睁睁地看着新娘拔出了剑，如同长了翅膀一样地离开，心里一边惊呼着“这是仙女吧”，一边回过头看着新郎官的脸色——新婚当天，新娘居然为了别的男人扔下了新郎远走高飞，这简直是旷古未有的奇闻，不知道新郎怎么受得了。

九曲凝碧灯里的烛火已经熄灭了，原重楼站在空荡荡的华堂上，穿着大红吉服，脸色却苍白如死。他凝望着她最后消失的方向。

许久，他终于抬起手，将手里的合卺之酒一饮而尽。

“好了，大家都继续喝酒吧！”原重楼举起了空杯子，若无其事地对着上千人大喊，“来，每个人都必须来敬我一杯！喝一杯，我送一块玉，人人有份！”

瞬间，全场轰动。无数人涌过来，开始围着新郎疯狂地敬酒。而原本已经戒酒的原重楼竟然来者不拒，转瞬已经喝了几十杯，整个人开始摇摇晃晃。

他不停地喝，不停地喝，似乎以为溺毙在酒中便能解脱。

紫陌扶着黄泉找了一个地方坐下，简单包扎好了彼此的伤口，运气疗伤，一个时辰后终于缓过了一口气，抬眼看着场子里的情景，眼神复杂。她想起了走时萧停云的密令，不由得叹了口气——

一场多么美好的婚礼，却最终以这样的情形收场。

婚礼上的苏微是那样的美丽欢悦，完全不同于昔日在洛阳之时。想必，现在的一切才是她背弃所有、离开江湖的原因吧？

可是那一片江湖是如此的大，无边无际，一旦踏入，又怎么能说退出就退出呢？

苏微扔下了新郎，握剑跃上了枝头，朝着西北方向疾奔。风呼啸过耳际，隐约夹杂着一些刀兵之声，她听风定位，疾奔而去，越来越近。

然而，一路奔来，她却什么也看不见。

既看不见一个人，也看不见打斗的痕迹。

然而奇怪的是，那些声音，却已经在耳畔。当她奔出五六里地的时候，那些激烈的兵刃交错声已经分外地清晰，显示着战场已经近在咫尺，可偏偏四顾荒野里却空无一人——苏微心里焦急，却不得不强迫自己静下心来，细细聆听。

兵刃声里，夹杂着的，还有一声短促的笛声。

那一刻，她明白了一切，瞬间停了下来，将一口气提到了胸口檀中穴。当笛声第二次响起的时候，她一声清叱，血薇如同闪电般从手里绽放！

休养多日，她早已恢复到了最佳状态。这一剑她用足了十成十的真力，将翏龙四式发挥到了巅峰——绯红色的光芒一闪即收，如同雷霆般直击向三丈开外的一棵凤凰树。

轰然一声巨响，虚空里，骤然似乎有什么破裂了。

剑光所指之处原本是枝叶的空隙，黑沉沉的空无一物。然而一剑之后，有一个声音短促地痛呼了一声，有什么从树上掉落，笛声瞬间中断。

然而同一个瞬间，她也被一股极其强烈的力量反弹回来，整个人向后断线风筝般地急退，踉跄着落回了远处的地面。

那一刻，似乎有一阵风从不知名的空洞里吹出，方圆一里内的树木簌簌摇动。

一切在刹那间改变。

仿佛是有什么东西被瞬间突破了，或者是一层膜从眼前被撕开，周围的一草一木陡然发生了奇特的改变，抬头看去，新的一幕浮凸在了原本的视线里——空荡荡的旷野忽然变了个模样，出现了无数游荡着的僵尸，草间穿梭着密密麻麻的毒虫，令人毛骨悚然——这一切，似乎原本被封印在另一个肉眼不可见的空间里，随着她刚才那一剑而破除。

在密集的毒虫僵尸群里，背靠背站着三个人。

他们并肩联手，对抗着四面涌上来的无穷无尽的攻击，每个人身上都已经鲜血斑斑，显然已经在这里支撑了很久，即将力竭。

“大……大护法？”苏微一眼认出了是谁，失声惊呼，“停云！”

三个人闻声抬头，看到了远处的她。

“阿微！”萧停云脱口而出，喜动颜色，“你终于来了！”

刚一说话，胸臆之间流转的一口气不纯，手下一慢，一只僵尸的手便穿透了他们联手组成的防线，哧的一声在他肩膀上抓出了一道深可见骨的血痕。

“停云！”苏微失声喊道，一点足，挟着血薇如同一道电光掠下！

她落入了战团中心，一剑便斩下了那个僵尸的头颅，一脚踢在它的胸口，喀吧一声踢得僵尸胸骨下陷，往后直飞出去，砸倒了一片。

刚才中断的笛声一直没有再响起，似乎主人已经悄然退开。然而，那些僵尸没有接到新的命令，便一直保持着攻击的状态，奋不顾身，一波一波地袭击。那些东西的数量实在太多，苏微虽然竭尽全力，再加上他们三个人，四人联手，一刻不停地砍杀，也整整用了两个时辰才把所有的僵尸和毒物都解决掉。

当最后一具僵尸四分五裂时，她也几乎累得颓然倒下。

“阿微。”一只手伸过来，扶住了她。

那是一只熟悉的手——她心里瞬间一震。抬眼望去，一袭如雪的白衣已经被血污全部染红，然而，即便是在修罗场里，那一双眼睛却还是依旧沉静明亮如昔。她看到他的眼神，只觉得心里一动，身体里的力气在刹那间耗尽，一个踉跄。

萧停云托住了她的手臂，稳稳地，不令她跌倒。

然而，下一刻，她却惊呼起来：“你……你的手？！”

是的，他的手……他的右手呢？他握刀的那只手，怎么会忽然没有了？！

“断了。”萧停云扶起她，脸色苍白而疲惫，平静地笑了一笑，展示了一下右侧空空的袖管，“所以，只能改成左手用刀。”

苏微惊骇得说不出话来，半晌才喃喃地道：“什么时候的事？”

“三个多月前吧。”他淡淡道，“洛水上遇到了伏击，听雪楼差点全军覆没。”

她看着他，又看着剩下的两位护法，一时间不敢相信——她只是离开了听雪楼半年而已，短短数月里，居然发生了这样的事情！

“是天道盟干的？”她愕然。

“不，不是天道盟。”萧停云低声道，“是拜月教，是灵均。”

她失声惊呼：“灵均？”

“是。”萧停云尽量言简意赅，“他执掌拜月教之后，试图染指中原武林。这次就是他勾结了天道盟的余孽，在洛水发动了伏击——我万幸还捡回了一条命。”

苏微沉默了一瞬，喃喃：“怎么可能？”

是的，灵均。她还记得月宫里那个戴着面具的年轻男子。他穿着白袍，对她伸出手来，掌心绽放出纯白色的莲花，离别时他摘下面具，让她看过他的真容。在缥缈离合的白云之间，他们曾经有过一场宁静而又深入的谈话，直指心灵。

“身为祭司，我们的生命漫长，凡夫俗子无法望其项背。这些年来，我倾注了全部精力修炼，从未因凡俗尘世而有所动心。以有情而殉无情，以有涯而随无涯，怠矣。”

她还记得他曾那么对自己说。

这样一个人，似乎只存在于灵鹫山皑皑的雪峰之上，缥缈清冷的月宫之中，怎么也会被卷入了这江湖血腥的权势争夺里去呢？他脸上戴着面具，心里也戴着面具吗？

“我们一直试图派人来滇南找你，却均被他阻挠。”耳边听得萧停云继续道，解释着这一切，“所以，我不得不冒了大险，亲自带人来找你——却不料这里处处是拜月教的眼线，我们差一点儿就被困死。”

她听到这里忽地回过神来，不由得冷笑了一声：“你们来找我做什么？我已经和你派来的那些人说过了，从此不要再来找我了，我是不会回洛阳去的！”

萧停云震了一下，脸色更是苍白。“原来……是你自己不肯回来？”

他顿了顿，忽地苦笑起来，“我真蠢啊……还以为是拜月教居中阻挠，所以你不曾回来。却不想想以你的武功，如果真想回来，天下又有谁能拦得住你？”

“是。”苏微握紧了血薇，看着他，“是我自己不愿回去。”

“你……”萧停云顿了顿，深深地凝视着她，终于开口，问出了那个敏感的问题，“你不肯回来，是因为那个男人吗？听说今天……今天是你的婚期？”

“是。”她抬头看着他，毫不避让，“我在这里嫁了人。”

“啊……”他沉默下来，神色复杂，许久，忽道，“尽管如此，可是你一看到血薇，还是来这里了。”他看着她，微笑着，眼里全是笃定，一字一顿：“你看，你始终放不下，始终属于那片江湖。”

苏微脸色微微一白，也不多说，唰的一声收剑归鞘，将血薇平举在他面前：“好了，事情已毕，你拿回去吧。”

萧停云的笑容凝结了：“什么？”

“拿回去！”她将那把稀世名剑双手平举，交还给他，“这是我最后一次为你拔剑了——从此后，我对姑姑的誓言就结束了。我再也不会回到听雪楼去。”

他看着她，似乎不相信她会把刚刚拿到手的剑再还回，一时间沉静的眼里也有焦虑失措：“阿微，你知道现在楼中情况危急，我是不顾一切来这里找你的！你……”

她却冷笑起来：“你来找我？找我做什么？是让我回到你身边，替你杀人？”她看着他，眼里的那一点温情和眷顾也消失了，语气冰冷而讥诮：“可是，在我中毒快要死了的时候，你在哪里？——在我没有用的时候就弃如敝屣，当我又有用了，又这样巴巴地跑回来，你以为我是什么？我……我不是这把血薇！你不用的时候就扔一边，要用的时候就再捡起来！”

说到最后，她的语音已经有了微微的哽咽，随即停住了话语。似是竭力控制了一下自己的情绪，再度开口，语声平静：“楼主，我为你血战十年，杀人无数，赴汤蹈火，不顾生死——可是，你，你当我是什么？你爱过我吗？”

萧停云本来还想说什么，却被这样突如其来的尖锐问题堵住了。

穿着新娘嫁衣的女子站在旷野里，双手捧着血薇剑，静静抬头看着他，双眸璀璨如星辰，平静不见底——那一刻，他心里竟也是猛然一静。

“对不起。”终于，他开了口。

“哈哈哈哈……”苏微一怔，忽然放声大笑起来，笑得如释重负，却又带着一丝凄凉。“是的，你从未爱过我。真是没想到……你在这个时候，居然还是说了实话！真是难得啊！”

她笑着，却是苦涩：“其实我早就看出来了，你心里的那个人，一直是赵总管。”

萧停云微微震了一下，却并没有否认。

“我从什么时候看出来的呢？让我想想……”她侧过头，似乎是回忆着，“或许，从我们第一次见面开始，我就已经知道了吧？”

她微微地笑，似是笑昔年的自己，也似是笑那一场少女时的幻梦。

“可是，为什么那时候心里总是不甘呢？是因为放不下血薇和夕影、人中龙凤的传说，还是仅仅因为不服输？其实……”说到这里，她抬起头看着他，“其实，到了现在，我才明白，那只是因为我没有遇到真正所爱的人罢了——在那时候，我所拥有的天和地，实在是太狭小了。”

她将血薇剑往他的怀里一扔，叹了口气：“我是不会跟你回听雪楼的了……这个江湖，已经和我无关。你们要对付天道盟也好，要对付拜月教也好，都不关我的事了。”

“阿微！”萧停云下意识地接住了剑，失声低呼。

血薇躺在他的独臂里，死寂而黯然。

“你曾经对石楼主立下过誓言，如今听雪楼危在旦夕，大将摧折，你怎能就这样背弃誓言、见死不救？”他看着她，不得不搬出最后的令牌，一字一句，“如果我死了，听雪楼灭亡了，你心里真的会好受吗？”

苏微沉默了一瞬，似乎有些动摇，然而随即抬起了头，看着他，眼神坚定：“不。十年来，我已经为听雪楼出生入死很多次了，我并不欠你什么。”

萧停云顿了一顿，涩声道：“是，你不欠。”

“就当我死了吧。”她微微叹了口气，道，“如果不是重楼，这次我早就死在了滇南。如今我已经成了亲，便再也不是血薇的主人，而只是重楼的妻子——我再也不能为了别的人，去拿自己的性命冒险。我还想和重楼白头到老呢！”

萧停云凝望着她，说不出话来。

短短半年多不见，他似乎都不认得她了。

“你……很爱你的丈夫？那个不会武功的玉雕师？”他叹息般地低声道，“为了他，你不惜放弃血薇、割舍以往、背弃誓言，也舍弃你与生俱来的天赋？”

“是。”她的回答坚定无比。

他低下头去，用独臂握着那把血薇，不知道在想着什么，手指微微颤抖，许久才道："看来，你已经决心不顾昔日的誓言，背离听雪楼——就算我们全战死在滇南，也不会为我们出剑，对吗？"

她看看他，又看看两位护法，低声道："就当我死了吧。"

"是吗？可是，你明明还没死啊……你还握有巨大的力量。那种力量，是当年石楼主为了让你守护听雪楼而赐予你的。可到了这样存亡危机的时候，你却袖手旁观？"萧停云嘴角浮出一丝淡淡的笑，不知道是愤怒，还是绝望，"你对得起谁？"

那一刻，看到他露出这样的笑，苏微心里骤然有一阵寒意——是的，并肩作战那么多年，她是了解他的。知道这个看似温文尔雅、从容不迫的贵公子，其实有着怎样决断狠戾、翻手为云覆手为雨的内在。

此刻为了听雪楼的危亡，他绝对是什么事都做得出。

"听着，有什么事冲我来！"她的语气也瞬间冰冷，看着他，一字一句，"不管我们以前有什么交情，只要你敢动重楼一根寒毛，我绝不会放过你！"

他一震，无语地看着她，忽然笑了："阿微，你这是对我宣战吗？当年我们在这里联手追杀天道盟主，如今，居然要在这里反目成仇？"

她也是微微一震，眼神缓和了一些，道："我不想和你反目成仇。"

顿了顿，又道："我请求你，不要再来找我了。"

她抬手指着他，一步步后退："再也不要！"

退出三丈外之后，她足尖一点，纵身掠起，在苍莽暮霭里奔向了归途。一身红衣猎猎，如同一只燃烧着火焰的飞鸟。

萧停云没有挽留，只是默然望着她的背影，眼神渐渐冷却。

"停云。"碧落长长叹息了一声，"你为什么不和她说出实情？"

听雪楼的大护法看着年轻的楼主，眼里有痛惜的神色："你已经连吃了两粒极乐丹，靠着药力才撑到了现在——你的身体再也无法继续撑下去了，更不可能独自对抗拜月教。她这样一走，我们基本没有胜算，很可能葬身在滇南。"

萧停云咳嗽了几声，淡淡道："大护法，你也看到了，阿微她已经变了……只怕我死在她眼前，她也不会改变主意的，又何必卑躬屈膝？我自然有别的手段令她听我的。"

"什么？"碧落和红尘齐齐吃了一惊。

"但愿紫陌他们已经完成了我的密令。"萧停云低下了头，看着手里的血薇剑，语气忽然变得莫测而冰冷，"为了听雪楼，阿微要恨我，那就让她恨到底吧——"

第十四章

日暮酒醒人已远（一）

只是短短片刻之间，兔起鹘落，事情急转直下，一切都已经发生，再也无可挽回。夕影刀掉落在地，血薇刺穿听雪楼主的胸口。碧落、红尘、紫陌震惊地看着房间里的这一幕，饶是他们久历江湖，也被震惊得久久说不出话来。

苏微回到坝子上的时候，暮色初浓，红灯喜烛还挂在那里，宾客已经散去了大半。喜婆看到她回来，几乎像见了救星一样，迎上来一把拉住："新娘子，你可回来了！可把我给急死啦！"

"重楼呢？"她顾不得多说其他，急忙问。

"在里面醉死过去了。你快去看看！"喜婆拉着她，转头往里走，嘴里不停地嘀咕，"下午你那么一走，所有人都惊呆了。新郎官疯了一样，到处找人喝酒，一口气喝了有上百杯吧，怎么拦都拦不住！唉，活活地把自己灌趴下了。"

她心下一痛，想起他们两人曾经相约戒酒。重楼是意志力极强的人，摆脱过去之后一直好好地重新生活，此刻若不是无法控制，绝不会如此放纵自己。

"蜜丹意呢？"她急急往里走，问了一句。

喜婆摇头道："那个野孩子，从下午起就玩得没影了，刚刚倒是回来了，跑进屋去看原大师，现在还没出来呢。"

苏微心里有些不安，想起了黄泉和紫陌，又问："下午来的那两个外地客人呢？他们的伤好一点了吗？有没有找医生替他们看看？"

"啊？那两个人呀？"喜婆想起来了，道，"原大师有让人去找医生来，还把他们请到内堂去坐了……不过后来新郎官喝醉了，大家乱作一团，也就没人管这事儿了。"

"是吗？"不知为何，苏微心里觉得有些不对劲。

说话之间，已经到了洞房门口，喜婆替她推开了门，说了一声"洞房花烛，好好安歇"，便笑着识趣地走开了。

"重楼？"苏微收回了心思，低声呼唤。

映入眼帘的是房间里的两支红烛，灯光摇曳，映着满堂的大红色，显得喜庆至极。

那一刻，她有一种幻觉，似乎看到那个惫懒又狡黠的家伙正躺在床上等她，摇晃着手里的枕头，扬扬得意：“从此后，我要当家做主！”

好吧，被你抢到了，那以后都听你的好了。

如果这样说，他会不会不生气了？

苏微一路想着要怎样安抚他的情绪，推开了新房的门走了进去——然而，房间里面酒气浓烈，到处都是被推倒的东西，显然是有人踉踉跄跄在里面走过，发泄似的摔了满地。

洞房里空空如也，没有一个人。

原重楼不见了，连蜜丹意也不在里面。房间里没有打斗的迹象，床上的枕头不见了，地面上有斑斑的血迹。有一张纸放在桌子上，上面写着三个字：水映寺。

落款是：萧停云。

“重楼！”那一刻，她再也忍不住失声惊呼，脸色苍白。

是的，她怎么会以为萧停云会这样放过她？他带着楼里所有的精英，不远万里来了这里，肩上背负着听雪楼的命运，怎么会凭着一两句话，就放她远走高飞？

这个江湖的残忍和复杂，她竟然忘了！

她全身颤抖地握紧了那张纸条，僵硬地沉默了片刻，忽然一顿足，连身上的喜服都来不及脱，转身朝着水映寺的方向一掠而去！

这一场宿醉，似乎是过了一百年那么长。

原重楼醒来时，只觉得头痛如裂，整个人都浑浑噩噩。手里捏着一个枕头，眼前晃动的还是跳跃的火光。怎么，是喜宴还没结束吗？还是……迦陵频伽回来了？他呻吟着，想撑起身推开窗吐一下，却忽然发现整个身体不能动。

“你醒了？”一个声音在问他，“要喝点水吗？”

那是一个男子的声音，清冷而好听，带着矜持的贵族气。

那一刻，他瞬间清醒过来。

烛影摇红，灯下坐着一个白衣公子，正看着醒来的他。那个人差不多二十七八岁的样子，眉目之间有一股从容凛冽的贵族气，虽然一身白衣血迹斑斑，却没有丝毫的狼狈之色，反而有一种令人不可轻视的高高在上之感。

“是你！”他只看了一眼，脱口而出。

那人微微一震，问：“你见过我？”

“是。”原重楼定定地看着这个人，眼神激烈而复杂，多少年前的记忆恍然浮现，忍不住冷笑一声，“拜你所赐，我的右手废了。我一辈子都记得你！”

萧停云微微一惊，看到了他右手上的那一道刀痕。然而他再看了看这个新郎官的脸，却是完全没有记忆，并不像是自己曾经的对手。

"我就知道你一早忘了。"原重楼微微冷笑，眉目之间掩不住的讥讽，"要不要我再提醒你一句：十年前，腾冲驿道边的亭子里！"

萧停云看着他，努力回忆了一下当年和苏微联手追杀梅景浩的情景，不由得恍然："原来是你！你就是那个……那个路过的玉匠？"

他定定地看着这个人，喟然长叹，"难怪阿微她……"

"真是贵人多忘事。你在中原，想必是个大人物吧？"原重楼冷笑起来，顾不得自己的性命还在对方手里，竟是恢复了一贯的毒舌，说得又冷又刻薄，"一刀就把人的手废了，转身压根就记不起来了……呵呵。"

"阿微杀的人，比我只多不少。"萧停云听出了他语气中的怨恨，却是淡淡的不动容，"她到底是个什么样的人，其实你压根不知道——你们根本是两个世界的人。她可以俯就你，可你，真的配得起她吗？"

他说得冷锐，毫不留情。原重楼的眼神闪了一闪，却忽地冷笑起来："至少在她孤身来到异乡、毒发快死的时候，是我陪着她去了雾露河！"

萧停云微微一震，沉默了下去。

"怎么，说到痛处了吧？"原重楼冷笑，"虚伪。"

"我有我的难处。"萧停云忍不住辩解了一句，随即大概觉得和他说这些有些多余，又沉默了下去，不再继续说，"我不会和你多说，我只要和阿微交待。"

"难处？什么难处会比她的命重要？"原重楼讥诮地看了看他，忽然笑了一声，"哟，你的手臂怎么也断了？还断得这么彻底，真是老天有眼，一报还一报……"

唰的一声，一道寒光闪过，中断了他的冷嘲热讽。

夕影刀带着淡淡的惨碧色，压紧了他的咽喉。

"十年了，终于又看到这把刀了……"原重楼倒吸了一口气，却并没有因此闭嘴，抬眼看着他，眼里露出了一丝复杂的冷笑，"你当时真应该直接一刀把我杀了。"

"我现在也可以把你一刀杀了。"萧停云冷冷道。

"好，来呀！怕你的话，我就不是男人！"原重楼却被他激得冷笑起来，忽地挺起身，将咽喉往刀锋上送了一送，"有本事，就在这里把我杀了！"

夕影刀往后迅速地退了一寸，才堪堪没有割破他的咽喉。萧停云抽身而退，将速度控制得妙到毫巅，惊疑不定地看着这个不会武功的人——这个玉匠，难道是个不要命的疯子？而原重楼也在灯下看着他，眼神里有一种无法描述的奇怪神色。

两个男人在灯下相互打量，谁都没有说话，空气里渐渐凝结出一种奇怪而压抑的氛围。

“真是奇怪。”终于，萧停云率先开口打破了僵局，往后退了一步，将刀从他的咽喉拿开，“区区一个玉雕师，居然也有这样的眼神？阿微看上你，果然不是没有理由。”

他放缓语气说这样的话，已经是尝试着缓解两人之间对峙的情绪。然而，原重楼却并不领情，看着周围，哼了一声：“你们这是把我弄到了哪里？”

“水映寺。”萧停云回答。

“迦陵频伽呢？”他又问，“你们到底想做什么？”

“她应该马上就来了。等她来了，就可以放你走。”萧停云低声，“我只是想要让她回到听雪楼而已，可她却鬼迷了心窍，非要留在这里。”

“你打算拿我威胁她？”原重楼忍不住冷笑起来，“真是好大的本事啊！”

萧停云沉默了一下，眼神有些黯然，叹了口气：“此事是不得已而为之，得和两位说一声抱歉——但你要知道，她不是你的迦陵频伽，她是血薇的主人，远比你想的要出类拔萃。你配不上她……你总不能让她那双手一辈子拿劈柴刀吧？”

“闭嘴！谁说我配不上她？”原重楼终于被激怒了，“不管怎样，我们已经拜堂成亲了！轮不到你一个外人来说三道四！”

“那又怎样？”萧停云冷然，“她一看到血薇，还不是立刻扔下了你？”

原重楼猛然一震，一下子说不出话来。

他抬起头，死死地看着萧停云，眼里流露出极其奇怪的表情。那种奇怪的眼神，竟然让身经百战、心机深沉的听雪楼主都有些不寒而栗起来。

“看来，我们两个，天生就注定是你死我活的仇敌。”原重楼的嘴角泛起了一丝冰冷的笑意，看着萧停云，语调缓慢而低沉，“你毁灭我的生活，一而再，再而三。我不会放过你的……君子之泽，五世而斩。你的死期到了！”

他用耳语般诅咒的声调，说出了最后一句话。

君子之泽，五世而斩？这句话是如此的耳熟，竟似在哪里曾经听说过。萧停云看着这个没有武功的普通男人，不知为何在这样的语声里感觉到了深深的寒意，重新握紧了夕影刀，冷冷问：“是吗？你能把我怎样？你……”

话刚说到这里，远远地忽然传来一声低啸。

“红尘发回消息，说苏姑娘马上就要来了。”碧落的声音从外面传来，一掠而过，“我先去山门那边拖她一拖，让她先消消气。你做好准备，看看怎么劝她回心转意——你也知道那丫头的脾气，一向宁折不弯。”

“好。”萧停云看了一眼桌子上放着的血薇剑，“我会好好求她的。”

碧落点了点头，掠身腾空，瞬间从门外消失。

“你打算怎么求她？”沉默中，原重楼忽然问了一句，语气讥诮，“三跪九叩？

痛哭流涕？或者把刀架在我的脖子上？”

“还没想好。”萧停云显然也有些烦乱，“你先给我闭嘴。”

他抬起手，想要封住原重楼的哑穴，阻止这种滔滔不绝的毒舌。然而那一个瞬间，不知怎么的，当他的手指贴近对方的肌肤时，原重楼却忽然无声地对着他笑了一笑。

那种笑容极其诡异恶毒，令萧停云心里骤然一冷。

怎么？这个人的眼神……

他还没回过神来，却看到原重楼竟然动了！那个被封住穴道的人瞬间站起，整个人朝着他撞过来，脸上还是带着那种奇怪的笑意，口里却忽然厉声道：“做梦，我不会让你利用我去要挟迦陵频伽的！你干脆杀了我吧！”

他直接向着他的刀锋撞过来，猝不及防。

怎么回事？难道是封好的穴道忽然失效了？

事起突然，萧停云生怕误伤原重楼，一惊之下往后急退，同时倒过手腕，用刀柄敲向他左肋的麻穴——然而，就在他那一击触及对方肌肤的瞬间，忽然诡异的事情发生了。他的手，居然不受控制地朝着另一个方向滑去！

这是……

他震惊地看向原重楼，而那个手无缚鸡之力的玉雕师也在看着他，眼里带着一种奇特而疯狂的笑意，伸出了手——他的动作看似极慢，却极快，居然在一瞬间在半空画了一个复杂的符号！当他的手指在空气中划过时，这个房间里的某一处仿佛悄然改变了。

这是结印，还是……术法？

这个人，竟然是深藏不露的高手！

萧停云震惊万分地看着这个人，想要抽身疾退，然而空气里却传来一股极大的力量，夕影刀竟然无法抽出，顺着一股奇怪的引力继续往前刺出，如同旋涡一样将他吸住！

“你就算杀了我，我也不会听你摆布的！”

原重楼看着他，眼里充满了恶毒和狠意，然而嘴里却说了和眼神迥然不同的一句话，语气坚决而愤怒。与此同时，他手腕一翻，食指、中指、无名指在刀背上连弹了三下，夕影刀在空中一个翻转，刀锋朝外地落入了萧停云的手里！

那一瞬，原重楼抬起手掌，重重拍了一下萧停云的手肘。

“你……”萧停云眼里的惊骇迅速凝结，显然已经明白了他想做什么，用尽了全力，想要把刀往回收，然而那一击落在他的手肘上，一股巨大的力量冲击而来，他竭尽全力想要抽刀后退，却还是来不及——

唰的一声，那一刀，便直接穿透了原重楼的胸口！

狠毒而迅速，毫无余地。

“重楼！”与此同时，他听到了苏微的声音，惊惶而愤怒，飞速地接近，“萧停云！你要是敢动他一根汗毛，我一定杀了你！”

在她的声音里，夕影刀贯穿了原重楼的胸口。

原重楼死死看着他，胸口的血泉水一样涌出，他的嘴里发出一声惨呼，然而眼睛却在大笑。萧停云不敢相信地看着原重楼，嘴唇动了动，似乎想问为什么，然而一瞬间竟然连声音都无法发出，似是那个结界已经将房间内的一切笼罩。

原重楼眼里浮现出一丝刻毒的冷笑，一闪即逝。

“我不会放过你的……”

他听到他低声说。然后，刀锋上的那股吸力忽然消失，萧停云一时收势不住，握着夕影刀踉跄往后连退了两步。

“重楼！”那一刻，窗户被推开，有人闪电般飞身掠进。

刀锋从原重楼的胸口血淋淋地抽出，鲜血喷涌。他竭力撑着墙壁，不让自己就这样倒下，转过苍白的脸，看了一眼赶来的苏微，微弱地道：“迦陵频伽？”

苏微僵在那里，目瞪口呆地看着房间里的这一幕，如坠冰窟。

她一时间全身发抖，说不出一句话。直到他跌倒在地，她才回过神来，扑过去紧紧地抱住了他，颤声道：“重楼！”

“别……别哭。”原重楼喃喃，似乎是用尽了最后一口气，“我……我终于……不会再拖累你了……”

他踉跄走向她，拥抱她，然后颓然倒地。

“重楼！”感觉到怀里的人的气息瞬间断绝，苏微疯狂地喊着他的名字，摇晃着他，试图用内力将他消失的气脉续起来——然而，一切都只是徒劳。他胸口的血涌出来，将他们两人身上的大红喜服染得更加血红，映照着房间里影影绰绰的烛光，凄厉而绝美。

那一瞬间，她的意识都随之冻结。

“阿微……”有人走近她，带着欲言又止的无措和震惊。

“你！”听得这个声音，她骤然抬头，眼眸已经是血红色！

“纳命来！”苏微疯了一样地从地上跃起，手一招，旁边桌子上的血薇凌空跃起，唰的一声跳入了她的掌心，剑芒凄厉如电，迎面便是一击！

“不是我！”萧停云横过刀，硬生生接住了她的一击，失声道。然而她下手极重，他的胸口被凌厉的气劲所伤，顿时呕出了一口血来，他再次抗声分辩：“不是我！”

“住嘴！住嘴！”她怒极，再不容他有间隙说话，连下杀手。

剑光如电，狂暴地撕裂黑夜，伴随着排山倒海般的气势，几乎是招招夺命。萧停云每接得一剑，便咳出一口血，却始终手下留情，不敢用出夕影刀谱上最凌厉的杀招来对抗——然而，他虽然步步退让，换来的却是苏微更狠毒决绝的出招。

“不是我！”他被凌厉的剑气逼得几乎无法开口说话。

他震开她的手，刀锋上指，逼近她的心口，试图迫使她回手自救。然而苏微几乎是疯了，居然丝毫不顾自己的性命，照样一剑疾刺而来！他急退，生怕刀锋真的割断她的咽喉，苏微却不顾一切地合身扑上，剑势如虹，甚至用出了“易水人去”这样同归于尽的招式！

砰的一声，他靠上了墙，退无可退。

那一刻，萧停云眼里的神色凝结了。

血薇贯穿了他的胸口，将他钉在了水映寺的墙上！

苏微急促地喘着气，狠狠将血薇一直推至没柄，这才抬起头看着他，眼睛里全是血丝，憎恨和愤怒犹如火焰烈烈燃烧。

“阿微……”萧停云微弱地叹了一口气，“不是我。”

“住嘴！我都看到了！”那一剑将杀气宣泄殆尽，她这才能说出话来，嗓音破碎，几乎像是被烈火灼烤，“我……我亲眼看到了！”

“是吗？”他想说什么，却只觉得全身的力量被急速地抽走，眼前一阵阵地发白。是啊，他已经快要死了……要怎么说呢？又怎么说得清楚？那个人布了这样一个局，一命换一命，根本就不会给他辩白的机会！

可是……这样深的恨意，又是为了什么？

“听着，我不会放过你的……”

“君子之泽，五世而斩。你的死期到了！”

垂死的恍惚之中，耳边响起了片刻前那个人诅咒般的低语。那一刻，他忽然记起自己是在哪里听到过这句话，忽然间一震，手腕失去了力气。

难道……真相竟然是这样？！

夕影刀从他的心脉上移开，落地，发出刺耳冷彻的声音。苏微忽地怔了一下。直到这一刻，她才从狂怒中冷静下来，定定地看着掉在脚边的夕影刀。

刚才生死交错的一瞬间，他的刀锋原来一直抵在她的心口上！

——可是，直到被她一剑刺穿胸口，他竟然都没有下手。

是的，他没法阻拦她杀自己，可在生死关头，竟也不忍心和她同归于尽。所以，就这样眼睁睁看着她把利剑刺入自己的胸口，再没有还击。

“你……”她嘴唇微微颤抖，却说不出一个字，眼神复杂地看着他。

“真……真的不是我做的。”他苦笑，咳嗽着辩解，“你相信我！”

“停云！”窗外有惊呼声，听雪楼三位护法飞身而入。

然而，只是短短片刻之间，兔起鹘落，事情急转直下，一切都已经发生，再也无可挽回。夕影刀掉落在地，血薇刺穿听雪楼主的胸口。碧落、红尘、紫陌震惊地看着房间里的这一幕，饶是他们久历江湖，也被震惊得久久说不出话来。

很久很久以前，相同的这一幕，也曾烙印般地刻在他们的灵魂里。谁都没有想到，在三十年之后，如此惊人相似的一幕还会再次上演！

无情的命轮，碾压过三十年前的那一对人中龙凤，再度而来。

“天啊……”许久，紫陌才捂着嘴低声惊呼，“这是……”

“你们不……不要伤了阿微。”萧停云看到几位护法，用尽最后的力气竖起了手掌，低声，“不……不关她的事情。”

那一刻，苏微仿佛触电一样地松开了剑柄，往后退了一步。血从他的胸口急涌而出，顺着剑柄濡湿她的手，灼热而湿润，如同火焰。

“为什么？”她恍惚地喃喃，看着他，“明明是你做的！”

“不为什么……这事不是我做的。我没有骗你。”萧停云低声，咳嗽着，“而且……我从没有想过要用自己的手取走你的性命。就算你要杀我……我也认了。谁……咳咳，谁叫我技不如人，中了别人的计。”

“中了别人的计？”她没有明白他在讲什么。

“你不明白的。至少……我希望你是不明白的。至少不是有意为之，和他同谋。”萧停云低声喃喃，忽然抬起手握住剑柄，用尽剩下的力气，一把将血薇剑从胸口拔了出来！

鲜血喷涌而出，将一袭白衣彻底染红。

他握着血薇剑，低头凝视——剑上全部都是他的血，殷红刺目。那一刻，他忽然忍不住微微苦笑起来。三位护法一个箭步上去，想要扶住他。然而萧停云却踉跄着，往前走了几步，凝视着地上原重楼的尸体，眼神忽然变得极其地奇怪，喃喃：“原来是这样！我……我早该想到的。”

想到什么？苏微想问，却只看到他忽然转过手腕，唰地斩向了躺在地上的原重楼！

“你做什么？！”她冲了过去，失声大呼。

然而，就在同一刻，奇迹发生了——

就在血薇触及咽喉的瞬间，地上的尸体忽然动了一下！瞬间有一股诡异的力量蛇一样地探出来，将剑锋缠绕住！

萧停云踉跄着后退，失声惊呼：“果然是他！大家小心！”

小心什么？苏微刚要问，却一瞬间全身僵硬了。

已死的原重楼，忽然间睁开了眼睛，一跃而起！他身形飘忽如鬼魅，瞬间避开了那一剑，然后伸出手，将掉在地上的夕影刀拿了起来！

这一刻，所有人都惊呆了。

唯有萧停云只是脸色一变，叹息："果然是你！"

"哈哈哈哈……"死而复生的人放声大笑，握着刀，看着垂死的萧停云，眼里都是快意和冷嘲，锋锐如刀，"没想到，你都快要死了，居然还看穿了这个局？你为什么就不能老老实实地去死呢？"

"重楼！"苏微失声喊道，心里瞬间空白一片，"你到底……"

她忍不住往前走了一步，却被一只手死死地拉住。

"别傻了……阿微！"萧停云咳嗽着，用力拉住了她，手指间满是鲜血，看着原重楼，"他……他应该是江城梅家的人！"

"梅家的人？"一瞬间，所有人都脱口惊呼。

"哈哈哈……听雪楼主，你倒是真的很聪明。"原重楼冷笑，却没有否认，"只可惜，到底你还是晚了一步。"

"是啊，太晚了……"萧停云喟然长叹，"君子之泽，五世而斩。咳咳……我想起这句话是谁说的时候，才明白了你为什么要这么做。"他咳嗽着，声音里满是感慨，"原来，当年天道盟被击溃后，梅景浩不顾一切地往南边逃……咳咳，是有原因的。"

苏微惊呆在原地，一时间没有明白他们两个人说的是什么。

为什么他们两人乍一见面，就变成了你死我活？

为什么在此刻，还要提及当年梅景浩往南逃这回事？

"是。我父亲昔年被你们联手追杀，山穷水尽，自知难免一死，便不顾一切地往滇南来，只想在死前见上我一面。"原重楼握着刀，语声却比刀锋更冷，"可是，他虽然看到了我，却终究没能来得及和我说上一句话……你们就在我的眼前，把他给杀了！"

"重楼！"苏微声音发抖，只觉得他的每一句话都如同惊雷，震裂了她的魂魄，"你……你的父亲，不是扬州的汉人大药材商原子纲吗？"

"哈哈哈哈……这你也信？！"原重楼微微一愣，放声大笑起来，"迦陵频伽，你怎么到了现在还这么迟钝？你知道今天和你拜堂成亲的人，究竟是谁吗？"

"你究竟是谁？"她语声颤抖，"你……真的是梅家的人？"

"是。我是梅家最后一个男丁，梅景浩的私生子，梅子瑄。但我的名字，却并不在族谱上。"他看着她，一字一句地回答，"而我的母亲，你们也许看到过她的名字——她叫梅安氏，梅家的第三房。她还给我生了一个妹妹，叫梅若影。"

那一刻，苏微如坠冰窟。

是的……梅安氏！梅若影！

当年她受命诛灭梅家满门时，当所有男丁都被杀之后，在剩余的女眷孩童里，曾经看到过这两个人的名字！她们母女在天道盟被击溃后，手持梅家的传家之宝落梅玉笛，逃出了江城，是梅氏一族里最后被抓到的两个。

“她……她们不是我杀的！”那一刻，她脱口而出。

“我知道。”原重楼看着她，语声居然很平静，“你拒绝了听雪楼主的命令，因为你从来不杀妇孺老弱。”

然而，他的话锋一转，冷笑：“可是，到最后，萧停云还是派出了吹花小筑的杀手，把我的母亲和妹妹都杀死在了南归的驿道上！为了保住传家之宝，她们死之前受了多少折磨，你知道吗？”

她说不出话，剧烈地战栗了起来，如风中的叶子。

萧停云捂着胸口的伤，静静听着他的话，此刻忽然开口：“梅子瑄？呵呵……没那么简单吧？我再猜一次：你还有另外一个名字，对不对？”

原重楼收敛了笑意，略感意外地看着他：“你说说看？”

萧停云死死地看着他，一字一顿：“灵均。”

一语出，室内顿时寂静了。

苏微不敢相信地看着眼前的人，一时间连战栗都停止了。

“是。”原重楼沉默了一瞬，居然颔首坦然承认，“你能猜到这一层，真的是不简单。”

“不可能！”她终于忍不住，失声惊呼出来，“我……我看到过灵均面具后的脸！你怎么可能是他？”

“怎么不可能呢？”原重楼看着她笑了笑，“是的，灵均是对着你摘下了面具。可是你怎么能知道那一眼看到的脸，是不是属于真的灵均？——连滇南的子民都知道灵均有万千化身，你反而忘记了吗？”

“万千化身？咳咳……开什么玩笑。”萧停云剧烈地咳嗽起来了，苦笑着，“那都是你训练出来的替身而已吧？或者，是傀儡？”

“傀儡。”原重楼颔首，“我将自己的血封入他们的身体，以青妖之树控制，便能以我的神魂，完美地驾驭他们的躯体。”

他看了苏微一眼，似笑非笑：“这就是我前日忽然‘大病一场’的缘故——因为我的七魄游离在外，在月宫操纵着我的傀儡和明河教主激斗了一番：先是用我师父的身体，后来又转移到另一个备用的傀儡上。结果最后还被胧月那个贱人坏了好事，大伤元气。”

她怔怔地站在那里，只觉得心里一片空白。

原来，那么些日子的朝夕相处，竟全部是虚假。

萧停云的语气越来越衰竭，咳嗽着：“难怪……咳咳，难怪一路上，感觉拜月教那些人，一直都在配合你的行动……除非你就是灵均，否则，否则怎么做得到如此妙到毫巅？”

“哈哈哈……这个你可猜错了。”原重楼失声笑了起来，摇了摇头，“在拜月教的人看来，灵均已经死了。如今代替我指挥他们的，是我的乖孩子蜜丹意。”

“蜜丹意？！”苏微再也忍不住地惊呼，“连她也……”

“是啊……那个小家伙，才是我真正唯一信任的人。”原重楼看着她，冷笑，“你以为她真的只有八岁？呵呵，她可比你聪明得太多了……出来吧，蜜丹意！”

他轻轻击掌，一声方落，黑夜里忽然传来无穷无尽的簌簌声。从草木里，从树林里，甚至从月光下铺天盖地而来，迅速地靠近，包围。只是刹那间，这个小小的映水寺就仿佛被包围在一片摇动的海洋里。

“那些东西又来了！”红尘推开窗往外看了一眼，低呼。

密密麻麻的僵尸和毒物在夜色里汹涌而来，显然是早有预谋。有个小小的人影站在水映寺的塔顶，手里提着一串碧绿色的灯笼——苏微认得，那两盏灯，其中一盏正是原重楼在婚礼上挂出来过的喜灯，而另一盏，竟然是供奉在月宫月神像之前的九曲凝碧灯！

那个小小的女孩，提着这一串灯笼站在夜色里。惨碧色的光芒映照着她稚嫩无邪的侧脸，依旧还是平日的眉眼，眼神却已经截然不同。

蜜丹意应声而至，对着这边单膝下跪。她不再如往常那样孩子气地叫他“大稀”，却换了一个完全陌生的声音，恭谨地低声：“大人。”

“把这里的人都吃了。”原重楼淡淡道，“该清场了，一个都不要剩下。”

“是！”蜜丹意低声领命，转身将两盏九曲凝碧灯挂在大殿的檐口上，在高塔上坐下，用小小的手指握起了短笛——幽幽的惨碧色灯光里，笛声凄凉幽怨地划破夜色，一瞬间，所有的怪物都朝着他们扑了过来！

“小心！”几位护法低喝一声，各自扑出，“别让那些东西进房间！”

所有的人都开始了血战，唯有她怔怔地站在原地，看着他，只觉得全身发冷。是的，眼前的这个人，已经不再是她的重楼了……那样的眼神，那样的语气，那样的笑意！完全不同了！就像是原本的面具裂开了，里面还有一张真正的脸一样！

他没有看她，只是盯着萧停云，眼眸里充满了兴奋和残忍。

“看着你这样一直流着血、慢慢死去，感觉真是太好了。”原重楼冷笑起来，掂了掂手里的夕影刀，“本来我还想一刀斩下你的头，给我全家祭奠用的。不过，也不急在一时……等一会儿再杀你，也好让你亲眼看看你们听雪楼最后一批精英的灭亡。”

苏微一直都因为震惊而脑海一片空白，呆呆地站着，此刻却下意识地一震，一个箭步挡在了萧停云的面前，厉声：“住手！”

“呵呵……迦陵频伽，现在你想救他了？”原重楼看着她，目光一变，笑了起来，“女人心，海底针啊！刚才，不正是你亲手把剑刺进他胸口的吗？”

她全身颤抖，握着血薇，将嘴唇咬出了血。

眼前冷笑着的这个人，到底是梅子瑄，还是灵均？她的重楼，是否从未存在过？

“咳咳……说起来，你也真是忍得。”萧停云微弱地喃喃，将手虚握成拳，放在嘴边剧烈地咳嗽，对原重楼道，“亲眼看着……咳咳，亲眼看着我们在你面前砍掉了你父亲的头，居然还装作什么事都没有？咳咳……你的城府，实……实在是深不可测。”

“那是。当时我若是多说了一个字，当场就没命了！”原重楼冷笑，“在那时候我都忍得住，余生里还有什么能忍不住？”

苏微听着，只觉得一颗心不住地下沉，早已千疮百孔。

重楼的语气里有着这样深重的怨恨，几乎接近于蛊毒。

“十年苦心布局，一朝报仇雪恨。真……真是令人佩服啊……”萧停云喃喃，脸色越来越苍白，似是再也撑不住，“可是……为什么不在酒馆里，咳咳，在酒馆里就用毒杀了阿微？为什么……非要引她……到这里来？”

“杀她当然容易。”原重楼看了一眼苏微，眼神是冰冷的，就像是看一个陌生的人，冷笑了一声，“可是光杀了她有什么用？她死了，你还在，听雪楼还在——何况你们楼中还有墨神医，我的毒再厉害，也未必能要了她的性命，只会令你们更加警惕，无机可乘。”

“说的也是。”萧停云颔首，咳嗽。

“我要的，是一击必中，彻底摧毁听雪楼的机会！”顿了顿，原重楼又道，“只要血薇夕影还联手，我就没有必胜的机会——我想了很久，发现只有一个计划是最可行的：因为这世上，能杀听雪楼主的，也唯有血薇的主人。”

“你……”她终于明白过来了，“你一早就想好了，要让我们两个自相残杀？！”

“才明白吗？迦陵频伽，你可远没有他那么聪明啊……”原重楼看着她，眼神亮而冷，带着熟悉的讥诮，“我一开始就计划着要借你之手杀了萧停云——因为他智慧超群、手段强硬，而你相对就比较单纯，软弱犹豫，其中必然有冲突。哈，就算这次他不下令让紫陌挟持我来这里，我也有另外的方法让你们两个决裂！你不知道我这一步步的棋，埋得有多深。”

顿了顿，他大笑起来：“你大概不知道吧？从你遇到那个叫莽灼的向导开始，所有的一切，都一步一步落在我的控制之中了。六个多月了，真是一场好戏啊……”

“你！”她瞬间脱口，脸色惨白如死。

好戏？在他眼里，这几个月的一切，居然只不过是一场戏？！

“哈哈哈……知道吗？眼看着你亲手把剑刺进他胸口时，我心里有多么痛快！”原重楼放声大笑，“昔年杀死我父亲、灭我满门的两个凶手，如今终于在我面前自相残杀了！听雪楼辉煌五世，至我而灭！这，才是我在父母灵前发誓要做到的！”

他笑得放肆，只听唰的一声，绯红色的光芒指住了他的咽喉。

握剑的女子脸色惨白，全身剧烈地发着抖。

“怎么，想为他报仇？想跟我斗？”原重楼看到她手里的血薇剑，却笑得更加冷酷，“虽然我没想到这家伙会在临死之前看穿了我的身份，但对于你，我也早就留了后手。”他嘴边的笑意更深，低语：“你觉得，那杯合卺酒里会有什么呢？”

苏微心里一沉，剑尖唰地前指。

陡然间，一阵奇特的剧痛从心脏传来，那一刻，她居然无法握住剑，血薇铮然落地！

“哈哈哈……真气完全没法提起来，是不是？”原重楼大笑起来，走过去，语声温柔，“所以，就算是我在你面前把他的头斩下来，你也没法子做什么——就和我当年一模一样！一报还一报，有意思吧？”

一边说，他一边握起了夕影刀，对着地上的萧停云便是一刀斩落！

“不！”她撕心裂肺地大喊，扑过去以身相挡。那一刻，她顾不得一切，全身空门大露，竟是用血肉之躯往刀锋下送去，只求能以自己一命换他一命！

原重楼的手微微一顿，在劈开她的锁骨后竟然瞬间停住。

“快走！”然而，就在同一瞬间，萧停云翻起手腕，快如闪电，竟然硬生生用双掌夹住了刀锋！原重楼一惊，抽刀后退——但令人惊讶的是，不知为何，这个垂死的人居然爆发出了惊人的力量，双掌合拢，一时间令他竟然无法抽出夕影刀！

“走！”萧停云对着苏微厉喝，“你没法和他对抗！快走！”

“不！”她眼眸血红，失声大喊，“我不走！”

“冷静点！”他气极，“你不走就得一起死在这里！”

原重楼听着这一瞬间他们两人的对话，怔了一下，忽然冷笑起来：“没想到啊……到这时候了，倒是看出你们之间的真感情来了？早知今日，何必当初！”

他手腕下压，刀锋唰的一声往下挫了两寸，将萧停云的手掌生生切开！

她全身颤抖，目眦欲裂。

“快走！”萧停云用尽全力握住了刀，对她厉喝，“先活下来！再说别的！”

锋锐无比的夕影刀带着血珠，穿透了他的双手，唰的一声直刺他心口，十指在刀锋上尽断。然而萧停云却毫不松手，依旧用断掌死死地握住了那把刀！这样悍不畏死的举动，令原重楼都有些微微的震慑。

“快走！”他用尽最后一口气，对着苏微大喝。

泪水长滑而落，苦痛刺心。那一刻，她终于捡起了血薇，转身离去。如同一只火蝶，瞬间投入了外面无穷尽的黑暗，在密集的僵尸和毒物群里杀出了一条血路。

原重楼竭力想要抽刀，然而萧停云最后爆发出的力量居然出乎意料地可怕，他竟然一时间压根无法抽出夕影刀！看着她的离开，萧停云的视线开始模糊，双手忽然间一松，唰的一声，任凭刀锋穿透了自己的心脏。

他抬起头看着原重楼，眼里有莫测的笑意，低声：“你……最终还是……输了。”

原重楼一怔，转头：“你说什么？”

然而，那一丝意味深长的笑在唇边凝结，他却已经再也不能回答他了。他的人生已经结束，他的使命也已经完成。虽然不曾算是圆满，却已经竭尽全力。

至少，阿微带着血薇走了。

——墨大夫留下的最后一颗极乐丹，总算还是派上了用场。

苏微在暗夜里杀出一条血路，狂奔，泪流满面。

她知道萧停云已经死了，就在她的背后。然而她不敢回头，生怕一回头，就失去了继续往前搏杀冲出去的力量。

这无比漫长的一夜里，生死交错，惊涛骇浪冲击，她恍恍惚惚，只觉得一切都似乎不是真的，还无法理解，还没有回过神来。然而此刻，脑海里只剩下了他最后那句话，不停地回响，撑住了她即将崩溃的神志。

是的……先活下来再说！活下来！

只要她今夜能活下来，这一切噩梦，终将会有醒来的一刻。

然而，真气被封，她顿时成为了普通人，还没有到达山门，很快便又陷入了重围。四位护法聚集在她的身边，竭尽全力替她挡住攻击，想要带着她离开，可是黑暗里的妖物无穷无尽，竟是比白日里更加声势浩大，一行五人越陷越深，已然无法脱身。

原重楼站在高楼的窗口旁看着这一切，默默竖起了手掌。

蜜丹意明白了他的意思，短笛瞬间变得尖利。

无数的毒物僵尸呼啸而至，攻击的速度陡然加快了几倍！一日之中连番激斗，原本已经是强弩之末的一行人再也无法支撑，纷纷受伤，然而却始终联手护着居中的苏微。

这个夜晚，长得几乎没有尽头。

到最后，四护法血战之下筋疲力尽，被魔物各自包围，消失不见，场中只剩下了她一个人。所有的妖物簇拥过来，密密麻麻，如同海潮一样围住了她。

她握着血薇，咬着牙，看着周围无穷无尽的怪物，眼里只有愤怒和憎恨，没有丝毫的恐惧畏缩——然而，手脚没有丝毫的力气，一口真气没到胸口便溃散，根本无法出剑。难道……今夜听雪楼的所有人，就要死在这里了吗？

她握着剑，看向了远处高楼上的人。

在这最后的关头，笛声短暂地停顿了一下。蜜丹意停住了手指，似乎是有微微的犹豫，抬眼看了看在窗口的原重楼，眼眸复杂，似乎在等待着指示。

原重楼没有任何表情，只是凝视着满地血污之中最后站着的女子，再一次竖起了手掌。蜜丹意低了低头，一个又高又尖锐的音调在笛子里骤然而起。

那一刻，所有的攻击瞬间发动！

苏微用双手握剑，竭尽全力地劈开了一个冲过来的僵尸。然而手臂酸软无力，第二剑便再也无力及时刺出。唰的一声，另一个僵尸冲过来，一口咬在了她的肩膀上。血肉被撕裂，她却死死地握着剑，硬生生扯掉了一块肉，挣脱了手，一剑劈开那个僵尸的头。

然而，第三只、第四只僵尸又已经到来，再也来不及，她的手脚被那些腐烂的手抓住，数条毒蛇也飞速地爬了过来，将她的手脚缠绕。

那一刻，她心知这便是终结，瞬间回过头，盯着他。

远处的高楼上，他也在看着她，眼里的神色冷酷而淡漠，毫不动容。那一盏绮罗玉雕成的九曲凝碧灯挂在水映寺的檐角，映照得整个小小的寺庙内外一片空明的惨绿。而他站在那种碧色里，虽然没有戴着面具，脸上的神色却是凝固的。

“原重楼！我饶不了你！变作恶鬼，也会来找你报仇！”

她用尽最后的力气，对他厉声大喊。

灯光下，他的面容似乎微微动了一动，却没有说话。

蜜丹意垂下头去，默默吹出了最后一个音节。

然而，就在诸多妖物即将撕裂她的瞬间，黑暗里忽然有一道闪电掠过，如同疾风一样席卷而来，一瞬间，所有抓住苏微的僵尸都被一切为二！

“走！”有一只手臂伸过来，拉住了她，低喝。她此刻已经是强弩之末，来不及反应，居然就被一把拉了起来，腾云驾雾而去！

是谁？是谁在这样的生死关头，居然杀入重围救了她？！

在昏迷之前，苏微吃力地仰起头，在冷月下看到了来人的模样：戴着木雕的精美面具，眼神沉默如大海。

“师……师父？！”刹那间，她失声惊呼，不敢相信自己的眼睛。

那个人看向她，用坚实有力的双臂将她抱起。

那一瞬，灯枯油尽的她终于舒了一口气，放心地在他怀里失去了知觉。

暗夜里，黑衣人凌空而至，猝不及防地杀入了战团，将猎物带走。蜜丹意催动了所有的妖物，在虚空里疾追而去。然而只听唰的一声响，那人一扬手，一道青色的光割裂了黑夜，蜜丹意发出了一声惊呼，手里的短笛瞬间居中碎裂！

“站住！”原重楼低喝，一按窗台，飞身掠出。

他疾追而至，想要拦住他们。那个黑影侧过身，腾出一只手，遥遥和他对了一掌。那一瞬，原重楼只觉得一股深不见底的力量涌来，身子微微一晃，竟是被逼退了一步。眼前忽然出现了万点寒星，居然有无数暗器从夜里飞速而来，在空中交织成璀璨的网！

他胸口血气翻涌，咽喉里有腥味。知道厉害，立刻舍弃了追击，双手交错，迅速结印——只是刹那，结界迅速壁立，所有的暗器都被无形的墙壁挡住。

“别以为术法就能胜过武学！”那个黑影一声冷笑，左手微点，一把小小的刀破空而出，唰的一声，居然穿透了结界，和他正面相撞！

原重楼并指一点，飞刀凌空顿住。

两股力量瞬间相撞，飞刀凝定，颤了一颤，铮然居中断裂！原重楼抽身疾退，然而唰的一声，脸颊上还是被划破了一道。而夜空里，那个黑影脸上的面具也瞬间碎裂。

冷月下，露出了一张狰狞如鬼的脸。

那一刻，仿佛想起了什么，他一震，脱口：“天，你是……”

那条黑影没有回答，只是抱起苏微闪电般掠起，速度快得不可思议，在如海潮一样的妖物里杀出重围。速度之快、出手之准，竟然堪称天下罕见。

蜜丹意还要催动妖物继续追击，却被阻止。

“不必追了，我知道他是谁。我们……咳咳，我们拦不住他。”原重楼捂着胸口微微咳嗽，看着远去的背影，“他能在这个时候赶到，咳咳，也真是天意……既然他来了，那么明河教主和我师父……也很快就要来了吧？”

顿了顿，他忽然道：“时间不多了。”

“大人，你没事吧？”蜜丹意从高塔上轻飘飘地掠下，来到他的身边，仰头看着他，“那接下来我们要怎么办？要立刻转移去秘谷，还是继续斩草除根？”

原重楼沉吟着，低头看着脚下的尸体，眼神缓缓转变。

“我们还有多少人手？”他问。

“大概……二十几个吧。”蜜丹意声音低了下去，“天道盟那边的人，在洛水那一战后几乎已经死伤殆尽了……从拜月教带出来的人手也折损了大半。”

他闭上眼睛，似乎是不出声地叹了口气：“尹家那边呢？”

“那边倒是有好消息。”蜜丹意眼里闪过一丝光，轻声道，“尹家听说侧妃小产的事，心胆俱裂，连夜凑足了一百万两黄金送了过来！”

原重楼闭眼听着，脸色冷冷，道：“看来，月宫那边还没有把内乱之事张扬出去，所以尹家还不知道我们已经叛出拜月教——说到底，老天还是站在我这一边的。”

“是呢。”蜜丹意喜滋滋地道，“有了这一百万两黄金，便可以再请动风雨出手——如今听雪楼已经偃旗息鼓了，请他们来对付月宫这边的人就是了——到时候，这天下武林还不是大人您的？”

原重楼静静地听着，惨碧色的灯光映照在他苍白的脸上，显得妖异而疲倦。

“先睡一觉吧。”他喃喃，“我太累了。”

第十五章 满天风雨下西楼（一）

多么可笑啊……他是她一生中最初爱过的人，相识于懵懂初开，倾心相随，也曾并肩屹立于江湖十年，出生入死。可到最后，他们却经不起考验，终于分道扬镳。他万里来寻，她却说他只是为了血薇而来，从未对自己有过半分真心。

那一夜是如此漫长而血腥，几乎如同一场漫无边际的噩梦。

苏微醒来的时候，外面天色已经明亮，竹影摇窗，有稀疏的雨声，恍然是平日所住的竹楼外的景象。那一刻，心头一阵恍惚，以为昨日经历的一切都是虚无的。然而睁开眼睛，就看到了那一袭黑袍和戴着面具的脸。

“师父！”她失声低呼，所有记忆都觉醒了。

她瞬间坐了起来，发现是在一个陌生的竹楼里。手足虚软，全身剧痛。她坐起身来，下意识地捂住了腹部，却发现身上的那一件大红吉服已经被换过了，此刻身上穿着柔软的白苎麻衫子，伤口也已经被逐一包扎好，心下感动，不由得唤了一声：“师父……”

“快别乱动。”师父将一碗药放在她面前的桌子上，看着她苍白的脸色，轻轻叹了口气：“阿微，你真是受苦了。”

在这暌违已久的一声呼唤里，她泪如雨下，忍了又忍，还是情不自禁地扑到师父的怀里，无声啜泣。撕心裂肺的痛令她说不出一句话，只有身体不住地微颤。

“我来晚了。”师父拍着她单薄的肩膀，低声，“对不起……对不起。”

“师父。”她哭得发抖，“你……你要是早一天来就好了。”

是的，如果师父早一天来，她还是一个幸福的新娘，穿着华服，蒙着盖头，在万众瞩目和恭贺声里，满心欢喜地和所爱的人合卺交杯，同拜天地。如果……如果师父能看到这样幸福美满的自己，也会觉得欣慰吧？

可是，只是一夕之间，什么都没有了。

没有了过去，没有了现在，也没有了未来。只留下一地废墟，宛如一场从十年前就开始的无边噩梦。

临时从灵鹫山赶到腾冲，一来就听到了她成亲的消息，辗转寻找，却发现了这样的结果。师父显然并不曾了解事情的前后原因，只能拍着她的肩膀，低声安慰："没事，都过去了……现在师父在这里，别怕。好好养伤……等你伤好了，再去找那家伙报仇。"

她猛然一颤，停止了啜泣："我的剑呢？"

"在这里。"师父从窗台上将那把血薇拿起来，深深注视了一眼，双手交给了她，"你昨晚在昏迷里也死死地抓着它不放，我好容易才掰开了你的手取下来。"

看到血薇，她眼睛顿时一亮，如同救命稻草一样地一把抓过，把它贴在了心口上。这把神兵也在微微地震动，似乎在呼应着她。

是的……血薇还在，她的命也还在！

无论如何，眼前并不是山穷水尽，她还需要努力向前。

"我要报仇！"她咬着牙，一字一句，"我一定要杀了他！"

"唉……先把这药喝了。仇，可以慢慢地报。"师父听到她这样的语气，却只是叹了口气，将药碗推到她面前，"那个家伙在你身上下的毒很是怪异，我把明河教主送的玉露丹化了，看看喝了能不能解掉。"

苏微捧起碗喝了一口，忽然间哇的一声，全数呕了出来。

"味道很不好？"师父连忙拿手巾替她擦拭。

"没事……"她捂着自己的腹部，只觉得身体里的不适感翻江倒海。摇了摇头，咬着牙，再度拿起了碗，屏着呼吸，闭上眼一口气将苦药喝了个底朝天，一滴不剩。

"盘膝坐好。"师父拍了拍她的肩膀，"借着药力，我得及时运功，替你把毒从气海里逼出来。"

"谢谢师父。"她低声道，依言坐好。

和煦而强大的内力从左右肩井穴注入，巡行于她的奇经八脉，最后汇聚在气海，一丝一丝地将毒拔出。这是大耗真元之术，师父全神贯注，额头已经微微有白气，她盘膝闭目而坐，却觉得全身舒泰无比。

然而，一闭上眼睛，眼前就闪现着昨夜血腥的一幕。

"不是我做的！你为什么不相信我？"那时候，他这样对她说，眼里全是无奈和震惊——然而，狂怒之下的自己，却还是毫不犹豫地将血薇刺入了他的胸口！

"快走！先活下去再说！"

在拼上自己性命拦住原重楼时，他看着她，十指在刀锋下尽断。

多么可笑啊……他是她一生中最初爱过的人，相识于懵懂初开，倾心相随，也曾并肩屹立于江湖十年，出生入死。可到最后，他们却经不起考验，终于分道扬镳。他万里来寻，她却说他只是为了血薇而来，从未对自己有过半分真心。

可是，到了最后那一刻，他却是用自己的命，来换了她一命！

那，又岂能是没有半点真心？

“今天你们第一次相遇，就令刀剑相见，这并不是吉兆……咳咳。日后无论再出现什么样的情况，千万记住……不可以再度重演今日之事！”

“江湖险恶……你们，咳咳，你们要相互倚靠。刀和剑，必须指向同一个方向！”

在他们第一次相见时，姑姑便拉着他们的手殷殷叮嘱，仿佛预见到了今日的结局——那是她的恩人在生命最后一刻的嘱托，她也曾发誓永不相负，却不料……

那一刻，她僵坐在地，却有热泪滚滚从面颊滑落。

“小心！”师父低喝，并指连点了她四处大穴，“别分心！”

她不敢再动，只能继续坐着，然而心潮汹涌，难以息止。

忍着撕心裂肺的剧痛，她强迫自己开始回忆。回忆着昨天那个可怕的夜晚里发生的一切，回忆着原重楼说过的每一句话，每一个动作……想将这几个月来的前后一切细节，都逐一核对，清理出一个头绪。

然而，越去想，却越是心寒齿冷。

现在想起，当初在踏上驿道的时候，自己便已经落入了陷阱吧。

那个叫作莽灼的向导，便是他的人，被派来引她一路进入腾冲。然而任务刚到一半，那个向导却居然因为贪图她的绮罗玉耳坠而动了私心，半路偷盗后试图逃跑，而后又碰到了火山爆发——所以，那个时候，他才不得不第一次以灵均的身份出现，出手救了她，并将偏离的计划重新挪回正轨。

因为在那个时候，她还不能就这样死于天灾。

他帮了她一把，将她拉出地火深渊，又悄然隐退。直到她跌跌撞撞地孤身来到了腾冲，在天光墟的集市上，他才第一次摘下面具，以原重楼的身份和她相遇——多么可笑，在那个时候，居然还是她主动地找上了他，死活赖了下来不走。

她是自投罗网的猎物，却还懵懂无知，以为在异乡遇到了恩人。

她想着初次相识时的种种，心中似乎有一把刀在搅动。

假的……假的！一切都是假的！

那个酒馆，那个苗女，那一家人，全部都是他安排下的人手吧？做足了酗酒情殇的那一场戏，成功地让她对他种下了同情之心，也为后来陪同她一起去往雾露河寻找解药埋下了伏笔。按照计划，他是要解掉她身上的毒的——否则怎么能在日后借她这把刀杀人？可是，又不能解得那么容易，必须要把戏做足，也必须博取她彻底的信任。

所以，才不远千里，带着她远赴缅人的地盘。

那之后，她遇到了蜜丹意……那个父母双亡的可怜小孤女。那是他安插在她身边的第二个人。从此开始，她便无时无刻不处于他的监控之下。

她独自去往幽碧潭寻找解药，在那里第二次遇到了“灵均”。

那时候，她压根没有把那个吹着笛子踏波而来的世外高人，和原重楼联系起来——毕竟，同一时刻，重楼还在黑不见底的矿坑里苦苦挣扎呢！可是，谁又知道，这是他和那个“天真无邪”的小女孩合演的一出戏？

当在山腹洞窟的绝境里和他生死相依，听他说着自己的身世时，她的心是从未有过的柔软，毫无防备。当群蟒围攻的瞬间，她不顾一切地将他送出生天，任凭自己落入蛇窟——那一刻，她是真的想以自己的命来交换他的命！

面对着如此愚蠢的猎物，那时候，猎人是不是在暗自得意？

“哈哈哈……”她忍不住低低笑了起来，讽刺而自嘲。

不能再想……不能再想了！

这几个月来的所有的一切，都是假的！当时那些温暖美好动人的细节，此刻回忆起来，每一个都是如此的可笑！自己是多么的愚蠢，多么的迟钝啊……一步一步，坠入了别人的陷阱却毫无觉察。随之悲，随之喜，被操纵得如同一具傀儡。

直至最后，如他所愿地将血薇刺入了停云的胸口！

“别动！”师父控制不住她的内息，再度厉喝。

她暂时停住了笑，闭上眼，心哀若死，唯有那一对绮罗玉耳坠在她颊边盈盈摇晃，如同欲坠不坠的泪滴。

“别想太多了，先养好身体。”片刻后，师父解开了她的穴道，“毒已经缓解，看起来过一两天就可以拔掉了。”

“谢谢师父。”她低声道，有些迫不及待。

“你放心，这个仇一定会报。就算你不行，还有师父在。”师父低声开口，如同许诺，道，“带着你离开的时候，我曾经和那个追上来的家伙对了一掌——他被我击退，应该已经受了内伤，此刻也不会好过。”

“真的？”她精神一振。

“很奇怪。”师父沉默了一瞬，忽然道，“他完全不会武功。”

“是的，他应该是完全不会武功的人。”苏微脸色苍白了一下，咬着嘴角，“否则我和他朝夕相处多日，又怎么可能完全无所觉察？他所修习的应该是纯粹的术法，内息经脉，都和普通人一般无二。”

“如果真的是这样……”师父沉吟着，“可他明明知道自己的长处在于术法，又怎么敢追上来想留住你？他明知硬生生接了我那一掌必然会受伤，除非是……”

除非是什么，他却停下来，并没有说。

“除非是他一心想杀我，斩草除根。”苏微冷笑，握紧了手里的血薇，“天幸我命不该绝，遇到了师父，逃出了一条命来！”

师父没有说话，只是沉默了一瞬，转开了话题："对了，我已经传信给拜月教，告知此事。明河教主也会找他清理门户——放心，这家伙逃不掉的。"

"是吗？"她一震，忽然道，"那我得抓紧时间了。"

"怎么？"师父有些愕然。

"不能让拜月教抢在前面！"苏微咬着牙，一字一句，"我一定要亲手杀了他！我要挑断他的手脚经脉，打碎他每一根骨头，把他的头割下来，祭奠停云和四护法！"

这样狠毒的语气，令师父悚然。

眼前这样的阿微，或者这样的原重楼，无一不是那样的熟悉到触目惊心，令他想起了久远得几乎尘封的记忆——在几十年之前，自己，也曾经是这样的吧？

内心充满了灼热疯狂的报复之火，整个灵魂就如在炼狱里煎熬。

江湖真是个可怕的地方，可以扭曲任何人的心灵。如果早知道会变成这样，他是否还愿意把一身的绝学教给那个十几岁的丫头？还是选择让她留在风陵渡，做一个只看着黄河日升日落、永远不知道什么是江湖的平凡女子？

可是，人生没有如果，每一次在路口的选择决定了每个人一生的轨迹。他只是将那个小丫头带到了最初的出发地、那个名为"江湖"的迷宫入口，便放手离开——而后面的一切，都是任凭她摸索着自己一个人走。

直到如今，他又在终点接到了她。

可十几年过去后，昔年那个拉着他衣角、对着黄河之水憧憬江湖的懵懂小女孩，早已在冷酷的江湖里失去了自己的本心。

傍晚，整个水映寺里寂静无比，几乎能听到风的声音。

那一对九曲凝碧灯悬挂在大雄宝殿的两侧，映照得整个空寺内外一片绿色，在深夜里看起来，有一种奇特的诡异。灯下，一个人抬头静静凝望着夜空，微微咳嗽，容色沉寂而苍白，似乎在聆听着什么细微而玄妙的声音。

在他手边，放着那把夕影刀。

手指在刀锋上轻轻地敲击着，发出长短不一的铮然。原重楼独自坐在灯下，眼前一遍遍重现着血薇洞穿仇人胸口的瞬间，以及她最后的眼神：那样的绝望、愤怒和不敢相信——那一刻的她，和十年前的自己似乎重叠了。

是啊，十年苦心孤诣，一朝报仇雪恨。

那么久的时间以来，父亲那个被一刀斩断的头颅一直在眼前飞舞，嘴唇开合，向他说出最后的遗言——

"君子之泽，五世而斩！"

是的，如今，他做到了！

梅家就算只剩下他最后一个人，也终于报了这个血海深仇！

可是……为何此刻心头却有巨大的空虚？就如一条路走到了最后，却发现那是什么都没有的一团虚无混沌。

“大人，我们真的不换一个地方吗？”蜜丹意在一旁看着他这样出神了半夜，终于忍不住开口，“这次让苏微他们逃脱，月宫里的人闻风而至，估计很快就会找到这里了。”

“月宫里的人？”原重楼微微一震，似是从长久的出神里回过神来，“哦，是说我师父和明河教主吧……呵呵，真是好久没见了。”

语气里，竟然隐约有几分期盼。

蜜丹意抬头看着他，心里忽然有几分不安：“大人？”

“嘘……”他忽然竖起了手指，闭目听了片刻，脸色有些奇怪，压低了声音，“蜜丹意，你听到忘川的声音了吗？多么宏大……简直像是海潮一样！”

小女孩侧耳听了一听，不由得微微变色。

什么也没有，整个空荡荡的水映寺里，只有风划过林梢的声音。

“水映寺是整个忘川的终点。所以，听到的声音才会那么强烈吧？”原重楼喃喃，在灯下看着夜空——漆黑的天幕里看不到那条传说中的忘川，唯有一道璀璨的银河横过苍穹，悬挂在头顶。

每当一个人离开这个世间，天上是否会有一颗星亮起来？

可哪一颗是自己的父母和妹妹，哪一颗又是被自己所杀的人呢？

那些灵魂，无论生前有着怎样的恩怨爱憎，可在死后升到了星空上，就这样难分彼此地又簇拥在了一起吗？从星空上俯视下来，这人世间的一切，无论是多么深刻的爱和恨、生和死，是不是都好像是一场梦一样？

“大人，你怎么了？”蜜丹意看到他的眼神又开始涣散，不由得担心，“你……你真的没有受伤吗？”

“蜜丹意，你真是个乖孩子。”许久，原重楼似乎回过了神，抬起手抚摸着小女孩乌黑柔软的头发，声音温柔，“在这个世上的所有人里，唯有你真的关心我，也永远不会背叛我——是不是因为你的时间，永远停留在了八岁？”

“大人。”她抬起头，轻声，“若不是您，世上早就没有蜜丹意了。”

那一年，她才八岁。被关在笼子里，每天喂食着各种奇怪的药材，如同一头待宰的羊羔。若不是灵均大人杀了木邦寨所有鬼师，把她从笼子里放出，估计她早就被那些丧心病狂的人喂了五毒吧？

可是，那之后，她便再也不能长大。

这些年来，她永远只是一个孩童，陪着似乎也永远不会衰老的他。

“你还有着赤子之心。一直全心全意为我好，不惜替我做任何事。我很感激。”原重楼喃喃，“你是个乖孩子……和胧月完全不一样。她已经是一个女人了。”

她怔怔地听着，心里既诧异，又隐约觉得恐惧。

跟了灵均大人八年了，还是第一次听到他用这样的语气和自己说话！难道是因为刚刚的那一场决战，令他的力量和心灵都变得虚弱了？

“可是，你知道吗？我只是利用你。”原重楼嘴角露出了一丝意味深长的笑，抚摸着孩子乌黑的头发，“最初，我学术法很不用心，兴趣全在玉雕上，加上又忙着谈恋爱，直到十八岁，在术法上依旧一事无成。直到眼看着父亲被杀，满门皆死，才想起要奋发学艺——可是，我觉醒得太晚了。”

说到这里，他低下头，看了一眼蜜丹意：“你大概不知道，在拜月教里，有很多精妙的术法，只有孩童才能学，而我已经错过了时间。”

蜜丹意愣了一下。

“后来我知道木邦寨子的鬼师养出了一个极其厉害的娃娃，准备在中元鬼节做成小鬼供他们使唤。”他拍了拍她的脑袋，嘴角噙着一丝冷笑，“于是我算准了时间闯进去，杀光了那些人，抢走了他们养了五年多的成果。”

他低下头，看着蜜丹意：“明白了吗？我只是利用你。”

蜜丹意在他手底下微微颤抖，浓密的睫毛扑闪着，许久，才道：“就算是利用，那又怎么样呢？这样的话，至少，我的存在还有点意义。”

孩子的眼里忽然有了大人一样的表情，低声：“我两岁多就被父母卖给了鬼师，像畜生一样地被饲养了五年，已经记不清原来的家……但我想，我父母既然能把我当作牲畜一样卖掉，也不值得我再去回想——我的父母，就是大人您。”

原重楼低头看着她，眼里的神色莫测，不知道在想什么。

蜜丹意抬头看着浩瀚的银河，语气很轻“大人，您以前说过，天道无情，不以尧生，不以桀亡。人被生下来之时，在上天眼里本来是和那些牲畜草木没有什么区别的——除非能遇到值得的人，做一些值得的事，才算是生而为人，不与牲畜为伍，也不与草木同朽。”

她趴在他膝盖上抬头看着他，眼眸澄澈如星：“所以，能遇到大人，被大人利用，蜜丹意觉得很欢喜——这是我的人生最好的结果了。”

似乎没有想到她居然能说出这样的话，原重楼微微语塞，抚摸着她头顶的手移开了。手心里有一枚惨碧色的长针，迅速地消失于袖中。

“是吗？”许久，他发出了一声长叹，“可你的人生，并不曾有机会由自己选择过，又怎会知道这便是最好的结果？我的乖孩子，你应该有更多的选择、更宽广的人生。”

蜜丹意轻声道："若能自己选择，我依旧愿意做大人的蜜丹意。"

原重楼叹了口气，忽然换了一个语调："来，乖孩子，把这杯酒喝了。"他站起来，转身从桌子上拿了一杯酒，递到了她的面前——酒的颜色有些奇特，显然不是普通的酒，然而蜜丹意只看了一眼，便毫不犹豫地拿起来，一饮而尽。

原重楼看着她喝下去，眼神柔和了下来。

"不怕我会杀了你吗，蜜丹意？"他轻声道，"你也知道这酒里有东西。"

"我知道。"小女孩擦干了嘴角，抬头看着他，黑色的大眼睛里却毫无恐惧，"大人若是要杀我，也一定有大人的原因。蜜丹意因为大人而多活了这几年，已经是侥幸。"

"乖孩子，我当然不会让你死。我怎么舍得？"原重楼忽然笑了，招了招手示意她走过去，"来，我有一样东西要送给你——你的笛子在昨天晚上裂了，我送你一支新的吧！"

他从怀里抽出一支碧玉雕成的短笛，送到了她的手里。玉笛长不过一尺，上面隐约刻着一枝横斜的梅花。

那一刻，蜜丹意脱口惊呼："啊？这是梅家的……"

"没错，这是梅家的传家之宝，落梅玉笛。黄鹤楼中吹玉笛，江城五月落梅花……呵。整个梅家都灭了，唯有这支玉笛留了下来。"原重楼看着这支笛子，嘴边有了一丝微微的苦笑，"我改造了它，用它来驱使五毒妖物，力量会比一般的玉笛要强十倍。"

小女孩握着这支笛子，不敢相信："您……送给我？"

"是。"原重楼笑了一笑，不以为意，"如今大仇已报，再留着它也没有意义了。"一边说着，他一边站了起来："你说得对，拜月教的人只怕很快就会从灵鹫山赶到腾冲了……你替我去做几件事吧。"

"是！"蜜丹意握着短笛，唰地站了起来。

"第一，去和风雨组织的袁老大联系，把尹家刚刚交上来的百万两黄金支付给他们。"他一字一顿地道，"这件事得你亲自去做，其他人我放心不过——风雨收钱才办事，让他们收了黄金，替我攻下洛阳的听雪楼，从总管赵冰洁往下，鸡犬不留！"

那是他第一次提到赵冰洁，语气狠毒，令人不寒而栗。

"我曾经和那个瞎眼的女人说过，只要她帮我对付苏微，就会解了她的毒……呵呵，怎么可能？那不是真的解药，只是令她短期内视觉恢复，很快就会彻底地失明。"原重楼喃喃，眼眸冷酷，"可笑！我怎么可能会放过她？——正是因为她的背叛，天道盟才会土崩瓦解，梅家满门才会被杀！我放过谁也不会放过她！"

"是。"蜜丹意垂头领命，"我会告知袁老大。"

原重楼点了点头，继续道："第二，派轻霄去镇南王府，解了尹春雨身上的蛊，让她把腹中胎儿顺利生下来。收到了钱，我对尹家也算言而有信。”

“是。”蜜丹意轻声道，略微有些诧异。

跟随了大人这么久，她当然明白大人是个怎样铁石心肠、有仇必报的人。所以当听说他居然就这样放过了当年背叛自己的女人时，她不自觉地掠过一丝愕然——如果尹春雨那个虚荣又自私的女人都能得到这样的结果，为何大人他独独不肯宽恕另一个女子呢？

经过这些天的朝夕相处，她是喜欢苏微的，却不能表露。

“别奇怪，蜜丹意。”仿佛看出了她眼里的迷惑，原重楼失声笑了起来，眼里有说不出的恶毒，“你觉得我会那么容易就放过那个女人，让她母凭子贵当上镇南王妃？呵，做梦！我只说可以让她顺利生下胎儿，可没说那个会是个人胎！”

蜜丹意一震，失声惊呼：“啊？”

“没错，她会生下一个怪胎，满身覆盖着蛇的鳞片！”原重楼切齿冷笑，低声如同诅咒般，“这样的女人，也只配生出这样一个孩子——所有背叛我的人，我一个都不饶恕！”

蜜丹意打了个寒战，握着碧玉笛，低声：“是。”

“第三，赐宋川和轻霄毒药，让他们自裁。”他眼神凝结了起来，冷冷道，“没有完成我交给他们的任务，居然让听雪楼的人突破防线，来到了婚宴现场！罪不可恕。看在他们跟随我多年的分儿上，赐其一死，也不让他们再多受蛊虫噬五脏之苦了。”

“是。”蜜丹意低下头去，“多谢大人仁慈。”

然而，她心里却有一丝疑虑掠过：如果当时大人这样周密布局，真的是为了阻拦听雪楼的人接触到苏微，那么，如果那个计划顺利实施，如今的结局岂不是……

大人的心里，到底想的是什么呢？

她不敢问，只是低头沉默。她以为他接下来会交代和苏微相关的事情，然而等了许久，他却什么也没有说，只是定定地看着夜空，脸色在九曲凝碧灯下阴晴不定。许久，只是不作声地叹了口气，道：“去吧，就是这些了。”

“是。”蜜丹意默默颔首。

刚要转身离开，又听到他吩咐：“等这些事做完后，你把所有人解散，然后把剩下的五毒和妖物都带回孟康那边的蛇窟去，在那儿等我。”

“什么？”蜜丹意这才吃了一惊，“那万一月宫的人来了……”

“我自有打算。”原重楼冷笑。

蜜丹意咬着嘴唇，不敢回答，眼神却闪烁。可如果孤光祭司和拜月教主都来了，再加上昨晚救走苏微的那个神秘人，个个都是绝顶高手——灵均大人就算再厉害，以一敌三，怎么可能有胜算？

她心里想着，却不敢开口质疑。

“去吧。”原重楼挥了挥手，似乎已经感觉到了深深的疲倦，脸色在九曲凝碧灯下显得分外苍白，神色有些恍惚，仿佛又在侧耳凝听着风里的声音。

忘川的声音，在头顶如同呼啸一般掠过。

他在灯下怔怔地坐着，直到天色将明、银河暗隐，九曲凝碧灯里的火焰熄灭，才握紧了桌上的夕影刀，忽然足尖一点，穿窗而出，在山林之间吐出了一声长啸，声震山林。

“师父！”那一瞬，苏微从竹楼里坐起，失声惊呼，“那……那是他的声音！”

是的，那是原重楼的声音！

这些天日日夜夜出现在她的每一个噩梦里，刻骨铭心。

她毫不犹豫地抓起了床边的血薇，点足掠起，便要追出去。师父一把按住了她，看了一眼声音来处，冷冷道：“小心，一定有陷阱。他这是故意现身，引你过去！”

“那又怎样？”她生怕那个声音消失，急不可待，“我要杀了他！”

“最好等拜月教的人到。”师父低声。

“不！不能等！”苏微毫不退让，声音发颤，连眼眸都是血红色，“这是我的仇，轮不到别人来报！等我报不了这个仇死了，再让其他人来！”

从未看到过这样的她，一时间，面具后的眼睛也微微暗淡了一下。

“好吧。”师父退让了，“那我陪你去。”

一语未毕，苏微足尖一点，已经如同一道电光般穿出了窗外，握着血薇，朝着密林深处啸声来处飞身而去。

二十几年了，她的轻功从来没有这样好过，只觉得风声迅速掠过耳际，脚底的苍翠树木不停倒退，眼里全无任何东西，唯一清晰的便只有远远传来的清啸。

那啸声是如此刺耳，仿佛是嘲笑。

那一刻，火焰在胸中燃烧，她不顾一切地循着啸声赶去，转瞬已经穿林渡水，翻山越岭。

最终，啸声停在了一个地方。

那一刻，她握着剑，气息甫平。

穿出茶园，眼前便是驿道。驿道旁那个熟悉的亭子里，坐着一个白衣男子，斜斜地靠着栏杆，就这样看着握剑而来的她，眼眸冷酷而嘲讽。

“原！重！楼！”她一字一字说出了这个名字。

“来得这么快？”他笑起来，带着讥诮，“看来身体恢复得不错嘛。”

这样熟悉的笑容，这样熟悉的语气，如同一把剑瞬间刺入她心里最软弱的地方，扎了个洞穿。苏微深深地吸了一口气，不让自己在一瞬间爆发，脚步抬起，却又停住——是的，她已经知道他是怎样心机深沉的人，此刻现身，必然有陷阱，她怎能轻易踏入？

“咦，几天没见，居然多长了一点脑子？”他诧异似的审视着因为愤怒而发抖的她，手轻轻一动，亭子的六个飞檐上骤然闪过了一丝若有若无的光，“可惜了，这个六绝结界，本来是为你准备的。”

苏微深深地吸了一口气，握剑的手恢复了镇定。

血薇在她掌心微微跳跃，应和着她的心跳。

“你知道今天我找你来是为什么吗？”然而，他坐在结界笼罩的亭子里，语气却是平静悠闲，似乎是在问她吃什么一样简单。

她没有回答，只是用眼睛愤怒地看着他。

原重楼嘴角微微上挑：“我想要你手里的这把剑——我对父亲发过誓，要把这两把沾满我们全家鲜血的兵器，都供奉在他灵前。”

“做梦！”她冷笑，“想要血薇，就等一剑穿心的时候吧！”

“呵呵，还真是满怀杀气啊……”他审视着她说话的样子，就像是看着一只奓毛的困兽，嘴角的笑意一直若有若无，“别说得那么绝，我有东西和你交换，就看你要不要了。”

“交换？”她警惕地看着他，却没有接他的话。

“你是逃脱了，可听雪楼的几位护法却还在我的手上呢！”他悠然看着她，“哦，对，还有那个老医生——真是可怜啊……听雪楼最后的荣耀尽归于此了。你想不想让他们活着回洛阳去？还是想看着他们死无全尸，被我扔去喂蛇？”

“你！”她怒极，一剑刺出！

血薇的锋芒吞吐，凌厉无比，剑气纵横，在一瞬间将笼罩在亭子周围的结界硬生生撕裂！她踏入亭子，毫不犹豫地一剑刺向了原重楼的咽喉——然而，他居然还是坐着没动，只是这样冷冷地看着她一剑刺来，眼眸里有莫测的光。

那样的眼神，居然令她心的最深处有一阵极细微的刺痛。

“小心！”背后传来一声厉喝，一道青光横空而来，正正击在血薇上。那股力量非常强大，她的剑尖一偏，整个人微微被带得侧了侧身——只听一声裂响，一道电光迎头而落，正好击在她原本站着的地方，竟然将整个地面都击出一个直径一寸、却深不可测的洞来！

有人落下来，一把将她拉住：“别傻了！你看他在哪里？”

“师父？！”她失声惊呼，回过头却怔住了——亭子里哪里还有原重楼的影子？

在她剑尖所指的地方，空无一物，栏杆上只钉着一个薄薄的纸人。

纸人的脑袋被剑气割裂，耷拉了下来，在风里微微抖动。

“哈哈哈……”原重楼的声音再度响起，却是在茶园的深处，“迦陵频伽，你真该谢谢老天，给你这么一个好师父——如果不是他，你已经死了好几次了！知不知道？”

笑声里，有一袭白衣从茶园深处飘然而来，临风飞起，如同没有重量一样挂在了一根青翠的竹子上，微微起伏。

“够了。”忽然间，师父开了口，“冤冤相报何时了？”

“我知道你是谁。”原重楼收敛了笑容，看着师父，忽然道，“你有什么资格说这种话？当年萧忆情杀你雷家满门，弃尸乱葬岗——你苟活至今，创建了叱咤黑道的风雨组织，可是，你替你的家人报仇了吗？”

他看着他，一字一字喊出一个名字：“雷楚云！”

什么？苏微震惊地回头看着师父——她记得这个名字！这个名字，曾经和人中龙凤一起存在于传说之中，是当年的风雨组织缔造者、杀手之王秋护玉的真名！

“对。我是雷楚云，也是秋护玉。”师父喟然长叹，抬起手，缓缓摘下了面具——那一刻，苏微终于忍不住失声惊呼。少女时，她曾经无数次幻想过师父面具后的那张脸，然而此刻面前的人脸上遍布纵横交错的刀痕和烫痕，狰狞可怖，已经完全看不出容貌。

那是一张被彻底毁弃的脸，如同一颗曾经被彻底毁灭的心。

“师父？”她喃喃，不知说什么才好，“你……”

是的，直到今天，她才知道了师父的真正身份！

他曾经是江南五大家族里雷家的公子，锦衣玉食。二十岁时，雷家被萧忆情所灭，而他却被血薇的主人私下放走，从此卧薪尝胆，奋发成为风雨的领袖，一生都和听雪楼纠葛于恩怨之中。

那一瞬，她终于明白师父为何要教授自己武学，又为什么会远走滇南——那是三十年前久远的因果，冥冥中还无法消散的爱与恨。

“不要以你的心来度量我。是，你是报了仇了。但那又如何？”秋护玉静静地看着原重楼，眼里有一丝悲悯，“报仇的那一瞬，心里痛快吧？可是，痛快之后呢？那种荒凉，令人无所遁形——路已走尽，还能如何？”

原重楼微微一震，并没有说话。

“相信我，因为我就是你的镜子——当年，在亲手毁掉自己的这张脸时，我心里的仇恨并不会比你少。”他抬起手，用面具重新覆盖上那张可怖的脸，似是自语，又似是劝诫，“可是，几十年过去了，如今又怎样？仇人归于黄土，恩怨再无人记得。可我还得活下去……但是，我又靠着什么活下去呢？”

他转过头看着一边的苏微，眼眸温柔，再看了他一眼："我还有阿微，还有那些记忆。可是，你又有什么呢？"

他凝视着原重楼，叹息："你拿自己的一生，祭奠了仇恨。"

"还轮不到你来教训我！"这样平静温和的话却似乎是一把利刃，原重楼眼里的神色迅速地阴郁下去，忽地冷笑，"告诉你吧，我已经支付了百万黄金给袁老大——十天之内，风雨就会替我攻破听雪楼，鸡犬不留！"

"什么？"那一瞬，秋护玉的眼神也变了，忍不住震惊地脱口，"不可能！我立下过规矩，风雨永不接和听雪楼相关的任务！袁青枫他……"

"时过境迁。"原重楼冷笑，"如今你都已经消失于江湖二十年了，立下的规矩，谁还遵守？重金之下必有勇夫——你大概不知道吧，风雨已经接受过我的一次委托了，这已经是第二次进攻听雪楼。呵。"

他在冷笑，看着秋护玉的手渐渐握紧。

"怎么？想赶回去阻拦？你是风雨的创始者，出面弹压，或许袁老大会听你的。对吧？"原重楼的语气讥诮，"可是你这样一走，不就把这个丫头孤零零丢在这里了吗？拜月教的人还没赶到，没有你的庇护，她能在我手下活多久呢？"

秋护玉看了看苏微，眼神有一丝的犹豫。

是的，路途遥远，事情急迫。如果要顾上听雪楼，就无法顾上阿微——他纵横江湖那么多年，还是第一次被人捏住了要害，陷入如此进退不能的境地。

"师父，不用管我。"苏微却毫不犹豫，握紧了剑，咬牙，"你去洛阳吧！我在这里和他拼个你死我活！"

你怎么可能是这个人的对手？秋护玉在心里叹了口气。眼前这个人年纪虽轻，可城府之深、心肠之毒、谋划之周全，几乎是他一生仅见。翻手为云覆手为雨，将拜月教和风雨当作棋子，操纵自如，连萧停云都折在了他手里，阿微又怎能幸免？

"我不去洛阳。"只是一个转念，他便有了决定。

兴亡荣辱，成败起落，自有定数。听雪楼传承五代，自从萧忆情和舒靖容双双离世后，剩下的便已经只是昔日的余晖而已——遥远的传说，末世的荣耀，又怎能比得上眼前活生生的人命重要？

"怎么？在你眼里，这个丫头比听雪楼重要吗？"原重楼看着他，眼眸里似乎有一丝意外，却随即笑了起来："也好，那看来我只能和你做一笔交易了。"

"休想。"苏微握紧了剑，咬牙，"我不会把血薇给你的！"

"那我换一个条件呢？"他笑了一声，看着她，眼神变了变，嘴角浮出了一丝莫测的笑容，"来陪我一天一夜，好好地让我开心，我就放了听雪楼的人质，如何？"

苏微一怔，没有想到他居然会提出这种条件来。她性格刚强，宁折不弯，从未受过这种羞辱，一时间脸色惨白，嘴唇微微颤抖，说不出话来。

“这样的条件，没什么为难的吧？”他笑了起来，语气有些讽刺，“对你没有任何损失，要知道我们早就成了夫妻拜了天地，也提前洞房过了，到现在还扭捏什么呢——你难道想看着我把他们都扔去喂蛇，死无全尸？”

苏微脸色苍白，低声咬牙：“你……真卑鄙！”

“哈哈哈……”他纵声大笑起来，“没办法，谁让你当时瞎了眼呢？”

她气得发抖，手默默握紧了剑，却没有立刻拒绝。

“到底答不答应？来陪我一天一夜。这十二个时辰内我不杀你，但你可以随时来杀我——在饮食里下毒也行，在床笫间行刺也行。就看你的本事了。”原重楼冷笑，语气讥诮，“答应的话，今晚子时来水映寺找我——不答应的话，过了午夜，我就把他们扔去喂蛇了！”

他纵声大笑，点足跃上枝头，如风般离去。

她握着剑怔怔地看着，没有追，也没有开口说话，似是失了魂。

秋护玉有些担忧地看着弟子，叹了口气：“你不用理睬，我已经通知了拜月教，很快明河教主和孤光祭司就都会来了。他没有胜算的。”

她没有说话，似是同意了师父的建议，跟着他转身走了回去。

滇南的天气多变，刚才还是太阳耀眼，转眼却又乌云四合，天色暗淡了下去，有风雨欲来的沉闷。他们两人一前一后在路上走着，气氛似乎也有些沉闷，一直没有说话。

“师父……”走了许久，她忽然开口问了一句，“你也是听雪楼的仇人吗？”

“是。”秋护玉淡淡地回答，毫不犹豫。

“可是……你为什么没有复仇？为什么没有变成……变成像他那样的人？”她看着师父，喃喃，“难道真的如江湖传说的那样，是因为血薇的主人吗？”

“是。”他回过头来，静静地看着她，面具后的眼神平静如大海。

“如果你的恩人，在保护着你的仇人，你要报仇就必须踏过她的尸体，你会怎么做？”秋护玉看着女弟子，长长叹息了一声，“无论如何，我没办法下手……所以只能远远地观望着他们，任凭这一生就这样过去。”

那么多年来，她还是第一次听到师父说出自己内心深藏着的话。

昔年，当她匍匐在他膝盖上，勾着他脖子的时候，永远不曾懂得这个戴着面具的黑衣男子深如大海的眼眸里，埋藏着多少伤痛过往。

他们已经走回了竹楼。风雨欲来，吹得屋顶上的茅草猎猎作响。她心里一阵酸痛，站住身，忽地抬起手，如昔年那样拥抱了师父一下，叹了口气，轻声道：“等报了仇，我就跟师父回风陵渡去，隐姓埋名地度完余生，好不好？”

“说什么傻话。”他笑着拍了拍她的后背，“你的人生还长呢。”

然而，就在那一瞬间，他只觉得背心忽地一麻。

“阿微！”他失声惊呼，“你……你做什么？”

手指迅速地沿着任脉向下，封住了双手双足，快如闪电！

苏微出其不意地点了师父的穴道，然后搀扶着他进了房间，跪下来，磕了一个头，咬着牙道：“对不起，师父。我是不会让别人替我报仇的！停云……停云他已经死了，我无论如何不能弃几位护法于不顾！何况他这个人诡计多端，此刻如果我不去盯着他，等拜月教的人来的时候，他说不定又逃脱了。”

“别做傻事！”师父厉喝，却不能动弹，“你根本不是他的对手！”

“师父，别担心，除了血薇之外，我还有其他的法宝在身……他、他不敢轻易动我的。”苏微咬着牙，一字一句，“我一定要亲手把他诛杀在血薇之下！——多谢师父的恩情，如果弟子还能活着回来，就在风陵渡侍奉您终身。”

萧萧的风雨声里，她抓起了血薇，决然从竹楼跃下。

如同一只扑火的蝶，无声地消失在外面苍翠的群山里。

第十六章

长夜离别歌

“我们当时就应该死在孟康的那个矿洞里。”他喃喃，近乎耳语般地说，“没有别人，只有我们两个，一起在黑暗里。等我死了，你再吃掉我……这才是我们最好的结局。

除此之外，我们没有任何其他的退路。”

水映寺位于腾冲的郊外。传说这里是忘川的终点，无数的亡灵通过镇魂碑的指引，汇成一股洪流，去往彼岸——而这里，便是他们转世的所在。

寺里寂寂无人，唯有惨碧色的灯光映照。

灯下有人独坐，斟酒独饮。

滇南的七月，空气湿热，夜色深浓，头顶无星亦无月，连风似乎都是灼热而凝滞的。沉闷许久，忽然间，草木间响起了疏疏落落的声音，长短不一。紧接着，九曲凝碧灯上也传来轻轻的敲击声，铮然错落，如金玉交击。

“下雨了吗？”原重楼叹了口气，看了一眼窗外，忽然眼神凝聚。

漆黑的雨夜里，窗外的屋檐上静静站着一个女子，握剑而来，就这样站在雨中冷冷地看着他，眼神冷亮如电，脸色却苍白如死。

“迦陵频伽？”他的嘴角浮起了一丝笑意，“你来了。”

他抬了抬手，做了个请的姿势。她一掠，便到了室内，站在了他的眼前——不知道在外面的雨里站了多久，她全身已经湿透，漆黑的发丝湿漉漉地贴着脸颊和脖子，一滴滴地往下滴着水，更衬托得肌肤苍白如玉。

“擦一擦。”他皱了皱眉头，扔了一块手巾过去。

苏微握着剑，下意识地往后退了一步，那块手巾就掉到了地上。原重楼看了看她，忽地冷笑：“既然来了，一切就该听我的！否则就滚回去。”

她沉默了一下，身体僵硬。然而，沉默了片刻，终于还是俯下身，将那块手巾捡了起来，缓缓擦了擦脸颊和身上。

“好。”他满意地微笑起来，指了指对面，“坐下来。”

她吸了一口气，走过去在他面前坐下，却没有坐在他正对面，而是下意识地移到了斜侧，低下头，带着嫌恶的神色，似是不愿意看到他。

“坐这里。”他蹙眉，命令。

她咬了咬牙，挪了过去，依旧一言不发。他就坐在她的对面，无法避开——仅仅是几天不见，这个人似乎完全陌生了，眉目依旧清俊，然而薄薄的嘴唇含着笑意，却似是刀一样锋利。

更加刺痛她眼睛的，是他手边放着的那把夕影刀。

“来，陪我喝一杯。”他给她斟了一杯酒，清冽的酒里沉浮着白色的花瓣，居然是大理出名的梨花酒，“放心，没有毒。我还费不着用这么大力气对付你。”

“我戒……”她刚想说自己已经戒酒，话到了一半却止住，只是咬着牙握起了酒杯，仰头一饮而尽，冷冷斜觑着他。

“好！”他轻轻击掌，似是极高兴，“再来一杯！”

他一连给她倒了三杯，她都是一言不发地酒到杯干，爽快利落至极。梨花酒入口柔，后劲却极烈，空着肚子几杯酒下去胃部顿时灼烧般地热起来，一股热意升起，令她苍白的脸颊多了一丝殷红，衬得眼睛更是亮如秋水。

“真是听话啊……简直不像你了。”他看着她，似是有些感叹，“在腾冲这些天，一直都是被你呼来喝去的，如今终于轮到我出这口恶气了。”

他笑了笑，拍了拍手边的一个东西：“现在我当家做主，是不是？”

——在他手边放着的，居然是那个洞房里的枕头。

那一刻，她再也忍不住，猛然站起：“你……”

“我什么？”他却依旧丝毫不动，笑笑地看着她。

“你倒是会演戏，不做戏子可惜了。”她拼命按住内心的愤怒，冷笑起来，“别在这里绕弯子废话了，你想要怎样？”

“这么扫兴干吗？我只是要你陪我一天一夜而已。”他施施然伸过手，捏住了她的下颌，凝视着她的眼睛，轻声道，“我们好容易拜了堂，却被人居中打断，没有来得及好好享受洞房花烛夜，未免有些扫兴——”

他感觉到她微微一颤，似是被人刺了一剑。然而，她却没有说话，也没有反抗，只是闭上了眼睛。他凑近她的唇，凝视着她。两人的气息交错在一起，然而他却没有吻下去。九曲凝碧灯在雨中飘摇，惨碧色的灯光映照在她苍白的肌肤上，有一种冰冷的美。

“别磨磨蹭蹭。”她忽然睁开了眼，冷冷道，“来啊！”

他凝视了她一眼，一声冷笑，忽然间按住她，狠狠地吻了下去。

她的嘴唇紧闭着，柔软而冰冷，如同死去之物。他怎么也无法得逞，忽然间暴躁起来，抓着她的衣襟，一下子把她按倒在了旁边的榻上——她没有反抗，却一动不动，冰冷地看着他，那种眼神能令最灼热的钢铁瞬间冷却。

“你早就是我的女人了！”他咬着牙，冷冷道，“还装什么？”

她看着他，忽然嗤笑了一声："做梦！"

"什么？"他怔了一下。

"我压根不认识你，怎么可能是你的女人？"苏微终于直视了他，冷笑着，"我嫁的那个人，叫作原重楼，是腾冲最出名的玉雕大师——可惜，我的丈夫在成婚当天就已经死了，被一个叫作灵均或者梅子瑄的人杀了……"

她的语声轻而缓慢，如同剑锋："所以，现在我是个孀妇了。"

他看着身下这个女人，忽然语塞。然而，下一刻他就冷笑起来，重新将她扔到了榻上："管你怎么巧舌如簧，今晚照样得做我洞房里的新娘！"

他将她按倒在榻上，近乎粗暴地撕开了她的衣衫。她挣扎着，白皙如玉的身体在惨淡的灯光下有一种诡异的美丽，那是他所熟悉的，却又如此陌生。当他的手触及肌肤，她一开始下意识地反抗，然而似乎很快意识到了如今的境地，又颓然中止。

当他再度压上来时，她忽然开启了嘴唇，回应了他。

她的吻缠绵而深入，一如以前。然而，他却在那销魂的一刻忽然挺直了身体，看也不看、闪电般探出手，回手并指一夹，将刺到了脑后的剑锋瞬间定住！

血薇已经出鞘，闪着幽幽的暗光。

他低下头，死死地看着她，似是愤怒，又似冷嘲。她无所畏惧地和他对视，眼眸冷酷而仇恨，低声："来啊！只要你敢再亲近我，就随时做好被杀的觉悟吧！"

他忽然暴怒，掐住她的脖子，一甩手，将她从榻上卷起，直接扔飞了出去。

他出手很重，她背部重重地打在墙壁上。苏微低低惊呼了一声，下意识地用手护住了腹部，整个人贴着墙壁摔到了地上，忍不住发出了一声呻吟。他一个箭步上前，一把将她拖起来，忽然却愣住了。

有血慢慢沁出，染红了她身下的衣裙。

"你……"那个瞬间，他看着她，不敢相信地喃喃，"你难道……"

"哈哈哈！"就在他出神的那一瞬，她一声冷笑，松开了护着腹部的手，袖子一翻，剑光横斜，闪电般地斩了过来，出手便是杀招！

距离太近，他下意识地折身后仰，却没有完全躲过。唰的一声，血薇在他肩膀上留下一道深深的创口，几乎把锁骨削断。

苏微一招得手，毫不留情地步步抢攻，他只是稍微一出神，几乎便把性命给送了。

然而，她刚刚把剑刺向他胸口，忽然间眼前一花，似乎有无形的门在面前瞬间关起来，便失去了他的踪影。这……是结界？这个水映寺里，他早就设好了重重陷阱！

原重楼从眼前凭空消失，下一个瞬间，又仿佛烟雾般重新聚拢，出现在她的身后，冷笑了一声，出手如电，一指点在了她的后腰，形如鬼魅。

"真是好险，来真的啊？谋杀亲夫？"他看着倒在怀里的她，冷嘲，"如果不是一开始就在这里设下了结界，我就真要被你杀了。”

“你……”她怒极，却无法挣扎。

“跟你说过，你杀不了我的！乖乖的做我这一天的新娘子就好了。”他封住了她的穴道，将她重新抱到了榻上。她竭力挣扎，他压着她的身体，却没有再度出手轻薄，只是停在那里细细地看着她——方才一轮欢好中，他的外袍已经落下，衣襟散开，露出坚实如玉的身体。然而，苍白的肌肤上却有着一处处奇特的青色痕迹，如同一棵树一样蔓延了全身。

那种青色，不久前她在他昏迷的时候曾经看到过，如今居然更加深了许多。

她有些惊愕，却咬住了嘴唇什么也没问。

“你……”他在灯下细细地看着她，手指温柔抚过她的肌肤，停留在她平坦的小腹上，有些不确定地看着她，似乎艰难地开口，“你……是不是有了孩子？”

她微微一震，避开了他的眼神，冷笑了一声：“胡说。”

“不，我没有胡说。”他喃喃，抚摩着她的小腹，眼眸雪亮，“刚才你撞到了墙，就下意识地伸手护住了这里——如果不是有了孩子，你是不会这样做的。”

一边说，他一边扣住了她的手腕，打算探她的脉搏。

她知道他定然会觉察，干脆抽回了手，冷笑着承认：“是又怎么样？”

那一刻，他的手僵住了，就这样定定看着她，许久不动。惨碧色的灯光映照着他的脸，令他整个人都笼罩在一种奇怪的光影之中，如同暗夜里的雕塑。忽然间，他发出了一声大笑：“哈哈哈……不会吧？我居然有了孩子？我……”

他停住了，似乎有些不知道说什么好，她却看着他，眼神冷静而残酷，冷冷道：“对！这就是上天送给你的陪葬品！”

他骤然停住了笑声，用一种可怕的眼神看着她：“你说什么？”

“事到如今，我们之间必有一死。如果你要杀我，那就必须先杀了你自己的孩子！”她看着他，虽然毫无反抗之力，眼眸却充满了恶毒的挑衅，“如果你杀不了我，那等我杀了你之后，自然也会把他杀掉——无论如何，我绝不会让这个恶种生下来！”

她的声音平静而冰冷，一字一字吐出。

原重楼再也无法控制地暴怒，甩了她一个耳光，低吼：“你敢？”

“我有什么不敢？”她放声大笑起来，“我连死都不怕，还怕什么？”

他死死地看着她，不再说一句话，眼神凶狠而愤怒。她毫不退缩，也冷冷看着他，眼里似乎藏着一把剑。两人之间的空气，仿佛瞬间凝结。

忽然间，他一把伸出手，将她抱入了怀里！

死死地、紧紧地，用力得几乎令她说不出话来——他的怀抱冰冷而熟悉。那一刻，她只觉得窒息，几次想伸出手推开他，却又无力地垂落。

"原来你有了孩子……为什么不告诉我？"他抱紧她，低声喃喃，声音竟然在发抖，"如果我一早知道，那……"

她没有说话，咬紧了牙不让自己颤抖，可那一瞬间眼眶却有些热。是的，当时，她那样坚决地拒绝了停云，将血薇还给他转身就走，不惜背弃对姑姑的誓言——不仅是因为她自己不愿意再握剑杀人，更是因为，她也不愿意自己的孩子再生活在那片江湖里！

可是不管初衷如何，到现在，终究还是一场空。

"迦陵频伽……"她忽然听到他在耳边开口，"我们当时就应该死在那里的。"

什么？她微微一惊。

"我们当时就应该死在孟康的那个矿洞里。"他喃喃，近乎耳语般地说，"没有别人，只有我们两个，一起在黑暗里。等我死了，你再吃掉我……这才是我们最好的结局。除此之外，我们没有任何其他的退路。"

他的声音低而飘忽，似乎有着某种魔力。

那一刻，她只觉得心里有什么砰然碎裂，全身剧烈地颤抖起来。

"你……"她震惊地抬起头看着他，仿佛骤然明白了什么，手指颤抖着，慢慢触及了他的脸。他没有避开，只是低下眼睛看着她——那一瞬，他们相互凝视，仿佛有一扇门轰然打开，有光芒如同闪电，照亮了彼此的心灵最深处，一切都无所遁形。

原来，他竟也有过这种绝望的想法？那么说来，他……

她张开嘴，似乎想说什么，然而吐出的只有一声无法压抑的啜泣，如同从最深的心底传出，撕心裂肺。

是的……是的。什么都晚了！

他们两个人，从相遇的那一刻开始，便是错误的。十年前的匆匆一面，尚未相识便种下了血海深仇。十年后，仇恨指引着他们再次相见，绝无逃避的可能。

这样的孽缘，如同种入骨血的蛊毒，生生死死，纠缠不休。

可如今，什么都晚了。

"好了……好了，今晚我们什么都不要说，什么都不要想。"她全身颤抖，只听到他在耳旁轻声叹息，轻吻着她的额头，低声，"就让这一天一夜好好地过去吧……过了这十二个时辰，再来了断我们之间的恩怨。好不好？"

她在他的怀抱里剧烈地颤抖，死死咬着嘴角，将头埋在他的肩窝里，却还是无法抑制地啜泣。他紧紧抱着她，抚摩着她的发梢，靠在黑夜里，静静地等待着天亮。

窗外的雨声无休无止，如同整个天和地都在哭泣。

在梦里，她似乎回到了那个黑色的洞穴里。

她在嶙峋锋利的乱石之间爬行，呼喊着他的名字，慌乱而恐惧。他没有回答她，然而，远处黑暗里却有声音敲击着，一声又一声，似乎是冥冥中的呼唤，指引着她去寻找他。

“重楼！重楼！”她惊慌失措地大喊，摸黑在一块块矿石之间找着他。

忽然间，一块石头下伸出了一只手，拉住了她。

“重楼！”她惊喜万分地回过身去，抓住了他的手，试图从石头下拖出被压住的人。然而，只是微微一用力，咔嚓一声，黑暗里那个人居然拦腰而断！下半身还压在石下，鲜血喷涌而出，染红她一脸一身。

她抱着断裂的上半身跌在地上，恐惧得发抖，失声喊道：“重楼！”

然而一转眼，手里抱着的半具尸体，却变成了另一个人。

“为什么还不回洛阳去？”怀里的尸体睁开眼睛，看着她，开合着嘴唇，慢慢地问，“血薇的主人，不能离开听雪楼。”

“停云！”她失声惊呼，瞬间醒来。

醒来的时候，外面的天色已经大亮了，已经是中午，雨还在淅淅沥沥地下着，空气里的炎热一扫而空，到处都是葱茏草木，青翠欲滴。

她在一个怀抱里醒来，一双眼睛静静地看着她，若有所思。

“重楼？”她下意识地喃喃低语，可忽然又猛醒过来，全身僵硬。

“别这样，放轻松一点。”他叹了口气，声音变得温柔安静，在一瞬间似乎回到了昔日那个玉雕师的样子，轻声道，“我们不是说好了吗？暂时不去想这些恩怨，好好地过完这一天再说——你要报仇，日后有的是时间。”

她的手指微微颤抖，探出手去握紧了血薇，心里略微安了一安——这把剑居然一直在她身侧，并没有被他拿走。

然而想站起来时，却双膝一软。

“时间不多，我还是封了你身上的穴道，免得你不听话乱折腾。”他走过来，俯下身将她拦腰抱起，如哄孩子般地道，“来，该吃饭了。”

桌子上不知何时已经摆好了新的碗筷，米饭雪白晶莹，里面拌有鱼酱，野蕨菜炒了口蘑，鱼粉汤香气馥郁，芭蕉叶里还包裹着一块鹿肉——她睡过去那么久，居然不知道他是什么时候起身做了这满桌子的菜。

他在椅子上把她温柔地放下来，俯下身去摆好了碗筷，又亲自给她盛了一碗鱼粉汤，细心地将上面的泡沫撇了开去——他的动作轻柔妥帖，似乎只是一个普通的丈夫，正在照顾怀着身孕举动不方便的妻子。

那一刻，她想起了在孟康竹楼里的晚餐，心事如潮，不可抑制。

那是他为她做的第一顿饭，虽然普普通通，却永生不能忘记。

“我的手残废了，不能雕玉；你中了毒，不能握剑——所以，我们都没用了；所以，他们都离开了——说到底，我们都是一样的。不是吗？”

“所以，我们不要自相残杀了。谁又比谁好一点呢？”

那一夜，他为自己做了一顿丰盛的晚餐，这样对自己说。也就是从那一夜开始，她被他所打动，慢慢让这个人走进了心里的那扇门。

可是……他说的话是假的，他的笑也是假的。他所做的一切都是精心安排好的计谋，不过是为了让他们自相残杀！所有一切都是假的！

她拿起了筷子，手却微微地发抖，怎么也无法下箸。

“我在水映寺外面预先设了一个天地交征大阵，把忘川中所有鬼魂的力量都暂时积聚在了这里，就算是明河教主和我师父他们亲自来，没有一天两天也破不了。”他看着她，眼神平静，低声道，“好好吃吧，这可能是我们之间的最后一餐了。”

她微微一震，默不作声地看着他为自己盛饭，舀了汤。鱼汤热气蒸腾，迷住了她的眼睛——那一刻，她死死咬住了嘴唇，才克制住了即将落下的泪水。

“我在汤里放了一些紫苏，可能味道有些奇怪——你动了胎气，需要好好稳固。”他的语气平静，“慢慢吃吧。等吃完了饭，我带你去一个地方。”

他的手艺还是一如既往的好，然而她吃到嘴里，却全是苦涩。原重楼没有动筷子，只是坐在那里看着她吃，眼神复杂莫测。

窗外的雨还在淅淅沥沥地下着，声音错落长短，无休无止。他的眉头不由得微微蹙起，似是心绪烦躁起来，手里的筷子啪的一声被捏断。

“那句话是真的吗？”她放下汤匙，忽然问。

“什么？”他怔了一下。

“你不喜欢下雨天。”她看着他，眼神平静，“说一下雨，就会觉得世间到处都是哭泣的声音，让你想起你那个被抛弃后以泪洗面的母亲。”

他凝望着檐下绵延的雨滴，低声道：“是真的。”

“是吗？”她忍不住笑了起来，苍白的嘴唇弯起一个讥诮的弧度，“原来在你对我说的所有话里，至少还有一句是真的……”

他转过头来深深地凝视着她：“其实，我对你说的很多话都是真的。”

她手微微一颤，下意识地低下了头，错开了视线。

“不过，我母亲并不是什么寨老的女儿，只是一个普通的摆夷族女子。她钟情于我的父亲，没有明媒正娶便生下了我。可惜，我父亲虽然英雄盖世，却是惧内之人，竟然把我们母子抛弃在了腾冲。”他低声对她叙述着自己的身世，“直到过了五年，父亲的正房夫人死了，他才将我母亲接回了身边，又在中原生下了我妹妹，然而，却依旧不敢把我带回去——因为梅家是大家族，如果凭空又出现一个新继承人，只怕内斗会更加激烈。”

顿了顿，他苦笑道：“父亲原本打算在我行了冠礼之后，再把我带回中原去。”

“所以，你的名字并不在族谱上？”她默然地听到这里，忽地冷笑起来，“没想到，这反而让你逃过了灭门大难，成了漏网之鱼。”

她的话语锋利，他的眼神凝聚了一下，似乎有怒意，却硬生生按捺住。

“你们这些人，知道什么？”他咬着牙，声音忽然间有些微的发抖，“我父亲穷途末路之下，还要狂奔千里来见我最后一面；而我身为人子，近在咫尺看着父亲被人一刀斩首，却不能去相认！这种痛苦，你知道吗？”

他的语气，令她锋利的眼神黯淡了一下。

“你不知道你父亲在中原都做了些什么。”她喃喃，声音虽然轻，却并没有丝毫的动摇，“这江湖本来就是如此，不是你死就是我活——至少，我们两个人是明刀明枪地赢了这场仗的！如果天道盟胜了，被追杀的或许就是我。”

“但是我不是江湖人，至少那时候还不是。”他摇了摇头，黯然，顿了顿，忽然道，“如果那一日，你不去拦那一刀就好了。”

她一震，脸色苍白，久久不语。

是的，如果当时她没有拦住萧停云那一刀，那么，眼前这个人就会作为路人被瞬间灭口，以后所有的一切都不会再有——如果命运的转轮停止在那一刻，如今她的命运会如何？听雪楼的命运，又该如何？

已经没有人知道了。

因为一切都在那一日毁灭，包括他自己。

眼睁睁看着父亲在咫尺的距离被斩首，紧接着，失去了右手，失去了谋生技能，失去了恋人，失去了母亲和妹妹……穷途末路的他，在毁去了原重楼那个无忧无虑的身份之后，这些年来，又是以怎样的心态活下来的呢？

这一切，他从没有和人说过，哪怕是自己的师父孤光。

他只是戴上了面具，全心全意地跟随着拜月教的大祭司学习术法，夜以继日，进境神速，被誉为三百年来唯一可以和迦若祭司媲美的天才。

可没有人知道，从那以后，他的心也已经戴上了面具。

十年啊……那样漫长的日子里，几乎每一夜，他都梦见父亲被一刀斩下的人头在空中旋舞着，嘴唇开合，吐出最后的话语——

“君子之泽，五世而斩！”

似诅咒，也似是最后的嘱托。

可悲的是，即便在梦里，他都在竭力克制着自己，拼命不让自己喊出声来……直到全身颤抖着在噩梦中醒来，一个人蜷缩在黑暗里，也依旧不敢哭泣，只是咬紧了牙关，一遍遍告诉自己一定要报仇！

可是，面前的仇人太强大。那两个人来自天下最强大的听雪楼，刀剑的联盟牢不可破。即便他一生苦苦修习，也不可能胜过他们两个人的联手。

所以，唯一的办法，就是让刀和剑指向彼此，自相残杀！

在十九岁那年，他便默默地在内心设定了这个计划，并为此赌上了一生。这条路是那么长，那么暗，一路行来，终于到了这里。

“你……到底是谁呢？”她喃喃。

他们第一次相见时，他是神秘高贵的灵均；再后来，他是落魄尖酸的玉雕师原重楼；到最后，却是以黑暗复仇者的梅家遗孤作为收尾！这三个人，到底哪个才是真正的他？

“连我自己都说不清楚。”他看着窗外的雨，笑了一笑，“你最喜欢哪一个？”

她几乎想脱口回答，却又硬生生忍住。然而，原重楼似乎也没指望她会回答，只是淡淡地苦笑着，喝了一杯酒，低声道：“但我知道的是，当我是‘原重楼’的时候，我过得最快活——可能是一辈子里最快活的时候。”

她的嘴唇动了一下，将一声微弱不可闻的话吞了回去。

是的，那，也是她这一辈子里最快活的时候。

只可惜，却如同烟花一般刹那消散。

“刚开始的时候，只是想引你上钩。你也很蠢，一步步都按照我算计好的走。”他望着外面的雨，喃喃，“可是不知道为什么，在孟康那个竹楼里吃了那一顿饭，听着你说话，忽然之间，竟觉得自己很嫉妒洛阳的那个人……”

“竟然一时昏了头，忘了要一步步来，就对你动了歹念。”他说到这里，忍不住笑了一声，摇了摇头，“然后你一掌就把我打飞了——呵，当时我还不能反抗，不能还手。因为我得装作是个手无缚鸡之力的普通人。”

他扬了扬酒杯，笑得复杂而意味深长。她在一边怔怔地听着，心中只是翻江倒海，却说不出一句话来。

“可能就是从那时候开始，事情就悄然改变了吧？”原重楼喃喃，眼神变得有些茫然起来，“再后来，你不惜用自己的命换我一命，把我从蟒蛇口里救出来……唉。我设法把你弄到了月宫，让你见到听雪楼的使者，本来也是想试探一下你当时心里的想法。”

他停顿了一下，嘴角露出了一丝笑意：“你去见了石玉，回来却和我说你选择留下来——我对你说，你不会后悔今天的决定。”

他看了她一眼，道：“那句话，我是认真的。”

她听他在一边慢悠悠地说着，手指绞紧，指节几乎苍白——是的，或许在那一刻，他原本以为他们的人生将在那一点上转折。

只可惜人算不如天算，命运早已给他们安排了另一个结局。

“那个洞窟的最深处，真的有蛇吗？”她终于开口，问了一句，“还是……还是你造出来的幻境？那一路上，到底有多少事情是真的，又有多少是幻觉？”

“你说呢？”原重楼笑了笑，“将来你自己再回去看看不就知道了。”

她沉默了下去，咬着嘴唇。

“心里还有什么疑问，都说出来吧。”听着窗外淅淅沥沥的雨声，原重楼抬起头，眼眸平静，“过了今天，你就再也没有机会问了。”

她沉默了片刻，似乎想问什么，却终于还是克制住。

“算了，这些都已经不重要了。”她低下了头去，握紧了手里的血薇，声音虚弱地叹息，“事已至此，再问什么也不会有所改变。”

“不，你知道吗？”然而他却看着她，忽然道，“除了被你拦住的那一刀之外，本来还有第二个机会，可以让一切都和现在不一样。”

她看向他，眼里充满了疑虑。

原重楼看着手边的夕影刀，忽然冷冷地笑了起来：“我一直在想：如果萧停云在洛水上真的被炸死了，那就好了……”

“你！”苏微愤然变了脸色。

然而，他没有理会她，径直把话说了下去：“原本听雪楼主死了，我也打算就此作罢。接下来，我会找个机会让‘灵均’这个身份死去，再放我师父出来，抹去此事和我相关的任何痕迹，从此以原重楼这个身份活着——这样一来，你永远都不会知道真相。只可惜……”

说到后面，他停住了话语，摇了摇头。是的，只可惜赵冰洁不顾自己性命，背叛了他的指令，而萧停云也没有死在洛水底下，反而来了一个奇袭，直接杀入了滇南！

他的对手，远远比原先预想得强悍不服输。

这些日子以来，他用尽了所有手段，只想把她和听雪楼永远地切割开来，把她永远留在滇南这个世外桃源里，成为他的迦陵频伽——可是，当婚宴之上，血薇如白虹贯日，从天而降的瞬间，他知道一切都结束了。

当苏微扯下红盖头，看着那把剑时，她的眼睛重新燃烧。

那种光芒，是他十年前才在她眼里见过的！

“在婚宴上，你扔下了我，选择了听雪楼。迦陵频伽，你不知道当时我是以什么样的心情开口求你不要去的……我这一生里，从没有这样害怕，也从没有这样哀求过一个人。”他的声音轻而冷，似乎凝结了寒意，“可是你走了，头也不回。”

“我只是去一趟看看而已。”到了如今，她却居然还不由自主地分辩了一句，“我说过会回来的！事实上，我也回来了！”

"那有什么用呢？他还是找到了你，你还是选择了他……我曾经竭尽全力要把你和你的过去割裂，可是，我失败了。"他微微摇头，眼眸黯淡，"从那个时候开始，我就知道，你永远也不可能成为我的迦陵频伽！我试图拥有的那种生活，是根本不可能存在的！"

他顿了一顿，忽地恶狠狠冷笑起来，用酒杯敲打着桌面，一字一句："既然如此，干脆一不做，二不休！"

那一瞬，他的眼眸也变得冷彻狠毒，宛如魔鬼——是的，在看着她拔剑远去的背影时，在那个被撇在喜堂上的新郎心里，被禁锢的魔鬼又重新脱缰而出！

就在那一刻，他做了再也无法挽回的决定。

——他要重新推动原来的计划，把这血海深仇一口气报完！以杀止杀，以血还血！

——而后面的一切发展，全部都在他的预料之内。

唰的一声，苏微把碗里的汤泼到了他脸上，怒视着他："卑鄙！"

"为了报仇，我没有什么事是做不出来的。卑鄙又算什么？"他没有动，只是看着她发怒的样子，忽地笑了一声："好了，吃完了？我带你去一个地方。"

苏微警惕地握紧了血薇，厉声："去哪里？"

"去了就知道了。"他不作声地笑了一笑，笑容却很温和，"我说过，先把恩怨放一边吧！就这十二个时辰。等时间到了，我自然会给你你想要的东西——然后，我们再有仇报仇、有怨抱怨，如何？"

他不作声地抬起手，闪电般地扣住了她的腰上大穴，将她拦腰抱了起来。

"你要带我去哪里？"她忍不住问。

他没有回答，只是抱着她走进了雨里。

外面的雨已经转小了，细蒙蒙的如同牛毛，粘在人的发丝上，如同三春柳絮那么烦人。原重楼抱着她，沿着水映寺的小路走去，一直走向了后山。

寺庙的后面是一座断崖，壁立千仞。

他抱着她，沿着那条冷落已久的小路前行，一路穿过葱郁的草木，不作声地走了很久，直到小径隐没在乱草里，前面没有了路。他站住身，腾出了一只手，在虚空中画了一个奇特而繁复的符号，然后平举起手掌，轻轻在空中敲了一敲。

喀啦一声轻响，雨幕居然凭空裂开了！

那一瞬间苏微失声惊呼，简直不敢相信自己的眼睛。

眼前出现了一片全新的景象。那是一片平整的土地，方圆不过十丈，地上青草萋萋，当中立着经幢和碑文，看起来似乎是一座墓园。外面在下雨，然而这里却是整洁而干燥，似乎和整个时空都割裂了开来。

"这里是个结界。"原重楼轻声道，"只有我一个人能找到的地方。"

他抱着她走进去，雨幕在他身后重新闭合，两人仿佛就这样凭空消失在天风崖下。他走过去，直到那面碑面前才停下来，弯下身将她放到一边的空地上，抬手将碑上的蔓生的杂草拨开，沉默了片刻，忽然道：“父亲，母亲，妹妹，我来看你们了。”

苏微猛然一震，抬头看了过去。

——是的，那一块墓碑上，赫然用暗红色的字写着一个名字：梅景浩。而在旁边，是另外两座坟墓，分别写着他母亲和妹妹的名字。

那一刻，她忽然明白了之前他为什么反对自己来天风崖采药。

原来，一切的细节，都有原因。

原重楼跪在墓碑前，轻轻抚摩着上面的字，低声对她道：“那一年，在你们走后，我收殓了父亲的无头尸体，葬在了这里。后来，我又从吹花小筑的手里将母亲和妹妹的七零八落的尸体偷了回来，拼凑在了一起——这三座坟，上面的字都是我用血写上去的。”

她没法说话，脸色微微发白。

“每一年我都会来扫墓，用自己的血将上面的字描上一遍。”他抚摸着墓碑，声音低而冷。苏微在一边听着，咬着嘴唇，没有开口——是的，这就是仇恨的力量，不随时间逝去，反而在重复地叠加。如同碑上的血，一层层地沉淀下来，令人窒息。

她身体不能挪动，只是微微弯下了腰，对着墓碑行了一礼。

死者为大。即便是曾经有过多少的刻骨恩怨，此刻对于沉睡在这地底下的人，她也只有满心的歉疚。

他没有回头，却似乎知道了她的举动，忽然道：“我知道，你在洛阳的白马寺替我父亲立了一个灵位，对吗？”他的声音平静，里面不知道是什么样的情绪：“难道你心里也有愧吗？——是不是就算我不用计谋挑拨，你也迟早会离开洛阳？”

她没有回答，只觉心中凛然。

原来，哪怕尚在洛阳，她的一举一动他也早已暗中注意多时。

“父亲，你知道吗，今日，我终于替你报仇了。”他对着墓碑喃喃，脸色苍白而平静，唯有眼里有火焰燃烧，一字一句，“就算梅家只剩下最后一个人，我也终于报了这个仇！萧停云死了，听雪楼也要灭了，你和母亲、妹妹在九泉之下……”

他的声音低沉，有竭力克制的微微战栗，到最后却化为喑哑，再也说不下去，手指痉挛着没入了泥土。从后面看去，只见肩膀剧烈地起伏，却没有丝毫声音。

她默默地看着这一幕，心里冰火交煎。

“本来，我是想要用萧停云的人头来祭奠父亲的。”他在父母的墓前倾诉完了话语，回过身，看了一眼她，语气森然，“可是，我答应了你要归还他的遗体，也就算了——过来，见一见我父母亲吧。”

他转过身，不容她反抗，一把将她横抱了起来，来到了墓前。

她吃惊地看着他，想要挣脱，然而他一手扣住了她的双臂，制止了她的反抗，抱着她在碑前缓缓跪了下去，低声：“父亲，看到了吗？这就是我明媒正娶的妻子……她的腹中，还有梅家的骨血。”

“所以，请您原谅我不能杀了她替你们报仇。”

她震惊地看着他，嘴唇颤抖了一下，说不出一个字。

他跪在荒野里，对着坟墓喃喃低语，雨水沾染了眼角眉梢，整张脸似是从水墨里浮出，苍白得令人心惊，唯有眼眸深沉，黑得不见底。

他抱着她，深深地叩首三次，然后站了起来。

她从头到尾都静默地待在他怀里，没有出声，怔怔地看着他。原重楼祭拜完先人，便抱着她走向了来时的路，再也不回头。

那样深的仇恨，似乎在这三拜之后，彻底地了断尘封。

当他走出那片虚空之后，外面的雨重新落下，细细打在了他们身上，微凉——那一刻，苏微才从方才的恍惚和震惊里惊醒过来。

“你不杀我，我也一定会杀你！”她咬着牙，手里握着血薇，“这个孩子我也绝不会留，你们梅家，注定断子绝孙！”

“别说这样的狠话，迦陵频伽。”他没有被她激怒，抱着她走向了水映寺，只是冷冷道，“这只会激得我毁弃诺言，把你囚禁在身边，直到孩子生下来为止！”

她倒吸了一口冷气，知道他说得出做得到，沉默了下来。

“呵，看把你吓的……”他看着她的眼神，忽然又笑了起来，“你觉得我是这种拖泥带水、把人不明不白关一辈子的人吗？我说过只要一天一夜就让你走，自然说到做到——现在还有点时间，不如在这里坐一会儿吧。”

她皱着眉头，有些不耐烦，却无可奈何。

他抬起头，看着天空，忽然道：“今天是月圆之夜，晚上可不要下雨才好。”

苏微一愣，七月十五，不就是中元吗？传说中的鬼节？这一刻到来时，黄泉洞开，百鬼夜行。滇南几乎家家户户闭门不出，生怕日落后走在路上，一个不小心便会撞了邪。

“你听到那种声音了吗？”原重楼抬起头，看着天空，语气里居然充满了憧憬，“今天晚上，那条忘川应该会很拥挤吧？”

她抬起头，却什么也没听见，不由得问：“那是真的吗？”

“什么？”他怔了一下，问。

“忘川是真的吗？还是你编造出来骗我的？那个叫莽灼的向导，本身也是你雇来的人，对吧？”苏微看着他，眼里已经没有好奇，只有麻木——被欺骗的次数太多，她几乎都已经无法确定，和他在一起的这段时间里有哪些是真的哪些又是假的。

原重楼眼里的神色变幻了一下，蹙眉：“那当然是真的。”

他看着她，眼神深沉而静默，许久，才低声道："这些日子以来，你所见到的、所听到的，的确很多是假的，但，还有很多却是真的——从这里离开后，你可以慢慢去追忆。终有一天你会明白哪些是真哪些是假。"

她冷笑了一声："我才不会去想。"

是的，事到如今，他们之间还有什么可以去追忆的呢？所有的真和假掺杂在一起，如同孪生的藤蔓一样生长，交缠着勒入血肉，你中有我我中有你，早已无法分辨。

血泪交错，到最后唯一最真切的，便只有刻骨的仇恨！

她握紧血薇，默默运气，试图冲开被封住的穴道。然而原重楼封穴的手法和中原武林迥异，她竟然丝毫不能动——她没有说话，他便也没有开口，看着天空，似乎有些出神，竟没有觉察她暗地里的异动。

天空渐渐暗淡下来，雨却还没有停。

"时间到了！"忽然间，她听到他低低说了一句，霍地站了起来——那一刻他语气里竟然充满了无法掩饰的失落和恐惧，微微发颤，令她心里一惊。

原重楼站了起来，看着依旧下着细雨的天空，忽然道："该死！"

他从屋檐下走出，疾步入了雨里，唰地对着天空伸出了手——苏微看到他的十指以眼睛几乎看不清的速度结印，然后对着天空伸开双臂，发出了一声低啸。

那一刻，整个天空忽然间亮了一亮！

雨在半空凝结，停住，一滴一滴清晰可见。

她失声惊呼，几乎不相信眼前的情景——这，就是拜月教里那种几乎可以通达天人、俯仰日月的神秘术法？这个人年纪轻轻，居然拥有这样可怖的力量！在他张开双臂的那一瞬间，苏微看到他整个人似乎发出光芒来，有青色的闪电在他身体里穿梭，宛如幻境。

"真是讨厌下雨天。"他张开双臂，仰头看着阴霾密布的苍穹，喃喃。

那些雨滴停在了空中，仿佛满天垂落的水晶珠子，折射光芒，美得不可方物，仿佛是梦境里才会出现的景象。她坐在檐下，面前垂落一道疏疏落落的水晶帘，流光泻玉。

那一刻的景象是如此美丽，以至于她私心里有一种幻觉——他是在竭力想把属于他们两个人的时间，停在这一刻。

"月亮升起来了，你看到了吗？"原重楼忽然开口，指着天空，用一种欢喜的语气对她道——头顶的阴云被看不见的力量推开，居然真的露出了一方洁净爽朗的夜空，薄薄的云层里，有一轮圆月无声浮沉着，洒落清辉万千。

他停住风雨推开乌云，就是为了和她一起看一眼这满月吗？

清辉洒落在他们脸上，无限温柔，如同轻纱。

苏微怔怔地看着，直到那些雨滴忽然震了一震！空气里似乎有一个巨锤凌空击落，震动了漫天凝固的雨滴——同一个瞬间，原重楼猛然一个踉跄，往前冲了一步，单膝跪倒在地上，似乎有一记巨大的力量打在了他的背部！

“他们来了？”他失声道，望向天空。

风里有依稀的歌吹，似是丝竹，又似是埙，极远极远，似乎是隔了上百里传来，穿透了雨幕，水映寺的东西南北四个方位忽然亮了一下，好像有闪电落下——那一刻，苏微清晰地看到眼前的雨帘忽然动了，似乎是挂在蜘蛛网上的雨滴被触及，盈盈欲坠。

原重楼抬起头看着苍穹，脸色苍白，嘴角忽然泛起了一丝奇特的笑意。

“师父？”他喃喃，“你们终于来了……”

一瞬间，漫天凝定的雨滴忽然纷纷落下，淋湿他的全身。

那一刻她想唤他快回来，嘴唇动了动，却没有出声。

是的，一定是师父通知了灵鹫山月宫的人，拜月教主带着孤光祭司已经来到了腾冲——这一切的恩怨，终于到了收网的时候！

然而，原重楼却没有在意眼前大军压境的情况，只是在雨里怔怔看着天，转过头看了她一眼，眼眸里隐约闪动着一丝光亮，脸色苍白得可怕。

“你知道吗？师父曾说过一句评语，我一直刻骨铭心。”他低声道，“他说我‘天赋出众，可谓惊才绝艳，不逊于昔年迦若大祭司’。”顿了顿，他嘴角浮起一丝笑意，道，“但是他又说我‘只惜用心过于刻毒，恐不得永年’。”

他冷笑：“呵，他说得真对。”

“你……”她想说什么，又强行忍住。

原重楼脸上的表情一掠而过，恢复了平静。他站起身回到廊下，指了指水映寺后院的东厢房，对她道：“萧停云，四护法，墨大夫——你要的那几个人的遗体都在那里，等会儿可以带走了。”

“遗体？！”那一瞬，苏微失声惊呼，脸上血色尽褪，“你……你不是说要放了他们吗？你言而无信！无耻！”

他看了她一眼，道：“我从来是个不择手段的人，你又不是才知道。”

她猛然一颤，眼神凶狠，嘴唇几乎咬出血来。

然而他看着她，眼神却柔和下来，叹了口气，道：“其实，为了把你骗来这里，我说了谎——那一夜在水映寺里，听雪楼就已经全军覆没，几位护法全部战死，无一幸存。”

原重楼脸色凝重，低声道：“本已隐退多年，却为了故主复出，血战到最后一刻，确实令人起敬——你好好地带他们回中原去吧。”

早……早就已经战死了？那一夜，为了让她顺利脱身，四位护法竟是都不惜牺牲了自己！苏微猛然一颤，握紧了血薇，只觉得内心的恨意又如同毒蛇猛然抬头，唰的一声冲上心头，不可遏制。

是的，她要复仇！要将眼前这个人千刀万剐，以祭听雪楼！

拜月教的人已经到了，如果她要报仇，就得趁现在！

“今天是七月半。在洛阳那边，太阳也已经落山了吧？风雨的人马应该已经出动，将听雪楼上下全给灭了……”他淡淡地说着，声音冷酷，毫不顾忌一边的她脸色已经是如何惨白，笑了一笑，“君子之泽，五世而斩——很好，我终于是替父母报了仇了。”

“你……”她咬着牙，只觉得心中恨意狂涌，双手颤抖着握紧剑，提了一口气，居然觉得穴道开始松动了一些。

水映寺的周边不断有电光涌现，头顶的天空却依旧阴沉。空气里有细微的震动，一声一声，檐下挂着的两盏九曲凝碧灯微微摇晃。

“放心，明河教主和师父就算再厉害，这一时半刻还是破不了我的结界。”原重楼看了一眼，语气淡淡的，只是道，“时间快到了，我去替你找一匹马来。”

那一刻，或许是真的因为时间到了，她猛然一运气，只觉得一口真气从气海唰地提了上来，在四肢百骸瞬间流转自如！那一刻，她想也不想，手腕一动，血薇无声跃入手心。

他刚刚转过身，她的剑已经无声无息刺出，抵住了他的后颈！

然而，那一瞬，苏微忽地看到他的后颈皮肤上出现了一块奇怪的青色瘢痕——那种青色仿佛活了一样地在蔓延，以肉眼可见的速度增长！

那个瞬间，她不由自主地吃了一惊。

剑擦着他的脖子停住。

然而，原重楼却已经被惊动，闪电般地回身，她来不及躲藏。他回过头看着她，又看了看她手里的血薇，脸上有惊愕的表情，忽然间又转为欢喜，脱口道：“迦陵频伽！你……你终究还是舍不得杀我，是不是？”

“不！我只是……”她咬着牙，手腕颤抖着，想要把剑往前推送一寸洞穿他的咽喉。然而，他却在那个时候忽然转身，伸出手将她拥入了怀里！

苏微在那个瞬间失声惊呼，下意识地往回收剑。

可是，已经来不及——唰的一声，锋利无比的剑芒瞬间穿透了他的心脏。然而原重楼竟然似毫无痛觉，依旧脸上带着笑容，往前踏进了一步！

噗的一声，血薇直接没入他的心口，从背部直穿出来！

“不！”她失声惊呼，再也无法掩饰内心的惊恐，下意识地挣扎着想要抽出剑来，双手发抖，拼命往回收剑，“不要！”

“呵……还想说谎吗？”他笑起来了，用力地抱紧她，让血薇唰地穿透自己的胸膛，任凭她惊呼挣扎，死死不松手，“如果你想杀我，就来吧……”

他将她连着剑拥入怀中，紧紧地，不留一丝余地。一瞬间，她手里的整把剑只剩下了剑柄露在外面。血薇穿心而过，炽热的鲜血汹涌而出，染红他们彼此的心口。

那一刻，那种灼热，几乎令她脑海一片空白，如同置身地狱。

“好了。”她听到他低声道，如同叹息，“现在，你报了仇了。”

她猛烈地颤抖，说不出一句话。

他说的每一个字都是那么轻，听起来却宛如惊雷。

“满意了吗？”他在耳边喃喃道，声音越来越低，几乎听不见，“本来……本来是想给你一个机会，故意转过身，让你可以亲手杀我的——可惜，你这个傻瓜竟然临阵手软。所以……所以，只能我自己来了……”

她身体剧烈地颤抖，手下意识地松开了剑柄，用沾满血的手指紧紧抓住了他的肩膀，生怕他下个瞬间便会委顿下去。

“重、重楼……”她声音发着抖，“为什么……”

“我不愿死在别人手上。”他笑了一笑，在她耳边梦呓般地回答了她的疑问。同一瞬间，仿佛是这句话散去了他的元气，他整个人颓然后倒。

她看到他的身体出现了可怖的变化——他的整个人，竟然破碎了！那种“破碎”是可怖的，仿佛陶瓷人偶，他身上的每一寸肌肤都在坍塌，如同一块拼图正在片片掉落！

每一处碎裂的地方，都有着暗青色的印记。

当肌肤发生可怖的变化之后，有青色的妖异的火从他的身体里透出，吞噬着他！她惊呼着，试图扑灭那火，然而却毫无用处。那种从身体里透出的火是冰冷的，无形无质，完全无法触摸到！她竭力扑打，然而却仿佛只是用剑徒劳地划着水面，完全不能留下任何痕迹。

他苦笑着，摇了摇手，制止了她。

“这是青妖之树的反噬……谁、谁都挡不了。”火焰里的人没有挣扎，虚弱地开口，看着疯狂般的她，“我……我强行使用禁忌之术来复仇……也早、早就知道……会有这一天。只是很庆幸……在这一天到来之前……我所有要做的，都已经做完。”

她说不出话来，只觉得全身冰冷。

从一开始？他……早就知道有这一刻？那么，从胁迫她来这里之时，他早就已经算计好了这最后的结果？

他没有算计别的，只是要她陪他这最后的一天一夜！

“重楼……重楼！”那一刻，她不顾一切地抱住了他，泪如雨下。

“嘘，迦陵频伽……”她听到他在耳边低声说着，语声虚幻如梦，“不要哭……结束了。一切噩梦都结束了。嘘……别哭……别哭。”

他抬起手，指了指夜空：“你……听到忘川的声音了吗？”

她震惊莫名，却什么也没听到。风吹过树林，木叶纷飞，雨在头顶落下，无声无息——四周有闪电惊雷，这个水映寺却寂静无声，仿佛一座巨大的坟墓，只有两盏灯挂在那里，幽幽暗碧，明灭不定。

“重楼？”她低下头看着他，轻声地说，似乎有些不知所措。

“迦陵频伽……我爱你。”他用尽最后的力气，拉起她的手，按在了自己的心口上，微弱地喃喃，“这一场相遇……就算什么都是假的……但这里……却是真的。”

她感觉到他的心跳微弱而缓慢，细如一线，忽然断绝。

那一刻，那种诡异的火焰轰然大盛，吞没了他！冰冷的火焰簇拥着正在死去的人。他的瞳孔开始扩散，然而眼里却还含着那种复杂莫测的笑意，一直凝视着她，似乎想就这样一直一直地看着她，直到生命的终点。

那个短短的刹那，似乎漫长得如同永劫。

她屏住了呼吸，不敢吐出那一声哽在喉咙里的呼喊，也不敢透出一丝气息，似乎以为这样时间就能够停止——可不等她腔子里的那口气息吐出，那双不瞑目的眸子，却已经消失于青色的火焰中。

“重楼！”那一刻，她撕心裂肺地喊着他的名字。

无数的闪电汇集在水映寺的四个方位，映照得天空隐约透明。召唤来天地之力的拜月教主和孤光祭司并肩站在高处，手指间积蓄着力量，准备突破眼前不可见的屏障——然而，就在月亮升起、他们准备联手出击的瞬间，那一重笼罩在寺庙上空的无形结界，却在瞬间无声无息地消失了！

仿佛云雾忽然散去，眼前出现了寺庙的山门入口，而头顶的雨也停止了，阴云散开，露出了一条璀璨的银河。有满月淡淡地从云间浮现，升在林梢。

这一刻的静谧和安宁，令前来的所有人反而都止步。

“怎么回事？”明河教主低声，修长的手指从孔雀金的长袍里伸出，指尖凝结着淡紫色的光——盘踞在这寺庙之中的那股力量原本那么强大而邪恶，怎么忽然间就消失了？难道是……

那一刻，有奇特的风从水映寺里吹来，四散而出。

明河教主在一瞬间微微变了脸色，失声低呼：“是他？！”

清朗的滇南朗月之下，一个白袍人从寺庙里无声无息地走出，如同御风而行，一直朝着他们走过来——在所有人几乎都要出手攻击的瞬间，那个人站住了身，似乎不能再走近一步，忽然弯下腰，对着孤光祭司深深一礼。

“灵均！”那一刻，祭司忍不住脱口而出。

是的，那是灵均！是那个悖天逆神的弟子！

他缓步而出，恭谦地对着师父行礼，然后伸出手，似乎是想去抓住师父的衣襟，说一句什么话——然而，仿佛是被那一声呼唤的气息吹散，那个人影瞬间消失了，如同稀薄的雾气，消散在了月下。

“天啊……”明河教主的十指从虚空里闪电般地收拢，手心里顿时出现了几团淡淡的白色光华，只看得一眼，便低呼，“这是魂魄！他……他已经死了！”

“什么？”孤光祭司失声道，“灵均已经死了？！”

当所有人抢身进入水映寺的时候，那里面已经空空荡荡，再无声息。只有两盏九曲凝碧灯在风里悠悠摇晃，惨碧色的光映照着整个空寺，伴随着哭泣之声。

“阿微！”秋护玉失声惊呼，冲了过去。

檐下坐着一个女子，在撕心裂肺地哭着，俯下身紧紧拥抱着什么——然而她的双手之间，早已空无一物。火焰在她手里熄灭，怀里只留下了一片淡淡的灰烬。

风一吹，簌簌散开，了无痕迹。

唯有滇南新月如霜，冷照千山，冥冥归去无人管。

第十七章 犹似故人归

一

或许，世上有忘川，便也有记川。

带走了残酷的记忆，却将另一段温暖遥远的记忆唤起。

苏微在灵鹫山月宫醒来的时候，已经是八月初一。

这样漫长的时间不知道是如何度过的，当她睁开眼睛的时候，发现自己在一个幽蓝色的池子里浮沉着，全身浸没在清凉的水里，长发逶迤，而水面上开满了奇特的紫色莲花，一朵一朵，绽放着光华。

抬起头，她看到了水池边上的拜月教主和大祭司，还有她的师父。

那一刻，她忽然觉得噩梦真的已经过去。

“阿微，你终于醒了？”师父俯下身看着她，看不清面具后的表情，眼里却有晶亮的光掠过，“为了保住你和你腹中的胎儿，明河教主这些日子可真是呕心沥血。”

她吃力地抬起头，看着玄室内的几个人，目光游移，最终落在了那个穿着孔雀金长袍的美丽女子身上，轻声道：“谢谢。”

只是短短一段时间不见，这个容颜不老的女子明显地变了，一头长发彻底雪白，露在长袍外面的双手枯槁如木，指尖微微地发抖，似乎是刚耗尽了灵力。她看到苏微睁开眼睛，长长地松了口气，唇角终于有了一丝欣慰的表情：“虽然不能逆转生死，但我毕生修习的术法终于可以挽回一个人的性命，也算不枉了。”

苏微长叹了一声，闭上了眼睛。

何苦呢？如果可以，她真愿永不再醒。

“都怪灵均那个家伙，欺师灭祖，闹成了这样。”明河教主冷冷道，语气里有怒意，“只可惜我们来迟了一步，居然让他先死掉了！真是便宜了这家伙……”

那个名字分外刺耳，苏微的脸色唰地惨白，只觉得血都冲到了脑海里，摇摇欲坠。看到她的表情，一旁的师父竖起了手指，轻轻摇了摇。明河教主看着水池里苏微苍白的脸色，眼眸微微一变，停住了话语，轻微地叹了口气。

原本她应邀出关，只为诛灭叛逆，将拜月教带回正轨。然而，灵均已经死了，她却发现原来这事情远非所想象的那么简单。

血薇的新主人，虽然大仇得报，可心里却埋藏着深不见底的悲哀。

“还有一个人，不知道你想不想见？”师父静静开口，“蜜丹意。”

苏微猛然一震，嘴唇颤抖了下，说不出话来。

只是几天不见，再听到这样短短的三个字，竟然有一种撕心裂肺的感觉，似是一旦触及，所有的过往伤口都被血淋淋地撕了开来。

那个孩子……那个欢笑着的、蹦跳着的孩子，在记忆里沿着雾露河向她跑来。有着明净微褐的肌肤、黑而亮的眼睛，全身都是鲜花做成的花环，张开双手，对她喊着“玛”——那样的明亮、单纯而依赖。到最后，却是……却是假的！

她用力闭了闭眼睛，只觉得有一把匕首深深地扎在心口，无法拔出。

甚至，不能碰上一碰。

“这些日子我教一直在肃清灵均的余党，先后将轻霄和宋川等人都诛杀了。只是一直没找到他最得力的手下，右使蜜丹意。”明河教主笑了笑，道，“没想到，最后竟然在缅人境内、孟康附近的一个山谷里找到了，附近还有一个用来畜养妖物的蛇窟——灵均居然在那么远的地方还设了一个秘密据点，真是想不到。”

蛇窟……她肩膀又是微微一颤。

是的，孟康矿上的那一场遭遇。黑暗中的洞穴、最深处的水池、妖异巨大的毒蛇……几个月前，她曾经和那个人一起经历过的所有事情，曾经以为是刻骨铭心的回忆，到如今，都有了另外迥然不同的解释。

是的，所有一切都是假的，都是他设好的局。她，只是坠入了他的结界，产生了诸多幻觉吧？连那种奋不顾身、不顾一切的爱，也都是假的！

“我们抓到了那个小女孩。”顿了顿，明河教主又道，眼眸微微暗淡了一下，“奇怪的是，蜜丹意已经失去了所有的记忆——我反复探测了许多遍，她是真的什么也不记得了。”

“什么？”苏微愕然抬头，不敢相信。

“我想，应该是灵均给她灌下了什么药，洗去了她的记忆吧。”明河教主微微叹息，语气竟也有几分悲悯，“她是灵均一手带大的孩子，比胧月更得他的信任。在所有人里，也只有她从头到尾知道他的全盘计划。”

说到这里，她微微顿了顿，叹了口气：“以灵均的性格和手段，到最后那一刻竟然没有杀这个孩子灭口，实在是个奇迹啊！——在接近过灵均的所有人里，除了尹璧泽，也就只有这个小孩活了下来。”

她怔怔地听着，十指在水里交握在一起，用了很大的力气，才堪堪压抑住了身体里一阵阵的颤抖。

明河教主问：“蜜丹意如今就在水牢里，你想见她吗？”

“不，我不想见她。”苏微沉默了很久，最终摇了摇头。

是的，这一场相遇，从头到尾都是虚假的。蜜丹意不是那个天真无邪的孩子，也不是那个口口声声叫她“玛”的亲人——而自己，又何曾以真实身份相告，让那个孩子知道拿着劈柴刀的她其实是一个杀人如麻的绝世高手？

既然事情已经结束，那么，就再也不要去轻启新的开始，就让她们这一生的缘分结束于此吧——甚至，她也没有问拜月教要怎么处置这个失去记忆的孩子。

她抬起头，看着戴着面具的师父，眼眶忽然便是一红：“师父，我记得你当年说过，如果将来我迷了路，你会来找我。江湖那么大……我真怕你找不到我。”

“我不是来了吗？”师父温柔地道，“别怕。”

“可是，我又要开始每一夜地做噩梦了……真害怕啊。”她抓住师父的手，感觉着他手腕上的温暖和力度，在水里微微蜷起身体，如同孩子一样缩成一团，显得孤独而无助，喃喃，“像小时候那样。”

“我教有一种药，叫作梦昙花。”旁边的孤光祭司开了口，伸出手来，手心有一粒漆黑的种子，低声道，“只要把它种入人心，它便能汲取人的记忆而开放。没有任何苦痛，就如做了一场梦……”

他没有说下去，但意思却已经了然。

“不，我不想忘记。”她微微一颤，却迅即摇了摇头，她回过头，看着一旁的几个人，低声，“换了你们，又有谁愿意忘记以前呢？”

是的，无论如何也不能忘记！

生命里发生的一切，无论是刻骨铭心的痛苦，还是撕心裂肺的悲哀，她都不想忘记——因为，与之相生相存的，也是刻骨铭心的温暖和甜蜜，同样深入骨髓。如果放下了肩上背负的重担，也就是放弃了所有回忆，那么，这一场人生岂不是白过了？

就如明河放不下迦若、师父也放不下靖姑娘一样。

岂谓荼苦，甘之如饴。漫漫长路，亦有所依。

“我可以怀着这样的记忆，好好地活下去。”她凝望着外面青碧的远空，用一种微弱但是坚强的声音道，“你们放心，我一定会好好地活下去。”

“师父，我想和你一起回风陵渡。”

当师父带着她重新走过那一条驿道的时候，正是新月如钩。

翠色千重，深山寂寂。马蹄嘚嘚回荡在古道上，一座又一座的镇魂碑从身边掠过。碑首上的翁仲垂落眼神，沉默地凝视着归去的行人。

那一刻，她想起第一次路过这里时的情景。

短短几个月里，物是人非。重来回首，却已三生。

“我在这些镇魂碑上施了术法，用自己的血涂抹了那些翁仲的眼睛。所以，它们的眼便成了我的‘眼’，替我监视着每一个来到滇南的人——它们看到了你们一个个活着来到这里，也看着你们一个个成为尸体被送回去。”

虽然已经竭力克制自己不要去回忆，然而这一刻，他说过的话还是涌起在脑海。她不由自主地抬起头，下意识地去凝视那一双双眼睛。

那里面，还有……还有他的血吗？

然而，石雕的人像沉默地垂下眼帘，石刻的眼里没有任何表情。经过长年的风吹日晒，那一抹陈旧的血色也早已看不见了，唯有滇南盛夏的雨水无声地滑落，在石像的眼睛底下留下了一道道长长的印子。

宛如干涸的泪痕。

她定定看了半天，忽地从头上拔下了那支凤簪，狠狠地扎在了石雕的眼睛上！价值连城的玉簪瞬间碎裂，发出一声清脆的声音，寸寸跌入青草。一头漆黑的长发随之滑落，在夜风里纷乱如云。

她咬着牙，低下头，抽剑在镇魂碑的那些亡者名单的最后，刻下了“迦陵频伽”四个字，然后策马转身，头也不回地离开。行囊里，放着沉甸甸的两把刀剑，随着马蹄声发出微微的铮然之声；再后面，紧跟着的是一辆马车，上面是五具贵重的沉香木灵柩——

那就是她离开时带走的一切。

渡过忘川水，行过奈何桥，喝下孟婆汤。她在这里埋葬了生命中曾经的自己，就如同埋葬了最美好也最痛苦的一段记忆。既然她选择继续活下去，那么，便只能埋葬过去，一寸寸从灰烬中重生。

石碑上的眼睛，在月夜之下静谧地注视着她的归去。

就要走出这片土地了。眼前是一望无际的道路，头顶是璀璨浩瀚的星空——冥冥中，那条彼岸之河在头顶流过。临去时的她居然再一次听到了忘川的声音。如风、如啸、如潮，摧枯拉朽地席卷而来，滔滔而去，如同巨浪涤荡着这世间，将一切挟裹而去。

那其中，会不会有重楼和停云他们的灵魂？

她站在驿道的镇魂碑下，怔怔驻马仰头，倾听了半天。

忽然间，有泪滑落。

跋涉千里，她在半个月后终于返回了中原。

八月十五日，月圆如镜，悬在洛阳上空。

风从旷野吹过，如同午夜里游魂的呜咽。有人在北邙山的坟地里吹着埙，悲怆如水，弥漫在这如水的月色里。

三天三夜的法事终于结束了。她在这里安葬了听雪楼所有的人，包括停云和四护法，也包括了赵冰洁。一夕之间，她觉得自己所有的过往都被埋葬在了这里。

埙的声音停住了，师父低声："阿微，你身子不方便，还是别跪太久。"

"嗯。"她轻轻点头，迟缓地站起了身来，凝视着冷月下寂静而荒凉的北邙山，语声空寂，"我把赵总管和停云葬在一起了……他们两个人，活着的时候没能在一起，从此后，却是再也没有人能把他们分开了。"

秋护玉微微颔首，叹息："那个盲眼的姑娘，也实在是个人物。连我也没想到，我一手创建的风雨，最终会是结束在她手上。"

一个月前的七月十五日，中元。

子夜时分，洛阳城中燃起了一场大火，几乎将半座城池烧为灰烬。火是从朱雀大道烧起来的，整整三日三夜。当这一场突如其来的大火熄灭后，原本是天下武林中心的听雪楼已经化为了灰烬，荡然无存。

官府派人来查探的时候，周围的人纷纷都说那一夜有无数的黑衣人在附近聚集，眼神如同鹰隼，衣服下有刀剑隐没，在首领的带领下训练有素地包围了朱雀大道。子夜，当传说中鬼节到来、鬼门洞开的时候，随着一声呼哨，那些人从不同的方向悄无声息地攻向了听雪楼，如同恶鬼一样隐入黑暗。

——在一个时辰后，大火燃起，伴随着轰然的爆裂声音。

于是，官府在具结的时候，便以那一场火是凶徒所为而告终。

后来清理现场的人发现，那场火是从白楼开始蔓延的，而且当大火熄灭之后，在火场里发现的那些尸骸，几乎都集中在了白楼里，交叠错落，累累叠加，惨烈非凡。而每一道门外面，居然都落下了铁质的栅栏。

——那些都是风雨组织的人，甚至包括了风雨的老大袁青枫。

那个杀手领袖的尸体和一位女性倒在附近，一把青色的短刀刺在心口的位置，而那个女子的全身骨骼都尽数断裂。有人指认那是听雪楼最后的主事者——总管赵冰洁。而这两人都已经被大火化为枯骨。

一夜之间，朱雀大道上那个武林里最神秘的所在便被烧成了一片白地，无人幸存。所以，也没有人知道那一夜到底发生了什么事。

唯有那把躺在灰烬里的朝露之刀，知道那是多么惨烈的一战。

所有的精锐都已经外出，面对着风雨组织倾尽全力的出击，自知万难幸免，然而，那个盲眼的弱质女流赵总管却毫无惧色，带着楼里仅剩的一百多人，层层设伏，一步步地将夜袭的劲敌吸引到了白楼里。

然后，放下了所有机关，断绝了敌人的退路。

——而在那一座萧逝水开创时期亲手所建的白楼里，一早已经淋上了火油，埋下了数百斤的火药！坚守在听雪楼的所有人都坚守着最后一个信念：如果不能击退来犯的敌人，便只能同归于尽。无论如何，听雪楼，永远不会被占据和摧毁！

——这，也算是对得起公子临走时候的嘱托了吧？

她已经拼尽全力，将来犯的大敌全部歼灭，不曾让听雪楼落入敌手。如果那之后公子能活着回来，便可以登高一呼、重建听雪楼；如果他不能回来……那么，他们便能在黄泉之下再度相遇了。

无论是哪一种结果，都是她尽心竭力所追求的。

当朝露之刀划破黑夜，刺入敌人心脏的时候，袁老大的百折催心掌正印在她胸口，一瞬间，四肢百骸齐碎，然而她的唇角却浮出了一丝淡淡的笑，抬头看了看窗外的月色，眼眸里竟有一丝光亮——似乎是这个毕生都生活在黑暗里的盲女，第一次看到了来自彼岸的光明。

而她不知道的是，在同一个夜里，遥远的万里之外，当夕影刀穿过心脏，那个人也在生命的最后一刻，低声呼唤着她的名字，仿佛期许着来世相见的盟约。

那一夜，中元节。皓月当空，百鬼夜行，烈焰焚城。

传承了五代的听雪楼，至此轰然而灭。

她在北邙山的一片碧草之下，埋葬了萧停云和赵冰洁。同时，也埋葬了血薇和夕影——那一对江湖上人人梦寐以求的神兵利器。从此后，天下再也没有人会知道它们在哪里，就如再也没有人知道那一对人中龙凤魂归何处一样。

所有的传说，终于至此落幕。

九月初七，她终于跟着师父回到了离开了十多年的地方。

风陵渡的天后祠还是荒凉如昔，不见一个人。或许是停云经常派人来这里修缮的缘故，姑姑的墓整洁如新，房间里的一切也犹如当年——甚至，连她走的时候没带上的衣衫、用过的碗筷、剪好的窗花，都还留在那里。仿佛当年那个少女只是出门去隔壁镇子上看了一场戏，第二天便回到了这里一样。

——如果真是这样，那就太好了。

归来的那一夜，她安眠在风后祠，住在昔日的房间里，回忆着少年时候的事情，听着窗外滔滔的黄河水声，睡得长久未有的安稳。同样的声音她曾经在忘川里听到过，可此刻在黄河边听起来，却觉得完全换了一个心境。

或许，世上有忘川，便也有记川。

带走了残酷的记忆，却将另一段温暖遥远的记忆唤起。

第二天起来时，她感觉神清气爽，如同重归人世——她想，从此后，自己的一生就此尘埃落定，在这风陵渡旁静静度过。

秋去冬来，白雪覆盖大地，层冰冻结河道。

从滇南归来，她身心交瘁，体质极差，腹中的孩子也几度危急，幸亏有师父在身边一直照顾着，才一次次地转危为安。后面的日子过得安然，如同流水一样平静无波地过去。日复一日，她也渐渐将过去遗忘。

次年三月，当春回大地的时候，她身体沉重，已将临盆。

那天师父从集市上回来，买了新鲜的荠菜和猪肉，给她包了一顿饺子。昔年杀人无数的杀手之王双手沾满了面粉，如同一个温和慈祥的父辈，在厨下忙碌着。她捧着一杯核桃露，在旁边看着，心里全是暖意。

等孩子出生，如此相依为命，便也是一生了。

那一天晚上，她却忽然做了个梦。

她梦见了童年时那漫天泛滥的黄河水，滔滔而来，几乎将她灭顶。阴霾一片的世界里，眼前只有一片无止境的浊黄，她抱着一片木板独自浮沉，饥饿、恐惧、无助，蔓延着包围了她。

有浮尸从身边漂过，她终于忍不住，抓住那具尸体，贪婪地啃噬。血肉在牙齿之间撕裂，如此地美味，竟似世间珍馐。忽然间，尸体睁开眼睛，竟然对她笑了一笑——

“吃掉我，活下去。迦陵频伽。”

“重楼！”那一瞬，她失声惊呼，猝然醒来。

醒来的时候，外面有滔滔的水声，似是应和着梦里的黄河。心口突突地跳着，腹中也有隐约的异动，似乎那个小小的胎儿也和她一起做了一个噩梦，正在辗转不安。

她的手指轻抚着腹部，心里浮浮沉沉，明灭不定。

那是他的孩子……那个她曾经一度咬牙切齿痛恨、发誓绝不会生下来的孩子，正在她的身体里悄悄地生长着，即将瓜熟蒂落。这个她曾经无比期盼、却也无比憎恶的孩子，如今却成了这世上唯一和他还有一丝关联的东西。

只要这个孩子还存在，她便无法把他遗忘。

苏微叹了口气，拖着沉重的身体起床洗漱。一推开门，灿烂的春光便倾泻进来，夺目耀眼。她忍不住抬手挡了挡眼帘，依稀看到晨光里有一叶扁舟在黄河上远去，而师父在外面的树下吐纳打坐，新养的小黄狗摇着尾巴朝她跑来，厨房里的灶台上有红枣莲子粥熟了的香气，屋檐下挂着腊月腌起来的肉和鱼，一只狸花猫儿正在底下仰着头，蠢蠢欲动。

“起来了？吃饭吧。”师父看到她，起身招呼。

那一刻，她只觉得心里猛然安定，宛如回到了十六岁那年。

毕竟，一切都过去了，就像童年时的那场遭遇一样，随着时光的流逝，终究成了一场遥远的噩梦。而眼前阳光如海，她的人生还得继续下去。

她脸上绽放出了微笑，一如师父取名时对她的期许。

“早上我看到有一条船过来。”她笑着问，“是永福家又过来送阿胶了吗？”

师父正在盛粥，听到这里动作却顿了一下，沉默了片刻，道：“早上来的，是拜月教的使者。”

她骤然一惊，脸上的笑容瞬间消失了。

师父给她盛了粥，往里面搁了一勺蜜，尽量把语气放缓，似乎是怕惊着了她，慢慢道：“那个从南边来的使者说，明河教主，在半月前仙逝了。”

她捧过了粥碗，默默地不说话。

明河教主。那个发梢开出莲花的女子，清丽出尘，时光似乎不曾在她身上留下任何痕迹。作为拜月教主，她原本可以成为这个世间无可企及的存在，大权独揽、众生仰慕，却硬生生将自己禁锢在生和死之间，疯狂般地想要逆转生死的轮回。

这样的人，竟然也会死吗？

“其实这样也好。”师父叹了口气，“这回，她终于可以见到想见的人了。”

她默默咽下那一口清甜的粥，没有说话。

“使者说，明河教主在仙逝之前特意留了一件礼物给你，命他不远千里地送了过来。”师父看着她，道，“我先替你收起来了。等你出了月子再给你看。”

她微微一颤，不知道忽地触动了什么，脱口：“不。我现在就要看！”

“阿微？”师父看着她，眼神诧异。

“让我看看！”她不知道哪里来的一股气，撑着身体站了起来，“现在！”

那一瞬间，她的眼里锋芒重现，划破了宁静平淡的生活。师父无语地凝视着她，许久长长叹了口气，不再说话，只是站起身，打开了后堂一间小屋的门。

那一对绮罗玉做的九曲凝碧灯，静静地悬挂在那里。

房间昏暗，唯有清晨的光线穿过高处的窗棂，在传说中的绮罗玉上折射出一片淡淡的幽碧。只要一点点光，整个房间便仿佛笼罩在一层青纱之中。那一刻，她仿佛失了魂，怔怔地看着，从桌子上拿起了火石，点燃了里面的白烛。

“别点！”师父失声惊呼，一把握住了她的手。

然而，已经来不及了。

她的手一靠近，两盏灯瞬间亮了起来！灯里有两簇火焰同时燃起，一簇火焰是三股，一簇火焰却是七缕。旋绕着，升腾着，将光华透出了层层叠叠的玉璧，射落在昏暗的房间里，美得如同幻境。

绮罗玉做的灯壁薄如蝉翼，上面雕刻着重重花鸟人物。而这一刻，淡淡的光芒里却只浮现出一个人的影子，越来越大，对着她张开了双臂。

“迦陵频伽。”她听到那个影子用熟悉的声音说话，“好久不见。你好吗？”

那一刻，她只觉得全身冰冷。

那……那是他的声音！她到死都不会忘记的声音！

千真万确，并不是幻觉！

她怔怔地看着他，脸色苍白如死，全身发抖。他也在光里望着她，神情似笑非笑，却渐渐地走近。当那个影子俯下身，触及她的脸颊时，她终于惊呼出声来，不顾一切地一把推开了他：“滚开！”

然而，她的手却落在虚空里，整个人踉跄着跌倒在地。

“阿微！”师父在瞬间扑过来托住了她，失声惊呼。

腹中有剧烈的疼痛，那个胎儿躁动不安地踢打着她，仿佛也在表达着什么。她却只是看着虚空里那个影子，全身发抖，说不出话。师父这才明白过来，回身一拂袖子，瞬间将那两盏九曲凝碧灯扑灭。

那一瞬间，那个影子寂然消失。

“那是……那是……”她全身颤抖，喃喃，“他？”

“我不该让你提前看到它的。”师父无限愧疚，低声，“那是他的魂魄。”

她战栗着，说不出完整的话来：“重楼……重楼的魂魄？”

“是。”师父缓缓颔首，低声，“当时在水映寺，明河教主趁着他新死、魂魄未散，便把他的三魂和七魄分别封印在了这两盏灯里。原本是为了惩罚他永不超生的——如今她在临死前，又把灯送给了你……”

苏微说不出话来，死死盯着那两盏熄灭的灯，只觉得心里翻江倒海。

他、他就在那里面？他……他又来了！

“迦陵频伽，我怎么肯就这样放过你……便是做了鬼，也会回来找你。”

耳边回响起当年他在耳边的轻声笑语。枕席之间的盟约，恋人耳鬓厮磨的呢喃，如今回想起来，却似是黑暗最深处的诅咒，纠缠入骨，生生死死，永无罢休。

那一刻，她只觉得剧痛席卷而来，在一瞬间将她包围。

“阿微！”师父失声喊道，再也顾不得什么，“忍住，我去找产婆！”

她的孩子在三月初八的晚上提前出生，是个男孩，只有五斤重。那个不足月的孩子瘦小得如同一只猫儿，胎发细细软软，鼻梁挺拔，眉清目秀，只是双眼有一种奇特的暗碧色——那是苗疆摆夷人才有的颜色，一如她不愿意再记起的那个人。

她只看得一眼，心里便有深深的刺痛，下意识地转过了头去。然而婴儿却嘻嘻地笑了，嘟着嘴，伸出手臂要她抱。那种模样，令她心里最柔软的地方都动了起来。

她情不自禁地俯下身，将瘦弱的婴儿抱在怀里，亲吻柔软的胎发。

“玛……”忽然，她听到婴儿发出模糊的音节，忍不住全身微微一颤，只觉得心里发冷——婴儿的手，穿过她的长发，指向了背后的那一扇门！

婴儿的眼睛一直一直地看着那里，一眨不眨，嘴里发出咿咿呜呜的声音。

那一夜之后，那一扇门上了锁，便再也没有打开过。门的背后，那一对价值连城的九曲凝碧灯静默地悬挂在黑暗里，是否落满了灰尘？那个人，被禁锢在黑暗里，是否也在日夜看着阴阳相隔的这边？

“要让孩子见见他吗？”师父叹息了一声。

她沉默了许久，凝视着那一扇门，指尖微微颤抖，却始终没有动弹。师父看着她，面具后的眼神微微动了一动，忽然间开口，说了另外一个决绝的提议——

“或者，干脆去打碎了那对灯，从此解脱，一了百了？”

她微微一震，终于抬起了头，眼眸凛冽如秋水。

苏微轻轻吸了一口气，终于站起了身，伸出了手来。只听吱呀一声，尘封的门在眼前徐徐打开，一股幽闭暗冷的气息扑面而来。里面空无一人，唯有那一对九曲凝碧灯静默地在黑暗里等待着她。

如同一双沉静的眼睛。

【完】

初稿于2008-04

二稿于2014-07-26

定稿于2014-09-08，中秋。

后记

陌上花开缓缓归

沧月

壹

在编辑提刀杀上门之前，我终于彻底地把《忘川》搞定了。

定稿的日子很是吉祥圆满：正好是中秋节。东海边上的老家风轻云淡，圆月高悬，而我在月下屈指一算，发现这一部稿子从开始落笔算起，前前后后居然一共写了六年，一时不由咂舌——六年，都足以写完一部六卷的《镜》系列了，却竟只得了这么一个故事。

时间如河流，将人世的种种冲刷而去。而我，一个业余码字的三流建筑师，却一直站在大浪中，弯着腰辛苦地淘啊淘，快要凝固成河中一座石像。

而最后，指间只握住了那么一粒沙。

其实，我并非是得了懒癌，也并非得了拖延症。

开始这个故事的时候，是 2008 年初的某一天。那时候我还是个刚开始工作不久，却疏离于现实生活，只能在虚幻的世界里寄托感情，内心有着强烈倾诉愿望的社会新鲜人。

当我刚想到这个故事的时候，有一股推动力从内心涌出，落笔飞快文思泉涌，在短短几个月里就写了 18 万字，顺风顺水，满心以为在当年的年底便能将此文杀青，甚至都在迫不及待地再计划着下一篇写点什么。

可是……后来呢？

世事无常。蝴蝶扇动了一下翅膀，喷薄而出的水龙头就忽然堵住了。

彻底觉得写不下去的时候，是 2008 年的深秋。

当时我反复地打开文档，独坐到深夜，却往往又一个字没写地关闭。那个故事已经很清晰地浮现在我的脑海里了，就如一个触手可及的苹果，鲜美诱人，但不知道为什么，却觉得很疲惫，有一股力量拖住了我的腿，根本不想往树上再爬一步。

在一个又一个徒劳无功的黑夜里，我渐渐明白自己心里的爱已经耗尽了，此刻已是强弩之末，我仅剩的力量，连薄薄的一层鲁缟也无法穿透。

那是我写作以来第一次遇到这种状态。

这种挣扎持续了大概三个月，直到连载用的存稿渐渐耗尽。那时候，我知道自己必须要做一个了断了——摆在面前的只有两个选择：要么，勉强把它迅速地结束掉，哪怕虎头蛇尾，也算是给了大家一个交代；要么，就干脆地承认自己的无能为力，坐等某一天重新攒了足够的力气，再来背水一战。

前者，对得起各方；而后者，对得起自己。

至于后来的选择，大家都知道了……是的，对一个自私的作者来说，宁可辜负天下人，却不可辜负自己——所以，只能认输，宣布搁笔，并带着深深的负罪感说了一句："有生之年，我一定会写完它。"

其实，在说这句话的时候，我心里真实的想法是："你看，这世上有那么多的新作者、新故事，层出不穷，再过几年，读者可能就不记得'沧月'是谁了，更不会记得她还有一个没有完成的梦。是不是？"

所以，这些年来，我甚至也没有对何时再动笔、何时再写完做任何的规划。只想着，如果有一天真的想写了那就去写，如果一直不想写，那就让它坑着也无妨。

但没想到，在六年后，我真的如约写完了。

而且，令我意外的是，在这样一个变化极快的世界里，历经了那么长的时间，这个故事居然还不曾被人遗忘，居然还有读者一直在等待，甚至称这个故事为"有生之年"系列。

只要我在有生之年写完，那也就完满了。

贰

说到这里，忽然回忆起一件童年旧事。

在我很小的时候，大概六岁吧，曾经有一段时间，在幼儿园里被孤立。有一天的放学路上，忘了是因为什么事情得罪了班里的女生头儿。第二天，她就指着我，对全班的人说："听着！以后谁都不许和她说话！"

忽然间，我的世界顿时安静了。

无论上课下课，玩耍游戏，再也没有一个孩子靠近我。在很长的一段时间里，没有人和我说话，而我也不和别人说话。我甚至没有去告诉大人这件事，无论是父母还是老师——可能是因为自尊和倔强，可能是因为觉得哭诉无法解决这件事，或者，可能只是单纯地觉得这样的状态也很享受？

六岁的我一个人吃饭，一个人午睡，一个人玩耍，似乎也都挺好。上课的时候时间过得很快。但下课和午间休息的时候，时间就有点漫长。在他们嬉笑玩耍的时候，我就一个人折了一根树枝，在地上写写画画。

那样的日子过了整整一个学期，直到班里来了一个插班生。那个新来的小女孩在课间主动靠近我，问："你在画着什么呢？"

"喂，谁也不许和她说话！"很快就有别的女生跑过来警告她，恶狠狠地，"谁和她说话了，我们就不和谁好了！"

然而，她却仰起脸，说："没关系，那我也不和你们说话！"

她回答得如此断然，令来人悻悻地走了。我怔怔地看着她，有点发呆。她的衣衫很朴素，脸有些灰扑扑的，然而一双眼睛却明亮如星星——

"我叫芫，你呢？"

时间再度加速起来。

芫成了我在幼儿园里唯一的玩伴。我们一起丢沙包、玩滑梯、跳房子……但凡班里再有其他人来欺负我，她便帮我一起还击。闲暇时，她要我背古诗给她听，或者讲故事给她听，我也结结巴巴地满足她。

然而好景不长，幼儿园一毕业，她就随着父母搬去了外地。因为暑期分隔两地，我们甚至没有机会告别。

转眼，我又成了独自一人。

幸亏那时候环境已经改变。我升入了小学，换了新的同学、新的老师，周围一切都不一样了。那种无所不在的孤立无影无踪，我很快适应了新环境，有了许多新的小伙伴，当了班长、大队长、学生会主席……渐渐地，性格也变得不那么内向倔强。

可是，再也没有她的踪迹。

我在岁月里成长，时间如风呼啸而过，身边的人换了一拨又一拨，从陌生到熟悉，又从熟悉到陌生……有些人就像是从未认识过一样消失了。

唯有芫，却令我时时记起。

读大学后，有一次还乡，路上偶遇昔年幼儿园里的死对头。那个女生依旧泼辣外向，似乎完全不记得当年曾经带着全班同学排挤我这回事了，拉着我热情寒暄。我问起了芫的下落，她却说了一句令人吃惊的话——

"我从来不记得有过这么一个女生啊！你记错了吧？"

她的表情不似作假，令我在原地一时回不过神。后来，又去问了其他的幼儿园同学，她也说完全不记得有芫这么一个人的存在。

有一段时间里，我百思不得其解，甚至有微微的恍惚。

再后来，因为写作，无意中翻看了一些资料，里面说：有自闭症的孩子往往都会幻想出一个虚拟的伙伴，用来陪伴自己玩耍——看到这个心理学论断的时候，我甚至觉得：是不是所谓的"芫"真的从未存在过，而只是我在童年的极度孤独之下，凭空幻想出来的呢？

或者，只是因为她只读了一个学期，所以其他同学不记得了？

这些，已经无从查证了。

叁

为什么会忽然想起这件几乎已经埋入尘埃的往事呢？

我想，是因为你们。

不同于成年人，对孩童时的我来说，这个世界是很小很小的。父母、老师，代表了世界上的所有大人，而那个班上的同学，几乎就代表了世上所有的同龄孩子——在那么长的一段时间里，我曾经被整个世界拒绝，一个人关在门外，聆听着里面其他孩子的欢声笑语。

然而，即便是这样的我，居然也好好地成长起来了，并不觉得自己的心理留下什么阴影，甚至一直以来都觉得：既然那一段日子都安然地度过了，那人生剩下的路途里，应该也没有其他什么会让我再承受不住了吧？

但是，后来我才发现：写作带来的孤独感，竟远甚于那时候。

有一段时间，我独自困在脑海虚幻的世界里，一夜夜地独坐，和幻想里的那些人物对话，渐渐地不喜欢再和现实里的人交往。有时候，哪怕是身处于热闹嘈杂的街市，人山人海，擦肩而过，都会觉得自己是个游魂，正在隔着一层无形的透明玻璃旁观着世上的一切。

而我，却从不属于其中一员。

那时候，我才发现：原来，那个六岁的小小的我，还一直蜷缩在心里的某个角落。那么多年来，她不曾长大，也不曾离去。她只是自顾自地活着，一个人玩，一个人走，一个人在地上写写画画，从不想和这个世界交流。

当发现这一点的时候，我觉得有些恐惧——我很怕那个小小的孩子会越变越强，到最后占据我整个的精神世界，令我重新回到童年时的那种状态。

幸好，我还拥有读者。

如同那时候有芫的陪伴一样，有了你们的陪伴，我就还有倾诉的途径——就像在对着山谷大声呼喊一样，在遥远的地方，总能听到隐隐约约的回音。就是这一丝缥缈的回应，让我知道自己切切实实地生活在这个世界上，我做的一切都是有意义的，我有能力创造，有能力去关爱别人，也被别人所关爱。

只要有人在，有期待，那就能抵御孤独。

所以，时隔六年，两千多个日夜，我终于还是写完了这个故事。

写完的时候，并没有那种长跑到了终点的崩溃式的解脱，反而心中宁静充盈，感觉自己神完气足——这一段旅途，并不是在强弩之末下一路疾奔，而是在漫长的小憩之后，等陌上花开，再缓缓而归。

而花下，尚有人在等待。

肆

这个故事在我心中存在那么多年，对于它的每一个细节每一个脉络，我都了然于心，如同俯视自己掌心的纹路——卡住我的，是倾诉的热情。

很多年前，在出道的最初，每次想到一个故事，我都难以按捺内心的激动，飞扑到电脑前废寝忘食地敲打着键盘，觉得不把它写出来就如鲠在喉，不吐不快；而现在，那些灵感、构思，照样经常性地冒出来，我却已经疲惫了，往往只是在脑海里将它们过了一遍，将所有最精彩、最激动人心的部分逐一幻想过，如同在甘蔗里汲取完了最甘美的那一口汁水，便觉得已经心满意足。

是的，我自己已经享受过了那种乐趣，为何还要费心费力写出来给别人看？纯粹是为了稿费，抑或为了虚名？不，这些胡萝卜就算在眼前不停晃动，作为一头懒驴，我也不愿意继续低头拉磨盘了……而这世上，还没有出现可以抽打我的大棒。

这种疲倦困扰了我很久很久，让我一直无法落笔。

直到有一天我做了一个梦。

在梦里，我来到了一个陌生的花园。那儿非常美丽，恍如天国。我清晰地记得自己站在石桥上，明亮的阳光如同瀑布倾泻而下，穿透薄薄的树叶，照在我身上。我睁大眼睛，看着眼前的一切：绵延不断的树木，色彩斑斓，在阳光下灿若云霞，直通到小径深处。而树下繁花盛开，风和日丽，鹿鸣呦呦。

我下意识地摸索着，想去找相机，然而却很快又意识到自己身处梦境，这一切根本无法拍下来，即便拍下来了，也无法带走——在梦里明白了这一点，那一刻的伤心，令我几乎掉下眼泪来。我只能怔怔地站着，竭力看着眼前的一切，一遍遍地告诉自己：看到了吗？记住它！不要忘记，千万不要忘记！

因为这里是梦境，我有幸来过此处，却什么都不能带走。

唯一能带走的，只有记忆。

那种赞叹、惊喜而又虚无、失落、哀伤的心境，和梦里那令人惊叹的美景一样，在醒来后如同雕刻般地印在了我的心里，再也无法磨灭。

那一刻，我忽然有了重新写完《忘川》的冲动。

是的，我曾经在自己心里看到过极美的幻影。那一幕幕的悲欢离合，爱恨交错、惊心动魄——如果我不把它写下来，凝固在纸上，就无法证明我曾经抵达过那里。当我有一日忘记它的时候，那些瑰丽就会烟消云散，再也不能复现。

于是，时隔多年，我再度动笔。

六年前，在写到18万字的时候，心里觉得还有两三万字就该收尾了，可事实上，等彻底完成时，字数竟比预想的超出了一倍多。刚开始写的时候，进度极慢，因为毕竟时隔多年，气脉不畅。然而越写到后面，速度越快，感觉也越好。到最后那一幕时，主角之间对峙的张力越来越大，就如绷紧到极点的弦。而耳机里循环播放着信乐团的《假如》——

“假如时光倒流 / 我能做什么
找你没说的却想要的
假如我不放手 / 你多年以后
会怪我恨我或感动”

手指在键盘上飞速地敲打，每一个字、每一句话都和旋律呼应旋绕，那种情绪，仿佛在撕心裂肺地燃烧，直到在寂寞里化为灰烬。

在写完的那一刻，真是酣畅淋漓。

原重楼、苏微、萧停云、赵冰洁……那些人物仿佛一个个活过来了，每一个眼神的交错、每一句意味深长的台词，竟然能令我这个造物主都心底震颤。他们好好地演完了这一场藏在我心底两千多个日日夜夜的戏，然后躬身告退。

而我耳边，只留下那一首歌还在旋绕，不停地追问着假如怎样又会怎样，宛如最后水映寺里男女主角的那一场对谈——

可是，这世上，又哪有那么多假如呢？

伍

《忘川》的结束，标志着属于听雪楼的时代终于彻底地结束了。人中龙凤，血薇夕影，都随风而去。那个从二十多年前初中时代就绵延开始的梦，在这里画下了句号。

就如同我随风而去的少年时代一样。

但是，我并没有恋恋不舍。

时间总是永远向前，如同千年之前智者在川上说的那样：逝者如斯，不舍昼夜。我们都不能永远停留在原地，无论是我，还是我所写的，终究有一日，都会成为过去——而有意义的是这个过程：我来过这个世界，我曾经歌唱，有人路过，驻足倾听。

人生海海，有这一场相遇相知，就已经够了。

而接下来，这些在十几年中写下来的故事，有几部可能会进入影视化的流程。路途漫长，不确定因素很多，或许它们会顺利拍出来，或许永远不会。大家若是喜欢，可以去看看；若是不喜欢，也就一笑而过，珍藏自己心底原先的想象。

至于《忘川》之后，接下来有什么写作计划，目前还没有明晰的想法。

其实，在我的电脑里静静地躺着很多个故事的开头，长则数万字，短则一两千，那些坑深浅不一，多到两只手都数不过来。那些故事都是脑洞大开、灵光一闪后的产物，其中很多来自于我那些光怪陆离的梦境，题材风格迥异：有武侠，有奇幻，有宫廷，有科幻，甚至还有谍战……因为怕被说是挖坑不填，所以它们基本上从没有露面过。

而现在，我想要把它们之中的精粹写下来，结集出版。

书名可以叫《月见》，或者《云梦》，抑或其他。

或者，我会写一个云荒为背景的新故事，说一说《破军》里空寂之山下那个大漠古墓的来历。

唉，想要写的实在是太多了……在每一个深夜里，当我作为一个三流建筑师又工作完一天之后，将 AutoCAD 关闭，将一堆堆设计图纸清理出超负荷的大脑……而刚一闭上眼睛，那些故事就会争先恐后地跳出来，拍打着我脑海里的那扇门，大声叫着“快把我写下来！”“先写我！”“让我出去！”

好吵……实在是无法休息。于是，工作一天的我，不得不再度开始另一份夜间的工作。然而，在逐一检视过那些文档之后，我往往又逐一把它们关闭，重新封存。

“你还不够优秀，不配我花时间去写。”

“你倒是还不错，但这个题材我刚刚写过了，要换换口味。”

“不行，你再等等，这里还有个环节我没想通……”

被我一个个毫不留情地点评并枪毙后，一个接着一个地，那些叫嚷着要出来的小家伙就垂头丧气地回去了，嘀咕着，发誓在下一个夜晚一定要再度冒出来。

这就是我在一个故事结束、另一个故事未开始时的生活实况。

陆

是的，还不到时候，就如树上的果实尚未到足以摘下来的时候。而我心里那个孤独玩耍着的小女孩，她有的是蹲在树下、一个人、自己和自己玩的耐心——

所以，当《忘川》结束之后，请大家原谅我的暂时消失。

一直以来，我所向往的人生，其实很简单：安安静静地过自己的生活，安安静静地写自己的故事。在平时消失于人海里，不引人瞩目，自在地生活，忘记自己还有另一个身份。直到有新的故事出来，大家才会恍然大悟地想起来：“哦，原来她还活着呀？”

——似乎很简单，似乎又很奢侈。

所以，听完了这一曲《忘川》，喝尽了这两杯酿了六年的酒，大家不如就此暂时散去，各自相忘于江湖吧……读写之缘，如云聚散，终有再见的那一日。

等到陌上花开日，

请君把酒，待我伴月缓缓归。

2014-09-17